KB009701

원수의
첫사랑

원수의 첫사랑

1판 1쇄 찍음 2017년 5월 10일
1판 1쇄 펴냄 2017년 5월 17일

지은이 | 이은교
펴낸이 | 고운숙
펴낸곳 | 봄 미디어

기획 · 편집 | 김민지, 김자우, 홍주희, 김현주
표지 디자인 | 김수지

출판등록 | 2014년 08월 25일 (제387-2014-000040호)
주소 | 경기도 부천시 원미구 소향로17, 304(두성프라자)
영업부 | 070-5015-0818 편집부 | 070-5015-0817 팩스 | 032-712-2815
E-mail | bommedia@naver.com
소식창 | http://blog.naver.com/bommedia

값 9,000원

ISBN 979-11-5810-319-4 03810

THE FIRST LOVE OF THE ENEMY

원수의 첫사랑

이은교 장편 소설

CONTENTS

프롤로그

장마철을 맞이한 회색빛 하늘에선 쉴 새 없이 비가 쏟아지고 있었다.

다미는 비를 극심하게 싫어했다. 잊지 못할 악몽으로 남아 있는 날들마다 어김없이 비가 내렸었다.

하지만 오늘은 달랐다. 패연히 쏟아지는 빗줄기를 바라보는 그녀의 눈빛은 평소와 다르게 설렘이 가득 들어차 있었다. 빗줄기가 잔뜩 들러붙어 있는 창문 너머로 빠르게 지나가는 정경을 보던 다미가 품에 소중히 끌어안고 있던 쇼핑백에서 무언가를 꺼내 들었다.

"아무리 봐도 디자인이 참 예쁘단 말이야."

흡족한 미소를 지으며 요리조리 보고 있는 것은 다름 아닌, 부부가 될 두 사람의 웨딩 사진을 넣어 만든 청첩장이었다.

소개팅으로 만나서 연애 1년 만에 결혼을 하게 된 다미가 앞으로 펼쳐질 자신의 꽃길을 상상하며 히죽히죽 웃었다.

그때 핸드백에 넣어 두었던 휴대폰이 짤막하게 울렸다. 오늘 참석하기로 한 동창회 모임의 주최자로부터 온 메시지였다.

〈마지막 참석 인원 확인! 오는 사람은 답변으로 'O'를 꼭 보내 주시오. 시간 및 장소: 저녁 7시. 압구정 'il primo amore' 레스토랑. 식사는 C코스. 와인도 곁들임.〉

고등학교를 졸업한 후로 지금까지 단 한 번도 동창회에 참석하지 않았다. 지방에 있는 대학교로 진학하면서 자취를 하는 바람에 동창회에 참석하기 위해 서울까지 오는 게 무모하고 번거롭게 느껴졌기 때문이었다.

대학을 졸업하고 나서는 2년 동안 백수로 지내느라 눈치가 보여 제대로 놀지도 못했고, 취업을 하니 일에 치여서 시간적인 여유가 없었다.

이런저런 핑계를 대 가며 불참했던 동창회를 청첩장 때문에 참석한다는 것이 조금 염치가 없긴 했지만 이내 축의금을 떠올리자 조금 뻔뻔해져도 괜찮다는 생각이 들었다.

—다음 정류장은 여의도, 여의도입니다.

청첩장에 한눈이 팔려 있던 다미가 때맞춰 들려오는 안내 방송에 허둥지둥 자리에서 일어났다. 그러다 손목에 걸고 있던 장우산에 발이 걸려 그대로 바닥에 철퍼덕 넘어지고 말았다.

"악!"

품에 안고 있던 쇼핑백이 떨어지면서 안에 들어 있던 청첩장들이 비를 맞은 꽃잎처럼 바닥으로 흩어졌다.

"안 돼! 내 청첩장!"

흩어진 청첩장들을 급하게 주워 담았지만 사람들의 발자국과 빗물로 얼룩진 바닥에 닿아 엉망이 되고 말았다. 방금 전까지만 해도 얼굴 가득 미소가 만연하게 피어 있던 다미는 금방이라도 울어 버릴 것처럼 턱을 실룩거렸다.

"아무도 안 내립니까?"

"내, 내려요!"

하지만 주저앉아 울고 있을 시간이 없었다. 운전기사의 고함에 다미는 눈에 보이는 청첩장들을 대충 주워 막 문이 닫히려는 버스에서 황급히 뛰어내렸다.

"하여간 이놈의 비가 문제라니까!"

다미는 우산을 펼 여유도 없는 제 몸을 인정사정없이 적시는 비를 원망스러운 눈으로 올려다보았다. 청첩장을 들고 있어 손이 모자란 탓에 결국 우산도 없이 고스란히 비를 맞으며 방송국 로비로 들어왔다.

"어머, 꼴이 그게 뭐야?"

비에 몸이 흠뻑 젖은 채 엘리베이터 앞에 서 있는 다미를 보며 지민이 화들짝 놀라 물었다.

"어? 선배님!"

지민은 이제 막 3년 차에 접어든 다미보다 나이는 세 살 위였지만 경력은 세 배 차이로, 다미가 하고 있는 예능 프로그램의 메인 작가였다.

상대방의 마음이 갈기갈기 찢겨져 걸레짝이 되든지 말든지 온갖 욕설과 막말이 오고 가는 방송국에서 그녀는 유일하게 국어사전에 나오는 표준어만 고집하는 선배였다.

쏟아지는 언어폭력에 다미는 몇 번이고 사표를 집어던지고 싶은 충동에 휘말리곤 했었다.

예능 작가로 방송국에 들어오기 전까지만 해도 다미는 방송국에 대해 긍정적인 생각을 갖고 있었다. 유쾌한 웃음을 선사하는 예능, 신뢰감과 더불어 따뜻한 감동을 주는 다큐멘터리, 권선징악이라는 주제가 돋보이는 흥미진진한 드라마까지. 분명 그것들을 만드는 사람들 역시 열린 생각과 긍정적인 마인드를 가졌을 거라고 생각했다.

그리고 그 생각은 출근 첫날 30분 만에 보기 좋게 박살났다.

"대갈통이 안 돌아가냐?"

"눈깔은 뭐서 뭐할래? 들어온 지 한 시간이나 됐는데, 이것도 파악 못 해? 이런 새끼랑 어떻게 일을 하라는 거야!"

"멍 때리고 있지 말고 의견을 내라고, 의견을!"

생전 들어 본 적이 없던 폭언과 더불어 잡다한 일까지 정신없이 몰아쳤다.

"막내야, 커피 좀!"

"막내야, 복사 좀!"

엄연히 부모님께서 지어 주신 '다미'라는 어여쁜 이름이 있음에도 불구하고 막내라고 불리며 발바닥에 땀이 나도록 뛰어다녀야 했다.

막내에서 벗어나 3년 차가 되었다고 해도 달라진 것은 없었다. 여전히 첨예한 화살처럼 쏟아지는 폭언에 심장이 난도질당하곤 했다. 그나마 달라진 것이 하나 있다면 덤덤한 척할 수 있다는 점이다. 앞에서는 아무렇지 않은 척하다가 뒤에 가서 눈물을 훔치는 법을 배웠다. 앞에서 울어 봤자 더 심한 욕을 듣는다는 사실을 뼈저리게 깨닫고 혼자 우는 법을 터득하기까지 3년이나 걸린 것이다.

"우산 안 가지고 온 거야?"

"아니요, 가지고 왔는데 들 손이 없었어요."

그러면서 품에 들고 있는 쇼핑백의 존재를 알아 달라는 듯 일부러 웃샤, 소리까지 내며 들춰 안았다.

"아무리 그래도 그렇지, 꼴이 이게 뭐야. 다 젖었네! 그런데 품에 든 건 뭐야?"

지민이 손수건을 꺼내 다미의 얼굴에 묻어 있는 빗물을 닦아 주며 쇼핑백을 향해 눈짓했다.

"아, 이거 청첩장이요."

"어머! 드디어 청첩장 나왔구나? 나도 한 장 줘!"

다미가 냉큼 쇼핑백에서 청첩장을 꺼내 건넸다. 그때 두 사람의 곁으로 담당 PD가 걸어왔다. 막내 시절의 다미에게 험한 말을 가장 많이 했던 상사였다. 지랄 맞은 성격의 소유자로 3년 째 같이 일하면서도 기본적인 말을 제외하고 사적으론 절대 단 한마디의 말도 걸어 본 적 없는 임 PD였지만, 이번만큼은 살갑게 해야 했다. 축의금만 생각하자, 공다미!

"안녕하세요, PD님!"

3년 내내 그랬듯이 그에게서 돌아온 대답은 없었다. 익숙해 질 만도 한데 다미는 이럴 때마다 그의 턱을 후려갈기고 싶다는 강한 충동이 들었다.

기다리던 엘리베이터가 도착하자 세 사람은 나란히 안으로 올라탔다. 예능국이 있는 12층을 누른 다미는 청첩장을 펼쳐 보는 지민에게로 시선을 돌렸다.

"청첩장 디자인이 참 독특하고 예쁘다."

"그렇죠? 제 아이디어예요!"

"아이디어 좋네. 먼 친척 어르신들 같은 경우에는 왕래가 없다 보니까 얼굴을 잘 모르실 수도 있는데 이 청첩장은 받자마자 누가 결혼을 하는지, 내가 누구의 결혼식장을 가고 있는지 단박에 알 수 있을 것 같아. 임 PD님도 이거 한 번 보세요. 너무 예쁘죠?"

임 PD가 슬쩍 곁눈질로 지민이 내민 청첩장을 보았다. 다미가 자신도 모르게 그의 평가를 기다리며 마른침을 꼴깍 삼켰다.

"뭐, 괜찮네. 심플하면서도."

아이디어를 낼 때마다 대갈빡이 그렇게 안 돌아가서 어디다가 써먹을 거냐며 침이 마르도록 독설을 퍼붓던 임 PD의 예기치 못한 칭찬에 다미는 터져 나오려는 웃음을 가까스로 참아 넘겼다.

"와, 평생 막내일 줄 알았던 다미가 결혼을 하다니. 정말 축하해, 다미야."

청첩장을 핸드백에 소중히 넣은 지민이 기특하다는 듯 다미의 엉덩이를 토닥토닥 두들겨 주었다. 그 옆에서 임 PD가 미세한 미소를 짓는 것이 보였다.

그때까지만 해도 다미는 비 오는 날의 징크스 따위 별거 아니라고 생각했다.

"그나저나 이놈의 비는 언제까지 온대?"

막 회의실로 문을 열고 들어가는 임 PD의 짜증 섞인 말에 지민의 상냥한 목소리가 들려왔다.

"다음 주 월요일까지 온다던데요?"

"지겹다, 지겨워."

다미는 너랑 함께 일을 하는 것이 더 지겹다고 소리 내어 외치고 싶은 것을 겨우 참으며 자신의 자리로 향했다. 그리고 쇼핑백의 청첩장들을 꺼내 예능국에 있는 모든 사람들에게 한 장씩 돌리기 시작했다.

"저 결혼합니다."

"그래. 축하하고, 거기 놓고 가."

"저 결혼해요."

"어, 축하해. 근데 난 바빠서 못 가니까 계좌 번호나 알려 줘. 돈 보내 줄게. 많이는 안 보낼 거니까 너무 기대하진 말고."

사람들의 성의 없는 대답에도 다미는 전혀 아랑곳하지 않고 직원들에게 청첩장을 돌렸다.

방송국 일이 워낙 바쁘기에 저런 반응들을 충분히 이해하는 바였다. 게다가 결혼을 한다는 설렘이 긍정이라는 세포와 손을 맞잡고 다미에게 깊게 스며들었다.

마지막 관문이라고 할 수 있는 예능국장실 문을 노크하고 들어가자 안경을 코끝에 두고 모니터링을 하고 있던 예능국장이 다미를 반겼다.

"안녕하세요, 국장님."

"톡톡 말해요의 공다미 작가 아니야?"

다미가 조심스럽게 그에게 다가가 손에 쥐고 있던 청첩장을 내밀었다.

"저 곧 결혼해요."

"오! 소식 들었어. 청첩장이 아주 예쁘구만?"

"제 아이디어입니다."

"서당 개도 3년이면 풍월을 읊는다더니!"

칭, 칭찬이겠지? 어딘가 모르게 떨떠름한 국장의 반응에 다미가 멋쩍게 웃어 보였다. 웬만하면 결혼식에 꼭 가겠다는 국장의 말을 듣고 자리로 돌아오던 다미의 시야로 심상치 않은 분위기를 풍기고 있는 임 PD와 곽석현 CP의 모습이 보였다.

두 사람은 전면이 유리창으로 되어 있는 회의실에서 서로를 맹렬하게 쏘아보며 점점 언성을 높이기 시작했다.

"무슨 일이래요?"

다미가 바짝 말라 버린 입술을 축이며 옆에 앉은 선배에게 속삭였다.

"시청률 엉망으로 나왔다고 저 난리 치는 거지. 곽 CP는 시청률 잘 나오면 지 덕분이고, 잘 안 나오면 항상 우리 팀 탓을 하잖아. 저런 거 한두 번 봐?"

선배의 말마따나 한두 번 본 광경이 아니었다. 하지만 오늘따라 두 사람의 분위기가 더욱 심각해 보였다. 그것이 비가 오는 탓이요, 자신의 기분 탓이라고 여긴 다미가 큐 시트를 인쇄하기 위해 막 노트북을 켰을 때였다.

탁! 회의실 문이 거칠게 열리며 안에 있던 임 PD가 팀 전체를 호출했다. 목에 핏대까지 세우고 흡사 도시에 출몰한 멧돼지를 내쫓듯이 윽박을 지르면서.

담당 프로그램의 작가들과 PD, FD들이 허겁지겁 회의실 안으로 뛰어 들어갔다. 큐 시트 인쇄 때문에 마지막으로 회의실로 들어간 다미는 뿔이 있는 대로 난 듯한 곽 CP의 매서운 눈과 덜컥 마주쳤다.

"너 결혼한다면서?"

다미가 유일하게 청첩장을 주지 않은 사람은 곽 CP뿐이었다. 47세의 노총각인 그에게 함부로 청첩장을 내밀었다가 그 자리에서 갈갈이 찢겨지고 쓰레기통에 버려져 눈물을 터트리는 이들을 수없이 봐왔기 때문이다.

한마디로 곽 CP는 노총각 히스테리를 넘어서 그냥 싸이코였다. 절대 건드려서는 안 될 싸이코.

임 PD의 열 배 정도 되는, 지랄 맞은 것 중에서도 최고봉으로 지랄 맞은 인간. 그런 인간의 레이더에 걸린 다미는 긴장한 탓에 입이 바짝 마르는 기분이었다.

"네? 네……."

"그래서 지금 청첩장 돌리고 있다며."

모두의 이목이 한순간에 다미에게로 쏟아졌다. 하나같이 다미를 걱정하는 동정의 눈빛이었다. 곧 날아올 폭격에 덜컥 겁을 먹은 다미가 질끈 두 눈을 감았다.

"시청률도 거지같이 나온 주제에, 작가라는 게 우리 프로그램이 어떻게 하면 보다 나은 프로그램이 될 수 있을까 고민은커녕 청첩장이나 돌리고 자빠져 있으니 시청률이 그따위로 나올 수밖에!"

다미가 죄송합니다, 하고 고개를 깊숙이 숙이고서는 재빠르게 빈자리에 앉았다. 옆에 앉은 수민이 조용히 괜찮으냐고 물으며 다미의 손등을 다독여 주었다.

"더 이상 프로그램에 붙는 광고들도 없어! 적자라고, 적자!"

방송국 천장을 날릴 기세로 고함을 질러대는 곽 CP에게 반항이라도 하듯 임 PD가 조심성도 없이 거친 한숨을 내쉬었다.

"똑똑히 알아 둬. 만약 이번에도 시청률이 밑바닥 쳐서 개떡같이 나오면 최후의 조치를 취할 수밖에 없다는 걸!"

곽 CP는 분노 조절 장애를 가진 사람마냥 마지막까지 제 분을 이기지 못하고 빈 의자를 발로 차며 나갔다.

그가 나간 회의실에선 한동안 누구도 쉽게 깨트릴 수 없는 무거운 침묵이 감돌았다. 모두 곽 CP가 말한 최후의 조치가 무엇을 뜻하는지 너무나 잘 알고 있었기 때문이었다.

"자, 이제 회의 시작하자."

임 PD의 말에 그제야 사람들이 하나둘씩 움직이기 시작했지만 다들 이미 어깨에 힘이 축 빠져 버린 상태였다.

온종일 지루할 정도로 진전 없는 회의 끝에 퇴근을 한 다미는 서둘러 가까운 지하철 역으로 달려갔다.

약속 시간인 7시가 막 넘어가고 있어, 급히 주선자에게 문자를 넣었다.

〈나, 공다미. 회사가 조금 늦게 끝나서 지금 가고 있어!〉
〈응. 네 음식은 네가 도착한 후에 주문 넣도록 할게.〉

문자를 확인하고 휴대폰을 가방에 넣으려던 다미가 문득 떠오르는 이름에 다시 휴대폰을 꺼내 들었다.

〈혹시나 해서 물어보는 건데 오늘 모임에 선도 부장 오니?〉

잔뜩 긴장한 얼굴로 전송 버튼을 눌렀다. 답장을 기다리는 동안 다리를 떨 정도로 무언의 긴장감이 감돌았다. 손에 쥐고 있던 휴대폰이 부르르 하고 울렸다.
제발 오지 마라! 제발!
다미는 휴대폰을 꽉 쥐고 간절하게 바랐다.

〈응.〉

하지만 그 간절한 바람은 순식간에 산산조각 나 버렸다.
그가 온다는 충격에서 차마 헤어나지 못하고 있는 다미의 시야로 연이은 문자가 도착했다.

〈오늘 주최하는 장소가 선도 부장이 운영하는 레스토랑이야. 그럼 조심히 와.〉

시온이 하는 음식을 먹을 생각에 다미는 벌써부터 마음이 불편해졌다. 그와 부딪히는 것이 껄끄러워 가지 않겠다고 결심한 찰나, 어제 입금한 회비가 떠올랐다.

"내 피 같은 돈……."

동창회에 몇 번 참여한 친구들의 말에 의하면 한 번 입금한 돈을 되돌려 받는 건 힘든 일이라고 했다.

주최자가 보내 준다고 말만 해 놓고 은근히 좀생이로 몰아가는 바람에 나중에는 달라고 하는 것조차 민망해지는 상황이 된다고 들은 적이 있었다.

더군다나 오늘은 집에서부터 들고 온 청첩장도 있고, 5만 원을 내고 18만 원짜리 음식을 먹을 기회도 생긴 셈이다. 그것이 비록 송시온의 손을 거쳐 나오는 음식이라고 하더라도.

쉽게 결론을 낼 수 없어 머리가 터지기 일보 직전일 때, 다음 역은 압구정이라는 상냥한 음성이 들려왔다.

"그래, 여기까지 왔는데. 그리고 벌써 10년이나 지난 일이야. 막상 만나면 의외로 괜찮을 수도 있겠지, 뭐."

얼굴 가득 걱정스러움이 깔린 다미는 청첩장이 든 쇼핑백을 품에 끌어안으며 서둘러 지하철에서 내렸다.

압구정에서도 가장 중심에 위치한 'il primo amore'를 찾는 일은 쉬웠다.

동창회 모임 때문인지 'Close' 푯말이 걸려 있는 레스토랑 안에는 벌써 낯익은 얼굴들이 모여 소소한 대화를 나누고 있었다.

절대 인정하고 싶지는 않지만 인테리어와 분위기는 송시온스럽게 모던하면서도 깔끔했다.

과하지도, 촌스럽지도 않은 레스토랑 안을 바라보는 다미의 입술 밖으로 한숨이 터져 나왔다.

10년이나 지난 과거의 일이지만 다미의 기억 장치에 오류가 생기거나 포맷이 되지 않는 이상 송시온이라는 존재는 평생 원수라는 키워드로 인식되어 반응을 일으킬 것이 분명했다.

다미는 목을 길게 빼서는 연신 안을 살펴보았다. 어디에 있는 건지 시온의 모습은 보이지 않았다.

그때 무의식중에 창밖으로 시선을 옮긴 주최자와 눈이 마주쳤다. 다미는 애써 태연하게 이제 막 도착한 척 팔을 추켜들어 어색한 인사를 하며 안으로 들어갔다.

"다미야!"

앉아 있던 친구들이 반갑게 그녀를 맞이해 주었다. 오랜만에 만난 친구들과 정신없이 안부를 묻는 와중에도 그녀의 신경은 온통 시온의 자취를 향해 떠돌았다.

"어? 밖에 비 오네."

한 친구의 말에 다미의 시선이 창밖으로 옮겨갔다. 방금 전까지만 해도 내리지 않던 비가 무섭게 쏟아지고 있었다.

친구들이 말하는 낭만치고는 꽤 사납게 몰아붙이고 있는 비를 바라보고 있던 그때였다.

"공다미."

창문을 두들기는 빗소리를 뚫고 뒤에서 들려오는 담백하지만 결코 달갑지 않은 목소리에 다미가 잔뜩 경직된 얼굴로 천천히 고개를 돌렸다.

"오랜만이다."

혹여 우연이라도 보고 싶지 않았던, 꿈에서조차 만나고 싶지 않았던 송시온이 눈앞에 서 있었다.

1화

다미는 유난히도 개를 좋아했다.

동네에 떠도는 개들을 보면 그냥 지나치지 못하고 소시지라도 사서 먹여야 적성이 풀렸다. 그날도 평소와 다를 것 없이 소시지를 한 움큼 사서 동네 개들을 찾아 먹이고 같이 뛰어놀았다. 그리고 뒤늦게서야 깨달았다.

"늦었다!"

오늘이 자신의 2학년 첫 등교 날이란 사실을.

"얘들아, 나 갈게. 내일 아침에 또 봐!"

좀처럼 떨어지지 않는 발걸음을 겨우 옮겨 다미는 급하게 버스에 올라탔다. 등교 시간이 지나서인지 버스는 무서울 정도로 한산했다. 자리를 잡고 앉은 그녀의 머릿속으로 무언가가 빠르게 스쳐 지나갔다.

악, 넥타이! 명찰!

목과 가슴 쪽을 더듬거렸다. 또 깜빡했다.

큰일이다. 이번에 걸리면 주말 처벌 확정인데!

이제 와서 다시 집으로 돌아갈 수도 없는 노릇이었다. 혀라도 콱 깨물고 죽어 버리고 싶은 심정을 억누르며 버스에서 내리자마자 학교를 향해 달려갔다. 멀리서 엎드려뻗친 학생들을 개 패듯이 패고 있는 학주의 모습이 보였다.

차라리 오늘 학교를 가지 말까? 그랬다가는 엄마한테 엄청 맞겠지?

머리에서부터 시작된 내적 갈등에 혼란스러워하며 재빠르게 주변을 스캔했다.

마침 허둥지둥 뛰어가고 있는 덩치 큰 남학생 둘을 발견한 다미가 최대한 몸을 수그린 채 그들 뒤로 바짝 따라붙었다. 아이들을 때리느라 정신이 없는 학주와 다른 학생들을 잡고 있는 선도부를 피해 막 악마의 소굴에서 벗어나려는 그 순간!

쿵, 하고 머리에 무언가가 부딪혔다. 선도부와 학주에게 신경이 쏠려 앞을 보지 않고 있던 다미가 뒤로 크게 휘청거렸다.

어? 넘, 넘어간다……!

넘어지지 않으려고 허우적거리는 손을 누군가가 잡아 준 덕분에 대참사를 피하긴 했지만 하필이면 그 손이 소굴의 출구를 지키고 있던 다른 악마의 것이었다니.

"학교에 놀러 오냐? 상태가 이게 뭐야?"

다그치듯 말한 송시온이 빠르게 덧붙였다.

"넥타이 2점, 명찰 1점."

송시온은 1학년 때부터 선배들에게도 굴복하지 않고 벌점을 매기기로 유명했다. 물론 단순히 그 이유만으로 유명한 건 아니었지만.

벌점을 적고 있는 손을 물끄러미 바라보고 있던 다미의 귓가로 그의 퉁명스러운 목소리가 들려왔다.

"왜? 할 말이라도 있어?"

"나, 너랑 같은 반이야."

갑자기 이 말이 왜 튀어나온 것일까. 다미는 그에게 왜 이런 말을 뱉었는지도 모른 채 마음속으로 무언가를 잔뜩 기대한 얼굴로 시온을 올려다보았다.

하지만 감정을 쉽게 읽을 수 없는 그의 건조한 눈빛만이 다미에게 와 닿을 뿐이었다.

"그래서?"

"그러니까 내 말은……."

"같은 반이니까 좀 봐 달라고?"

염치 때문에 억누르고 있던 본색이 성급하게 터져 나왔음을 다미는 차마 부정할 수 없었다.

그의 입꼬리가 살며시 올라갔다. 그 모습이 멋있다기보다는 더할 나위 없이 사악해 보였다.

"그럼 넌 나한테 뭘 해 줄 건데?"

"뭐?"

"널 봐줬다가 내가 학주한테 봉변을 당할 수도 있는 건데, 그런 위험을 무릅쓰고 널 봐주면 너도 나한테 뭔가를 해 줘야 할 거 아니야. 그게 우리가 사는 평등 사회의 이치지."

"원하는 게 뭔데?"

"내가 무엇을 원하든 다 들어주는 것."

악랄한 그의 제안에 다미의 입이 크게 벌어졌다.

"싫으면 말고."

"저기, 나 돈 같은 거 없는데?"

다미의 대답에 시온이 웃을 듯 말 듯한 표정을 지어 보였다.

"돈 안 들고 이상한 일만 아니라면……."

"그건 내가 장담할게."

그래도 쉽게 결론이 나지 않아 갈등하고 있을 때 그의 눈빛이 강하게 빛났다.

"학주 이쪽으로 온다. 빨리 결정해 줄래? 한 배에 탈지, 아니면 그냥 바다에 빠질지."

다미가 힐끔, 뒤를 살폈다. 학주가 성인 남자의 허리춤까지 올라오는 막대기를 공중에서 휙휙 돌리며 그들 쪽으로 걸어오고 있었다.

결국 그녀는 급한 마음에 뒷일은 전혀 생각하지 않고 저질러 버렸다.

"한 배에 탈래!"

그 배에 올라타는 순간, 목적지까지 노를 젓는 사람은 바로 자신이 될 것이라는 끔직한 미래는 상상도 하지 못한 채 제 무덤을 파고 들어간 것이다.

송시온이라는 악마와의 거래는 그렇게 성사되었다.

✳   ✳   ✳

10년이란 세월이 흘렀지만 시온의 외모는 여전했다. 고등학교 때 사방으로 풍기고 다녔던 묘한 분위기와 티끌하나 없는 피부마저 그대로였다.

지금 제 시야를 채운 그는 어느 누가 보아도 호감이 들 정도로 멋진 남자의 모습이었다.

"오랜만이라고, 공다미."

아무 말 없이 저를 올려다보고 있는 다미를 보며 시온이 다시 한 번 목소리에 잔뜩 힘을 주어 말했다.

"나 기억 안 나?"

부정을 하는 것은 곧 거짓말을 하는 것과 마찬가지라 다미는 내키지 않았지만 솔직하게 대답했다.

"그럴 리가."

그녀의 대답이 만족스럽지 못한 모양인지 시온의 구겨진 미간은 제자리로 돌아올 기미를 보이지 않았다.

다미는 끈적끈적하게 달라붙어 잘 떨어지지 않는 입술을 간신히 떼어 냈다.

"2학년 선도 부장이었잖아, 너."

2학년 앞에 '악랄한'을 붙이려다가 꾹 참았다. 이쯤 기억했으면 됐다 싶어 몸을 돌려 빈자리에 앉으려는데 그가 나지막한 목소리로 되물었다.

"이름은?"

기억하고 싶지 않은 이름이었기에 쉽게 입에 올릴 생각은 없었다. 하지만 그런 다미의 마음을 알 턱이 없는 시온의 입술이 다시 한 번 그녀에게 말을 건넸다.

"내 이름, 잊었어?"

세상 모든 것들의 이름을 잊는다고 해도 눈앞에 서 있는 이 남자의 이름은 절대 잊을 리 없었다. 너무나 찬란해서 어른이 되면 매일같이 그리워해야 하는 학창 시절을 다시는 돌아가고 싶지 않은 끔찍한 기억으로 만들어 버린 악마 같은 놈을 어찌 잊을 수 있을까.

하지만 모른 척하고 싶었다. 넌 내게 별 시답지 않은 한낱 먼지 같은 존재일 뿐이었다는 것을 알려 주고 싶었다.

"응. 사실 이름은 기억 안 나. 미안."

싱거울 정도로 간단한 다미의 대답에 시온의 구겨졌던 미간이 느슨하게 풀어졌다. 의외의 반응에 당황한 건 다미였다.

"그런 것 같더라."

"뭐?"

"너 원래 머리 나쁘잖아."

미련 없이 다미를 지나친 시온이 친구들의 곁으로 다가가 들고 있던 접시를 테이블 위에 올려놓았다.

"이것도 먹어 봐. 버터 레몬 소스를 곁들인 관자 구이야."

시온의 말에 친구들이 환호성을 내질렀다.

"와, 정말 제대로 고급지다!"

"대박 맛있어! 나 이렇게 비싸고 맛있는 요리 진짜 처음 먹어 봐!"

"저희의 입과 눈을 호강시켜 주셔서 감사합니다, 송 셰프님."

두 손까지 모으며 시온에게 온갖 아부를 떨고 있는 여자 셋은 고등학교 시절 '시온 예찬'이라는 이름으로 팬클럽을 운영했던 아이들이었다. 매일 우유와 빵을 바치고 학 천 마리를 접어서 전해 주는 것도 모자라 몰래 사진을 찍어 홈페이지에 올리던 참 할 일 없었던 아이들.

그녀들의 극성맞은 행동이 이해가 가지 않아 고개를 내저으며 비소를 짓고 있는 다미의 귓가로 시온의 목소리가 들려왔다.

"인테리어 구경하러 왔냐? 와서 빨리 먹어. 식으면 맛없으니까."

"학교에 놀러 오냐? 상태가 이게 뭐야?"

10년 전, 교문 앞에서 자신을 처음 마주했던 시온이 했던 말이 이명처럼 쟁쟁 울려 퍼졌다. 떠올리고 싶지 않았던 지난날의 잔해에 다미가 아랫입술을 꾹 깨물었다.

"그래, 다미야. 거기서 뭐해? 얼른 와서 먹어 봐. 너무 맛있어!"

"어서 와, 다미야!"

그런 그녀의 심정을 아는지 모르는지, 친구들이 해맑게 다미를 향해 손짓했다. 그 사이에서 여유롭게 음식을 먹으며 와인 잔을 기울이고 있는 시온의 모습이 보였다.

됐어, 내 회비만 생각하자.

다미가 메고 있던 가방과 들고 있던 쇼핑백을 내려놓고 자리를 잡았다. 포크를 들고 급하게 관자 하나를 쿡, 찍을 때 멀찍이 떨어져 있던 시온의 목소리가 들려왔다.

"먹고 싶은 거 다 말해. 내가 오늘 가게에서 줄 수 있는 건 다

줄게."

송시온, 너 오늘 죽었어. 레스토랑 문 닫을 생각해. 내가 전부
다 먹어 치울 거니까!

다미가 속으로 굳게 다짐하며 눈앞에 있는 음식들을 빠른 속
도로 먹기 시작했다.

"다미야, 와인도 마셔 봐. 향이 너무 좋아."

옆에 있던 친구가 다미의 빈 잔에 와인을 채워 주었다.

"고마워."

마침 갈증이 났던 다미가 순식간에 잔을 비우고 테이블 위에
내려놓는 순간 시온의 시선이 느껴졌다. 다미 역시 곱지 않은
눈길로 그를 똑바로 바라보자 유난히도 선명한 그의 까만 눈동
자가 다미와 빈 와인 잔을 조용히 번갈아 보았다.

"누가 와인을 그렇게 무식하게 마셔?"

그냥 넘어가려고 했는데 무식하다는 말과 그 목소리의 주인
이 시온이라는 이유로 발끈한 다미가 그에게 말했다.

"한 번도 안 마셔 봐서 그런다, 됐냐?"

"너희 방송국에선 와인도 한 번 안 사 주고 뭘 사 주냐? 그거
얼마나 한다고."

"우리 팀원이 몇 명인데 와인을 마시겠니?"

세상 물정이라고는 아무것도 모르고 온실 속에서 자란 놈한
테 무시당하는 것 같은 기분에 다미는 10년 전처럼 열불이 났다.

냉랭해진 분위기에 친구 한 명이 맛있는 고기나 먹으라며 썰
어 준 스테이크를 입으로 가져가던 다미가 무언가 번뜩 떠올랐
는지 다시 고개를 치켜들었다.

그때까지도 시온의 시선은 다미에게서 벗어나지 않았다.

저 눈빛이 싫었다. 뭔가 할 말이 많아 보이는 짙고 깊은, 자신의 행동을 집요하게 쫓던 눈동자가.

"너 근데."

"……."

"나 방송국에서 일하는 건 어떻게 알았어?"

다미의 질문에 모두의 관심이 시온에게 쏟아졌다. 이런 이목과 관심쯤은 익숙한 시온이 팔짱을 끼고는 담담하게 대답했다.

"너 오기 전에 애들이 말해 줘서 알았어, 왜."

"아……."

"그래도 대학 가서는 공부 좀 열심히 했나 봐. 작가까지 하고. 난 네가 커서 과연 뭐 해 먹고 살까 참 심란했었는데."

딱히 대응할 말이 없었다. 이 자리에 있는 모든 이들이 인정할 수밖에 없는 일이기도 했다.

전교 하위권에는 항상 다미가 있었다. 대학도 못 갈 거라는 청천벽력 같은 선생님의 말에 3학년 때는 정말 죽어라 공부만 했다. 성적은 눈에 띄게 오르지 않았지만 대학은 갈 수 있었다.

아무리 그래도 그렇지, 대놓고 속을 긁어 대는 시온을 마주 보고 있자니 다미의 속이 더욱 용암처럼 끓기 시작했다.

"네가 내 걱정을 다 하네. 고양이가 쥐 생각해 주는 건가?"

"의외이긴 하지. 우리 방귀 대장 다다미가 작가라니!"

어금니를 꽉 깨물고 시온을 향해 낮게 으르렁거리던 다미의 목소리는 한 친구의 말에 그대로 묻히고 말았다. 다들 방귀 대장이라는 말에 폭소하기 시작했다. 여전히 듣기 싫은 별명에 치를 떨며 다미가 원인 제공자인 시온을 있는 힘껏 노려보았다.

그녀의 한 서린 눈빛을 눈치챘는지 그는 웃는 둥 마는 둥 어정쩡한 표정을 짓고 있었다.

열여덟 살. 그날 일만 생각하면 열불이 나서 자다가도 벌떡 일어나는 다미였다.

그 사건은 자신의 기억뿐만이 아니라 그곳에 있었던 모든 이들의 기억에서 박박 지워 버리고 싶은 일이었다.

고등학교 시절, 다미는 짝사랑 중이었다.

상대는 다른 반 남학생으로 다미와 같은 학원을 다녔고, 시온처럼 선도부였다. 규칙에서 어긋나는 일이라면 조금도 봐주는 것 없이 매의 눈으로 잡아내던 시온과는 다르게 안면이 있는 친구라고 몰래 봐주기도 했던 인정 많은 아이였다.

하지만 꼭 그것 때문에 좋아하게 된 것은 아니다. 그 아이를 좋아할 만한 결정적인 일이 있었다.

주말에 처벌 대상으로 벌을 받고 교실에 올라왔던 다미는 갑작스러운 현기증을 느끼며 쓰러지고 말았다. 눈을 떴을 때는 이미 양호실이었고, 선도부였던 정윤이 곁에 있었다.

정윤은 여전히 일어나지 못하고 횡설수설하는 다미를 걱정스럽게 바라보며 손을 꼭 잡아 주었다. 그리고는 말했다.

"너 정말 연호 아니었으면 어쩔 뻔했니?"

"연호?"

"그래. 연호가 쓰러진 널 발견하고 양호실까지 업고 온 거잖아."

그날 이후부터 연호가 새롭게 보이기 시작했다.

방귀 대장이라는 별명이 생긴 날은 오랜 짝사랑의 결실을 맺기 위해 다미가 고백을 결심한 날이었다. 비가 와서 밖이 우중충해 고백을 하기에는 좀 안 어울리는 날씨이긴 했지만 더 이상 혼자만의 짝사랑으로 끙끙거리고 싶지 않았다.

종례를 하기 한 시간 전에 그에게 할 말이 있으니 잠시 교실에서 기다려 달라는 말을 전하고 돌아왔다.

고백을 할 생각에 설레던 그녀에게 불행이 찾아온 건 마지막 수업 시간 때였다.

점심에 뭘 잘못 먹었는지 수업을 듣는 내내 부글부글 끓어오르는 배를 부여잡던 다미는 선생님이 교실에서 나가시자마자 자리에서 일어나 필사적으로 화장실로 향했다.

"공다미."

그때 갑자기 시온이 뒤에서 다급하게 저를 부르며 뛰어왔다. 항상 귀가 닳도록 들었던 그 목소리로.

"왜!"

급한 마음에 몸을 뒤틀며 짜증 섞인 목소리로 물었다. 바늘이 쿡쿡 찌르는 것 같은 뱃가죽에선 이렇게 허비할 시간이 없다고 아우성을 치고 있었다.

"잠깐 나랑 얘기 좀 해."

"좀 있다가."

식은땀까지 흘리며 몸은 더 이상 참을 수 없다고 경고 신호를 보냈다.

나중에라는 말을 반복하며 다시 걸음을 옮기던 다미의 길을 시온이 가로막았다.

"아, 비켜! 나 바쁘다고!"

급한 마음에 가슴팍을 주먹으로 내려치며 부탁했지만 시온은 완강했다.

"지금 얘기해! 너 걔한테 가기 전에 들어야 돼."

하지만 정신이 혼미해진 다미의 귓가에는 아무 말도 들려오지 않았다.

"제, 제발 좀 비켜! 제······!"

몇 번이고 경고를 보낸 몸을 거역한 결과는 정말 참혹했다.

부우우우와아앙!

아이들이 득실거리던 복도 한가운데서 천재지변이 난 것 같은 웅장한 소리와 함께 발포되어 버린 방귀. 그리고 시온의 어깨너머로 놀란 표정을 짓고 있던 그 남자아이.

"밖, 밖에서 천둥소리가."

얼른 변명을 하듯 말을 덧붙였지만 이미 복도에 있던 아이들은 모든 것을 눈치채고 키득거리며 속닥이고 있었다.

그 뒤로 생겨 버린 방귀 대장 다다미라는 별명은 다미가 졸업할 때까지 아이들의 입방아에 오르내리며 그녀를 괴롭혔다.

치욕스러운 기억에 다미가 다시 한 번 몸을 부르르 떨었다.

끔찍한 악몽이었다.

"그건 맞아. 솔직히 다미 공부 못 했잖아."

"맞아. 안쓰러울 정도였지. 노력은 하는데 늘 결과가 좀 그랬지?"

다미는 여전히 친구들의 입에서 제 이야기가 흘러나오는 것이 영 불편했다.

"그래서 우리가 다미 컨닝 페이퍼라도 만들어 주자고 그랬잖아."

"맞아. 제발 다미가 성적이 좀 잘 나오길 바라기도 했는데. 얼마나 안쓰러웠으면……."

친구들의 열띤 반응이 재미있는지 한쪽 입꼬리가 옅게 올라가며 웃는 시온을 다미가 못마땅하게 노려보았다. 그만들 좀 하라는 다미의 시무룩한 반응에 그제야 친구들이 하나둘 입을 다물었다.

"근데 난 시온이가 더 의외야."

여태 고상하게 스테이크를 썰고 있던 주최자가 여전히 고상한 목소리로 불쑥 말했다.

"전교 1등에 선도부까지 하고. 선생님도 얘 서울대 갈 수 있는 수재라고 했잖아."

"그러게. 3학년 때 미국으로 이민 가더니, 무슨 일이 있었기에 갑자기 셰프를 하게 된 거야?"

그건 다미도 공감하는 바였다. 공부하는 것을 좋아했던 시온이라 당연히 대기업에서 일할 줄 알았다. 물론 애초에 입맛도 워낙 까다로웠지만 시온이 요리에 흥미와 재주가 있었다는 건 오늘 처음 안 사실이었다.

친구들의 질문에도 시온은 와인 잔을 느긋하게 돌리더니 다미를 보며 말했다.

"그냥."

모두가 궁금해하는 질문과 어울리지 않는 시시한 대답이었다. 하지만 그것에 누구 하나 토를 다는 사람은 없었다.

"미국에는 지점이 열두 개나 있다면서? 꽤 유명한 레스토랑이래."

"뭐, 꼭 그렇지도 않아."

"여자 친구는 있어?"

"아니, 없어."

"설마 부인이 있는 건 아니지?"

시온에게 흑심을 품은 여자들의 질문들이 연이어 쏟아졌다. 몇몇 남자 동창들이 자신들은 소외되었다며 머리를 맞대고 억울한 소리를 냈다. 어쩐지 그 모습이 낯설지 않았다.

"정말 의외다! 여자들이 널 가만 두다니. 그럼 나랑 사귀어 볼래?"

"아니. 나랑 사귀자, 나랑. 나 지금 너한테 고백할게!"

친구들의 반응을 이해하지 못하며 물을 들이키던 다미는 곧이어 들려오는 한 친구의 말에 그만 입에 머금고 있던 물을 뿜어 버리고 말았다.

"참. 고백이라는 말이 나와서 하는 얘긴데, 시온이 미국으로 가기 전에 다미한테 고백했다가 차였다는 소문 있지 않았어?"

다미가 별것도 아닌 일에 깍깍거리며 요란스럽게 시온에게로 몸을 돌리는 여자 동창생들을 머쓱하게 바라보았다.

"맞아, 나도 그 소문 들었던 것 같은데. 그래서 전교생이 모두 까무러치게 놀랐지. 천하의 송시온이 왜 하필……."

친구들의 시선이 다미를 훑었다. 굳이 말하지 않아도 시온과 절대 동급이 될 수 없는, 그와 한참 떨어지는 이를 바라보는 듯한 눈빛이었다.

"시온아, 이젠 말할 수 있잖아. 진짜야? 거짓말이지? 그거 완전 헛소문이었지?"

동창회에 나오는 게 아니었다. 다미는 속으로 뼈저리게 후회했다.

마지막 질문에 동창생들의 시선이 또다시 시온에게로 향했다. 그것이 헛된 소문이라는 사실을 제대로 알고 있는 것은 단 두 사람뿐이었다.

고백을 받은 적 없는 공다미와 고백을 한 적 없는 송시온.

누가 퍼트렸는지 몰라도 그 소문 때문에 졸업하는 내내 곤란했던 다미는 이제야 자신의 억울한 처지를 위로받을 수 있을 것이라 생각하며 시온을 바라보았다.

의미 없이 허공을 맴돌던 시온의 시선이 맞은편에 있는 다미에게 완벽하게 닿았다.

"헛소문 아닌데."

그의 나지막하지만 확고한 대답에 모두의 눈동자가 휘둥그레졌다. 그중에 가장 개탄스러운 건 다미였다.

언제 고백을 했는가. 꿈에서? 전생에서?

자신이 두 눈을 부릅뜨고 지켜보고 있는 가운데 눈 하나 끔뻑이지 않고 뱉은 그의 거짓말을 웃어 넘길 수 없었던 다미가 다급하게 입술을 떼어 냈을 때였다. 굳게 닫혀 있던 문이 열리고 누군가 안으로 들어왔다.

"어? 민지 왔다! 오, 동호랑 같이 왔네!"

"다들 반가워!"

친구들의 시선이 지금 막 들어온 동창을 향해 쏟아졌다. 놓쳐 버린 타이밍을 다시 잡는다는 것은 63빌딩을 맨몸으로 올라가는 것처럼 무모한 짓이었다.

새로 온 동창생을 반기는 화기애애한 분위기 속에서 해명할 타이밍을 놓친 다미는 껄끄러운 마음을 숨길 수가 없어 시온을 힘껏 노려보았다.

얼굴색 하나 바뀌지 않고 거짓말을 한 시온은 그 뒤로도 뻔뻔하게 웃고 떠들었다.

그렇게 다미만 불편한 자리에서 식사는 계속되었고 주고받는 대화들은 절정으로 치솟았다.

어느 정도 배도 채웠겠다, 분위기도 좋겠다 싶어 다미가 곁에 두었던 쇼핑백을 들어 올렸다.

"저기, 얘들아."

"어? 그거 뭐야?"

친구들의 관심이 다미가 들고 있는 청첩장으로 향했다.

"나 결혼해."

다미가 환하게 미소 지으며 들고 있던 청첩장을 친구들을 향해 보여 주었다.

"어머, 축하해!"

모두 진심으로 기뻐하며 환호성을 내질렀다.

단 한 사람, 송시온만 빼고.

시온의 얼굴은 누가 봐도 확연히 굳어져 있었지만 다미는 크게 신경 쓰지 않았다. 송시온은 언제나 자신에게 저렇게 뚱하고 아니꼬운 표정을 짓던 녀석이었으니까.

"고마워. 시간들 나면 와서 축하해 줘."

축의금은 꼭 들고 오라는 말은 속으로 삼킨 다미가 자리에서 일어나 청첩장을 친구들에게 나누어 줄 때였다. 얌전히 앉아 있던 시온이 갑자기 자리에서 벌떡 일어났다.

"안주가 없네. 뭐 좀 더 해 올게."

주방 안으로 들어가 버리는 시온의 뒷모습을 뾰루퉁한 표정으로 바라보던 그녀가 자신의 자리로 돌아가려다가 그의 자리에 청첩장을 올려놓았다.

동창회가 끝날 기미가 보이자 다미는 파우치를 들고 화장실로 향했다. 집으로 돌아가기 전에 잠깐 선우를 보고 가기 위해서였다.

"근데 다미, 너 정말 많이 예뻐진 것 같아. 결혼식에 참석할 거지만 미리 결혼 축하해."

함께 화장실에 온 친구가 다미의 어깨를 툭 밀치며 애교스럽게 말했다.

"고마워. 너도 많이 예뻐졌어."

"나 코랑 턱 했잖아."

어쩐지 기억하고 있는 얼굴이랑 다르다 싶더니.

"넌 어디 안 했지?"

"응. 난 안 했어. 학생 때에 비해서 살이 좀 많이 빠졌지."

"살 빠져서 예뻐지긴 했지만 넌 코끝만 조금 올리면 더 예쁠 것 같은데. 우리 신랑이 성형외과 전문의거든."

"아, 정말?"

"생각 있으면 연락해. 싸게 해 줄게."

화장을 고치고 친구와 격한 수다를 떨며 화장실에서 나오니, 친구들로 차 있어야 할 자리가 텅 비어 있었다.

"다들 2차로 사거리 옆에 있는 노래방에 갔어."

막 주방 불을 끄고 옷을 갈아입고 나온 시온이 말했다.

"어머! 시온이 너는 조리복 입은 모습도 그렇게 멋있더니 사복 입으니까 더 한다, 더 해. 내가 결혼만 안 했어도 널 어떻게 좀 꼬셔 봤을 텐데."

친구의 말에 다미가 콧방귀를 꼈다. 시온의 건조한 눈빛이 그런 다미에게 와 닿았다.

"이제 우리도 노래방으로 출발하자!"

친구의 외침과 함께 급하게 나가려던 다미를 시온이 불러 세웠다.

"공다미."

친구와 다미가 동시에 시온을 바라보았다.

"넌 남아서 나랑 이거 정리하고 가."

"왜 나만 정리해?"

"네가 제일 많이 먹었으니까."

정리할 그릇들이 상당한 테이블을 보며 친구가 제 팔에 팔짱을 끼고 있는 다미의 팔을 은근슬쩍 떼어 내더니 급하게 가게를 빠져나갔다.

"뭘 어떻게 정리하면 되는데?"

"안 늦었어."

팔을 걷어붙이고 본격적으로 테이블을 치우려는 다미에게 시온이 엉뚱한 말을 내놓았다.

"뭐가 안 늦어?"

"파혼해."

밑도 끝도 없는 시온의 갑작스러운 말에 어처구니가 없는 나머지, 다미가 얼이 빠진 얼굴로 그를 응시했다.

시온은 감정을 짐작할 수 없는 무표정한 얼굴로 손에 잡히는 그릇들을 치우고 있었다.

"뭐? 방금 뭐라고 그랬어?"

"파혼하라고."

여태 그릇을 향해 있던 시온의 시선이 다미에게로 와 닿았다.

표정만큼이나 굳어 있는 눈빛이었다.

"야, 송시온."

"그 새끼는 아니야."

그의 거친 말투에 기가 막혀 헛웃음이 다 새어 나왔다.

"대체 네가 뭘 안다고?"

어느새 웃음기를 지운 다미가 차갑게 물었지만 시온은 조금의 미동도 보이지 않았다.

"말 들어."

"네가 뭔데 이래라저래라야. 기가 막혀서. 네가 뭔데 우리 선우 씨한테 그 새끼래!"

술에 취하기도 했고, 오랜 분노가 올라오기도 했다. 여태 그에게 쌓였던 모든 감정들이 폭발해 다미는 손에 들고 있던 작은 접시를 자신도 모르게 시온을 향해 내던져 버렸다.

다행히도 빗나가 버린 접시가 바닥으로 떨어져 쨍그랑, 하고 파편들을 튀기며 깨졌다.

깨진 그릇을 바라보던 시온의 눈동자가 까칠하게 다미를 읽아맸다.

"예전이나 지금이나 남자 보는 눈은 발바닥에 달렸냐?"

"그만해."

"대체 넌 좋아하는 남자 새끼들마다 왜 다 그 모양인데! 등신 같은 짓 좀 작작……!"

도저히 가만히 듣고 있을 수가 없어 다미는 손에 잡히는 맥주잔을 들어 그대로 시온의 얼굴에 뿌려 버렸다. 맥주를 얼굴에 뒤집어 쓴 시온의 입술이 굳게 다물어졌다.

"그만하랬지!"

"……"

"내가 왜 너한테 그딴 소리를 들어야 되는지 모르겠다. 재수 없는 새끼! 대체 넌 매번 왜 나를 못 잡아먹어서 안달인 건데!"

시온은 아무 말 없이 흥분한 다미를 응시할 뿐이었다.

"너도 거짓말이나 하는 주제에 누가 누구한테 아니라는 소리를 하는 거야? 네가 나한테 고백을 했다고? 난 너한테 고백 한 번 들어 본 적 없어. 매일 벌점을 볼모 삼아 셔틀이나 시켜 먹었던 놈이잖아. 그것도 모자라 거짓말이나 하는 주제에 어디다 대고 충고야! 그리고 우리 선우 씨가 어때서! 너보다 훨씬 잘난 사람이야! 너 잘났다고 다른 사람 깎아 먹는 그 버릇, 개나 줘 버려!"

거칠게 컵을 내려놓은 다미가 급하게 자신의 가방을 챙겨 들었다.

"두 번 다시는 내 눈에 띄지 마. 그때는 이 정도로 안 끝나."

"……"

"진짜 죽여 버릴 거야, 송시온."

다미는 눈물이 가득 고인 채 떨리는 목소리로 겨우 말을 내뱉은 뒤 무언가를 말하려고 입술을 떼어 내는 시온을 외면하고 가게를 빠져나와 무작정 달렸다. 뒤에서 거칠게 문이 열리고 시온이 뛰어 나오는 소리가 들렸다.

"공다미!"

택시를 잡아 얼른 올라탔다. 출발하는 택시를 쫓아 달려오는 시온의 모습이 점점 작아지더니 곧 시야에서 사라져 버렸다.

＊　　　＊　　　＊

"음……."

다미는 일어나자마자 머리 근처에 두었던 휴대폰을 더듬거리며 찾아 확인했다.

어제 택시 안에서 분명히 전화를 두 통이나 했고 문자도 보냈는데 선우에게선 아무런 답장도 와 있지 않았다. 무슨 일이라도 생긴 건 아닐까, 은근한 걱정에 문자 하나를 더 보냈다.

〈무슨 일 있는 거야? 걱정되니까 문자 보는 대로 꼭 연락 좀 줘.〉

침대에서 기어 나와 욕실로 향한 다미는 씻고 나와 가볍게 식사를 하고 젖은 머리를 말렸다.

화장을 하기 위해 가방을 연 그녀의 두 눈이 휘둥그레졌다.

"어라, 파우치가 어디 갔지?"

아무리 가방을 뒤져 확인해 봐도 파우치는 보이지 않았다.

그러다 문득 기억 하나가 빠르게 머리를 스쳐 지나갔다.

어제 레스토랑에서 화장을 고치기 위해 파우치를 꺼냈다가 친구랑 수다를 떠느라 정신이 팔려 그만 화장실에 두고 왔다는 것을.

파우치는 의심을 해 볼 것도 없이 시온의 레스토랑에 있다는 얘기였다.

파우치 안에는 값비싼 화장품들이 가득했고 더군다나 연예인과 각종 기획사 연락처가 들어 있는 USB가 있었다.

"대체 정신을 어디다 두고 다니는 거냐, 공다미! 그리고 하필이면 두고 온 곳이 왜 송시온 레스토랑이냐고!"

그렇다고 마냥 낙담하고 있을 시간이 없었다. 서두르지 않으면 지각이다. 가뜩이나 분위기도 흉흉한데 지각까지 해서 몰매를 맞을 수는 없는 노릇이었다.

다미는 서둘러 집을 빠져나왔다. 회사로 가는 동안 몇 번이고 망설이다가 전화를 걸었다.

얼마 가지 않아 달칵 소리가 나고 잠에 잔뜩 잠긴 시온의 목소리가 들렸다.

—여보세요.

"나 공다미야."

—어.

당연히 연락이 올 줄 알았다는 듯한 담담한 반응이었다.

"너희 가게에 파우치를 좀 두고 왔는데, 혹시 봤어?"

—어, 봤어.

"그것 좀 퀵으로 보내 줄 수 있어?"

—아니.

바로 해 주겠다고 대답하지 않을 것이라 예상은 했다만 저렇게 망설임 없이 아니라고 할 줄은 몰랐다.

다미는 크게 뒤통수를 한 대 얻어맞은 것 같은 얼얼한 표정으로 어렵게 입술을 열었다.

"왜?"

—바빠.

"아니, 그거 뭐 얼마나 걸린다고? 내가 그쪽으로 퀵 보낼게."

—몇 시쯤에?

"지금!"

—나 지금 집이야. 아직 오픈 안 했어.

"오픈 시간 몇 신데?"

—오픈 시간에는 바빠.

"그럼 브레이크 타임 시간에 보낼게."

—나 쉬러 다시 집으로 돌아가야 돼.

"그럼 저녁에는?"

—저녁엔 당연히 더 바쁘지 않겠냐?

이런저런 핑계를 대는 것을 보니 절대 순순히 파우치를 돌려 줄 것 같지 않았다.

학창 시절에도 당했던 일이었다. 다 같이 하는 조별 숙제 때문에 자신의 집에 왔다가 시온이 물건을 두고 갔는데 다음날 준다는 것을 온갖 핑계를 대며 결국 그날 가져다 주게 만들었던, 성격 한 번 별난 놈이었다.

더군다나 그 물건은 고작 형광펜이었다.

—아무튼 나 바쁘니까 가져가고 싶으면 직접 찾으러 오던가.

"야, 송시온!"

—남의 바쁜 출근 시간, 언제까지 잡아먹을래?

"……"

출근을 해야 하는 아침은 누구에게나 일분일초가 아깝다는 것을 잘 알고 있기에 다미는 군말 없이 전화를 끊었다.

그러면서도 쉽게 가시지 않는 분노에 씩씩거렸다.

"아니! 퀵도 보내겠다는데 전해 주기만 하면 될 것을, 도대체 그게 뭐가 그리도 어렵다고!"

다미는 회사에 도착할 때까지 쉬지 않고 입 밖으로 불만을 토해 냈다. 버스에서 내리자 기다렸다는 듯이 집에서 나올 때까지만 해도 내리지 않던 비가 쏟아지듯 내리기 시작했다.

"이놈의 장마는 언제 끝나려고……!"

무자비하게 비를 쏟아붓는 인정 없는 회색빛 하늘을 올려다보던 다미는 뻔쩍, 하고 치는 벼락에 화들짝 놀라며 서둘러 회사 안으로 들어갔다.

"야, 너 얼굴이 그게 뭐야?"

자리로 향하려던 다미는 저를 부르는 목요일 1위 예능 작가의 부름에 걸음을 멈춰 세웠다. 그냥 모른 척 넘어가면 될 것을 뭐가 그리도 아니꼬운지 꼭 시비조로 말을 걸곤 했다.

하, 지도 화장 안 했으면서.

"선배님, 안녕하세요. 파우치를 잃어버려서요."

속내를 전부 드러낼 순 없다. 언제 어떻게 한 팀이 될지 모를 사람이기 때문이었다.

엉망으로 나오는 시청률 때문에 곽 CP에게 박살이 날 때마다 은근히 다미의 속을 박박 긁던 권 작가는 며칠 전 쌍꺼풀 수술을 하고 와 눈이 부담스러울 정도로 퉁퉁 부어 있는 상태였다. 제대로 시선을 처리하기가 어려웠다.

"근데 너희 팀 어찌 되는 거야?"

"뭐 어떻게든 되겠죠."

"위에서는 꽤 심각하던데? 잘하면 진짜 폐지되겠어."

말이 묘하다. 잘하는데 왜 폐지가 돼? 저것도 작가라고.

다미가 멋쩍게 웃으며 자신의 자리로 향했다. 회의를 위해 준비한 자료들을 들고 회의실로 향하고 있을 때 휴대폰이 울렸다. 발신자를 확인해 보니 선우였다.

〈미안. 어제 늦게 끝나서 확인 못 하고 오늘 또 늦게 일어나서 서둘러 준비하느라 이제야 답장을 하게 됐네. 동창들이랑 재미있게 놀았어?〉

답장을 하려고 하는데 회의실로 들어가는 임 PD와 덜컥 눈이 마주쳐 버렸다.

빨리 안 들어오고 거기 서서 문자할 정신이 있냐며 쏘아대는 듯한 그의 눈빛에 다미가 휴대폰을 얼른 주머니에 집어넣고 회의실로 들어갔다.

"어디 아파?"

자리에 앉는 다미를 향해 지민이 걱정스럽게 물었다.

"아니요. 화장 못 한 거예요."

"어머, 네가 웬일로?"

야외 촬영 날, 겨우 한 시간을 자고도 일어나 어떻게든 화장을 할 만큼 민낯을 사수하겠다는 투철한 정신을 발휘하여 모두에게 갈채를 받던 다미라 지민은 제법 놀라는 눈치였다.

"그럴 사정이 있었어요."

"수다 그만들 떨고 회의 시작하죠."

임 PD의 까칠한 지적에 다미와 지민의 입이 굳게 닫혔졌다.

진전이 없는 쳇바퀴처럼 매번 똑같은 회의가 시작되었다.

장장 여덟 시간에 걸친 릴레이 회의에도 불구하고 이렇다 할 아이디어 하나 나오지 못한 채 끝이 났다.

녹초가 되어 회의실에서 나오자마자 선우에게 오전에 보내야 했던 답장을 힘없는 손가락으로 꾹꾹 눌러 겨우 보냈다.

〈너무 힘든 회의였어. 정말 이제 그만두고 다른 직업 알아볼까 봐. 결혼하면 한 1년 정도 쉬다가 알아보고 싶어.〉

그러면서도 꽤 짭짤하게 받는 바우처* 때문에 쉽게 사표를 낼 수가 없다. 선우는 바쁜지 답장이 없었다.

"많이 바쁜가."

요즘 들어 서운할 정도로 연락이 뜸해졌다. 지민의 말대로라면 결혼할 날이 얼마 남지 않아 뒤숭숭한 마음에 그럴 것이라고 했지만 다미는 자꾸만 이상한 생각이 들었다.

하지만 그것은 스스로를 불행이라는 늪에 떠미는 무모한 짓이라 여기며 생각을 떨쳐 냈다.

정말 바쁜 거겠지, 뭐.

업무를 마무리 짓고 회사를 나온 다미는 곧장 시온의 레스토랑으로 향했다. 가는 내내 이게 뭔 고생이냐는 불만 어린 혼잣말이 쉬지 않고 터져 나왔다.

---

*바우처(voucher):예능 작가들이 주마다 받는 월급.

압구정의 거리는 사람들로 복잡했고 저녁 시간이라 그런지 레스토랑 또한 밀려드는 손님들로 정신없어 보였다.

밖에서 기웃거리며 시온을 찾아봤지만 모습이 보이지 않아 결국 문을 열고 들어갔다.

"어서 오세요. 예약하셨어요?"

다미가 들어가자 카운터 앞에 있던 여자 직원이 상냥하게 인사를 하며 다가왔다.

"아니요. 예약은 안했는데, 송시온 씨 계시나요?"

"아, 저희 사장님이요? 주방에 계시는데 불러 드릴까요?"

다미가 가볍게 고개를 끄덕이며 답하자 여자가 주방으로 가더니 조금 있다가 다시 돌아왔다.

"사장님께서 이번 오더만 뽑고 나오신다고 하셔서요. 이쪽에서 잠시만 기다려 주시겠어요?"

"저 죄송한데, 그냥 파우치만 달라고 전해 주시면 안 될까요?"

"죄송합니다. 너무 바빠 보이셔서요."

그녀가 난감하다는 얼굴로 대답했다. 다미도 더는 바쁜 사람을 붙잡고 있는 것은 예의가 아니라고 생각하며 안내해 준 카운터 뒤쪽 자리에 앉았다.

주방에서 나는 음식 냄새에 슬슬 배가 고파 왔다. 맛있었던 시온의 음식을 생각하니 군침이 다 돌았다.

배고픔을 조금이나마 분산시키기 위해 휴대폰을 열었다.

자신이 참여해 만든 프로그램 기사를 보며 시온을 기다리고 있던 다미의 귓전으로 방금 전 제게 상냥하게 말했던 직원의 목소리를 통해 낯익은 이름이 들려왔다.

"예약하신 성함이 구선우 씨 맞으신가요?"

"네, 맞습니다."

선우 씨?

다미가 반사적으로 자리에서 벌떡 일어났다. 워낙 흔한 이름이기에 동명이인이 분명할 것이라 단언하면서도 작은 공간에서 나와 바깥을 힐끔거렸다.

여자의 안내를 받으며 따라가는 남자의 뒷모습. 그리고 그 남자와 손을 잡고 따라가고 있는 여자가 창가 쪽으로 안내를 받고 앉은 순간이었다.

"……!"

다미의 심장이 벼랑 끝으로 곤두박질쳐지는 기분이 들었다. 당연히 동명이인이겠거니 하면서도 숨길 수 없던 여자의 불안한 직감이 그대로 적중했다.

반대편에 앉은 여자에게 해사하게 웃으며 다정하게 그녀의 볼을 어루만지고 있는 사람은 몇 주 뒤 자신과 결혼식을 올릴 남자, 선우였다.

너무 놀라 숨조차 제대로 쉴 수가 없었다. 기가 막혀서 자꾸만 실성한 사람처럼 웃음이 새어 나오고 있을 때, 머리 위로 검은 그림자가 드리웠다.

천천히 올려다보니 파우치를 손에 들고 깔끔한 조리복을 입은 시온이 서 있었다. 그의 표정은 담담하다 못해 어딘가 모르게 비장하기까지 했다.

"우리 집 단골손님이야. 두 사람 다."

"……."

"나도 네가 준 청첩장 속의 사진을 보고 알았어. 저 남자가 네 남편이 될 사람이라는 거."

"그래서 저거 보여 주려고 그렇게 억지까지 써 가며 날 여기로 부른 거야?"

"넌 날 거짓말쟁이로 생각하고 있으니까 그냥 말로 하면 절대 믿지 않을 것 같아서."

차마 부정할 수 없는 그의 말에 다미가 아랫입술을 깨물었다. 감당되지 않을 현실에 밀쳐진 서러운 감정은 결국 다미의 커다란 눈망울을 붉게 물들이고 말았다.

"아는 걸 모른 척할 수가 없었어. 그래도 넌 내 동창인데."

"하, 눈물 나게 고맙다."

다미가 시온이 들고 있던 파우치를 거칠게 낚아챘다. 어느새 가득 차올라 버린 눈물이 시야를 뿌옇게 가리고 쉴 새 없이 뺨을 적시며 흘러내렸다.

다급하게 레스토랑을 빠져나왔지만 몇 발자국 가지 못해 시온에게 붙잡힌 몸이 돌려 세워졌다.

"공다미."

소리 내어 울지도 못하고 숨을 참아가며 서럽게 우는 다미의 얼굴과 마주한 시온의 표정이 묘하게 굳어져 있었다.

"데려다줄게."

"됐어."

있는 힘을 다해 시온에 손에서부터 팔을 뿌리쳤다. 그리고 돌아섰다가 다시 분에 못 이겨 시온에게로 다가왔다.

"송시온. 너는 상처를 많이 받아 본 적이 없어서 잘 모르나 본데, 사람들은 또 다시 상처받기를 두려워 해. 그래서 일부러 상처를 받을 것 같으면 보지 않고 모른 척하려고 노력해. 애써 그렇지 않을 거라고 스스로를 달래며 상처를 피해 가는 사람들도 있다고!"

"네가 저 남자랑 결혼해서 나중에 이 사실을 알고 더 큰 상처를 받을까 봐 걱정이 돼서 그랬어. 이해하고 살면 된다고? 그래, 네 성격에는 충분히 그러고도 남지. 근데 네가 왜. 네가 왜 저런 새끼를 이해하면서 살아야 돼?"

틀린 말은 아니었지만 더는 아무 말도 하고 싶지 않았다.

서러움과 분노, 실망과 아픔에 자꾸만 목이 막히고 코끝이 시큰해져 왔다.

다미가 그대로 다시 돌아선 순간 멈췄던 비가 쏟아져 내렸다. 젠장, 이번엔 시온을 기다리면서 앉아 있던 곳에 우산을 두고 왔다.

공다미. 정신 좀 제대로 챙기고 다녀라, 좀!

결혼할 애인이 바람을 피우는 장면을 목격하고 정신까지 탈출해서 우산까지 두고 왔다고 생각하니 서러움이 폭발했다.

"흑, 흐어엉……!"

결국 다미는 어린아이처럼 입을 벌리고 울어 대기 시작했다. 두꺼운 빗물이 입으로 들어가고 금세 온몸을 흠뻑 적셔 버렸다.

"잠깐 기다려."

자신을 두고 다시 레스토랑으로 들어가는 시온을 뒤로하고 다미가 천천히 앞으로 걸어갔다. 청첩장을 돌리며 입이 찢어져라 웃던 자신의 모습이 떠올랐다.

막상 상대방은 다른 여자와 낄낄거리고 있던 것도 모르고 좋아하던 자신의 어리석은 모습이 비참하고 초라해서 죽고 싶은 심정이었다.

빗방울이 몸에 닿을 때마다 아프다. 지나가는 사람들은 다 큰 여자가 엉엉 울면서 비를 맞고 다니는 모습이 이상했는지, 곱지 못한 눈길로 힐끔거렸다.

눈물 때문인지, 빗물 때문인지 시야가 잘 보이지 않았다.

손등으로 눈을 쓱쓱 문지른 순간 자신을 무섭게 적시던 비가 사라졌다.

뒤를 돌아보니 자신 만큼이나 흠뻑 젖은 시온이 우산을 들고 서 있었다.

"고맙다. 아주 고마워."

"억지 부리지 마."

"억지 아닌데?"

"네가 진짜 하고 싶은 말을 해."

위로라고 할 수도 없는 그의 무뚝뚝한 말에 다미가 빗물이 잔뜩 묻은 입술로 말했다.

"가."

"……."

"저리 가! 난 네가 세상에서 제일 싫어. 지금 이 순간에 너와 있다는 것도 내겐 너무 치욕스러운 일이야!"

끊어져 버린 이성과 자신을 깊은 늪에 빠트리는 서러운 감정에서 빠져나오려면 누구라도 잡고 원망을 쏟아 내야 했다.

게다가 그 상대가 언제나 마음 깊은 곳에서부터 불만을 쌓아 놓고 있던 시온이라 스스로를 주체할 수 없을 정도로 모진 말들이 튀어나왔다.

"기다려. 집까지 데려다줄게."

"가라니까!"

다미의 윽박지름에 시온이 깊은 한숨을 내쉬었다. 그는 단 한 발자국도 물러서지 않고 우두커니 서 있었다.

그 고집스러운 모습에 열이 받은 다미가 다시 뒤를 돌아 빠른 걸음으로 앞을 향해 걸어갔다.

"따라오지 마! 따라오면 가만 안 둘 거야, 진짜!"

"그러던지."

단숨에 다미를 따라잡은 시온이 다시 우산을 씌워 주며 덤덤하게 말했다.

다미가 그런 시온을 원망스럽게 바라보다가 레스토랑 쪽으로 시선을 돌렸다. 창가에 앉아서 스테이크를 먹기 좋게 썰어 여자에게 들이밀고 있는 선우가 보였다.

"짜증나. 진짜 짜증나. 왜 비가 오고 지랄이야, 왜. 왜 비는 오고 지랄이냐고!"

다미가 어금니를 꽉 물고 두 주먹을 쥐며 온몸으로 아프게 울었다.

시온은 그런 다미의 곁에서 꼼짝도 하지 않고 머물러 주었다.

빗물과 눈물 속에 묻혀 듣지 못한 휴대폰 진동 소리.

〈다미야, 우리 프로그램 결국 폐지하기로 했대. 자세한 이야기는 아마 내일 임 PD님이 말씀해 주실 거야. 너와 참 오래도록 정이 들었는데, 더 좋은 프로그램에서 다시 만나길 바랄게.〉

비가 온다.
언제나 그랬듯 참 재수 없는 날이다.

1화
못 다한 이야기

2차로 노래방에 간 은교 고등학교 2학년 7반 동창생들은 각자 자리에 앉아 이제 막 나온 맥주 캔을 들어 올렸다.

"야, 근데 시온이랑 다미는?"

"가게 정리하고 온대."

"아……."

시원스럽게 건배를 외치고 쭉 들이켠 캔을 내려놓자마자 한 친구가 입술을 떼어 냈다.

"근데 다미가 작가라니 진짜 의외야."

"나 완전 놀랐잖아."

"그러니까. 반 꼴등이 작가를 할 줄 누가 알았겠어. 근데 누가 제일 먼저 알고 있었던 거야? 진작 좀 말해 주지."

"맞아, 아까 시온이가 우리 중에 누구한테 들었다고 했잖아."

다들 서로 고개를 갸웃거리며 서로 '너 아니야? 난 아닌데' 라며 번갈아 묻고 대답했다.

결국 노래방에 있는 동창들 모두 이상하다며 중얼거렸다.

레스토랑에서 나와 집으로 간 동창은 단 한 명도 없었기에 그
의아함이 더욱 짙어졌다.

"대체 시온이는 누구한테 들은 거야?"

2화

파혼 후, 다미는 하루가 멀다 하고 폐인 생활을 하고 있었다. 프로그램이 폐지되고 나서 지민이 들어간다는 새로운 프로그램에 참여할 기회가 있었지만 방송국에 얼굴이 팔려 도저히 나갈 수가 없었다.

신나서 청첩장을 돌리고 다녔었다. 그런데 예비 신랑이 다른 여자와 바람을 피워 파혼했다고 하면 누가 봐도 자신이 차였다고 오해할 것이 분명했다. 그런 취급을 받으며 아무렇지 않게 지낼 자신이 없었다.

늦은 새벽까지 잠이 오지 않아 영화를 보고 해가 뜰 때쯤 잠이 들었다. 그리고 일어나면 저녁이 되어 있었다.

오늘도 어김없이 늦게 일어나 소파에 누워 의미 없이 TV 채널만 열심히 돌리고 있을 때 휴대폰이 울렸다. 화면에 뜬 이름을 확인하자마자 다미의 입술 밖으로 깊은 한숨이 새어 나왔다.

"어, 엄마."

—그래. 밥은 먹었어?

"응."

—그럴수록 더 잘 챙겨 먹어야 돼. 엄마가 밑반찬 몇 개 더 보냈어.

엄마의 목소리를 듣고 있으니 갑자기 서러워진 다미의 목이 아플 정도로 막혔다.

—일자리는?

"이제 슬슬 구해야지. 나도 언제까지 놀 순 없잖아. 월세 안 밀리려면 이번 달엔 꼭 구해서 시작해야지."

사실 일자리를 구하는 것도 막막했다. 경력이 있기는 하지만 워낙 저조한 시청률을 기록했던 프로그램을 맡았었고 다른 방송국은 현재 있던 곳보다 바우처가 적은 편이었다.

—그래, 콜록!

"왜 그래? 감기 걸렸어?"

—신경 안 써도 돼. 그냥 요즘 머리가 좀 아프고 몸이 으슬으슬하네.

"병원 가 봐."

—겨우 감기 같은데, 뭐.

"그래도 가 보지. 근데 할머니는? 요즘 할머니는 엄마 안 괴롭혀?"

—애는. 할머니가 언제 날 괴롭히셨다고.

"맨날 며느리 못 잡아먹어서 안달 나셨잖아. 요즘 시대가 어느 시대인데."

불평 어린 다미의 말에도 엄마는 차분한 목소리로 다그쳤다.

—그래도 할머니께 그렇게 말하면 못 써. 밥 꼭 챙겨 먹고 무슨 일 있으면 엄마한테 연락해.

전화를 끊고 다시 TV로 시선을 돌렸지만 전혀 집중이 되지 않았다. 그러다 벽에 걸린 달력으로 시선을 돌렸다.

"지금이 8월인가?"

휴대폰을 확인하자 9월이었다. 벌써 두 달이 다 되어 가고 있었다. 혼자 시간의 구애를 받지 않고 살아가는 사람처럼 모든 것이 무의미한 다미는 지나가 버린 달력을 뜯을 생각도 하지 않고 자세를 바꿔 누워서는 천장만을 멀뚱멀뚱 바라보았다.

파혼을 하겠다고 집에 말했을 때, 친할머니는 여자가 이해하며 살아야 한다고 했지만 다미는 울며불며 싫다고 말했다.

결국 할머니는 회초리를 드셨고 엄마는 그런 다미를 끌어안고 울었다.

그래도 파혼하면서 나름 멋지게 선우의 낯짝에 시원스럽게 물도 뿌려 주며 사람들 많은 레스토랑에서 바람난 놈이라고 망신을 주었다.

보란 듯이 청첩장을 갈기갈기 찢은 다음 한 사람당 20만 원이나 되는 밥값을 한 푼도 내지 않고 빠져나왔다. 결혼식을 준비하며 보탰던 모든 것들에 대해 환불받을 때도 마찬가지였다.

그렇게 나름의 복수를 했다고 생각했는데.

아직도 억울하고 서러운 마음이 위로가 되질 않는다. 아무도 보지 않는데 너무 창피해서 손으로 얼굴을 틀어막고 엉엉 울어 재끼고 있을 때였다. 전화번호를 바꾸고 나서 엄마 말고는 걸려

오지 않던 휴대폰이 다시 한 번 울렸다. 저장을 하지 않았지만 익숙한 번호였다.

다미는 훌쩍이며 받지 않고 휴대폰을 멀리 밀었다. 그러자 끊겼던 휴대폰이 다시 울렸다. 받을 때까지 할지도 모를 그 집요함을 누구보다도 잘 알고 있기에 다미는 눈물을 삼키며 전화를 받았다.

"네, 지민 선배."

―이게 얼마 만에 듣는 목소리야!

"제 전화번호는 어떻게 아셨어요?"

―자리 나왔는데 너랑 연락 안 된다고 어머니께 전화 드렸지, 방금.

"아……."

엄마가 이 사실을 알게 되었으니 이제 더는 일을 거절할 수도 없는 입장이 되어 버렸다.

―너 설마 아직도 밥 먹다가 울고, 샤워하다가 울고, TV 보다가 울고, 자려다가 울고. 그러고 있는 건 아니지?

"제 방에 카메라 설치하셨어요?"

다미가 눈물 묻은 눈으로 주변을 두리번거렸다.

―으이고. 칠푼아, 팔푼아. 이제 그만할 때도 됐어. 너 생각도 하지 않는 그런 사람 때문에 왜 네가 시간 낭비, 감정 낭비를 하고 있니?

"꼭 선우 씨 때문에 그런 것만은 아니고요."

―사람들은 이제 너 얘기도 안 꺼내. 그러니까 다시 돌아와도 된다는 뜻이야.

용기가 나지 않는다. 사람들이 옹기종기 모여서 낄낄거리며 저를 비웃을 생각을 하면 말이다.

더 나아가서 어쨌든 자신의 호기심을 해소하기 위해 대놓고 물어보는 사람도 분명 있을 터였다. 사실대로 말하기엔 자존심이 너무 상하고, 그렇다고 거짓으로 둘러댈 다른 핑계도 마땅치 않다. 그래서 싫다. 지금 이대로 아무도 없는 곳으로 가서 꽁꽁 숨어 버리고 싶다.

—새로운 프로그램 들어갈 거야. CP가 최승우야. 너도 알지?

최승우 CP로 말하자면 기획하는 예능마다 대박이 나고 아빠 미소를 항상 보인다고 해 이른 바, '아미'라는 별명을 소유하고 있는 천사 같은 CP님이었다. 시청률이 낮게 나오면 힘을 내라고 회식도 시켜 주시며 채찍질보다는 당근을 먼저 내미시는 분.

그래서 PD나 작가 모두 함께 일을 하고 싶어 했다.

—그 CP님이 너랑 꼭 일해 보고 싶다고 하셨어. 그리고 놀라지 마. 우리 이번 MC가 김재훈 씨야!

"대박, 김재훈 씨요!?"

다미가 예능 작가가 되겠다고 결심을 했던 가장 큰 이유 중에 하나라고 해도 과언이 아닐 정도로 김재훈은 오래전부터 같이 작업을 하고 싶었던 MC이자, 다미의 유일한 스타였다. 그녀는 이미 반쯤 흥분한 상태로 자리에서 벌떡 일어나 방방 뛰었다.

"대박!"

—함께 일하고 싶어 했잖아. 어때, 솔깃하지?

"담당 PD는요?"

승우 CP님을 말할 때는 떳떳하고 당당하기만 했던 지민에게 돌아오는 대답이 없었다. 뜸을 들이는 반응에 누구인지 짐작이 간 다미의 얼굴이 확 굳어졌다.

"설마."

―그래, 임 PD야. 근데 사실 오늘 전화는 임 PD가 먼저 해 보라고 한 거야.

"임 PD가요?"

―응. 너랑 다시 일하고 싶대. 근데 번호도 몰라서 연락을 못 해 본다고 엄청 속상해했어.

"거짓말."

―어머, 너 내가 거짓말하는 거 봤니?

"네. 회식하는 날 남편한테 밤새도록 회의할 것 같다고 하셨잖아요."

―그런 건 좀 잊어라.

지민의 입 발린 소리든 아니든 임 PD가 먼저 제안을 했다는 건 정말 놀라운 일이었다. 언제나 자신을 못마땅하게 여기고 회의 시간에 의견만 내놓아도 다그치며 묵살시키던 그가 아니었던가. 그런 그가 자신과 다시 일을 하고 싶다는 의견을 내보인 것에 대체 무슨 꿍꿍이가 있을까, 의심이 갈 정도로 이례적인 일이었다.

"생각 좀 해 볼게요."

―내일 약속 없지?

"네. 딱히."

―그럼 오후에 잠깐 나랑 만나자. 내가 점심 사 줄게. 기획안도 보여 줄 겸.

"네. 그렇게 해요."

─우리 후배님께서 영 기운이 없으니 선배도 막 힘이 쭉쭉 빠지려고 한다. 내일 맛있는 거 먹자, 꼭.

참 고마운 선배였다. 다미는 알겠다고 애써 힘을 주어 대답한 뒤 전화를 끊었다.

다음날 지민은 이른 시간부터 차를 끌고 집 앞까지 다미를 데리러 왔다. 맛있는 것을 먹으러 가자고 하기에 별 의심 없이 따라나섰다.

그런데 눈앞에 이 상황은 무엇일까.

다미는 지금 자신이 앉아 있는 이 낯선 환경들을 멍하니 바라보며 속은 것 같은 기분을 도저히 떨칠 수가 없었다.

지독한 향냄새와 자신을 노려보고 있는 무섭게 생긴 동상, 그리고 앞에서 알 수 없는 주술 같은 것을 외우고 있는 부담스러울 정도로 붉은 한복을 입은 아줌마.

"보살님, 좀 보이시나요? 우리 후배님 운세가 좀 보여요?"

무당집이었다.

지민은 한 번 속는 셈 치고 재미로 보자고 했지만 다미는 여전히 이 낯선 환경에 어색함만 느끼고 있었다. 그러던 중 갑자기 무당이 쌀알을 책상으로 휘리릭 던지더니 날카로운 목소리로 말했다.

"삼재네!"

"어머, 삼재요?"

옆에 있던 지민이 더 호들갑을 떨며 물었다. 무당은 쌀알을 보면서 가늘게 눈을 뜨며 심각하게 말했다.

"그래. 그것도 악삼재에 날삼재야."

"악삼재랑 날삼재가 뭔데요?"

시큰둥해서 묻는 다미를 무당이 무섭게 바라보았다. 아무래도 위아래로 그린 청색의 아이라이너 문신 때문에 더 무서워 보이는 효과도 있는 듯싶었다.

"악삼재! 나쁜 일만 일어나는 삼재에 날삼재, 너의 재산과 명예가 실축되는 거야."

"……."

그래서 요즘 그렇게 어처구니없는 일들이 일어난 거구만.

그것을 지민도 눈치챘는지 귓속말을 했다. 하지만 누구나 다 들을 수 있을 법한 목소리로 속삭였다.

"그래서 네가 요즘 안 좋은 일들이 많았나 봐!"

무당의 표정이 묘하게 바뀌었다. 아무래도 자신이 뭔가를 맞췄다는 것에 뿌듯함을 느끼고 있는 듯싶었다. 다미 또한 애써 부정하지 않고 여전히 쌀알들을 손으로 휘적거리고 있는 그녀를 바라보았다.

"잠깐, 어디 보자……."

그녀가 한참을 심각하게 바라보더니 갑자기 얼굴 가득 화색을 두었다.

"곁으로 아주 귀한 귀인이 와 있어."

"귀한 귀인이요?"

물어보는 와중에도 와 있다는 귀인의 존재가 전혀 생각나지 않았다.

"이 귀인으로 하여금 너의 삼재가 어느 정도는 무사히 지나갈 수 있을 거야."

"제가 그 귀인을 만났나요?"

"어디 보자."

대체 그 쌀알에서 뭐가 보이긴 하는 거야? 다미도 그녀를 따라서 덩달아 눈을 얇게 뜨고 쌀알들을 바라보았다.

"응, 만났네. 그래서 네 운이 바뀌었어!"

"네?"

"네 운명이 바뀌었다고. 그 귀인을 만나고 나서."

아무리 생각해 봐도 그럴 만한 일이 없었다.

"그 귀인 곁에 착 달라붙어 있어. 어쩌면 귀인이 오래오래 네 곁에 머물게 될지도 모르니."

"머물면 뭐가 좋은데요?"

"전체적으로 다 좋아져. 너의 운명이 빛을 보게 될 거야."

"그 귀인이 누구인지는 안 보이나요?"

"그건 내 눈엔 안 보여. 네가 주변을 잘 살펴 봐."

그 말을 마지막으로 10만 원이나 되는 복채를 내고 나왔다. 가뜩이나 돈도 없는데, 별로 믿음이 가지도 않는 몇 마디와 제멋대로 쓴 부적으로 거금을 썼다고 생각하니 지민이 원망스럽기까지 했다. 그것을 눈치챈 듯 지민이 다미의 어깨에 능청맞게 팔을 올리며 말했다.

"대신 이 언니가 오늘 거하게 쏜다. 점심 먹고 이거까지."

말을 하면서 지민이 술을 캬, 하고 들이켜는 시늉을 해 보인다. 그제야 다미가 풀린 듯 작게 웃었다.

지민과 점심에 가볍게 술을 한잔하고 집으로 돌아온 다미는 지친 몸을 소파 깊숙이 들어 눕혔다. 그러다 불현듯 지민에게 받은 기획안이 떠올라서 가방을 끌어 가져왔다.

"요리 프로네. 하긴 요리 프로야 남아돌지만 폭망하는 경우는 없으니까."

일단 파일럿 방송*으로 내보낼 예정이라는 프로그램의 기획안은 생각보다 훌륭했다.

일상에 지친 회사원들, 주부, 고시생들의 사연을 뽑아 그들의 집으로 가서 근사한 요리를 해 주며 이야기를 듣고 사연자를 위로하는 것.

사람 냄새가 잔뜩 나는 이 기획안은 의심할 것 없이 지민의 의견이라는 것을 다미는 단번에 눈치챌 수 있었다.

이제 슬슬 일이 하고 싶어진 것은 사실이었다.

언제까지 백조가 되어 집에서 빈둥거릴 수는 없는 노릇이었다. 지민의 말처럼 그깟 놈 때문에 낭비하는 시간과 감정이 너무 아깝게 느껴졌다.

그리고 기왕 일할 거면 지민과 하는 게 좋긴 했다. 아니, 좋기보다는 그것이 의리였다. 오래도록 함께 호흡을 맞춰 오기도 했고 자신이 잘 적응을 하지 못할 때 든든한 버팀목이 되어 주기도 했던 선배였다. 선배의 제안을 계속 거절하는 것도 예의가 아니라는 생각이 들었다.

'파혼녀'라는 꼬리표가 들러붙어 쫓아다닐 생각을 하면 아직

---

*파일럿 방송:특집 프로그램으로 방송을 했다가 시청자 반응을 보고 정규 프로그램으로 전환되는 방송.

도 덜컥 겁이 나지만 생각해 보면 자신이 잘못한 일도 없는데 죄인처럼 숨어서 지낼 이유가 하나도 없었다.

다미는 용기 내어 휴대폰을 열어 지민에게 문자를 보냈다.

〈저 내일부터 출근하면 돼요?〉

"그건 그렇고, 귀인이라니? 내가 언제 귀인을 만났다고?"

혼잣말을 낮게 뱉던 도중 다미는 저도 모르게 시온의 그 잘난 낯짝이 떠올랐다.

"악!"

다미가 공중으로 있는 힘껏 발길질을 하며 고함을 내질렀다.

"귀한 귀인이라잖아, 귀한 귀인! 원수가 아니라."

부정의 말로 자신을 설득시켜 보려고 했지만 그럼에도 자꾸만 시온이 떠오르는 바람에 다미는 한동안 허공에 대고 발버둥을 쳐야 했다.

✳   ✳   ✳

프로그램만 바뀐 것뿐이지 달라진 건 아무것도 없었다. 같은 방송국에, 그 자리에, 회의실에, 동료들까지.

여태 같이 호흡을 맞춰 왔던 동료들은 다미의 파혼에 대해서 일절 아무 내색도 보이지 않았다. 그녀의 상처를 애써 헤집을 필요가 없다고 생각하기 때문일 것이다. 애써 환하게 인사하는 다미를 평소와 똑같이 받아 주었고 임 PD 역시 안쓰러워 더 잘

해 주는 것 없이 여느 때처럼 그녀를 구박했다. 급기야 예능국
장님마저도 딱히 다른 말을 꺼내지 않으셨다.

이 모든 것들에 지민의 노력이 있지 않았나 싶었다. 그녀가
다미가 돌아온다고 해도 그저 평소와 똑같이 대하자고 모두에게
경고에 가까운 부탁을 했을지도.

다만 이유는 모르지만 자신의 속을 긁는 재미로 회사에 다니
는 듯한 권 작가에게는 그것이 통하지 않은 듯싶었다.

"공 작가! 어떻게 된 거야?"

말은 걱정스러워 묻는 거겠지만 억양이 한없이 비웃는 것으
로 들려 다미는 표정 관리가 되지 않았다.

"뭐가요?"

"결혼식 말이야."

회의 중간에 가볍게 샌드위치와 커피를 먹자는 의견이 나왔
다. 막내 혼자 가는 것이 벅찰 것 같아서였지만 사실은 회의실
이 너무 답답해서 농땡이를 치고 싶은 마음에 같이 간식을 사러
가는 길에 이런 복병을 만나 버렸다.

엘리베이터까지 걸어오는 동안, 오늘 잠깐 미팅을 하기로 했
다는 셰프님이 잘생겼다며 침이 튀도록 설레발을 치던 막내의
입이 굳게 다물어졌다.

"정말 소문대로 남자 친구가 바람 펴서 파혼한 거 맞아?"

눈을 동그랗게 뜨며 직설적으로 물어보는 권 작가에 다미는
숨이 막히는 것 같았다. 주변에 막내만 있었기에 망정이지 만약
사람들의 동정 어린 시선까지 쏟아졌다면 다미는 눈물을 터트려
버렸을지도 몰랐다. 막내는 옆에서 어쩔 줄 몰라 하면서 발을

동동 굴리고 있었다. 아니다, 사람이 없는데도 어째 눈물이 나올 것 같다.

하지만 권 작가에게 들키는 것이 싫어 악착같이 참아 내며 시야를 바닥으로 툭 떨어트렸을 때였다.

"저리 비켜요. 길 막고 서 있지 말고."

앞에서 들려오는 무섭도록 낮은 저음이지만 어딘가 모르게 낯익은 목소리에 다미가 놀라서 고개를 번쩍 치켜들었다.

"어, 너!"

예기치도 못한 사람의 등장에 놀란 다미가 어버버 거리고 있는 동안, 권 작가는 뒤에서 차가운 눈으로 자신을 내려다보는 남자에게 길을 터 주고 있었다.

"송시온! 네가 여긴 무슨 일이야?"

"너 보러 온 거 아니니까 가던 길 가."

또 저렇게 못되게 말한다. 이를 바득바득 갈며 돌아서는 그의 뒷모습을 흰자만 보일 정도로 째려보고 있던 다미가 갑자기 방향을 틀어 다시 제게로 걸어오는 시온에 자신도 모르게 한 걸음 물러섰다. 단숨에 거리를 좁혀 지척까지 다가온 그가 상체를 살짝 기울여 다미를 바라보았다.

"죽일 거야?"

"뭐?"

"다시 네 눈앞에 나타나면 죽여 버린다며. 여기서 바로 죽일 거냐고. 그럼 잠깐 기다려. 주변 사람들에게 전화 좀 하고."

다미가 주변에 있는 권 작가와 막내의 눈치를 살피며 입술을 앙다물었다.

"여기 회사거든? 너랑 싸울 여유 없으니까 그냥 가던 길 가."

다미의 경고에도 시온은 꼼짝하지 않고 다미의 얼굴을 지그시 들여다보았다. 그리고선 한참 후에야 굳게 다물었던 붉은 입술을 떼어 냈다.

"생각보단 괜찮네."

뭐가 괜찮다고 하는 건지. 의아해서 미간을 찌푸리는 다미의 시선으로 시온의 손이 그녀의 머리 위로 올라왔다.

"이거 빼고."

머리카락에 무언가가 묻어 있었던 모양인지, 시온의 손이 다미의 머리카락을 스치고 지나갔다. 시온은 아무렇지 않게 머리카락에 이물질을 떼 주고 미련 없는 사람처럼 돌아서 금세 사라졌다.

"어떻게 아는 사이야?"

시온이 가자마자 권 작가가 눈을 반짝이며 캐물었다.

"동창이에요."

"어머, 잘생겼다. 웬만한 연예인보다 잘생겼어."

시온이 사라져 보이지도 않는 곳을 향해 눈으로 관심을 표하는 권 작가를 지나쳐 막내와 엘리베이터에 올라탔다.

"아까 뭐 사 오라고 했지?"

권 작가랑 한바탕 씨름을 하고 예기치 못한 장소에서 부딪혀 버린 시온 때문에 다미의 머리는 백지 상태였다.

"대박이에요, 선배님."

"응?"

"정말 송 셰프님이랑 동창이세요?"

뭘까. 막내의 동경에 가까운 눈빛과 제스처, 그리고 정감 있어 보이는 송 셰프라는 호칭까지. 모든 게 불길하게 다가오는 것 같은 예감은. 다미가 얼떨떨한 얼굴로 낮게 고개를 끄덕이자마자 막내가 어깨까지 들썩이며 또 한 번 놀란다.

"어. 동창인데, 왜?"

"이번 파일럿 방송에 출연해 주실 분이 송 셰프님이세요! 혹시 선배님이 출연 부탁드린 거였어요?"

"뭐?!"

윽박지름에 가까운 다미의 대답에 막내가 화들짝 놀라서는 몸을 움찔하며 입을 쩍 벌렸다. 그런 막내의 어깨를 양쪽으로 결박하듯 부여잡은 다미가 제발 아니라고 대답해 주길 간곡히 갈구하는 눈빛으로 재차 물었다.

"이, 이번 파일럿 방송 출연 셰프가 송시온이라고?"

다미의 간절한 바람과는 달리 막내는 작은 머리를 천천히 끄덕이며 현실을 직시시켜 주었다.

어쩐지 사람 수와는 다르게 한 개씩 더 사 오라고 했던 샌드위치와 커피가 이상했는데. 세상천지에 실력과 외모를 겸비한 수많은 셰프 중에 왜 하필 송시온일까, 왜.

간식을 사 들고 시온에 대해 이것저것 물어보는 막내에게 한참을 시달리다 들어간 회의실에서 다미는 자신이 사 온 샌드위치와 커피를 먹으며 여유로운 모습으로 회의를 하고 있는 그를 멀찍이서 뚱한 얼굴로 바라보았다.

그 모습을 보고 있으려니 불현듯 10년 전에 있었던 일들이 떠올랐다.

*　　　　*　　　　*

시온과의 거래에 어딘가 모를 찜찜함을 느끼며 교실로 들어
온 다미는 이미 좋은 자리는 전부 차 있는 것을 보며 낙담했다.
비어 있는 자리는 가장 부담스러운 교탁 맨 앞의 두 자리 뿐이
었다. 다미는 늦게 온 자신을 탓하며 어쩔 수 없이 그곳으로 가
서 앉았다.

새 학기라고 사 온 책에 이름을 적으며 공책과 볼펜을 정리하
고 있을 때까지만 해도 다미의 머릿속에 별다른 생각은 없었다.

그러니까 교실에서 유일하게 비어 있는 자신의 옆자리에 대
해서 말이다.

조회를 하기 위해 선생님이 앞문을 열고 들어오자 아이들의
이목은 앞문과 동시에 열린 뒷문으로 일제히 쏟아졌다. 그때까
지도 다미는 제 물건에 이름을 적고 스티커를 붙이느라 여념이
없었다.

"시온이랑 같은 반이라니, 정말 꿈만 같다."

"그렇지? 보기만 해도 심장 떨려. 너무 잘생겼어."

뒤통수에서 들려오는 여자 아이들의 속닥거림에 그제야 제
물건에 열심히 이름을 써 내려가던 다미의 손짓이 멈칫했다.

송시온이라, 송시온…….

교실에 비어 있던 두 자리 중 하나에는 자신이 앉았는데, 그
렇다면 설마……?

눈이 휘둥그레지기도 전에 시온의 모습이 다미의 눈에 들어찼다. 시온이 놀라서 저를 올려다보는 다미의 시선에 따라 자리에 앉았다.

"안녕?"

그가 무감한 얼굴로 생뚱맞게 인사를 건넸다. 다미가 아무 성과도 얻지 못할 헛된 일이라는 것을 알고 있으면서도 주변을 두리번거리며 빈자리를 찾았다. 하지만 야속하게도 빈자리는 단 한군데도 발견할 수 없었다.

"여기 말고 다른 자리……!"

"자, 다들 조용해라!"

다미의 당황한 목소리가 교탁 앞에 선 선생님의 말에 그대로 빨려 들어갔다.

"내 이름은 김태석이다. 과목은 너희들도 알다시피 수학이다. 한마디로 수학은 항상 우리 반이 1등을 해야 한다는 뜻이다."

아이들의 야유에도 담임은 제 의지를 꺾지 않고 꿋꿋하게 말을 덧붙였다.

"수학에서 1등을 하지 못하면 어떤 불이익이 너희들을 기다릴지 만나 보고 싶다면 뭐, 하지 말든가. 자, 그럼 반장할 사람?"

선뜻 나서는 사람이 없자 담임의 시선이 맨 앞에 있는 시온에게로 향했다.

"송시온."

다미의 책상 위에 있는 스티커를 의미 없이 바라보고 있던 시온의 시선이 천천히 담임에게로 향했다.

"네가 해라, 반장. 전교 1등에 애들도 말 잘 들을 것 같고, 네가 딱 적당하겠네."

"저 선도 부장이라서 반장은 힘들어요."

"그래? 그럼 네가 추천해 봐."

선생님에게 향해 있던 시온의 시선이 느긋하게 옆에 있는 다
미에게로 향했다. 덜컥, 눈이 마주친 순간 다미가 난처한 얼굴
로 고개를 내저었다.

"반장은 공부 잘해야 돼죠?"

"그럼 좋지. 아무래도."

담임의 간단한 대답에 시온의 시선이 금세 다미에게서 거두
어졌다.

그리곤 중간에 앉아 있는 안경 낀 남자아이를 가리켰다.

"쟤요."

남자아이가 화들짝 놀라서는 싫다는 의견을 말하는 듯했지만
담임은 그러든지 말든지 칠판에 적힌 반장 칸에 그 아이의 이름
을 써 넣었다. 부반장도 뽑고 나서 이런저런 얘기를 하던 담임
이 마지막 말로 궁금한 거 없느냐고 물었다.

"저희 짝꿍은 어떻게 해요?"

뒤에 앉은 여자아이의 질문에 다미가 허리를 꼿꼿이 폈다.

다미 역시 선생님에게 꼭 물어보고 싶던 말이었다. 아까부터
계속 느긋한 시선으로 자신을 바라보고 있는 시온의 눈빛에 심
한 부담스러움을 느끼며.

하지만 이내 들려오는 담임의 대답에 다미의 바람은 처참하
게 찢어지는 듯한 기분이 들었다.

"짝꿍? 그런 거 없어. 귀찮게 뭘 또 바꿔? 대충 앉아."

선생님이 나가고 아이들은 제각기 흩어졌다. 다미는 온몸으로 느끼고 있었다. 몇몇 여자아이들이 교실 뒤쪽에 옹기종기 모여 맨 앞에 앉아 있는 시온을 향해 속닥거리고 있는 것을.

그렇지만 다미는 그것에 대해 신경을 쓸 여력이 없었다.

자신의 옆. 가장 강렬한 송시온의 눈빛을 신경 쓰느라.

"공다미."

"어?"

자신을 부르고도 한동안 아무 말 없이 뚫어져라 바라보던 시온이 갑자기 가방에서 자신의 책을 전부 꺼내 놓았다.

"책에 내 이름 좀 적어 줘."

"어?"

"왜? 벌써 까먹었어?"

"……."

"너, 내가 원하는 거 전부 다 해 주기로 했잖아. 돈 드는 거랑 이상한 짓 빼고."

다미는 자신이 내뱉었던 말에 대해 물릴 수 없다는 현실을 자각하며 군말 없이 시온의 책을 끌어왔다.

"스티커도 붙여 줘?"

"아니. 그건 됐어."

이름을 적는 자신의 손을 옆에서 턱을 괴고 바라보고 있는 시온에 다미는 어쩐지 모를 긴장감이 감돌았다.

누군가가 자신을 이렇게 오래도록 쳐다본 적이 없기 때문일까? 아니면 자신을 바라보고 있는 사람이 우리 학교뿐만 아니라 지역에서 가장 잘생겼다고 소문이 나 있는 송시온이라서 그런 걸까?

"공다미."

그의 목소리로 불리는 이름이 오늘따라 낯설게 느껴졌다.

"으응?"

그를 정면으로 바라보는 것이 어쩐지 부담스러운 다미가 여전히 시선을 책에 둔 채 대답했다.

"근데 네가 말하는 이상한 짓의 기준이 뭐야?"

갑작스러운 그의 질문에 다미는 척추가 쭈뼛하게 서는 기분이었다. 자신이 그 말을 내뱉었을 때 떠올렸던 것들은 전부 부적절하고 민망한 것들이라 쉽게 입으로 옮기기가 어려웠다.

"뭐, 뼹을 뜯으라고 한다거나……."

애써 한 단계 낮춰 변명을 하면서도 양심에 찔려 시선은 시온을 마주치지 못했다.

"나 용돈 많이 받아."

허세인 듯, 허세 아닌 듯한 그의 말에 다미가 고개를 낮게 끄덕였다.

"그래. 다행이네."

다미가 대충 대답을 하며 다시 시온의 이름을 써 내려갈 때 여러 개의 발소리가 뒤엉켜 들려왔다.

"공다미!"

1학년 때부터 친하게 지냈던 친구들이 다미의 곁으로 단박에 뛰어오다가 옆에 앉아 있는 시온을 보며 흠칫했다.

"어, 얘들아. 왔어?"

그나마 친구들이 자신을 구제해 줄 거라고 생각하며 다미가

76

반갑게 일어났다.

"우리 매점 가려고 그러는데 너도……."

"갈래! 나 배고파!"

친구들의 말이 끝나기도 전에 다미가 지갑을 챙겨 들다가 아직 이름을 다 쓰지 않은 탓에 시온의 눈치를 살폈다. 언제부터 바라보고 있었던 건지, 시온과 두 눈과 바로 마주쳤다.

"나 너무 배고파서 갔다 와서 쓸게."

같은 나이에 무섭게 생긴 얼굴도 아닌데 다미가 잔뜩 기죽어서는 말했다. 그러자 시온이 제 주머니에 손을 집어넣고 지폐 몇 장을 꺼내 다미에게 아무렇지도 않게 건넸다.

"갔다 오는 길에 나도 빵 좀 사다 주라."

"……."

"아, 우유도. 바나나 우유. 이 정도는 이상한 짓의 기준 아래지?"

다미는 생각했다. 분명한 건 시온은 자신의 돈을 뜯을 목적도 아니고, 셔틀을 시키는 것도 아니었다. 분명히 돈을 건네주며 갔다 오는 길이라고 말했다. 다미가 처음부터 가지 않았다면 시키지도 않았을 일이었을 것이다.

게다가 억양도 시킨다고 하기보다는 부탁하는 것에 가까웠다. 부드러운 목소리와 미소를 한껏 지어 보이며 정중하게.

심부름을 하는 게 아닌 그저 오늘 선도를 서느라 힘들었을 친구를 위해서 사다 주는 것으로 생각한다면 자존심 상할 것도 없었다.

다미가 흔쾌히 돈을 건네받았다.

"그래, 사다 줄게."

친구들과 돈을 모아 과자를 나누어 먹고 시온이 부탁한 빵과 우유를 사 왔다. 시온은 1교시가 끝나고 그 빵과 우유를 맛있게 먹었다.

그때의 다미는 알지 못했다. 그의 상냥하고 정중한 부탁 안에 어떤 가시가 도사리고 있는지.

＊　　　　＊　　　　＊

"와, 송 셰프님. 사진보다 실물이 훨씬 더 멋지신데요. 함께 출연하는 연예인들 기죽겠습니다."

겸손이라고는 눈곱만큼도 모르는 시온은 절대 부정하지 않고 그저 미소만 지을 뿐이었다. 칭찬을 들어 마땅한 얼굴이라고 과시하듯.

"저희 프로그램 이름은 '당신을 우리 집에 초대합니다' 입니다. 줄여서 '당우초' 라고 정했고요. 사연을 받아서 그 집으로 직접 가 요리를 해 주는 방식이라고 생각하시면 됩니다."

다미는 평소와는 다른 상냥한 목소리로 말을 하는 임 PD가 당황스러울 만큼 적응이 되지 않았다.

"재밌겠네요."

시온은 기획안을 대충 훑어보고서는 건조하게 말했다.

"대충 보지 마시고 꼼꼼하게 읽어 주세요."

딱딱한 다미의 말투에 시온의 시선이 그녀에게로 향했다.

그러자 임 PD가 그 뒤에서 붉으락푸르락한 얼굴로 말을 덧붙였다.

"공 작가, 가만히 있어! 내가 안 그래도 엊그제 기획안 미리 보내 드려서……."

"네, 그러죠. 꼼꼼히 읽어 보겠습니다."

시온이 덮어 놨던 기획안을 하나씩 꼼꼼하게 읽기 시작했다. 회의실 안에는 그가 기획안을 넘기는 종이 소리만 들려올 뿐이었다. 한참 후에야 그가 기획안의 마지막 장을 넘기고선 고개를 들었다.

"그러니까 셰프는 파트별로 나뉜다면 네 분 정도가 함께 출연을 하겠네요?"

"네. 일식, 양식, 한식, 중식까지……."

"저는 요리에 쓰일 재료를 직접 고르고 싶은데, 그것도 가능한가요?"

"그럼요. 셰프님께서 원하시는 대로 맞춰 드려야죠."

"벌써부터 기대되네요."

"좋게 봐주셔서 감사합니다. 저희 녹화 촬영은 이번 주 목요일 오전 10시부터인데, 괜찮으신가요?"

"네. 그렇게 알고 있겠습니다. 제가 따로 준비할 건 없나요?"

"네. 셰프님께서는 그냥 몸만 오시면 됩니다, 몸만."

유난히도 시온을 애지중지하는 듯한 임 PD의 모습에 다미는 괜스레 심술이 났다. 남들에겐 어떨지 몰라도 자신에게 악마 같은 시온이 눈앞에서 인정받고, 우대받는 것에 대한 심술은 회의가 진행되는 동안 다미의 머릿속에서 점점 커져만 갔다.

"그럼 그때 뵙도록 하겠습니다, 셰프님. 오늘 먼 길 오시느라 수고 많으셨습니다. 조심히 들어가세요."

다미는 회의가 끝나고 모두의 정중한 인사를 받으며 회의실을 빠져나가는 시온을 급하게 따라 나갔다.

"송시온!"

엘리베이터 앞에서 버튼을 누르고 기다리고 있던 시온이 뒤를 돌아 지척까지 다가온 다미를 마주 봤다.

"어떻게 된 거야?"

"뭐가?"

"아니, 네가 왜 하필이면 내가 하는 프로그램 출연진이냐고."

"그건 내가 아니라 임 PD한테 물어봐야 하는 거 아니야?"

틀린 말이 아니라 아무 말도 할 수가 없었다. 마침 엘리베이터가 도착했고 시온이 몸을 실었다. 그 뒤를 다미가 자신도 모르게 따라 탔다.

"송시온."

다미의 불음에 시온은 대답 대신 앞에 두고 있던 시선을 그녀에게로 돌렸다.

"나, 너 불편해. 이번 파일럿 방송 시청률 잘 나오면 정규 방송으로 전환될지도 모르는데, 만약 네가 임 PD한테 정규 방송 때도 출연을 제의 받는다면 거절해 줬으면 좋겠어."

다미의 말을 가만히 듣고 있던 그가 덤덤한 목소리로 물었다.

"왜?"

"말했잖아. 너 불편하다고. 그리고 넌 방송 아니어도 잘 먹고 잘 살 수 있잖아."

"왜 불편한데?"

그걸 질문이라고 물어보느냐고 다미가 말을 덧붙이며 심기 불편한 표정으로 시온을 올려다보았다. 여태 바라보고 있었던 모양인지 그와 시선이 바로 부딪혔다. 그 모습이 어째 낯설지 않게 느껴지는 것은 단순한 기분 탓일까?

유난히도 까맣고 촉촉한 시온의 눈동자는 하고 싶은 말을 많이 담고 있는 듯이 감정에 푹 젖어 있었다.

언제나 거슬렸던 그 눈동자였다.

"공다미."

"왜."

"뭐 하나 말해 줄까?"

"뭔데?"

"난 너한테 네 약혼남 실체 보여 준 거 아직도 후회 안 해. 아마 시간이 지난다고 해도……."

느슨하게 감았다가 뜨는 눈에는 확고한 의지가 담겨 있었다.

"평생 후회 같은 거 안 할 것 같아."

띵, 소리가 들리자 엘리베이터가 멈추고 문이 열렸다.

"그리고 출연 여부에 대해서는 네 의견을 전적으로 따라 주도록 할게. 네가 경고한 것도 있고 어쨌든 여긴 네 밥줄이니까. 그게 너랑 내 마음대로 될 수 있을지는 모르겠다만."

마지막 말을 남기고 처음부터 이곳에 아무 미련 없는 사람처럼 시온은 엘리베이터에서 내려 빠르지도 그렇다고 느리지도 않은 발걸음으로 방송국을 빠져나갔다.

그의 뒷모습을 이유 없이 바라보고 있던 다미의 시야로 엘리베이터 문이 완전히 닫혔다.

선우와 파혼한 것이 아직 아프고 돈 낭비, 시간 낭비한 것 같아서 짜증나지만 자신 역시 조금의 미련도 후회도 없었다.

이별 후에 남겨진 것들이 그 자식에 대한 미련과 파혼에 대한 후회가 아니라 참 다행이라는 생각이 들었다.

그와 보내는 시간이 많아질 것이라는 불안함을 뒤로 한 채 다미의 입가엔 어느새 저도 모르게 작은 미소가 피어올랐다. 그러다가 다시 입꼬리가 쓰윽, 내려앉았다.

"그게 너랑 내 마음대로 될 수 있을지는 모르겠다만? 대체 그게 무슨 뜻이야?"

그때는 차마 꿈에서조차 상상하지 못하고 있었다.

자신이 시온에게 내뱉었지만 망각하고 있던 경고가 인생에 어떤 파장을 몰고 올 줄은.

2화
못 다한 이야기

다미와 시온이 빠져나간 회의실 안.

마무리를 짓고 있던 임 PD의 곁으로 지민이 다가와 섰다.

"그래도 다행이네요. 송 셰프님이 흔쾌히 하신다고 하셔서."

"그러게 말이야. 이번 파일럿 방송 잘 돼서 정규로 가면 무조건 잡아야 하는 셰프야, 알지?"

"네. 그렇게 광고가 많이 붙는다는데 잡아야죠. 대인 관계가 어마 무시한가 봐요."

"당연하지. 조부가 국회의원에 부친이 대기업 사장인데 팍팍 밀어 주겠지. 무슨 일이 있어도 잡아야 돼."

"근데 방송 나오는 거 싫다고 몇 번을 거절하더니, 갑자기 왜 출연 한다는 의지를 밝혔대요?"

"그건 나도 모르겠는데. 기획안이 마음에 들었나 보지, 뭐. 그리고 공 작가한테 똑똑히 말해 둬."

"뭘요?"

"송 셰프님이 행여나 공 작가 때문에 빈정 상해서 못 한다고 하시면 영영 이 바닥에서 일 못 하게 될 거라고."

"둘이 동창이래요. 그래서 그랬을 거예요."

"그러니까 더 조심시키란 말이야!"

PD와 선배들이 모두 나간 회의실의 책상을 정리하던 막내가 시온이 앉아 있던 자리에서 손을 멈칫했다.

시온이 가지고 있던 기획안의 표지에 적혀 있는 작가 이름 중 유일하게 동그라미가 쳐진 곳이 있었다.

"왜 공 선배 이름에 표시가 되어 있는 거지?"

3화

고즈넉한 새벽.

갑자기 찾아든 불청객처럼 휴대폰이 요란스레 울렸다. 한참 단잠에 빠져 있던 다미가 온갖 신경질을 내며 손을 더듬거려 휴대폰을 들었다.

저장이 되어 있지 않았지만 어딘가 모르게 굉장히 익숙하고 불길하기까지 한 번호를 확인하고 전화를 받았다.

"여보세요."

―나 송시온인데.

오늘은 파일럿 방송 녹화가 있는 날이었다. 그래서 평소보다 더 체력 보충을 하고 나가야 하는데 그것도 모르고 새벽에 전화를 해서 자신의 잠을 깨워 버린 시온에 다미가 발끈했다.

"야, 지금 시간이 몇 신데……."

―부탁할 게 좀 있어서.

저 말이 왜 이리도 무섭게 들려오는지 다미는 어느새 잠이 달아나 자리에서 천천히 일어나 주방으로 향했다.

"부탁? 무슨 부탁."

—같이 새벽 시장 가서 장도 좀 보고 내가 할 요리 맛 평가도 좀 해 줘.

"뭐? 지금 이 시간에?"

다미의 시선이 거실에 걸려 있는 시계로 향했다. 사위가 칠흑처럼 깜깜한 밖은 새벽 5시도 되지 않은 아주 이른 시간이었다.

오늘 장장 열네 시간 정도를 일해야 하는 내게 지금 시장을 가자고? 이런 또라이를 봤나.

아, 고등학교 2학년 시절 매일 봤었지.

—왜? 싫어?

"그냥 너 혼자 갔다 오면 안 돼?"

—임 PD가 뭐 부탁할 거 있으면 망설이지 말고 작가들한테 말하라고 하던데. 막내 작가들은 아직 자기들은 아무것도 모른다고 말하고, 메인 작가님한테 연락을 하기엔 좀 부담스럽고. 그나마 네가 편해서 전화한 건데. 뭐, 네가 정 하기 싫다면 임 PD한테 직접 전화를······.

이 시간에 임 PD에게 시온이 전화를 걸었다가는 모든 불똥이 작가들에게 튈 것이 분명했다.

임 PD로 말하자면 시온에겐 한없이 부드러운 생크림 같은 남자일지 몰라도 작가들에겐 언제나 못 깎아 먹어 안달이 난 사포 같은 남자가 아니던가. 자신의 귀차니즘 때문에 애꿎은 동료들에게 피해를 줄 수는 없었다.

"송 셰프님!"

다미는 다급하게 시온을 부르며 냉큼 화장실을 향해 달려갔다.

"어디로 가면 되나요?"

서둘러 씻고 준비를 끝낸 다미가 집 근처 시내로 나오니, 고즈넉한 새벽과 지독히도 어울리는 묘한 분위기를 풍기며 그가 차에 기대고 서 있던 몸을 일으켜 다가왔다.

이른 시간이면 얼굴에 붓기도 좀 있고 어수선한 부분도 있어야 하는데 시온에게선 그런 모습을 조금도 찾아볼 수가 없었다.

그야말로 엄마의 배 속에서 세포로 존재하고 있을 때부터 그랬던 것처럼 완벽한 형태를 두르고 있는 그의 모습에 다미는 또한 번 놀라움을 감추지 못했다.

"타."

단둘이 밀폐된 차 안에 있을 생각을 하니 어색함이 밀려와 뒷좌석에 타려고 했지만 물건이 너무 많아 어쩔 수 없이 조수석으로 올라타야 했다.

"꼭 새벽부터 이 난리를 쳐야겠어?"

"다 프로그램을 위해서인데, 싫은 거야?"

말은 청산유수다, 정말. 저 말발을 누가 따라 잡을 수 있을까.

"근데 저건 다 뭐야?"

"내 분신들."

"그게 뭔데?"

"내가 평소 쓰는 칼들이랑 조리복. 그리고 혹시 몰라서 가져온 소스들이랑 레시피 공책."

"준비가 철저하네."

"기왕 하는 거 잘해야지 기분 좋잖아."

얼굴만큼이나 완벽한 사상을 지니고 있는 시온이었다.

뭐든 중간 정도만 해도 잘했다고 만족하는 자신과는 판이하게 다르다.

다미는 갑자기 뭐든지 대충하는 삶에 만족하며 사는 자신이 너무나 작아 보였다. 어쩌면 지금 스스로에게 느끼는 이 감정은 오늘 뿐만이 아니라 그 시절에도 느꼈던 열등감 비슷한 것일지도 몰랐다.

엄청난 노력을 해도 안 되던 자신과는 다르게 작은 노력만으로도 큰 성과를 얻던 시온이 다미는 언제나 부러웠다.

시온은 수업 시간에 끔뻑끔뻑 잘도 졸았지만 단 한 번도 졸지 않고 열심히 수업을 들은 자신과는 비교도 되지 않게 좋은 성적이 나왔다.

운동, 미술, 음악에 이르기까지 거의 모든 분야에서 그를 이길 수 있는 것이 단 하나도 없었다.

심지어는 아침에 일찍 일어나는 것조차도.

그래서 어린 시절의 공다미는 모든 것이 완벽한 송시온을 질투하고 매일 아니꼬워했을지도 몰랐다.

물론 그건 지금도……. 다른 이유 때문이지만 별반 다를 게 없었다.

"그런데 말이야."

"응."

"내가 아무리 급하게 불렀어도 그렇지, 세수는 좀 하고 나오지 그랬어."

"세수했는데?"

"눈곱 꼈어."

"어디, 어디!"

"이쪽에."

그가 정확하게 오른쪽 눈을 가리켰다. 허둥지둥 거울을 살펴보니 정말 눈에 노란 눈곱이 껴 있었다.

분명 세수를 하고 나왔는데 얼굴 상태가 왜 이 꼴인지 알 수가 없었다.

"그냥 이런 건 좀 모른 척해 주면 안 되냐?"

"응. 안 되지."

"모른 척 넘어가면 될 걸, 넌 사람 민망하게 왜 매일 대놓고 말하냐."

"그럼 마주치는 사람마다 네 눈곱 다 보게 내버려 두라고? 나 하나한테 보여 주는 것보다 그게 더 창피한 일 아니야?"

마침 신호로 인해서 잠시 차가 멈추자 앞을 바라보고 있던 그의 시선이 다미에게로 옮겨졌다.

"앞으로도 내가 먼저 발견하게 된다면 계속 말해 줄 생각인데."

"얼굴 꼼꼼히 살피고 나와야겠다. 최대한 대화를 줄이려면."

"아무것도 안 먹었지?"

"네가 빨리 나오라고 독촉했잖아. 임 PD님한테 전화할 거라고 협박이나 하고, 양아치니?"

다미의 퉁명스러운 대꾸에 시온이 실없이 웃는다.

"왜 웃어?"

"그럼 울까?"

유치한 말장난을 하던 시온이 갑자기 차를 갓길로 돌려 세워서는 매고 있던 벨트를 풀었다.

"갑자기 왜 내려?"

"잠깐 기다려."

그가 들어간 곳은 24시간 운영하는 카페였다. 전체가 통유리로 되어 있는 카페 안으로 들어간 시온이 얼마 되지 않아 커피두 잔과 종이 팩 하나를 들고 나왔다.

차 문을 열고 들어오자 미세한 바람에 실려 온 고소한 커피냄새가 다미의 코끝을 간질였다.

"먹어."

시온이 따뜻한 아메리카노 한 잔과 종이 팩을 건넸다. 그 안에는 다미가 좋아하는 샌드위치가 들어 있었다.

"너는?"

"난 원래 아침 잘 안 먹어."

벨트를 맨 시온이 다시 부드럽게 차를 출발시키며 무심하게말했다.

"그래도 혼자 먹기 좀 민망한데, 같이 먹자."

다미가 종이 팩에서 샌드위치를 꺼내 반으로 잘라 내밀자 시온이 살포시 입술을 벌린다. 당연히 손으로 받을 줄 알았는데예기치 못한 행동에 놀란 다미가 자신도 모르게 손을 뒤로 빼버렸다.

"뭐야. 주겠다는 거야, 말겠다는 거야?"

"너, 너야말로 뭐하는 건데?"

"뭐가?"

"왜 입을 벌려? 손을 뻗어야지!"

"보다시피 운전하느라 손을 쓸 수가 없잖아."

두 손을 핸들 위에 올려놓은 시온이 덤덤하게 말했다.

"그럼 됐어. 나 혼자 다 먹을래."

"그럴 줄 알았다."

"뭐가 또 그럴 줄 알았다야!"

그래도 혼자 먹는 것이 마음에 걸렸던 다미가 샌드위치를 슬그머니 시온의 입가로 밀어 주었다. 그러자 시온이 입가에 엷은 미소를 지었다.

"어차피 줄 거면서."

뭔가 항상 억울하게 당하는 느낌이다.

시온이 입술을 벌려 샌드위치를 베어 먹었다. 입술 옆에 살짝 묻은 소스를 발견한 다미가 저도 모르게 옆에 있는 휴지를 뽑아 닦아 주려다가 괜히 화들짝 놀라 그대로 휴지를 던져 버리고 말았다.

"야, 소스 묻었어. 빨리 닦아. 칠칠맞게."

"누가 누구한테⋯⋯."

"공다미가 송시온한테 그랬다, 왜!"

시온을 약 올리듯 한참을 입술을 삐죽거리던 다미가 샌드위치를 한입 크게 베어 먹었다. 맛있어서 자신도 모르게 흡족해하는 미소를 지으며 단숨에 먹어 치웠다.

새벽 시장에 도착한 두 사람은 서둘러 안으로 들어갔다. 요리에 들어갈 재료 하나하나를 신중하게 고르는 시온의 모습을 보고 있자니 다미는 이제야 실감이 났다.

그가 셰프라는 것과 자신의 프로그램에 출연한다는 사실이.

"뭘 그렇게 보는 거야?"

가지 하나를 들고 살펴보는 시온에 다미가 궁금해져 상체를 살짝 기울이며 물었다.

"야채 하나를 골라도 얼마나 신선한 것을 고르느냐가 중요해. 맛이 변한 야채의 즙이 요리 전체를 망칠 수도 있거든."

"어떤 게 싱싱한 가지인데?"

다미가 이젠 아예 시온의 옆에 쭈그리고 앉아서 물었다.

"가지는 색이 짙은 보라색일수록 좋고, 윤기가 흐르면서 탱탱할수록 좋아. 상처가 없는 것이 좋고."

"근데 무슨 요리할 거야? 소고기랑 가지, 호박에……. 한식 만드는 거야?"

여태 시온이 장을 본 것을 확인하며 다미가 의아하게 물었다.

"카프리 섬 알아?"

싱싱한 가지를 골라 계산을 끝낸 시온이 다시 걸음을 옮기며 넌지시 물었다.

"이탈리아 섬 말하는 거야?"

"응. 이탈리아 남부 캄파니아 주 나폴리 현에 딸린 섬."

가 본 적은 없고 이름만 들어본 섬이었다.

"그 섬은 왜?"

"카프리 섬의 전통 음식을 할 거야. 다른 하나는 베네치아의 전통 요리를 해 볼 생각이고."

"……."

"이번 의뢰인이 주말 부부인데, 결혼기념일이래. 그래서인지 특별하면서 낭만적인 음식을 원하는 것 같아서. 잔잔하게 흐르는 강물과 푸른 산, 그리고 붉은 빛이 감도는 아기자기한 건물들을 바라보며 와인을 곁들여 먹는 식사라면 주말에 여행하는 기분이지 않을까 싶어서."

다미는 어쩐지 시온의 얘기만 들어도 낭만적인 섬에서 누군가와 함께 식사를 하고 있는 기분이었다.

나름 신혼부부의 결혼기념일에 맞게 콘셉트를 생각해 낸 시온의 모습에 다미는 괜스레 뿌듯함을 느꼈다.

"의외야."

"뭐가?"

"대충할 줄 알았는데 준비를 철저히 한 것 같아서."

"지금 나 칭찬해 주는 거야?"

시온의 말에 다미가 부정하지 않고 능청맞은 미소를 지으며 고개를 끄덕였다.

"기분 좋네. 공다미한테 칭찬을 다 듣고."

"나한테 칭찬받을 일을 했다면 많이 해 줬을 거야. 무거우면 좀 들어 줄까?"

"아니, 괜찮아. 이 정도쯤은. 이제 가자."

두 사람은 나란히 주차장으로 향했다. 차 뒷좌석에 재료들을 싣고 운전석에 앉아 시동을 거는 시온을 보며 다미가 입술을 떼어 냈다.

"이제 어디로 가는 거야?"

"너희 집."

전혀 예상하지 못한 경로에 차갑게 식은 아메리카노를 마시려던 다미가 화들짝 놀라 되물었다.

"뭐?"

"주소 불러 봐. 내비 찍어서 가자."

"우, 우리 집은 왜! 네가 왜 우리 집을 가는데?"

심히 당황해서 말까지 더듬으며 묻는 다미와는 다르게 시온은 별일 아니라는 듯 담담하게 대답했다.

"내 주방이랑 우리 집 말고는 다른 곳에서 이런 요리를 해 본 적이 없어. 그래서 어떤 기분인지 느껴 보고 싶어서 그래."

"그래도 우리 집은 아니지!"

단호하게 거절하는 다미에 시온이 두 눈을 느슨히 감았다가 뜨며 무언가를 골똘히 생각하더니 곧 휴대폰을 찾았다.

"그래? 정 안 된다면 어쩔 수 없지, 뭐. 그럼 임 PD님……."

"악! 알았어! 우리 집으로 가, 우리 집으로!"

그깟 집 좀 쓰는 것이 뭐 대수라고 요란을 떠느냐며 프로그램을 위해서 그 정도의 희생정신도 없이 뭘 하겠냐는 임 PD의 폭격 같은 폭언이 들리는 듯했다.

그것을 피하기 위해서라도 다미는 다급하게 전화를 하려는 시온을 말려야 했다.

"주소 불러 줘."

"내가 찍을 테니까 출발이나 해."

내비게이션에 주소를 찍으면서도 다미는 또 시온에게 속았다는 억울함이 가시지 않았다.

✳   ✳   ✳

1교시가 끝나고 쉬는 시간. 시온은 책상 위로 나른하게 늘어졌다.

"공다미."

졸림이 잔뜩 서려 있는 목소리로 자신을 부르는 그에게 이제 다미는 진절머리가 났다. 똑같은 이유로 짜증이 나는 상황들이 펼쳐졌으면 신중을 기울일 만도 했지만 다미는 그러지 못했다.

2학년이 된 지 벌써 3주가 지나가고 있었지만 여전히 동네를 외롭게 배회하는 개들을 보면 그냥 지나치지 못했고 집에 무언가를 하나씩 꼭 빠트리고 오기 일쑤였다.

어쩌다 한 번씩 빠트린 것이 없다고 단언할 수 있는 날에도 마찬가지였다.

"공다미, 너 양말."

어김없이 규정을 어겨 시온의 레이더에 붙잡히곤 했다.

그 바람에 다미는 자연스럽게 시온의 심부름 같은 부탁을 들어줘야 했다. 매점 가는 길에 동전 바꿔다 주기부터 번갈아 가면서 음악실 키를 가져가 열어야 하는데 시온이 할 차례에 대신하는 것, 청소를 해 주는 것까지.

그때마다 시온은 저 느긋한 표정과 담백한 목소리로 그녀의 이름을 불렀다.

"공다미."

지금 다미는 세상에서 가장 듣기 겁나는 것이 제 이름, 공다
미였다.

"왜, 왜 또 부르는데."

"나 사물함에서 문학 책 좀."

다미는 어젯밤에 임신한 떠돌이 개를 위해 상자로 집을 지어
주느라 밤을 샜다. 그래서 이번 쉬는 시간만큼은 한숨 자려고
했는데 시온의 몇 마디에 그 바람은 송두리째 날아가 버렸다.

꾸역꾸역 무거운 엉덩이를 들어서 사물함으로 향했다. 눈에
보이는 송시온이라는 이름에 주먹질을 하며 사물함을 열어 책을
가져왔다.

"야, 여기."

송시온은 그 짧은 사이에 잠이 들어 있었다. 살짝 벌어진 입
술 사이로 일정한 숨소리를 내뱉으며 곤히 잠들어 있는 그의 얼
굴을 멀거니 바라보던 다미가 소리를 내지 않으려 조심스럽게
자리에 앉았다.

창문으로 들어오는 햇살 때문인지 그의 고르고 작은 솜털이
금빛처럼 빛났다. 티끌하나 없는 피부는 여자인 저보다 훨씬 하
얗고 깔끔했다. 짙고 정갈한 눈썹과 보일 듯 말 듯한 얇은 쌍꺼
풀, 굴곡 없는 반듯한 콧날을 바라보던 다미의 시선이 옅은 다
홍빛인 입술로 향하려던 찰나 시온의 눈썹이 꿈틀거렸다.

몰래 훔쳐본 것이 들킬까 싶어 다급하게 책상에 머리를 박고

서는 자는 척을 하려고 했다. 자신의 머리에서 물컹하게 느껴지는 무언가에 화들짝 놀라 다시 일어나지만 않았어도 충분히 성공했을 일이었다. 그 물컹한 물체가 시온의 손이었다는 것에 다미는 또 한 번 더 놀랐다.

"아, 책 여기!"

"고마워."

2교시를 알리는 종소리가 울리자 문학 선생님이 들어오시고 수업이 시작되었다. 그런데 오늘은 평소와 다르게 시온이 아닌 다미가 졸음과 사투를 벌였다. 수업이 어떻게 흘러가는지 전혀 인지하지 못한 채 책상에 이마를 박으며 졸았다.

"그럼 두 명씩 조가 되어서 같은 주제로 시, 단편 소설로 각각 나눠서 다음 시간까지 제출하도록."

선생님이 교실을 나가는 순간까지 다미는 졸고 있었다.

"공다미, 나랑 같이 할래?"

결국 다미는 선생님의 말도, 시온의 말도 듣지 못했다. 하지만 마치 대답을 하듯 고개가 끄덕여졌다. 꾸벅꾸벅 조는 탓에 머리가 앞뒤로 움직였던 것이다.

시온은 애초에 다른 사람과 한 조를 할 생각이 없었다. 여자는 성가셨고 남자 중엔 그다지 친한 친구도 없었다.

더군다나 다미와 하면 이것저것 성가신 일들을 부탁하기 편했다. 제 의지와는 다르게 계속 고개를 끄덕이고 있는 다미를 시온이 무표정한 얼굴로 빤히 바라보았다.

"공다미."

시온이 살포시 다미의 어깨를 흔들어 보았다. 다미가 옅은 신음 소리를 내며 무겁게 내려앉은 눈을 떴다.

"나랑 같은 조 하자고."

쏟아지는 졸음에 얼떨결에 다미가 고개를 끄덕였다. 솔직히 말하자면 다른 사람과 하고 싶지 않은 가장 큰 이유는 하나뿐이 었던 것 같다.

그냥 공다미와 하고 싶었던 것.

다미는 시온과 같은 조가 되었다는 것을 방과 후, 집에 갈 무렵에 알게 되었다.

가방을 챙겨 들고 일어서는 그녀를 시온이 불러 잡았다.

"공다미."

"왜?"

"우리 문학 숙제 어디서 할까?"

"문학 숙제?"

어리둥절해서 묻는 다미의 질문에도 시온은 느긋했다.

"응. 문학 숙제. 너랑 나랑 같은 조잖아."

"누구 마음대로?"

"아까 내가 물어봤을 때 너도 나랑 같이 하겠다고 했잖아."

"내가 언제!"

기억이 나지 않아 무조건 발뺌했지만 시온에겐 통하지 않는 모양이었다. 그는 한 뼘은 넘게 큰 키로 다미의 얼굴에 까만 그림자를 드리우며 말했다.

"그럼 내가 지금 거짓말을 하고 있다는 거야? 왜, 무슨 이유로?"

이유는 많아 보였다. 부려 먹기 편한 사람이 필요하니까.

하지만 입술이 간지럽기만 할 뿐 선뜻 말이 터져 나오질 않았다. 자신을 똑바로 응시하는 말간 그의 눈이 결백을 증명하고 있었다.

더군다나 시온은 다미에게 그냥 '너 내가 시키는 거 다 한다고 그랬잖아' 한마디면 끝날 일일 뿐이었다.

번거롭게 거짓말을 할 이유가 없다는 뜻이었다.

"나랑 하기 싫어?"

"……."

대답은 없었지만 하기 싫다는 감정이 실려 있는 눈동자로 시온을 올려다보았다. 다미는 급하게 교실을 살펴보았다. 함께할 조를 찾기 위해서였지만 허탕이었다.

벌써 2학년이 된 지 몇 주가 흘렀는데도 제대로 말 한 번 섞은 반 친구가 없었다.

모두 시온 때문인 것만 같았다.

시온의 심부름을 하느라 늘 그의 옆에 붙어 있어야 했던 탓에, 누구와 대화를 좀 하려고 하면 낮은 목소리로 불러 대는 바람에.

"왜 하기 싫은데?"

뻔한 것을 물어봐 시시할 정도였다. 하지만 대답을 요구하는 그의 독촉 어린 눈빛에 다미가 머뭇거리던 입술을 떼어 냈다.

"같이 하면 귀찮은 거 나한테만 시킬 거고……."

"안 시킬게. 숙제는."

"정말?"

"응. 정말."

망설이는 기미도 없이 너무 당연하다는 듯 대답을 하는 시온에 감동을 하려던 찰나 다음으로 들려오는 덧붙임에 다미는 냅다 찬물을 뒤집어쓴 것 같았다.

"너한테 시키면 수행 평가 엉망으로 나올 것 같아. 결과가 뻔한 도박에 돈을 걸 필요는 없지."

"……."

그럼 그렇지. 시온의 입 밖으로 딱히 좋은 말이 흘러나오리라고 기대를 해서는 안 됐다.

"숙제 어디서 할까?"

모든 것을 체념한 다미가 물었다.

"너희 집에서 하자."

"뭐?"

아무렇지도 않게 나온 시온의 대답에 다미가 당황해서 되묻자 그가 뭐 문제 있느냐고 묻는 듯한 얼굴로 다미를 마주했다.

"교실에서 하자!"

집에는 잔소리쟁이인 할머니도 계시고 무엇보다도 방 정리도 제대로 안 하고 나왔다. 학교에서도 한참 떨어져 있는 반지하 집은 사춘기인 소녀가 같은 반 남학생에게 보여 주기엔 조금 부끄러운 집이었다.

"교실?"

"응."

"애들 남아 있을 텐데, 시끄러워서 방해될 것 같아."

"그럼 도서관!"

"거긴 우리가 떠들면 안 되는 곳이잖아."

"생과일주스 전문점으로 가자, 그럼!"

"거긴 교실보다 더 시끄럽지 않겠어? 노래도 흘러나오잖아."

"운, 운동장에서 하자!"

"지금 밖에 비 와."

시온의 말에 다미가 창밖을 바라보았다. 투명한 물방울들이 창문을 향해 키스를 퍼붓고 있었다.

"아, 나 우산 없는데……."

"나 있어."

시무룩한 다미의 얼굴로 시온이 작은 우산을 들이밀며 말했다.

"너희 집이 싫으면 우리 집으로 가. 집에 아무도 없거든."

다미는 가뜩이나 그가 불편한데 시온의 집까지 가야 할 상황을 만들고 싶지는 않았다.

하지만 저렇게 미친 듯이 쏟아지는 빗줄기를 피하려면 시온의 우산도 필요했다. 하는 수 없지.

"아니, 우리 집으로 가. 대신……."

머뭇거리느라 씹고 있던 다미의 입술이 구겨졌다. 짙은 쌍꺼풀을 지니고 있는 눈엔 걱정이 가득 들어차 있었다.

"우리 집 형편없다고 놀리면 안 돼."

쏟아지는 비를 향해 시온이 우산을 펴 들었다.

"가자."

머뭇거리는 다미를 향해 넌지시 던져진 시온의 목소리가 비를 뚫고 그녀의 귓전에 닿았다. 내키지 않았지만 그의 우산 아래로 뛰어들었다.

"너희 집 멀어?"

"아니, 별로 안 멀어. 버스로는 5분 정도고 걸어서는 한 20분 정도."

"근데 왜 맨날 지각해?"

"……."

자신의 말에 제 얼굴을 노려보는 다미의 표정이 귀여워 시온이 웃음을 참았다.

"걸어갈래? 버스 탈래?"

걷는 것은 귀찮다. 게다가 비가 오는 날 걸어가는 것은 더 귀찮고 성가신 일이다.

그런데도 시온은 제 마음과 다르게 대답했다.

"걸어가자."

"그래, 그러자."

빗속을 아무 말 없이 걸었다.

힐끗, 잰걸음으로 자신을 따라 오는 다미에게 눈길이 간다.

힐끗, 물웅덩이를 피하려 껑충 뛰는 그녀에게 눈길이 간다.

힐끗, 자꾸만 시선이 다미에게로 향한다.

제 왼쪽 어깨가 잔뜩 젖어 가는지도 모른 채 시온의 눈동자는 다미를 바쁘게 좇았다.

"우리 집 거의 도착……."

잘 걷고 있던 다미가 무언가를 발견하고 갑자기 빗속으로 뛰어갔다.

"공다미!"

자신의 교복이 잔뜩 젖은 것이 무색해지게 그녀의 온몸은 비로 홀딱 젖어 버렸다.

그녀가 급하게 달려간 곳은 전봇대 옆 쓰레기 더미였다.

"어떡해!"

뭐가 그리도 급박한지 목소리에는 울음마저 섞여 있었다.

자세히 보니 다미의 품 안에 작은 강아지가 있었다.

"강아지가……."

"벌써 감기 걸린 것 같아. 숨소리가 이상해."

빗물과 눈물에 범벅된 얼굴로 자신을 올려다보는 다미를 마주한 시온의 심장이 갑자기 걷잡을 수 없을 만큼 뛰기 시작했다.

들고 있던 우산을 집어던지고 입고 있던 교복 재킷을 벗어 강아지를 감쌌다.

"병원으로 가자."

"나, 나 돈……."

"나 있어!"

무작정 시내로 달렸다. 뒤에서 같이 가자고 잔뜩 울먹이는 다미의 목소리를 들으며 달리고 또 달렸다. 태어나 강아지를 만져 본 것도, 그렇게 숨이 차도록 달려 본 것도 처음이었다.

그때 시온이 멈추게 하고 싶었던 건, 멈추길 바랐던 것은 단한 가지뿐이었다.

이른 봄이라 제법 차가워 자신의 몸을 난도질하는 것 같은 빗물도, 심장이 튀어 나올 것처럼 뛰었던 제 발걸음도 아닌, 그녀의 눈물.

"괜찮은 걸까요?"

병원에 도착해서 진료를 받은 후, 묻는 다미에게 의사는 온화하게 대답해 주었다.

"그래. 길거리에서 본 강아지를 이렇게 데려오는 경우는 없는데, 너희 정말 좋은 일을 했구나. 이 강아지는 치료가 끝난 뒤 입양 보내도록 할게. 착한 일을 했으니 돈은 받지 않으마."

의사의 말을 듣고 나와서야 다미는 겨우 웃었다.

"참 다행이다, 그치?"

"그러게."

"고마워. 정말 고마워."

"……."

"시온아, 너 아까 강아지 안고 달려가는데 되게 멋있어 보였어."

여전히 훌쩍이면서도 웃고 있는 다미를 시온이 넌지시 바라보았다.

짙은 쌍꺼풀과 작고 귀여워 보이는 콧방울, 볼에 살짝 난 주근깨와 도톰한 아랫입술. 이렇게 다미의 얼굴을 자세히 오래도록 쳐다본 것은 처음이었다. 아니, 누군가의 얼굴을 오래도록 쳐다본 것 자체가 처음이었던 것 같다. 어느 누구에게도 그만큼 큰 관심을 가져 본 적이 없었다. 그런데 지금 제 시야에 차 있는 다미의 모든 것에 관심이 갔다.

짙은 쌍꺼풀은 무겁지 않을까? 저 작은 콧방울로 숨은 제대로 쉴 수 있을까? 주근깨를 한 번 만져 보고 싶다. 저 붉은 입술에선 어떤 향이 날까?

돌아오지 않을 질문들이 메아리처럼 울려 퍼졌다. 다미에게 닿은 시온의 시선은 그 뒤로도 한참 동안 그곳에 머물러 떨어지지 않았다.

"많이 춥지? 우리 집에 얼른 가자."

다미가 직접 끓여 주는 라면도 먹고 그녀의 어머니가 귀가할 때까지 집에서 숙제도 했다.

그리고 그날 새벽, 독감에 걸렸다. 열이 39도까지 올라 응급실까지 실려 갔지만 시온은 자꾸만 웃었다. 아버지가 머리가 어떻게 된 건 아니냐며 의사에게 걱정스럽게 말할 정도로.

"되게 멋있어 보였어."

그 말 한마디가 시온에겐 어떤 해열제보다 훨씬 더 효과적이었다.

※   ※   ※

도착하자마자 용수철처럼 조수석에서 튀어나온 다미가 운전석에서 내려 짐을 챙기고 있는 시온을 제지했다.

"잠깐 기다려! 내가 올라오라고 하면 올라와, 알았지?!"

하지만 재빠르게 돌아섰던 다미가 대문 안으로 한 발을 내딛고 다시 시온을 바라보았다.

"왜?"

짐을 내리던 시온이 느껴지는 다미의 시선에 물었다.

"우리 집……."

"형편없다고 놀리지 말라고?"

"……."

"안 놀려. 형편없다고 생각한 적도 없고."

시온의 말을 들은 다미가 속도를 높여 집까지 올라왔다. 여자가 자취하는 방이라고 하기보다는 돼지를 사육시키는 우리에 가까운 상태에 스스로 기함하며 허겁지겁 치우기 시작했다.

바닥에 널브러진 속옷과 옷을 세탁기에 넣고, 언제 했는지조차도 가물가물한 건조대의 빨래들을 전부 걷어 장롱에 쑤셔 넣었다. 화장실로 달려간 다미는 세면대에 들러붙어 있는 머리카락을 치우고 방향제를 뿌렸다.

냉장고 문을 열어 유통 기한이 지나거나 먹다 남은 음식물들을 죄다 버리고 현관문 앞에 아무렇게나 패대기쳐져 있는 신발들을 전부 정리했다.

아침 댓바람부터 계획에도 없던 대청소를 하고 나니 이마에 땀이 송골송골 맺혔다. 다시 문을 열고 나가 밖으로 고개를 내밀자 짐을 들고 서 있는 시온의 모습이 보였다.

"들어와!"

다미의 말에 기다렸다는 듯이 시온이 올라왔다.

"뭐가 이렇게 오래 걸려?"

"어? 아니, 그냥 뭐……."

시온이 자신의 공간으로 들어오는 순간, 분위기가 묘하게 바뀌었다는 것을 다미는 감지할 수 있었다. 이유 없이 긴장된다. 안을 느긋한 눈길로 둘러보며 주방으로 향하는 시온의 뒤를 따르며 다미도 자신의 집을 한 번 더 둘러보았다. 학창 시절과는 또 다른 느낌이었다.

주방에 들어간 시온은 서둘러 자신이 사 온 재료를 손질하기 시작했다. 자동차 뒷좌석에 놓아두었던 상자는 판도라의 상자였는지 열어 보니 바질부터 엔초비, 생모짜렐라와 파슬리 등등 별의별 재료들이 들어 있었다.

"뭐 도와줄까?"

"아니, 괜찮아."

다미가 거실에 앉아 좁은 주방에서 도마와 칼을 꺼내 본격적으로 요리를 시작하는 시온의 모습을 빤히 바라보았다. 천장까지 솟아오르는 불길에도 눈 하나 끔뻑이지 않고 요리에 집중하고 있었다.

이상하다. 자신의 공간에서 남자가 요리를 하고 있다는 것이. 그것도 한 번도 상상해 본 적 없는 송시온이라는 인물이.

데코까지 완벽하게 마친 두 가지 요리가 다미의 눈앞에 놓여졌다.

"이건 구운 가지, 호박을 곁들인 토마토와 모짜렐라. 원래는 좀 재료들을 더 재워 둬야 감칠맛이 나는데 시간이 없어서."

"아……."

"그리고 이건 우스터 소스를 이용한 치프리아니의 소고기 육회. 잠깐만."

시온이 자신의 판도라 상자에서 무언가를 꺼내 다미의 앞에 세팅을 해 주었다. 새하얀 냅킨과 포크, 나이프였다.

"먹어 봐."

보증금 500만원에 월세 41만 원짜리 옥탑방이 순식간에 고급 레스토랑으로 변한 것 같았다.

다미는 제 옆에 세팅되어 있는 포크와 나이프를 들어 소고기를 살짝 썰어 입으로 가져갔다. 씹으면 씹을수록 깊은 맛이 입안으로 퍼지며 다미의 입가에 미소를 걸치게 만들었다.

"와, 이거 진짜 맛있다."

순식간에 소고기를 먹어 치운 다미가 이번에는 다른 음식을 향해 손을 뻗었다.

"치즈랑 가지를 같이 곁들여서 먹어 봐."

"음, 뭐랄까. 고소하면서도 시큼한 맛이 되게 매력적이다."

입에 들어가는 것마다 익숙한 것이 없었다. 모든 것이 새로우면서도 맛있다. 다미는 순간 송시온이랑 살면 매일 이렇게 맛있는 것을 먹을 수 있나, 하고 상상하다가 놀라서는 고개를 내저었다.

"아휴, 망측해라. 내가 지금 무슨 생각을 하는 거야?"

프라이팬에 음식이 좀 남아 있던 모양이었는지 시온이 다미의 그릇에 요리를 더 덜어 주었다.

"맛있어?"

"어, 맛있어."

"우리 가게 놀러와. 더 맛있는 거 해 줄게."

무심하게 흘리는 시온의 말에 다미의 눈빛이 의아하다는 듯이 그를 올려다보았다. 다른 사람도 아닌 자신을 늘 못 괴롭혀서 안달이었던 시온의 호의에 경계심이 든 것이었다.

갑자기 찾아온 고요함에 시온도 불편함을 느꼈는지 입가에 능청맞은 미소를 지으며 말을 덧붙였다.

"물론 공짜는 아니니까 지갑 챙겨 오고."

"그럼 그렇지. 요리는 이렇게 두 가지 하는 거야?"

"입맛을 돋울 애피타이저로 치즈 튀김을 해 볼 생각이야."

"치즈 튀김? 와, 치즈가 안 녹아?"

"응. 안 녹게 할 수 있어."

"신기하다. 맛도 있을 것 같고. 이런 얘기가 있잖아. 튀김은 신발을 튀겨도 맛있다고. 그런데 치즈라니⋯⋯."

왠지 맛있을 것 같은 예감이 강렬하게 몰려온 다미가 낮게 중얼거렸다.

그때 다미를 바라보고 있던 시온이 상체를 깊숙이 기울이며 간격을 좁혀 왔다.

순식간에 제 지척으로 잘난 얼굴을 들이미는 시온에 화들짝 놀란 다미가 반사적으로 몸을 뒤로 움찔하며 두 눈이 휘둥그레졌다.

"뭐, 뭐야?"

"나 궁금한 게 하나 있는데."

이상하게도 눈을 마주치는 게 어렵다. 유난히도 까만 그의 눈은 밤바다의 그것 같아서 자칫 발을 잘못 내디뎠다가는 빠져서 절대 헤어 나오지 못할 것처럼 아찔해 보였다.

뭘 물어보려고 새삼 진지하게 구는 걸까. 아니, 진지하다고 느끼는 것은 나뿐인 걸까?

다미는 미세하게 간질거리는 심장과 갑자기 달라진 듯한 주변의 공기에 심히 당황하며 침을 꼴깍 삼켰다.

"뭐, 뭔데?"

묻더라도 좀 떨어져서 물으라며 들릴 듯 말 듯 아주 소심하게 말을 덧붙였지만 시온은 꼼짝하지 않고 여전히 까만 눈동자에 그녀를 담은 채로 다시 입술을 열었다.

"네가 세상에 안 맛있을 것 같은 음식이 있긴 있어?"

"이게!"

도대체 무슨 말을 기대했기에 알 수 없는 실망감이 드는 건지. 다미는 실망감만큼이나 출처를 알 수 없는 민망함에 몸서리치며 자리에서 일어났다.

"생각보다 집이 깨끗해서 놀랐어."

시온의 말에 괜히 소파에 와서는 쿠션을 만지작거리고 있던 다미가 고개를 치켜들었다.

"나 원래 깨끗해. 항상 정리하면서 살지."

시온은 전혀 공감을 하는 눈치가 아니었다.

"왜?"

"뭐가?"

"왜 그렇게 쳐다보냐고."

다미의 다소 친절하지 못한 말투가 거슬렸지만 시온은 이렇다 할 대답을 찾을 수가 없었다. 정확한 이유는 없다. 단지 예전이나 지금이나 다미를 보고 있는 것이 좋았다.

"그냥."

다시 두 사람 사이에 무겁고 어색한 침묵이 흘렀다. 침묵을 깬 것은 다미였다.

"정리는 그냥 내버려 둬. 내가 와서 치울 테니까. 우리 이제 슬슬 나가 봐야 돼."

다미가 벗어 놓았던 카디건과 가방을 잽싸게 챙겨 들었다.

"오늘 녹화 잘해 보자."

"그래."

시온이 순순히 고개까지 끄덕이며 대답했다. 시온이 자신과의 사이를 점점 좁혀 올 때쯤 다미는 현관문을 활짝 열고 밖으로 나가 거리를 멀리하고 말했다.

"그리고."

"……."

"정말 맛있게 잘 먹었어."

그에게 한 번도 해 본 적 없는 칭찬을 하려니 온몸이 간지러울 정도로 어색했다.

"고마워."

그럼에도 불구하고 환하게 웃으며 대답해 주는 시온에 다미는 여전히 알 수도, 이해할 수도 없는 뿌듯함에 슬그머니 미소를 지었다.

생각해 보면 그랬다.

만약 시온이 모른 척해 버렸으면 어땠을까. 아무것도 모르고 그 사람이랑 좋다고 결혼을 했다면 어땠을까. 결혼을 하고 나서 알게 되었다면 얼마나 더 많은 상처를 받고, 더 많은 눈물을 흘렸을까.

그때는 당장 찢겨지고 뜯어진 자신의 상처를 보느라 차마 알아차리지 못했던 시온에 대한 감정이 가슴속에서 살아 움직이는 듯했다.

고맙다고.

자신의 상처의 크기를 조금이라도 줄여 줘서.

정말 고맙다고.

3화
못 다한 이야기

'il primo amore' 앞 주차장에 미니 트럭이 멈춰 섰다. 트럭에는 각종 재료들이 가득 차 있었다. 조수석 문이 열리고 안에서 막내 아름이 뛰어내렸다.

"선배님, 운전 진짜 못하시는 것 같아요."

운전석에서 내리는 2년 차 기정을 향해 아름이 애교스럽지만 놀리는 뉘앙스로 말했다. 짐을 내리던 기정이 발끈해서 아름을 노려보았다.

"뭐? 누가 잘하는데, 그럼?"

"송 셰프님이요! 뭐, 못하시는 게 없긴 하지만."

"뭘 어떻게 해야지 운전을 잘하는 건데?"

"송 셰프님은 한 손으로 운전도 하시고, 주차도 하시던데. 그러면서도 길도 한 번에 잘 찾으시고. 진짜 한 손으로 운전하시는 거 너무 멋있어요. 제가 그때 김밥 먹여 드리려고 했더니 괜

찮다고 하시면서 한 손으로 드시면서 운전하시는데, 어찌나 섹
시해 보이던지."

"그거 허세 부리는 거야."

"허세가 아니라 그냥 멋있는 거예요."

다투는 두 사람의 귓전으로 레스토랑 문이 열리는 소리가 나
더니 나머지 직원들이 우르르 나와 능숙하게 짐들을 옮겼다.

짐을 전부 옮기고서 직원들이 주방에 모이자 수 셰프인 준범
이 위엄 있는 목소리로 말했다.

"오늘 송 셰프님 녹화 때문에 매장 못 오시니까 더 정신 차려
서 일하도록 한다!"

"네! 알겠습니다!"

4화

MC의 오프닝 멘트가 끝나자 본격적으로 녹화가 시작되었다. 의뢰인과 MC가 시온의 진두지휘 아래 요리를 해 나갔다.

다미는 하필이면 이런 중요한 날에 깜빡하고 방송국에 두고 온 의뢰인의 편지를 가지고 오느라 녹화 중간부터 투입되었다.

녹화는 시청자들을 위한 시온의 팁과 의뢰인의 사연을 듣는 것으로 무난하게 이어졌다.

1부 녹화가 끝나고 잠시의 쉬는 시간.

모두가 자리에 앉아 휴식을 취하고 있는데 시온만이 여전히 주방에서 벗어나지 못하고 있는 상태였다. 다미가 방송국에서 준비한 김밥과 사이다를 들고 시온의 곁으로 다가왔다.

"이거 먹고 해."

"괜찮아."

"지금 안 먹으면 먹을 시간 없어. 빨리 먹어."

"이거 바로 꺼내야 돼서."

시온이 펄펄 끓고 있는 기름 안에 있는 재료들을 눈짓하며 말했다.

"내가 꺼낼 테니까 먹어."

들고 있던 김밥과 사이다를 시온의 손에 쥐여 주고 그의 손에 들려 있던 집게와 채를 빼앗았다.

"긴장 안 하더라?"

"그래 보여?"

다미가 대답대신 고개를 낮게 끄덕였다.

"아닌데. 나 긴장 많이 하고 있는데."

"네가 긴장을 했다고? 여기에 그 말 믿을 사람, 아무도 없을 걸?"

"그런가? 하긴 점점 긴장이 풀리긴 하더라."

"다행이네. 금방 적응해서."

말이 끝났는데 돌아오는 대답이 없었다. 튀김기를 보고 있던 다미의 시선이 여전히 제 곁에 머물러 있는 시온에게로 향했다. 그가 입을 굳게 다물고 다미를 바라보고 있었다.

"왜?"

"아침에 어디 갔다 왔어?"

"아, 방송국에 뭐 좀 두고 와 가지고."

의뢰인의 편지를 두고 왔다가 노발대발 난리를 치던 임 PD의 모습을 다시 떠올라 다미는 진저리가 났다.

"넌 먹었어?"

"뭘? 아, 김밥? 좀 있다가 먹어야……."

말이 끝나기도 전에 김밥 하나가 불쑥 나왔다. 시온이 김밥을 뜯어 내민 것이다.

"됐어. 너 먹어."

"먹어. 지금 안 먹으면 먹을 시간 없다며. 그리고 너 배고프면 예민해지잖아."

"야!"

"……."

"기왕 주는 거 두 개 줘. 한 개는 시원찮아."

배가 지나치게 고팠지만 작가들은 항상 출연진들을 먼저 챙기고 다음 녹화를 위해 준비를 해야 했다. 특히 막내 작가와 서브 작가는 쉬는 시간에 더욱 분주했다. 그래서 밥 같은 건 먹을 시간이 없어서 늘 힘들어했던 다미가 입을 크게 벌리고 김밥 두 개를 한꺼번에 입으로 우겨 넣고 있던 그때, 임 PD가 곁으로 다가왔다.

"공 작가, 왜 송 셰프님 밥을 뺏어 먹어?"

"아, 아니엥요. 아닌데! 징짜 제가 괜춘다궁 그랬능데, 얘가!"

입에 김밥을 물고 있느라 발음이 이상했다. 열심히 변명하는 다미의 입속에서 김밥이 터져 나왔다.

"입 다물어! 밥풀 다 튀잖아!"

"그러게 왜 애 먹고 있는데 말을 시키시고 그러세요."

질색을 하며 물러서는 임 PD의 옆에서 시온이 무섭도록 내려앉은 저음으로 말했다. 순간 당황한 임 PD가 어쩔 줄 몰라 했다. 다미는 그 모습이 통쾌하다가도 자신 때문에 분위기가 어색해진 것 같아 불편했다.

"지금 꺼내?"

어색함을 조금이나마 풀어 보기 위해 다미가 얼른 화제를 바꿨다.

"응. 꺼내면 되겠다."

시온의 말대로 튀긴 요리를 꺼내는데 엉성하게 집어 올린 튀김이 미끄러운 집게에서 벗어나 다시 퐁당 빠져 버렸다. 그 바람에 뜨거운 기름 몇 방울이 다미의 손등으로 튀었다.

"앗, 뜨거!"

"어디 봐!"

시온이 화들짝 놀라서는 다미의 손등을 잡아 확인했다. 보일 듯 말 듯 티도 나지 않을 정도로 아주 연하게 붉어져 있었다.

"괜, 괜찮아."

다미가 급하게 시온에게서 제 손을 빼냈다. 이상하다. 기름이 튄 쪽보다 시온이 만진 쪽이 더 뜨거운 것 같다.

"공 작가, 왜 그래?"

몇몇 작가들이 와서 물었다. 별거 아닌 일에 너무 호들갑을 떤 것 같아 민망한 마음에 다미가 자신의 손을 뒤로 숨겼다.

"별일 아니에요."

"이리 와."

사람들의 틈 사이로 들어온 시온의 손이 가볍게 다미의 손목을 낚아챘다. 싱크대로 가 흐르는 차가운 물에 다미의 데인 손등을 가져다 댔다.

"흡! 너무 차가워."

지나치게 차가운 물에 깜짝 놀란 다미가 손등을 빼려고 했지만 시온이 손목을 잡고 있는 바람에 그럴 수가 없었다.

"그래도 해야 돼."

시온이 잡고 있는 손이 따끔거린다. 그와 동시에 얼굴도 달아오르는 기분이 들었다. 뜨거운 기름에 데어서 그런 거겠지?

"나 혼자 해도 되는데……"

다미의 작은 목소리가 흐르는 물줄기 소리에 그대로 잠식되어 버렸다. 그렇게 한참을 시온에게 붙들린 채로 찬물에 손목을 담구고 있었다.

"이제 정말 괜찮은 것 같아."

"그래도 혹시 모르니까 약 발라."

"진짜 괜찮은데 너무 요란 떠는 거 같아서 민망해."

다미가 물 묻은 손등을 옷으로 슥슥 닦아 내며 말했다.

"자, 녹화 들어가겠습니다."

멀찍이서 들려오는 FD의 목소리에 다미가 자신의 자리로 돌아가려다 말고 시온의 어깨를 툭 쳤다.

"수고하자."

그 뒤로 또다시 치열한 녹화가 시작되었다. 시온을 따라 요리를 하는 MC와 의뢰인이 버벅거리는 장면에서는 현장이 웃음바다가 되어 버리기도 했다.

단 한 사람. 웃을 수 없는 사람이 있었으니 그건 바로 대본에 적혀 있는 단어를 쓴 스케치북을 높이 들고 있는 다미였다.

쟤 왜 자꾸 나만 쳐다보는 것 같지? 저러면 안 되는데.

다미가 '1번 카메라'라고 쓴 스케치북을 높이 쳐들었다. 그럼에도 시온의 시선은 여전히 다미에게만 머물러 있었다.

우여곡절 끝에 첫 녹화가 끝났다. 다미는 마치 시온이라는 카메라에 자신의 일거수일투족이 전부 녹화된 것 같은 기분이 들었다.

"수고하셨습니다!"

스태프들과 격려의 인사를 나누던 다미의 발걸음이 수줍게 MC인 재훈에게로 향했다.

"오늘 수고 많으셨습니다."

평소 팬이었던 재훈의 앞에서 다미는 아이돌 오빠를 만난 소녀처럼 얼굴까지 붉혔다. 재훈은 인상 좋은 미소를 한껏 지으며 반갑게 알은체했다.

"다미 씨죠? 서브 작가님."

"네, 맞아요! 평소 함께 일해 보고 싶었어요."

"다들 처음엔 그런 말씀들 하시지만 지내다 보면 나랑 일하기 싫다고 해요. 아마 다미 씨도 곧 그럴 거예요. 내가 워낙 잔소리가 심해서."

다미는 호탕하게 웃는 재훈을 따라서 웃었다.

"말 편하게 놓으세요. 제가 훨씬 동생이에요."

"정규 방송 확정되면 그렇게 하겠습니다."

"꼭 확정되었으면 좋겠어요. 예전부터 MC님과 꼭 일해 보고 싶……."

"공다미."

재훈을 향한 다미의 말이 뒤에서 들려오는 익숙한 목소리에 마무리를 짓지 못하고 끊어져 버렸다.

10년 전, 매일 자신의 이름을 불렀던 그 목소리다. 돌아보니 여자 스태프들에게 둘러싸인 시온이 보였다.

"나 이거 챙기는 것 좀 도와줄래?"

그의 시선이 어질러져 있는 자신의 물건들로 향해 있었다.

"제가 도와 드릴게요, 송 셰프님!"

여자 스태프들이 시온의 물건들을 상자에 대신 넣어 주기 위해 손을 뻗었을 때였다.

"내 물건, 함부로 만지지 마세요."

무섭게 내려앉은 그의 목소리에 모두의 손이 허공에서 멈칫했다.

"공다미."

잠시 거두어졌던 그의 시선이 다시 다미에게로 향해 꽂혔다. 아까 김밥을 넣어 주던 그때 자신을 바라보고 있던 눈빛과는 확연히 달라보였다. 당장 도와주지 않으면 주변의 모든 것들을 폭발시켜 버릴 것 같이 위태로워 보이기까지 한 그의 모습에 다미는 걸음을 옮겨야 했다.

"뭘 어떻게 도와주면 되는데?"

다미가 곁으로 다가오자 시온의 주변에 있던 여자 스태프들이 슬슬 뒤로 물러섰다.

"이 안에 전부 넣어 줘."

"그래."

"나 옷 갈아입고 올게."

흐트러진 물건들을 하나씩 가져와 상자에 넣으면서 생각했다. 얘는 이 세상에 내가 태어나지 않았다면 무슨 재미로 살아

갔을 애였을까, 하고.

"다 정리했어."

옷을 갈아입고 나온 시온에게 다그치듯 말하자 그가 들고 있던 조리복을 다미에게 건네고 상자를 들어 올렸다.

"그럼 이거 들고 따라와."

그의 하얀 조리복을 들고 따라나섰다. 송시온은 걸음이 빨랐다. 필요 이상으로 긴 다리 때문인 걸까. 성격이 급한 편에 속하지 않은 그의 발걸음이 항상 빠른 것을 보면 그 이유가 가장 그럴 듯하다.

듬직한 그의 어깨를 바라보며 다미는 자꾸만 뒤처지려는 발걸음을 재촉했다.

✳   ✳   ✳

반장은 마음이 여렸다. 뿐만이 아니라 시온의 예상과는 달리 공부에도 큰 특기를 보이지 못한 탓에 아이들은 언제나 반장을 만만하게 보곤 했다.

"얘, 얘들아. 국사 쌤이 숙제 걷어 오래."

오늘도 역시 반장은 교탁에 서서 기어 들어가는 목소리로 관심조차 없는 아이들에게 빌다시피 말하고 있었다.

"얘들아……."

반장은 금방이라도 울어 버릴 것 같았다. 그 모습을 바라보던 다미가 책상을 세게 치며 일어났다. 무엇 때문에 평소에 없던 오지랖이 생겼는지는 모르겠다. 아무래도 바로 제 앞에서 끝내 눈물을 떨군 반장이 많이 안쓰러웠던 것 같다. 그것도 아니면 엎드려 자고 있는 시온을 원망스럽게 바라보는 그 눈빛이 마음에 걸렸던 것일지도 몰랐다.

다미가 만들어 낸 둔탁한 소리에 제각기 떠들던 아이들의 시선이 일제히 다미에게로 향했다.

"국사 쌤이 숙제 걷어 오라고 그랬대! 전부 반장한테 제출해."

야무지게 말하고 자리에 앉자마자 옆에서 느껴지는 따가운 시선에 다미가 고개를 돌려 시온을 바라보았다. 그가 책상에 엎드린 채로 눈만 떠서는 다미를 바라보고 있었다. 눈동자는 평소와는 다르게 뾰족한 감정이 잔뜩 도사리고 있었다.

"왜?"

그의 사나운 눈빛에 다미의 목소리가 한풀 꺾였다. 아무래도 자고 있는데 책상을 세게 차 버리는 바람에 심기가 불편해진 듯 싶었다.

"미안."

"뭐가?"

"응?"

"뭐가 미안한데?"

눈을 굴리는 다미를 보며 시온은 스스로에게 물었다.

넌 뭐가 그리도 화가 나는데?

다미가 책상을 치는 바람에 잠에서 깨어난 것 때문에? 아니, 오늘은 그냥 눈만 감고 있었을 뿐 자고 있지 않았다. 그 이유 때문은 아닌 것 같았다. 무언가가 복잡하게 잔뜩 엉켜 있는데 어디서부터 풀어 나가야 할지 모르겠다.

"소리 때문에 잠에서 깨게 만든 거 미안하다고⋯⋯."

제 눈치를 살피는 다미를 바라보며 태어나 난생 처음으로 느껴보는 낯선 감정에 혼란스러워하던 시온의 눈빛이 더욱 차갑게 변했다. 다미의 곁으로 다가온 반장 때문이었다.

"다미야."

"응?"

다미의 어깨를 톡톡 치는 반장의 손가락을 부러트려 버리고 싶었다.

처음이었다. 누군가에게 사나운 속내를 고스란히 드러내고 심장이 불에 가져다 댄 것처럼 뜨겁게 타오르는 것은.

"고마워. 네 덕분에 애들이 숙제 다 냈다. 이거 먹어."

"안 줘도 괜찮은데. 고마워, 맛있게 먹을게!"

반장이 내민 초콜릿을 좋다고 받는 다미의 야속한 손에 시온의 입술 사이로 예상치 못한 한숨이 터져 나왔다.

한숨이 다미에게까지 닿았는지 그녀의 눈동자가 의아해하며 시온을 바라보았다.

"먹지 마."

"뭐?"

뒤숭숭한 감정 속에서 피어난 확실한 감정 하나는 있었다.

"먹지 말라고."

"⋯⋯."

"내가 사 줄 테니까 그거 먹지 말라고."

그냥 싫었다. 다른 남자가 준 초콜릿을 먹으며 행복해할 다미를 보는 것도, 다미가 다른 남자들의 편을 들어주거나 다른 남자들을 향해 웃는 것도.

너무 싫었다.

왜 싫은지에 대한 이유는 속이 갑갑할 정도로 정확하게 알지 못한 채 내뱉었다.

"네가 먹고 싶어서 그래?"

다미가 어색한 얼굴로 초콜릿을 내밀었다. 순간 어이가 없어 시온이 실소를 터트렸다. 웃음이 터진 줄 알았던 모양인지 다미가 따라 웃는다.

"너 보조개 있네."

시온의 시선이 다미의 오른쪽 뺨에 머물렀다.

"어. 세포가 뭐 없어서 그런 거래. 좋은 거 아니야."

"예쁘면 됐지, 뭐."

시온은 자신도 모르게 흘려 버린 말에 놀라 다미를 바라보았다. 다미는 자신이 잘못 들었나, 하며 어리둥절해하는 듯했다.

충동적으로 뱉어 낸 말이 분명했지만 실수도, 거짓말도 아니었기에 번복할 생각은 없었다.

"예쁘다고, 네 보조개."

"고, 고마워. 근데 초콜릿 정말 너 먹어도 돼."

"나 단 거 안 좋아해."

시온의 말에 다미의 눈빛이 반짝였다. 아무래도 초콜릿을 먹을 생각을 품고 있는 것 같아 시온이 손을 뻗었다.

"너도 먹지 마."

시온이 다미의 손바닥에 있는 초콜릿을 빼앗아 교실 바닥에 던져 버렸다.

"어!"

"아쉬워하지 마. 더 맛있는 걸로 사 줄게."

"심술쟁이 같아."

아주 작게 중얼거리는 바람에 시온은 다미의 말소리를 듣지 못했다.

"뭐라고?"

"아무 말도 안 했어."

"내 욕했지?"

"욕 많이 들으면 오래 산대."

"그래서 네가 나 오래 살게 해 주려고?"

대답이 없다. 대신 입술이 작아질 정도로 굳게 다물고서 새초 롬한 눈으로 올려다본다. 그 모습마저 귀엽다. 자꾸만 보고 싶 어지게.

계속 다미에게 눈길이 간다. 분명 처음에는 반응이 귀여워서 제 옆에 두고 보려고 했던 것뿐이었는데, 이젠 그녀의 행동 하 나하나가 궁금하다. 아니, 예뻤다.

예쁜 모습을 계속 보고 싶은 것은 사람이라면 누구나 지닌 잠 재적 본능이었다. 시온은 본능에 충실하게 임했을 뿐이었다.

다미를 보다 가방에서 도복을 꺼냈다. 초등학교 때부터 다녔 던 태권도장을 고등학교 들어와서 끊었는데, 요즘 몸이 너무 찌 뿌드드해서 다시 등록을 했다. 매일은 아니어도 일주일에 두세 번 정도는 가서 운동을 할 생각이었다.

"오늘 이것 좀 태권도장까지 들어다 줘."

"뭐?"

"너무 무거워서 그러니까 들어 달라고."

같이 있고 싶은데 딱히 이유를 만들어 내지 못했다.

"이게 무겁다고?"

어이없어 하며 도복을 손에 쥐는 다미를 보며 시온도 스스로가 어이없는 발언을 했다는 것을 부정할 수 없었다.

그래도 이번 역시 말을 번복할 생각은 전혀 없었다.

수업이 끝나고 다미와 학교를 빠져나왔다. 다미는 이 가벼운 걸 정말 못 들겠다 말한 거냐며 소심한 불만을 늘어놓았지만 이내 체념한 듯 자신의 뒤를 쫓아왔다.

태권도장을 향해 한참을 걷던 시온이 순간 근처에서 느껴지는 허전함에 돌아보니 다미가 멀리서 다급하게 뛰어오고 있었다. 품에 자신의 하얀 도복을 끌어안고.

"왜 이렇게 늦게 와?"

"네가 지나가고 신호등이 바뀌어 버렸어."

그제야 알았다. 자신이 너무 빨리 걷고 있었다는 것을.

덜컥 겁이 났다. 너무 빠른 자신을 쫓아오지 못하고 헤매다가 행여나 제게 더 친절하게 구는 다른 사람에게 가 버릴까 봐.

하지만 같이 걷는 것이 어쩐지 부끄러워 걸음을 늦추지 않았다. 결국 계속 멈춰서 뒤를 돌아보았다.

허겁지겁 뛰어와서는 심장이 터질 것 같다는 그녀를 마주하며 시온도 심장이 터질 것만 같았다.

물론 다미와는 다른 이유였지만.

그의 조리복에 직접 수로 박혀 있는 이름을 보느라 앞을 보지
못했던 다미는 앞에서 느닷없이 걸음을 멈춘 시온 때문에 그대
로 그의 등에 머리를 박아 버리고 말았다.

"앗."

그다지 아프지도 않은 머리였지만 반사적으로 손으로 감싸며
고개를 치켜들었다.

"옆으로 와."

"응?"

"같이 걸어."

갑작스러운 그의 제안에 다미가 어리둥절해하며 그의 옆으로
다가가 걸었다. 다시 걸음을 옮기자 시온의 걸음이 전보다 훨씬
느려졌다는 것이 확연히 느껴졌다. 갑자기 왜 그러냐고 묻고 싶
었지만 그의 휴대폰이 다미의 마음을 짓누르듯 갑자기 울렸다.

"어, 준범아. 지금 출발하려고. 그래."

지나치게 건조하고 가벼운 통화를 끝냈을 때는 이미 차에 도
착한 후였다. 뒷좌석의 문을 열고 상자를 집어넣은 시온이 다시
허리를 펴서는 다미가 들고 있던 조리복을 건네 받았다.

"첫 녹화라고 저녁 먹으러 갈 것 같던데."

"난 디너 때문에 들어가 봐야 돼."

"아, 그래?"

"내가 안 가서 아쉬워?"

저런 질문은 조금 웃으면서 해 주면 좋으련만 시온은 아무 감

정도 읽을 수 없는 무표정으로 자신을 쳐다보고 있었다.

"아니, 딱히 그런 건 없어. 다른 사람들이라면 모를까. 아무튼 오늘 수고했어."

"그래, 너도."

복잡한 주차장에서 그의 차가 무사히 나올 수 있게 도와주고 다시 현장으로 올라온 다미는 뒷정리를 하고 오늘 쓴 대본들을 넣기 위해 가방을 열었다가 약봉지를 발견했다.

"어라?"

그 안에는 화상 연고와 밴드가 들어 있었다.

이걸 누가 준 거지?

"선배, 혹시 이거 선배가 사 오셨어요?"

다미가 지나가던 지민을 붙잡고 물었다.

"아, 그거 아까 막내가 사 오던데?"

"그래요?"

왜 순간 시온을 생각했는지. 다미가 지나가던 막내를 불렀다.

"막내야, 이거 네가 사 온 거라며."

"아, 네! 그거……."

"공 작가, 잠깐 이리 와 봐."

막내의 목소리가 임 PD의 불음에 그대로 묻혀 버렸다.

"암튼 너무 고마워. 잘 쓸게."

다미는 약봉지를 발랄하게 흔들어 보이고 급하게 임 PD를 향해 달려갔다.

그 뒤로 막내가 전하지 못한 말을 낮게 중얼거리며 자리를 벗어났다.

※　　　　　※　　　　　※

"셰프님, 촬영 잘 끝내셨어요?"

안으로 들어서는 시온을 향해 직원들이 득달같이 몰려들었다.

"정신이 없다. 일단 옷부터 갈아입고 올게."

시온은 그 사이를 능숙하게 뚫고 탈의실로 들어왔다. 캐비닛을 열어 입고 있던 옷을 벗고 조리복을 꺼내 갈아입었다.

남들 눈에는 시온이 꽤 능숙하고 덤덤하게 촬영을 했다고 여겼을지 몰라도 사실 그는 잔뜩 긴장을 한 상태였다.

요리라는 것이 워낙 돌발 상황이 많은 데다 처음 서 보는 주방과 수많은 카메라들에 평소 강심장이었던 시온마저도 얼어붙게 만들었다.

잔뜩 긴장한 상태에서 녹화가 시작되었는데 다미가 보이질 않았다. 그나마 위로가 될 거라고 생각했던 그녀가 없으니 긴장감이 한층 더 그의 몸을 짓눌렀다.

얼마간의 녹화가 진행되었을까. 평소답지 않게 자잘한 실수를 하고 있던 시온의 시야로 어딜 갔다 온 건지 뒤늦게 합류한 다미가 보였다.

헐레벌떡 뛰어와 땀 닦을 시간도 없이 스케치북에 무언가를 열심히 써서 흔들고 있는 다미의 모습에 거짓말처럼 긴장이 전부 풀어졌다.

셰프님, 조금만 웃어 주세요!

아까부터 계속 작가들이 스케치북에 적어 흔들고 있던 문구에 이제야 응답하듯 시온의 입가에 살포시 미소가 지어졌다.

너무 좋으세요!

그 뒤로도 계속 다미만 보았다. 그녀를 보면 심적으로 안정이 되었다. 까르르 숨이 넘어갈 것처럼 웃고, 옆에 있는 작가들과 수다를 떨고, 물을 마시는 모습까지도 전부 그의 신경을 기울이게 만들었다.

학창 시절에도 그랬던 것 같다. 연필을 손에서 열심히 돌리고 침까지 흘리면서 자다가 화들짝 놀라서 깨는 다미의 모습을 넋을 놓고 봤던 것 같다.

수업 시간에 몰래 초콜릿을 먹으며 행복해하던 모습도, 시험 시간에 눈을 굴리며 머리를 움켜쥐던 모습도. 그때도 그녀를 바라봤던 이유는 오늘과 똑같았다.

그녀만 보였기 때문에.

재미없을 것 같았던 녹화에 흥미와 관심이 생긴다. 결과가 어쨌든 이번 파일럿 방송을 끝으로 하지 않으려고 했던 시온의 결심에 독한 버그가 들어와 모든 것을 헤집어 놓았다.

"셰프님, 내려오셔서 소스 맛 좀 봐주셔야 할 것 같습니다."

탈의실 밖에서 들려오는 준범의 목소리에 그제야 시온은 자신이 꽤 오래도록 생각에 잠겨 있었다는 것을 인식하고 일어섰다. 입가에는 여전히 가시지 않은 희미한 미소를 걸친 상태로.

"셰프님!"

탈의실에서 내려가 막 주방으로 들어가려던 시온이 자신을 부르는 홀 매니저의 목소리에 걸음을 멈췄다.

"왜?"

"지금 어머님께서 와 계십니다."

"어머니께서?"

예상치 못한 방문이었기에 시온은 불안감을 느꼈다. 어머니가 계신다는 룸의 문을 열고 들어가자 전화를 하고 있던 김 여사가 급하게 전화를 끊었다.

"어머니."

"우리 아들, 오랜만이네."

김 여사가 시온에게 가까이 다가와 어린아이에게 하듯 손바닥으로 두 뺨을 문질렀다.

"무슨 일 있으세요?"

어머니의 애정이 이제는 조금 부담스러워진 시온이 슬그머니 벗어나 자리에 앉으며 물었다.

"네 아버지 때문이지, 뭐."

"아버지가 왜요?"

몰라서 묻는 질문은 아니었다. 그저 어머니의 푸념이라도 들어 줄 생각으로 물어본 말이었다.

"너 결혼 문제 때문에. 20대 후반밖에 안 된 애를 왜 그렇게 장가 못 보내서 안달이 났는지."

아버지는 최대한 시온이 빨리 결혼을 하길 원하셨다. 그 이유

중에 하나는 자신과 오래전부터 친분을 쌓아 온 타 기업의 사장 딸 때문일지도 몰랐다.

시온의 아버지는 하루라도 빨리 그와 사돈 관계가 되어 단단한 연맹이라도 맺고 싶어 하는 바람을 노골적으로 드러내곤 했었다.

"그래서 네 아버지 때문에 조만간 맞선 자리를 마련해 보려고 하는데……."

딱 질색이다. 형식적이고 불편한 자리. 하지만 딱히 거절을 할 확실한 이유가 없어 일부러 더 단호하게 말했다.

"아버지한테 전해 주세요. 전 감정에도 없는 사람과 시답지 않은 대화를 주고받을 만큼 여유로운 사람이 아니라고. 그리고 아버지 사업에 이용당하고 싶지도 않다고요."

아버지는 항상 자식을 소유물로 생각하며 모든 것을 멋대로 결정했다. 대학교와 학과도 마음대로 정하고 심지어 선물마저도 시온이 아닌 자신이 원하는 것을 사다 주셨다.

사실 요리 사업도 이렇게까지 크게 벌리고 싶지 않았지만 아버지가 남자는 포부가 커야 한다며 지점을 여러 개로 늘리는 바람에 시온이 생각했던 나름의 가치를 떨어트렸다. 시온은 자신의 레스토랑을 단 하나의 추억으로 만들고 싶었다.

단 한 곳의 추억. 첫사랑 같은 것으로.

"시온아, 아버지는 널 생각하셔서……."

어쩔 줄 몰라 하며 시온을 달래려던 김 여사가 시온의 어깨너머로 기웃거리고 있는 주방 막내인 아름을 발견했다.

아름은 시온에게 무언가를 말하려고 왔다가 김 여사를 보고 후다닥 도망쳐 버렸다.

"많이 바쁜가 보구나."

"곧 디너 타임이라서요."

아들의 눈치를 보던 김 여사가 황급히 가방을 들고 일어섰다.

"그래. 그럼 수고하고."

김 여사를 배웅하고 돌아오는 시온의 발걸음이 씁쓸했다.

맞선이라. 기계적인 질문과 대답이 오고 가는 그 모습은 상상만으로도 끔찍했다. 자신이 무엇 때문에 그 지겹고 무료함에 희생되어야 하는지 이해를 할 수도, 하고 싶지도 않았다.

파일럿 방송으로 내보냈던 '당신을 우리 집에 초대합니다'는 분당 시청률 12%로 평일 예능으로는 극히 보기 드문 기록을 갱신했다. 때문에 레귤러 방송*으로 편성을 받았고 축하하는 의미로 회식 자리가 마련되었다.

다미는 잃어버린 자신의 일자리를 다시 찾은 것이 한없이 기쁘다가도 시온과 일할 생각을 하니 걱정이 이만저만이 아니었다.

회식 자리엔 프로그램 관계자뿐만 아니라 파일럿 방송을 하는데 가장 큰 공여를 한 시온도 초대되었다. 임 PD는 거하게 취해서는 문 쪽을 바라보며 확성기 같은 목소리로 말했다.

"우리 송시온 셰프님은 왜 이렇게 안 오시니? 다들 전화 좀 해 봐!"

---

*레귤러 방송:정규 방송.

시온에 대한 집착을 5분에 한 번씩 보여 주고 있는 임 PD를 한심스럽게 바라보던 다미가 휴대폰을 들었다.

〈어디쯤 왔어?〉

시온에게 문자를 보내자 금세 답장이 날아왔다.

〈다 왔어. 문 앞이야.〉

다미의 시선이 문으로 향했다. 순간 유리문 밖으로 그림자가 드리우더니 드디어 임 PD의 사랑, 시온이 나타났다.

"저기 송 셰프님 오시네요."

"오셨네요! 나의 구세주!"

임 PD가 의자를 벅차고 일어나 단숨에 시온에게로 달려가 와락 그를 끌어안았다. 일순간 시온의 미간이 사납게 일그러졌다. 하지만 술만 먹으면 개가 되는 임 PD가 그 사실을 알 턱이 없어 시온을 붙잡고 주책을 떨었다.

"우리 시청률이 이렇게 잘 나와서 정규 방송으로 들어가게 된 것은 전부 송 셰프님 덕분입니다. 정말 너무 감사드립니다. 다들 뭐하고 있어! 송 셰프님 오셨는데!"

"이러지 마세요."

차분하게 타이르는 시온의 말을 완전히 무시해 버린 임 PD의 윽박에 전원이 자리에서 일어나 시온을 향해 기립 박수를 쳤다. 시온이 얼굴을 제대로 들지 못하며 창피해했다. 주목받는 것에 익숙하면서도 싫은 모양이다.

임 PD의 눈치에 열정적으로 박수를 치고 있던 다미가 문득 눈이 마주치자 자신 쪽으로 걸어오는 시온을 보고 슬그머니 손을 내렸다.

다미의 앞까지 다가온 시온은 옆에서 이제 막 박수를 멈추고 자리에 앉으려는 막내를 향해 상냥하게 웃으며 말했다.

"작가님, 괜찮으시다면 제가 이 자리에 앉아도 될까요?"

"아, 네! 앉으셔도 됩니다."

뭐에 홀린 사람처럼 막내가 자신의 물건들을 들고 얼른 자리에서 일어섰다.

"임 PD님 옆에 가서 앉아."

다미가 막내가 비킨 자리에 막 앉으려는 시온의 어깨를 떠밀며 말했다.

"시끄러워서 싫어."

"하긴 임 PD님이 시끄럽긴 하지."

다미의 대답이 끝나기가 무섭게 지민이 다가왔다.

"송 셰프님, 게시판에 난리가 났어요. 시청자들이 요리하는 그 섹시남을 어디서 찾았느냐고. 보는 즐거움이 너무 커서 무조건 본방 사수하겠대요. 곧 팬클럽도 생기실 것 같던데요?"

지민의 칭찬에도 시온은 딱히 좋아하는 눈치가 아니었다.

그저 옆에서 하릴없이 듣고 있던 다미의 어깨를 가볍게 치며 관심을 끌어왔다.

"고기 구워 줘."

"네가 구워 먹어."

"내가 오늘 펜을 좀 많이 썼더니 손목이 아파서 그래."

"어머, 제가 구워 드릴게요!"

다미의 바로 위 선배인 나라가 집게를 들었다. 나라는 이번에 새로 투입된 작가로 지민과 동갑이었지만 늦게 입사를 해서 아직 서브 작가에 머물고 있는 선배였다.

지민과 동갑이지만 성격은 완전 정반대의 소유자였다. 다혈질에 뒷담화하는 것도 좋아하고, 때로는 이중적인 모습을 보여 사람을 난감하게 하거나 후배들을 울리기로 소문이 자자했다. 그래서 웬만하면 그녀의 레이더에 들지 않는 것이 이곳에서 오래 생존할 수 있는 방법이자 신상에 좋은 일이었다.

뒤끝이 만리장성인 나라에게 고기를 굽게 내버려 두었다가는 두고두고 잔소리를 들을 것이 뻔했다. 다미가 얼른 엉덩이를 들고 일어나 나라로부터 집게와 가위를 빼앗아 들었다.

"선배님, 제가 굽겠습니다!"

"그럴래? 그리고 다미야, 너 셰프님한테 반말하는 거 별로 안 좋아 보인다. 그래도 우리 프로그램에 출연해 주시는 분인데."

"아, 네. 앞으로 존댓말 쓰겠습니다."

"그건 내가 불편한데."

옆에서 두 사람 대화를 듣고 있던 시온이 불쑥 끼어들었다. 다미를 은근히 나무라던 나라의 시선이 닿자 시온이 다시 입술을 떼어 냈다.

"저 편하게 해 주실 생각이시라면 다미가 반말하게 내버려 두셨으면 하는데. 얘랑 동창이어서 그런지 갑자기 존댓말을 들을 생각하니까 소름 끼쳐서요."

극히 덤덤하고 낮은 목소리였다. 게다가 부탁보다는 경고에 가까운 뉘앙스였기에 아무도 반박을 할 수가 없었다.

"아, 그럼요. 당연히 셰프님 편하신 대로 하셔야죠."

나라의 대답이 끝나자마자 시온이 서 있는 다미를 지그시 올려다보았다.

"들었지?"

"그, 그래."

대답을 하면서도 다미의 시선은 나라에게로 향했다. 선배의 입이 좌우로 삐죽거리는걸 보니 시온의 태도가 마음에 들지 않은 모양이었다. 마음이 불편해져 괜히 눈치가 보였다.

"근데 고기를 왜 서서 굽는 거야? 앉아. 정신 사나워."

그런 자신의 사정도 모르고 시온이 팔을 잡아끌어 앉혔다.

그러더니 다미가 어설프게 들고 있던 가위와 집게를 빼앗아 들었다.

"고기를 왜 이렇게 못 구워? 내놔. 내가 구울 테니까."

이거 큰일이다. 사실 시온이 오기 전에 나라는 입술에 침이 마르도록 그에게 관심을 표현했다.

너무 잘생겼다, 분위기가 끝내준다, 웬만한 연예인보다 훨씬 더 멋지다, 자신의 이상형이다 등등.

아니다 다를까, 나라의 눈이 세모꼴이 되어 다미를 뚫어 버릴 듯이 노려보고 있었다.

"내가 구울게. 너 손목 아프다며!"

"됐어. 손목이 아픈 게 나은 것 같다. 이렇게 탄 고기를 먹느니."

"안 타게 구울게!"

"내가 더 잘 구우니까 내가 할게. 넌 그냥 네가 잘하는 거나 해."

집게와 가위를 빼앗아 보려고 했지만 시온이 팔을 살짝 들어 가볍게 제지했다.

"뭐, 뭐할까!"

"먹는 거."

그리고선 잘 구운 고기들을 쏙쏙 골라 다미의 그릇 위에 덜어 주었다. 그거야 내 전문이기는 하다만…….

"송 셰프님은 여자 친구 있으세요?"

나라의 질문에 사람들의 시선이 온통 시온에게로 쏟아졌다. 하지만 시온은 고기를 구워 다미의 그릇에 놓아주기 바빠 보였다.

"없어요. 빨리 먹어. 식겠다."

시온은 나라에게 눈길도 주지 않고 대답했다. 그럼에도 나라는 겉으로 보여지는 우월한 외관에 포기가 되지 않는지 여전히 시온을 향해 관심을 표출했다.

"둘이 동창 때 친했나 봐?"

나라의 날카로운 목소리가 다미의 귓전에 때려 박혔다.

다미가 급하게 손사래를 쳤다.

"아니요! 저희 하나도 안 친했어요! 심지어 저희 좀 앙숙이었어요. 그렇지, 시온아?"

시온을 팔꿈치로 툭툭 치며 말했다. 하지만 시온은 아무 대답 없이 잘 구워진 고기를 계속해서 다미의 그릇에 놓아주고 있을 뿐이었다.

사람들의 시선이, 그의 침묵이 허무함을 담고 돌아섰다. 그 침묵이 다미가 말한 것에 대한 강한 부정을 뜻하고 있다는 것을 모두가 눈치챈 듯싶었다.

"송시온."

"왜."

이제야 겨우 대답이 돌아왔지만 다미는 아무 말도 하고 싶지 않았다. 그저 표정을 굳히며 앞에 놓인 맥주를 쭉 들이켰다.

"부실하게 그딴 거 먹지 말고 이거 먹어."

고추를 쌈장에 찍어 먹으려던 다미의 손을 제지시킨 시온이 도톰하게 잘 익은 고기 하나를 건넸다.

"너나 실컷 먹어."

매몰차게 거절을 하고서는 맥주를 컵에 채워 쭉 들이켰다.

불편한 동창 때문에 열불이 나서 그런지 시원한 맥주가 계속 생각났다.

"공 작가, 그만 마셔. 취해도 데려와 줄 사람 없잖아."

"네?"

"남자 친구랑 헤어져서 이제 데려와 주고 책임져 줄 사람도 없잖아. 그러니까 그만 마시라고."

분위기에 전혀 맞지 않은 말이 나라의 입술 밖으로 흘러 나왔다. 예상치 못한 갑작스러운 말에 다미도 놀라서 두 눈을 끔뻑거리고 있을 때였다.

비워진 그녀의 컵이 누군가의 의해 다시 가득 채워졌다.

그 손목을 쭉 따라가 보니 건조한 표정의 시온과 마주할 수 있었다.

"내가 데려다줄게. 마시고 싶으면 마셔."

절대 시온을 믿어서 마시려던 건 아니다. 다만 갑자기 터져 나와 버린 선우의 이야기 때문에 잊어버리고 싶은 마음이 들어 취하고 싶었다.

그래서 가득 채워져 있는 잔을 향해 천천히 손을 뻗을 때, 옆에서 또 다른 폭탄이 날아와 다미의 가슴에 예고도 없이 떨어져 박혔다.

"공 작가, 주사도 있잖아. 취하면 말하고 싶은 사람한테 전화해서 꼬장 피우는 거. 그러다가 전 남자 친구한테 전화라도 덜컥 해 버리는 거 아니야?"

"근데 그 소문이 사실이야? 남자 친구가 바람나서 파혼했다는 거."

"그러니까, 정말 드라마나 시트콤에서 일어나는 일이잖아."

"김치로 싸대기라도 때리지 그랬어?"

오고 가는 사람들의 말장난에 다미는 점점 걸레 쪼가리가 되어 가는 기분이었다. 모두가 웃고 장난을 치는 분위기이니 자신도 분명 그래야 하는데 자꾸만 눈물이 날 것 같아 견딜 수가 없었다.

그런 다미가 걱정되었는지 지민이 조심스럽게 그녀의 손을 부여잡았다.

다미가 괜찮다고 고개를 끄덕였지만 이미 눈시울은 붉은 장밋빛으로 물들어 있었다. 이대로 있다가는 장난도 못 친다는 비난을 받을까 봐 서둘러 자리에서 일어났다.

갑자기 테이블 위로 컵이 탁, 하는 소리와 함께 내동댕이쳐졌다.

"뭐가 그렇게들 웃깁니까?"

시온의 살벌한 목소리에 분위기는 순식간에 찬물을 끼얹은 것처럼 적막이 흘렀다.

"가만히 있어, 송시온."

다미의 목소리에는 눈물과 서러움이 잔뜩 드리워져 있어 감기 걸린 거위 같은 목소리가 흘러나왔다. 그마저도 너무 작아서 시온의 귓가엔 닿지도 못했다.

"남의 상처 멋대로 끄집어내서는 말도 안 되는 상황 만드는 게 재미있습니까? 돌 맞은 개구리는 죽어 가는데, 그게 그렇게도 재밌냐고."

모두들 얼굴을 굳힌 채 시온과 다미의 눈치만 번갈아 보고 있었다.

"방금 전까지 입 벌리고 있던 사람들은 다 어디 갔습니까?"

다미는 앉아 있기가 너무 불편해서 서둘러 자리를 벗어났다. 그 뒤를 지민이 급하게 따라 나왔다.

"다미야!"

"저 괜찮아요!"

지민에게조차 보이고 싶지 않은 눈물을 훔치며 가게에서 완전히 빠져나온 다미는 바로 옆 음산한 골목 안으로 들어갔다. 얼마 가지 못하고 그대로 주저앉아 버리고 말았다.

술에 취해 어지러워서 그런 건지, 아니면 눈물이 차올라서 그런 건지 시야를 확보하는 것이 버거웠다. 다미가 멈출 기미를 보이지 않는 눈물을 손등으로 닦아 냈다.

"하, 감정이 남은 것도 아니면서 왜 눈물을 흘려. 꼭 미련 남은 사람처럼……."

스스로가 한심해 보여 질책을 하고 있을 때 앞쪽에서 부스럭거리는 소리가 들려오더니 중년의 남자가 몸을 비틀거리며 다가왔다.

"아가씨, 왜 그래? 왜 혼자 울고 그래? 이 아저씨가 위로해 줄까?"

음흉한 눈빛을 보내는 남자를 본 다미가 앉아 있던 몸을 뒤로 주춤거렸다. 무섭다는 감정이 온몸을 휘어감았을 때, 바닥을 짚고 있던 손바닥에 무언가가 닿았다.

"혼자 아니니까 가던 길이나 가시죠."

어깨에 따뜻하게 덮어지는 재킷. 그리고 익숙한 시온의 목소리. 사납게 몰아붙이는 시온의 기에 눌린 남자가 서둘러 골목을 빠져나갔다.

다미가 어깨를 움직여 위에 덮어져 있는 그의 재킷을 떨어트렸다.

"됐어."

돌아서 나가려는 다미를 시온이 잡아 세웠다.

"나한테는 잘만 하면서 왜 저런 지랄 같은 말만 늘어놓는 인간들한테는 한마디도 안 해!"

"안 하는 게 아니고 못 하는 거야."

"왜 못 해?"

"내 상사들인데 무슨 말을 어떻게 해? 다 웃자고 하는 소리인데, 내가 거기서 정색하고 달려들면 또 나만 이상한 사람 될지도 모르는데. 저 사람들 원래 저런 사람들이야. 그게 내가 아니었어도 그랬을 인간들이야. 난 저런 사람들이랑 계속 같이 일해야 돼. 그래도 웃으면서 일은 해야 할 거 아니야. 그리고 막말로 틀린 말도 아니잖아."

"……."

"내가 부정할 수 있는 말이 하나도 없잖아. 바람나서 파혼한 거 사실이잖아."

코끝이 시큰해져 오고 목은 아까 먹은 고기가 걸리기라도 한 것처럼 꽉 막혀 왔다. 시온이 안개 너머로 있는 것처럼 뿌옇게 보였다가 다시 선명한 모습을 드러냈다. 뺨이 온통 뜨거운 물줄기에 데인 것처럼 따끔거렸다.

"왜 울어, 너."

시온의 말에 부정할 새도 없이 다미는 인중에 흘러내리는 액체를 손등으로 허둥지둥 닦았다.

"잘못한 거 하나도 없는 네가 왜 우냐고."

"……."

"그 새끼한테 꼭 미련 남은 사람처럼 왜 우냐고, 너."

아까 스스로가 내뱉은 질문이었다. 절대 미련 따위 남은 거 아닌데. 정말 그딴 거 아닌데, 상황이 너무 거지 같았다.

술에 취한 탓일까, 평소 꽁꽁 숨겨 놓았다고 자부했던 모든 감정들이 폭발하여 다미의 온몸을 아프게 찔러 왔다.

"왜 대답 안 해? 정말 그 새끼한테 미련이라도 남았어?"

"미련 남아서 우는 거 아니야."

"……."

"그냥 내가 하도 불쌍해서 그래. 상처를 받은 건 난데, 왜 내가 웃음거리가 되어야 돼? 너무 불쌍한 나를 위해 울어 주는 거야, 나 때문에."

몸에 있는 세포 하나하나가 취한 것이 분명하다. 눈물이 주체가 안 된다.

"나 너무 창피해."

"뭐가."

"네 앞에서 자꾸만 이런 일 당하는 게 너무 창피해. 하필이면 다른 사람도 아니고 매번 네 앞에서 이러는 게 너무 창피하다고."

다미가 두 주먹을 꽉 쥐었다.

"선우 씨 일도 그렇고, 이번 일도 그렇고 그냥 너무 자존심 상해. 네 앞에서 임 PD한테 밟히고, 선배들한테 치이고. 지금도 이런 비참한 꼴 보여 주는 게 싫어. 너무 싫어."

두 뺨을 적시는 눈물을 들키지 않으려 급하게 손등을 올려 닦았지만 아무 소용이 없었다. 눈물이 손가락 틈 사이로 흘러내렸다.

"그럼 내가 어떻게 해 줄까?"

"……."

"내가 어떻게 해야 안 울래?"

"보여 주고 싶지 않아. 너한테 이런 모습 보이는 거 너무 창피하다고."

무슨 의미를 담고 있는지 알고 있었기에 시온은 더는 다미에게 다가가지 않았다.

"눈앞에서 사라져 달라는 거지?"

아무 대꾸를 하지 않는 다미를 보며 시온이 바닥에 떨어져 있는 재킷을 주워들었다. 어쩌다 밟았던 모양인지 다미의 작은 운동화 모양이 적나라하게 찍혀져 있었다.

"이리 줘. 내가 털어 줄……."

손을 뻗는 다미에게서 시온이 한 발자국 물러섰다.

"들어가, 얼른."

"……."

"들어가라고."

무서울 정도로 내려앉은 시온의 음성에 다미가 걸음을 옮겨 식당 안으로 들어갔다. 그러다 자신이 크게 실수를 한 것 같아 미안한 마음에 곧바로 다시 식당 문을 열고 나왔다.

"송시온!"

하지만 그는 부르기엔 너무 멀리 있었고 쫓아가기엔 더욱 빨리 멀어져 가고 있었다. 초점이 제대로 맞지 않는 흐릿한 눈빛으로 보는 그의 뒷모습이 마지막이 되었다.

"누구야! 누가 우리 송 셰프님한테 눈앞에 나타나지 말라고 그랬어? 지금 송 셰프님 덕분에 우리 프로그램에 붙은 광고가 몇 개고, 들어온 의뢰가 몇 갠데! 사장님께서도 끝까지 놓치지 말라며 신신당부를 한 상황인데, 어떤 놈이 송 셰프님한테 눈앞에 나타나지 말라는 개소리를 해서 출연을 하지 않겠다는 말이 나오게 만든 거야!"

아침 댓바람부터 노발대발하는 임 PD가 사무실을 샅샅이 뒤지며 작가와 스태프의 멱살을 잡고 문책을 하기 시작했다. 이목이 당연히 다미에게로 쏠렸다. 그녀와 나가고 난 후, 다시 돌아오지 않은 시온의 행보가 이 모든 불화의 원인은 다미라고 확신시켜 주고 있었다.

임 PD가 금방이라도 다미를 찢어 죽일 기세로 다가왔다.

"설마 너야?"

"아니, 저는 그러니까……."

"너 당장 송 셰프님 모시고 와, 당장!"

"PD님……."

"오늘 송 셰프님 안 모시고 오면 우리 방송국뿐만이 아니라 다른 방송국에도 절대로 취업 못 할 줄 알아! 내가 모든 인맥을 동원해서라도 날 물 먹인 너를 똑같이 물 먹이게 만들 거니까! 당장 모셔 와. 당장 송 셰프님 내 눈앞에 모셔다 놔!"

다미가 지갑만 챙겨 들고 엉덩이에 불붙은 망아지처럼 방송국을 뛰쳐나왔다. 자신의 애타는 속마음과는 다르게 하늘은 지독히도 청량했다.

자기 입으로 눈앞에 나타나지 말라고 해 놓고 이제 와서 그를 다시 붙잡고 애원할 생각을 하니 벌써부터 온몸이 뒤틀리고 자존심이 갈기갈기 찢겨지는 기분이었다.

다미가 오늘 같은 일이 일어날 거라는 생각도 하지 않고 어제 제멋대로 지껄인 입술을 손바닥으로 퍽퍽 내리쳤다.

"공다미. 넌 정말 주둥이가 방정이야, 이 주둥이가!"

빠르게 택시를 잡아탔다. 시온의 레스토랑을 목적지로 말하고 나서 잔뜩 긴장한 얼굴로 창밖 너머를 초조하게 바라보았다.

"송시온."

제발 이 못난 동창을 용서해 줘. 제발 나 좀 살려 주라.

"송시온……."

정말 미안해.

4화
못 다한 이야기

　열심히 뒷정리를 하고 있던 막내는 자신을 붙잡아 세우고선 대뜸 약봉지를 내미는 다미를 바라보았다.

　"막내야, 이거 네가 사 온 거라며."

　"아, 네! 그거……."

　"공 작가, 잠깐 이리 와 봐."

　막내의 말이 임 PD의 목소리에 그대로 묻혀 버렸다.

　"암튼 너무 고마워. 잘 쓸게."

　다미는 약봉지를 발랄하게 흔들어 보이고 임 PD에게 달려갔다. 그런 다미의 뒷모습을 보며 막내가 나지막하게 중얼거렸다.

　"그거 송 셰프님께서 부탁하셔서 사 온 건데……."

5화

"시온아, 우산 챙겨! 밖에 비 온다."

뒤에서 들려오는 엄마의 목소리에 현관문을 열어 보니 보슬
비가 내리고 있었다. 얇은 실 같기도 하고 먼지 같기도 한 비를
빤히 바라보던 시온이 뒤를 돌아 벽에 걸쳐져 있는 우산을 잡으
려 손을 뻗었다.

그러다 손을 뒤로 감추고 밖으로 걸음을 옮겼다.

살결을 간질이는 것 같은 보슬비를 맞으며 학교에 도착한 시
온은 가방을 내려놓고 곧장 수첩을 챙겨 들었다. 오늘은 비가
온다며 교문 앞이 아닌 학교 건물 입구 쪽에서 선도를 서게 되
었다.

올 때까지만 해도 가늘게 내리던 비는 어느새 눈에 확연히 보
일 정도의 굵기가 되어 내리고 있었다. 아이들이 하나둘씩 등교
를 하면서 바쁘게 벌점을 매기던 시온의 시야로 반가운 누군가

가 눈에 들어왔다.

"공다미."

다미의 대답을 듣기 위해 부른 것은 아니다. 그저 입술 밖으로 그녀의 이름을 낮게 중얼거려 보았다.

꽤 간질간질한 목소리로.

우산을 안 가져오길 잘했다는 생각이 들었다. 다미가 우산을 들고 왔으니까.

시간은 서두르지 않으면 지각으로 벌점을 받기 직전이었다. 그걸 알았는지 다미가 갑자기 뛰기 시작했다. 그러다 우산이 바람에 뒤집어지고 말았다.

"엄마얏!"

그냥 건물로 뛰어오면 비를 조금이라도 덜 맞을 텐데. 바보 같은 다미는 그 자리에 서서 우산과 낑낑거리느라 온몸을 홀딱 비로 적시고 있었다. 시온이 곧장 빗속으로 뛰어들었다.

"바보야, 너 비 다 맞았잖아."

다미와 사투를 벌이고 있던 우산은 시온의 손에서 가볍게 제자리로 돌아왔다.

"너도 맞고 있잖아."

"그러네."

시온의 대답에 다미가 갑자기 웃음을 터트렸다.

"왜 웃어?"

"그냥 너도 바보 같아서."

"뭐?"

웃는 다미가 귀여워서 웃음이 나왔다. 두 사람은 서로를 마주

보며 웃다가 뒤에서 들려오는 학주의 목소리에 다급하게 건물 안으로 들어왔다. 다행히 지각은 면했고 웬일인지 다미는 교복을 멀쩡하게 입고 왔다. 이미 홀딱 젖어 소용이 없다는 것을 알면서 다미는 괜히 제 옷을 털어 냈다.

"교실에서 봐."

가볍게 인사를 하고 돌아서는 다미를 시온이 불러 세웠다.

"응?"

머리가 젖어서 그런지 평소와는 다른 분위기를 풍기고 있는 시온을 다미가 멀뚱멀뚱 바라보았다.

"나 오늘 우산 안 가져 왔어."

"뭐?"

핑계가 없을까 봐 일부러 가져 오지 않은 것이었다.

다미와 같이 있고 싶었다. 학교에서 뿐만이 아니라 밖에서도.

"학교 끝난 뒤에도 비 오면."

"……."

"나 집까지 데려다줘."

그것이 집에서부터 학교까지 비를 맞고 온 이유였다.

그리고 간절히 바랐다. 오늘 학교가 끝날 때까지 비가 그치지 않기를. 점심때 잠시 그쳤던 비는 시온의 소원을 들어주기라도 하듯 하굣길에 무섭게 쏟아져 내렸다.

시온이 가방에 있는 상품권을 꺼냈다. 아빠가 며칠 전에 곧 다가올 엄마의 생일 선물을 사라며 줬던 백화점 상품권이었다. 건물 앞에서 비를 바라보며 기다리고 있는 시온의 곁으로 다미가 우산을 폈다.

"가자!"

"공다미."

"응?"

"넌 여자니까 여자가 뭘 좋아하는지 잘 알잖아, 그렇지?"

다소 뜬금없는 그의 말에 다미가 고개를 갸웃해 보였다.

"곧 우리 엄마 생신인데, 선물 좀 대신 골라 줘."

자신이 탈 차를 밀어 달라는 부탁도 아니고 선물을 골라 달라는 부탁쯤은 충분히 들어줄 수 있을 거라 생각하며 다미는 흔쾌히 시온을 따라 백화점으로 향했다.

"어머니가 향수 좋아하시면 향수는 어때?"

"그거 괜찮다."

"난 이런 모자도 예쁜 것 같아!"

마치 자신이 쇼핑을 하듯 신이 나서 뛰어다니는 다미를 보며 시온의 입가에선 웃음이 멈추질 않았다.

향수를 사느라 여러 매장을 돌아다니다 보니 허기가 진 두 사람은 남은 상품권을 들고 백화점 푸드코트로 향했다.

"뭐 먹을래?"

"음……."

고민을 하는 다미를 따라서 옆에서 고민하는 척을 하던 시온의 시선으로 이탈리아 레스토랑이 들어왔다. 유난히도 여자가 많은 것을 보며 다미도 좋아할 거란 생각이 들었다.

"파스타랑 피자 먹을래?"

"완전 좋아!"

역시나 어느 때보다 신난 다미를 데리고 안으로 들어갔다.

안내를 받고 앉아 가장 인기 있는 메뉴를 주문하고 기다리는
동안 시온은 쇼핑백 안에서 계산을 할 때 받은 향수 샘플을 꺼
냈다.

"이거 너 가져."

"어? 이거 나 가져도 되는 거야?"

다미가 말과는 다르게 냉큼 향수 샘플을 챙겼다.

"고마워. 잘 쓸게."

"향수 좋아해?"

"공짜 좋아…… 아, 아니! 향수 좋아해!"

본심이 들켜 버린 그녀가 창피함에 얼굴까지 붉히며 손을 내
저었다. 그 모습마저도 귀여웠다.

"식전 빵 놔 드리겠습니다."

직원이 내려놓고 간 마늘빵을 향해 다미가 손을 뻗었다.

빵 하나를 시온의 접시 위에 놓아주고 나머지를 곧바로 입으
로 직행시켰다.

"와!"

맛있는지 다미가 눈을 동그랗게 뜨고 엄지를 치켜세웠다.

그러다 전면이 유리창으로 되어 있는 오픈 주방의 셰프들을
바라보았다.

"난 요리 잘하는 남자가 좋아."

"응?"

"우리 아빠가 돌아가시기 전에 요리사셨거든. 우리 엄마는 요
리 되게 못해. 나도 잘 못하는 것 같고, 그래서 가끔은 아빠 요
리가 그리워질 때가 많아."

"……."

"그래서 요리 잘하는 남자 만나서 매일 맛있는 음식을 먹고 싶어. 왜냐면 난 맛있는 거 먹을 때가 가장 행복하거든. 아빠가 해 준 게 아닌데, 꼭 아빠가 해 준 것만 같아서."

금세 눈이 붉어진 다미가 왜 갑자기 눈물이 나지, 하고 웃으며 눈물을 훔쳤다. 시온이 제 접시에 있는 빵을 조용히 그녀의 접시로 옮겨 주었다. 그 모습에 다미가 피식 웃어 버렸다.

"고마워."

"리필할까?"

"여기 리필 돼?"

"응. 될 걸? 추가 금액 내도 상관없어. 먹고 싶으면 먹어."

말릴 새도 없이 직원을 부른 시온이 마늘빵을 리필해 받았다. 곧 주문한 식사가 나왔지만 시온이 쥔 포크는 거의 움직이지 않았다.

부모님이 말씀하셨던 게 이런 걸까? 먹지 않아도 배가 부른 느낌이었다.

"진짜 맛있다. 너도 얼른 먹어!"

다미가 천장까지 닿을 기세로 늘어지는 치즈를 감당하지 못하고 힘겹게 시온의 접시에 피자를 옮겨 주었다.

"고마워."

하지만 시온은 여전히 피자를 먹는 대신 맛있게 먹는 다미를 바라보기만 할 뿐이었다.

다미가 먹는 것만 봐도 벌써 배가 불러 왔다.

홀 직원의 안내로 들어오게 된 룸 안은 다미의 깊은 한숨만이 주변을 가득 채우고 있었다. 속이 타들어 갈 정도로 긴장을 하고 있는 바람에 벌써 세 번이나 리필해 마셨다. 텅 비어 버린 컵을 뚫어져라 바라보고 있을 때 문밖에서 익숙한 목소리가 들려왔다.

"어디에 있어?"

송시온이다. 다미는 늘어지게 앉아 있던 자세를 꼿꼿하게 세워 앉았다.

면접을 본다고 해도 이렇게 긴장을 하진 않을 것이다.

"테이크 룸에 계십니다."

발소리가 더욱 가까워지더니 문이 열렸다. 미세한 바람을 몰고 안으로 들어온 시온은 무표정한 얼굴로 다미의 맞은편에 앉았다.

"안녕! 오랜만이다, 시온아."

긴장한 나머지 어색한 말이 터져 나왔다.

"어제도 봤잖아."

"맞, 맞아. 우리 어제도 봤었지?"

단 한 방울의 물도 나오지 않는 빈 컵을 입에 가져다 대고서는 당황스러워 다시 내려놓았다.

"물이 없네. 어제는 잘 들어갔어?"

그는 아무 대답 없이 다미를 바라보았다. 눈빛 가득 어린 불만을 품고서는.

"잘 들어갔으니까 네가 여기 있겠구나. 아침은 먹었고?"

"내가 아침을 먹었나, 안 먹었나 궁금해서 온 거야?"

열심히 자신이 당황한 모습을 보여 주고 있던 다미의 귓전으로 그의 지친 목소리가 와 닿았다.

"아니, 딱히 그건 아닌데 그것도 궁금하고 해서……."

부탁해야 할 입장이다 보니 쩔쩔맬 수밖에 없는 자신이 한없이 불쌍하게 느껴졌다.

"할 말 있으면 빨리 말해. 나 바빠."

"바쁜데 내가 괜히 시간을 빼먹었네. 있잖아……."

다미가 눈을 열심히 굴리다가 불현듯 예전의 일을 떠올렸다.

"내 우산! 하하, 여기 내 우산 있지?"

"우산 가지러 온 거야?"

"어?"

"그거 카운터에 있어. 가지고 가."

더는 앉아 있을 가치를 느끼지 못했는지 미련 없이 일어서는 시온을 다미가 냉큼 일어나 잡아 세웠다.

"송시온!"

시온의 시선이 넌지시 아래로 향했다. 다미는 자신이 천하의 송시온 손을 잡고 있다는 것도 인지하지 못한 채 울어 버릴 것 같은 얼굴로 말을 이어 나갔다.

"있잖아, 그러니까 어제는 내가 큰 실수를 한 것 같아."

"아니. 너 실수한 거 없어."

"응?"

다미가 조용히 시온을 올려다보았다. 맞닿은 그의 까만 눈동자가 흔들림 없이 다미를 응시하고 있었다.

"동창 앞에서 그러는 거 충분히 창피할 거라고 생각해. 그래서 하는 얘기인데 만약 내 섭외 문제 때문에 온 거면 그냥 돌아가. 앞으로도 난 네 눈물 볼 자신 없어."

의미가 쉽게 파악되지 않는 시온의 말을 제대로 이해하기도 전에 다미는 돌아서서 나가려는 그의 앞으로 냉큼 달려가 두 팔을 뻗어 막아 세웠다. 그녀의 눈빛엔 간절함이 가득 스며들어 있었다.

"한 번만 도와주라, 시온아."

"……"

최대한 불쌍한 척 사정했지만, 여전히 아무 반응도 보이지 않는 시온에 다미는 피가 말라가는 기분이었다. 무표정한 그의 얼굴을 보며 급하게 말을 덧붙였다.

"나 너 못 데려가면 잘릴지도 몰라. 그래, 나 잘리는 건 괜찮아. 그런데 나 하나 때문에 우리 프로그램 사람들이 전부 피해를 보는 건 견딜 수 없어. 그러니까 제발 이렇게 부탁할게. 어제 말했던 거 진심으로 사과할게."

"하지 마."

듣기 싫다는 말투가 아니었다. 좀 전에 룸으로 들어왔을 때보다 표정이 훨씬 더 부드러워져 있었다.

다미의 얼굴에서 슬그머니 웃음꽃이 피어났다.

"내 부탁 들어 주는 거야?"

질문에 대답도 없이 입을 굳게 다물고 자신을 바라보는 시온에 다미가 금세 싫증을 느꼈다.

"시온아……."

"공다미."

"응?"

잔뜩 기대한 얼굴로 답하자 시온이 상체를 앞으로 살짝 기울여 그녀와의 간격을 좁혀 왔다.

"내가 방송한다고 하면, 넌 나한테 뭐 해 줄 거야?"

그녀가 자신과 무언가를 해 주길 바란다. 간단하게 방송에 관련된 이야기를 하면서 저녁을 먹는다든가, 아니면 좀 더 많은 시간을 자신에게 투자하는 등의 것을.

"꼭 내가 뭘 해 줘야 하는 거야?"

"그렇잖아. 나는 딱히 하고 싶지도 않은 프로그램을 네 몇 마디 때문에 해 주는 건데, 그것에 대한 보상 같은 게 있어야 되는 거 아니야? 더군다나 너, 나 별로 좋아하지도 않잖아."

어디서 많이 들어 본 말 같은데? 다미는 낯설지 않은 데자뷔 같은 현상에 고개를 갸웃해 보였다.

"왜? 왜 하고 싶지가 않아? 너 이거 하면 돈도 더 많이 벌 수 있고 레스토랑 홍보도 더 잘 될 수 있어. 그리고 내가 널 안 좋아하다니? 나 너……."

좋아해, 라는 말을 여러 가지 이유로 쉽게 뱉을 수가 없었다. 잠시 말을 끊고 머뭇거리는 다미를 보며 시온은 그럴 줄 알았다는 듯이 허탈하게 웃었다.

"거 봐, 너 나 싫어하잖아. 나를 싫어하는 사람의 부탁을 들어주고 같이 일하는 게 얼마나 힘든 줄 알아?"

"나 너 안 싫어해. 정말이야."

흔들림 없는 다미의 대답에 시온은 눈을 깜빡이는 것도 잊고 선 그녀를 바라보았다.

"좀 불편할 뿐이지."

아주 작은 목소리로 말을 덧붙이기 전까지만 해도 시온은 넋을 놓고 그녀를 바라보고 있었다.

"그리고 내가 고작 돈이나 레스토랑 홍보 때문에 방송한다고 생각해? 가뜩이나 부족한 수면 시간까지 쪼개 가면서?"

그의 시큰둥한 반응에 다미의 잠시 얌전했던 마음이 다시 불안해지는 기분이었다.

"아니. 딱히 그건 아닌 것 같아."

"공다미. 그리고 나 방금 '네 몇 마디 때문'이라고 했어. 그건 내가 프로그램을 너 때문에 하겠다는 뜻이야. 다른 이유 없이."

시온의 말을 자근자근 잘 헤아려 보던 다미의 눈이 반짝였다.

"어? 프로그램 할 거야?"

다미의 모습에도 시온은 여전히 건조한 눈빛으로 그녀를 대응했다. 다미의 얼굴이 금세 풀이 죽었다.

"내가 했던 말 중에 네가 듣길 원했던 말은 그 말이 아니야."

시온은 가로막고 서 있는 다미의 몸을 스쳐 지나가려 했지만 다미로 하여금 다시 가로막혔다.

"무슨 보상을 원해? 네가 동창 밥그릇 챙겨 주겠다고 이렇게 희생하는데 내가 보상해 줘야 하는 건 당연하지! 말해 봐, 내가 뭘 해 줄까?"

눈을 동그랗게 뜨고 되묻는 다미에 시온은 속으로 한숨을 내쉬었다.

두 번이나 말해 줬다. 내가 이 프로그램을 하는 이유가 너 때문이라고. 하지만 그것을 단순히 동창이라는 광대한 범위에서 제멋대로 해석하고 있는 다미에 격한 서운함이 느껴졌다. 마치 동창이라면 다미가 아닌 누구라도 자신이 이렇게 해 줬을 거라고 확신에 찬 눈빛도 마음에 들지 않았다.

"전부 다."

"응?"

"내가 원하는 거라면 가리지 않고 전부 다 해 줄 수 있어?"

시온도 다미처럼 광대한 범위를 두고 대답했다.

역시나 다미는 그의 말을 헤아리느라 굉장히 혼란스러워하는 모습이었다.

"왜, 싫어?"

"아니, 싫을 리가 있나! 좋아! 해 줄게, 네가 원하는 거라면 전부 다. 대신……."

그녀가 무슨 말을 할지 시온은 짐작할 수 있었다.

"이상한 짓이거나 돈 많이 들어가는 건 안 된다고?"

"어떻게 알았어?"

시온은 인정해야 했다. 어쨌든 공다미라는 인물은 예나 지금이나 자신의 감정을 유일하게 평정할 수 있는 사람이었다. 서럽게도 했다가, 화나게도 했다가, 이렇게 웃어 버리게도 하는.

다른 사람이 그랬다면 볼일 없다며 사납게 몰아붙이고 말았을 일이다. 애초에 찾아왔다고 전하는 직원에게 그냥 시간 없다며 보내라고 했겠지. 다미였기 때문에 기꺼이 앞치마를 벗고 주방을 빠져나온 것이다.

"그럼 이제 프로그램 출연하는 거지?"

지극히도 간절하게 원하는 다미에 더는 거절할 수 없다고 생각한 시온이 낮게 고개를 끄덕이곤 입술을 떼어 냈다.

"이제 할 얘기는 다 끝난 거지?"

"응."

"그럼 난 바빠서 이만 가 봐야 할 것 같은데."

"아, 그래. 얼른 가 봐. 그럼 오늘 임 PD님한테 확실하게 말해 둘게."

다미가 급히 길을 터 주었다.

"그러든지."

"참, 시온아."

무심하게 대답을 하고선 문을 열고 나가던 시온의 걸음이 또 멈췄다. 아니, 이번엔 걸음뿐만이 아니라 온몸에 있는 세포들이 멈춘 것 같았다.

처음으로 다미에게 불려 보는 성을 뗀 다정한 이름이었다.

"고마워."

그녀가 말했다. 언제나 자신을 향해 한 번만 지어 주길 바랐던 그 예쁜 미소로.

"그리고 정말 미안해. 정말 진심으로."

시온은 그때 다미의 미소를 보며 생각했다. 자신이 진짜 받고 싶은 보상의 절반은 이미 받은 것은 것 같다고.

"한 번만 더 이런 일 발생해 봐. 그때는 정말 얄짤없을 줄 알아! 똑바로 해, 공 작가."

시온과 있던 모든 상황을 보고받은 임 PD는 마지막 경고를 내뱉고 회의실을 빠져나갔다. 이제야 겨우 숨통이 트였건만 이번에는 비열한 뱀의 혀 놀림 같은 나라의 주둥이가 나불거렸다.

"공 작가 실수 때문에 우리 전부 밥줄 끊길 뻔했어."

"죄송합니다."

다미가 후배들에게도 미안하다는 말을 덧붙였다.

"미안하긴 해?"

나라는 다미에게 무슨 원한이 그토록 쌓여 있는 건지 더는 걸고 넘어지지 않으려는 남들과는 달리 비난을 멈추지 않았다.

"여기 들어온 지 얼마 되지도 않은 막내는 얼마나 가슴 졸였겠어? CP님 얼굴엔 먹칠할 뻔했고. 공 작가도 알다시피 우리는 팀워크가 중요한데, 공 작가 혼자서 그렇게 단……."

"그만해. 잘 해결됐잖아."

듣기 싫었던 모양인지 지민이 나라의 말을 가차 없이 잘라 버렸다. 나라는 여전히 다미에게 쏴 대고 싶은 말이 많았지만 선배의 말에 감히 거역할 수가 없어 억지로 입을 다물었다.

"오늘 일은 대충 마무리 지어졌으니 다들 퇴근하자."

지민이 없는 자리에서 나라의 폭언이 또 쏟아질까 싶어 다미는 먼저 회의실을 나가는 지민의 뒤꽁무니에 찰싹 달라붙었다. 자리로 돌아와 가방을 대충 챙겨 들고 회사 로비를 막 빠져나왔을 때 지민이 시야를 살짝 돌려 다미를 바라보았다.

"그래도 송 셰프님, 참 좋은 사람인 것 같아."

"네?"

"그냥 그런 느낌이 들어서. 친구가 창피하다며 출연하지 말아

달라고 하니까 안 하신다고 하더니 다시 해 달라고 하니까 흔쾌
히 응해 주셨잖아."

"흔쾌히는 아니지만 네, 뭐⋯⋯."

아무래도 지민은 그날 골목에서 있었던 일을 말하는 듯싶었
다. 다미의 얼굴이 금세 무겁게 내려앉았다.

"근데 다 들으셨어요?"

"응. 걱정돼서 쫓아 나갔다가."

"자꾸 좋지 않은 모습만 보여 드려서 죄송해요."

"나한테 죄송할 거 없어. 실망한 게 없으니까."

"선배님⋯⋯."

"근데 다미야."

지민의 느긋한 목소리에 다미가 대답 대신 눈썹을 살짝 추켜
세웠다.

"너랑 송 셰프님 말이야. 두 사람이 무슨 일이 있었는지 모르
지만 그날 네가 왜 송 셰프님한테 화를 냈는지 난 잘 모르겠어.
어쨌든 셰프님은 네 상처를 감싸 주려고 하셨던 분이잖아."

지민의 차분한 말에 다미의 마음은 얼굴만큼이나 무거워졌
다.

"너 전에 촬영 때 손 데였다고 제일 걱정한 사람이 송 셰프님
이라는 건 알고 있지?"

임 PD는 별일 아닌 걸로 요란 떤다는 말을 덧붙였고 모두들
그런 반응에 거들떠도 안 봤다. 오로지 시온만이 심각한 얼굴
로 다미의 데인 손을 내려다보고 있었다.

"네, 뭐⋯⋯."

"못 들었어?"

"뭘요?"

"막내가 오늘 회의실에서 그러던데? 그날 약 사다 준 이유가 송 셰프님이 부탁을 해서라고."

"네? 정말요?"

"모르고 있었구나."

전혀 예상하지 못했던 일이었다. 그것도 모르고 제 편 들어주려던 시온을 너무 몰아붙인 것 같아 미안했다. 그런 다미를 지민이 위로를 하듯 가볍게 어깨를 어루만져 주었다.

"오늘 수고했고, 내일 보자."

"네, 수고하셨어요. 내일 봬요."

근심 섞인 목소리로 인사를 하던 다미의 시선이 자신의 집 방향이 아닌 반대 방향으로 향했다.

잠시 망설여지는 마음에 멈춰있던 발을 이내 결심한 듯 빠르게 내딛었다.

스텐으로 된 통을 열자 뿌연 수증기가 금세 주변을 매웠다. 시온은 국자로 스프를 떠서 맛을 보았다.

"한 10분 정도 더 끓이고 꺼 줘."

"네, 셰프님."

디너에 나갈 스프를 준비하고 주방에서 나온 시온은 그대로 카운터를 향해 다가갔다.

"디너 예약 명단 좀 줘 봐."

"여기 있습니다."

홀 매니저가 고객 예약 리스트를 시온에게 건넸다. 대충 몇 팀 정도가 예약되어 있는지 살펴보던 시온의 미간이 확 일그러졌다.

"내가 이 사람 받지 말라고 말했잖아."

시온이 언짢은 목소리와 함께 손으로 가리키고 있는 곳엔 '구선우'라는 글자가 선연하게 써져 있었다. 이름을 확인한 홀 매니저가 크게 당황했다.

"죄송합니다. 신입이 잘 모르고 예약을 받은 것 같습니다."

이미 예약을 한 상태라 다시 물리는 것도 쉽지 않은 일이었다. 시온은 신경질이 묻어 있는 손길로 예약 명단을 건네주고 주방으로 들어왔다. 다미와 파혼을 하고도 선우는 종종 여자와 레스토랑을 방문했고 그때마다 시온은 다미의 우는 모습이 오버랩 되어 심기가 불편해졌다.

속에서 울컥, 무언가가 차올라 금방이라도 이성의 끈을 끊어 버리고 달아날 것 같았다. 그래서 항상 예약이 다 찼다며 그를 피했었다.

그랬는데 오늘 그 남자를 마주하게 생긴 시온은 벌써부터 온몸에서 짜증이 났다. 하필이면 부 주방장까지 쉬는 바람에 주방을 비울 수도 없었다. 자꾸만 삐딱하게 사방으로 치솟으려는 감정을 억누르며 영업을 시작했다.

예약제로 운영되는 매장은 불경기라는 말이 무색할 정도로 손님으로 금세 꽉 들어찼다.

"막내야, 홍합 좀 더 가지고 와."

"네, 셰프님."

바쁘게 몸을 움직이면서도 시온의 차갑게 식어 버린 시선은 자꾸만 문 쪽으로 향했다. 자신이 정성스럽게 만든 음식이 그 새끼의 주둥이로 들어갈 생각만 하면 감당되지 않는 불쾌함이 몸 구석구석을 돌아다니는 기분이었다.

"어서 오세요. 성함이 어떻게 되세요?"

문이 또 한 번 열리고 직원의 목소리가 들려왔다.

"구선우요."

제발 들리지 않길 바랐던 이름이 나오자 시온은 거칠게 한숨을 쉬었다.

선우는 웬일로 여자가 아닌 친구들과 직원에게 안내를 받고 있었다.

"여기 진짜 맛있어."

"야, 분위기 보면 여긴 딱 애인이랑 와야 하는 각인데?"

"어?"

선우가 오픈 주방에서 저를 살벌하게 노려보고 있는 시온을 눈치채지 못하고 반갑게 눈인사를 건넸다. 시온이 아무 반응도 보이지 않자 머쓱했는지 금세 시선을 돌려 버렸다. 그들이 안내를 받은 자리는 하필이면 주방과 제일 가까운 테이블이었다.

"뭐 먹을래?"

"너 여기 자주 온다며. 네가 추천해 봐."

듣고 싶지 않아도 그들의 대화가 얼핏 들려올 만큼 가까운 거리에 시온의 불쾌지수는 더욱 상승해 가고 있었다.

"여긴 맛없는 거 찾는 게 진짜 어려워. 하다못해 물까지 맛있다니까?"

저렇게 아무 죄책감도 없이 낯짝을 들고 시시덕거리는 선우를 보고 있으려니 시온은 점점 위가 뒤틀려 왔다.

워낙 남들을 향한 감정에 무심했던 그였기에 지금처럼 주체가 되지 않을 정도로 화가 나 본 건 처음인 것 같았다. 아, 아니다. 예전에도 한 번 이랬던 적이 있긴 있었던 것 같다. 이유는 똑같았다.

"다들 부담 갖지 말고 시켜. 나 이번에 프로젝트 제대로 성공시켜서 승진할 것 같다."

"뭐? 진짜?"

"이번 프로젝트가 부장이 시킨 거거든. 우리 부장 인맥이 장난 아니야. 라인 제대로 타서 성공해야지. 여기요, 주문할게요."

선우가 손을 들자 그 테이블로 직원이 향했다. 직원이 주문을 받고 다시 포스기로 향하자 주방에 주문이 떴다. 시온은 그 글씨에 눈길도 주지 않고 입술을 떼어 냈다.

"기정아."

"네. 셰프님."

"6번 테이블 요리 네가 해."

"네?"

두 번 말하지 않고 완성된 파스타를 그릇에 담자 기정이 소리 없이 주문 종이를 뜯어가 자신의 자리로 향했다. 그릇 단면에 묻어 있는 소스를 닦아 내보낸 후, 다른 요리를 준비하기 위해 서두르고 있던 시온의 귓전으로 계속해서 선우 일행의 목소리가 알짱거렸다.

마치 자려고 누웠는데 귓전을 윙윙거리며 돌아다니는 바람에 때려죽이고 싶은 심정이 역력한 모기처럼.

"그건 그렇고 네 전 약혼녀한테는 아무 연락 없냐?"

불쑥 튀어나온 다미의 화제에 시온의 행동이 멈칫했다.

"없어. 사실 연락 올 줄 알았는데."

"그러게 말이야. 여자가 좀 얼빵했잖아?"

"근데 난 공다미랑 헤어진 거 후회 안 해. 기분 탓인지는 모르겠다만 걔랑 헤어지고 나서 일이 더욱 잘 풀리는 것 같아."

"그래?"

"그리고 걔랑 안 헤어졌으면 난 지금 우리 한영이 같은 애도 못 만났을 거 아니야. 집안 빵빵해, 몸매랑 성격도 좋아. 근데 걔는 어땠어? 아빠도 없는 데다 집안도 형편없었고, 몸매도 보잘 것 없이 애 같고, 어찌나 징징거리는지……."

지겹다는 말을 덧붙이며 몸서리치는 선우에 친구들이 낄낄거렸다. 그럴수록 프라이팬을 잡고 있는 시온의 손에는 더욱 힘이 가해졌다.

"내가 공다미랑 결혼 직전까지 가려던 건, 내 생애 최악의 실수야. 걔랑 결혼까지 갔다는 거 한영이가 알고 내 앞에서 펑펑 우는데 마음이 다 아프더라. 내 여자 울린 것에 대해 뼈저리게 후회했어, 두 번 다시는 우리 한영이 눈에서 눈물 안 흘리게 내가 잘 할 거야."

그때 마침 울리는 휴대폰을 보던 선우가 화장실로 향했다.

자신의 행보를 집요하게 따라다니는 서늘한 시선을 전혀 눈치채지 못한 채 화장실로 들어온 선우는 여자 친구인 한영과 가볍게 통화를 끝내고 손을 닦고 나왔다.

"으악!"

한 발자국 내디뎠을 뿐인데 무언가에 발이 걸려 그대로 바닥으로 넘어지고 말았다. 그러면서 땅에 세게 부딪힌 무릎을 부여잡고 주변을 살펴보다가 자신을 건조한 얼굴로 내려다보고 있는 시온과 마주쳤다.

"실수."

하지만 선우는 느낄 수 있었다. 실수를 한 사람치고 그의 얼굴엔 미안한 감정이 전혀 깃들어 있지 않다는 것을. 오히려 너무 당당해서 되려 자신이 무언가를 실수한 사람 같았다.

선우가 아픈 다리를 부여잡으며 간신히 몸을 일으켰다. 따져묻고 싶었지만 자신을 바라보는 시온의 눈빛이 너무 살벌해서 계속 마주하고 있을 엄두조차도 나질 않았다. 아무 말도 하지 못하고 나가려는데 뒤통수에서 시온의 무섭도록 내려앉은 저음이 들려왔다.

"찌질한 새끼."

잘못 들었는가 싶어 돌아봤지만 시온의 눈빛은 정확히 자신을 향해 내리꽂혀 있었다.

"뭐? 너 방금 그거 나한테 한 소리냐?"

"그럼 여기 너랑 나 말고 누가 또 있어?"

"내가 그쪽한테 뭘 잘못했다고 그런 소리를 들어야 되는데?"

선우는 무척이나 어이없어하는 얼굴이었다. 그와의 관계는 손님과 셰프에 불과했다. 길게 대화를 나누어 본 적도 없었고 고작해야 얼굴 몇 번 본 사이였기에 선우는 도통 시온의 말에 납득이 가질 않았다.

"잘못한 게 뭐냐고 물었지, 방금."

"그래, 물었다. 왜."

"잘못한 거야 많지."

"그러니까 내가 그쪽한테 뭘 그리도 잘못했다고 이런 소리를 들어야 하는 건데?"

"맞다 보면 생각날지도 모르는데."

시온이 한 걸음 다가오자 선우가 흠칫 놀라며 물러섰다. 곱상하게 생긴 외모와는 달리 그의 주먹은 꽤 다부져 보였고 눈빛이 매서웠기 때문이었다.

"뭐?"

"생각나게 해 줄까?"

시온이 꽉 쥔 주먹을 공중으로 추켜들자 선우가 두 눈을 찔끔 감고 몸을 움츠렸다. 벌벌 떨고 있는 선우의 모습에 시온의 입술 사이로 실소가 터져 나왔다.

대체 공다미는 이 남자의 어딜 보고 결혼을 결심했을까.

오히려 잘 된 일이다 싶었다. 여태 행적을 보자면 질적으로 좋지 못한 남자와 결혼을 하지 않은 것이.

이런 남자라면 다미의 앞날은 안 봐도 고생길이 훤했을 거였다. 가시밭길이 아닌 보는 것만으로도 즐거운 꽃길을 걷길 원했다.

시온은 남자의 뺨이라도 후려치려던 주먹을 내리고 그의 어깨를 살벌하게 털어 주었다.

"생각해 보니까 네가 그 애를 떠올리는 것 자체가 내 기분을 불쾌하게 만드는 것 같아."

시온의 거친 한숨에 선우는 또 한 번 몸을 움찔댔다. 고작 이 딴 놈 때문에 다미가 직장에서 놀림감이 되었다고 생각하니 더 욱 화가 났다. 한편으로는 잠시지만 그녀가 뜨겁게 사랑했던 남 자의 찌질한 모습을 보고 있으려니 마음이 불편했다.

"앞으로 다미 얘기하고 다니지 마. 이름도 꺼내지 말고, 생각 도 하지 말고."

"네? 다미요? 공다미 말하는 거예요?"

그의 행동에 잔뜩 주눅이 들어 버린 선우가 존댓말로 물었다.

"방금 못 들었어? 이름도 꺼내지 말라고 그랬지?"

분명 언성을 높인 게 아닌데도 느껴지는 위압감에 선우가 눈 을 휘둥그레 뜨고 입술을 꾹 다물었다.

"다음에 또 다미에 대해서 말하다가 내 눈에 띄면 그땐 진 짜……."

"……."

"죽여 버릴 지도 몰라, 너."

선우는 무언가 할 말이 있는 듯 보였지만 행여나 한 대 얻어 맞을까 싶어 황급히 자리를 벗어났다. 막 음식이 나와 먹으려는 친구들을 닦달해서 끌고 나간 선우는 주차해 놓은 차에 올라타 이내 사라졌다.

그런 선우의 모습을 지켜보고 있던 시온이 주방을 향해 소리 쳤다.

"아름아."

"네, 셰프님!"

"문 앞에다 소금 뿌려."

"네?"

다시 되물었지만 심상치 않아 보이는 시온의 표정에 아름이 마른침을 꼴깍 삼켰다.

"아, 네. 소금이요, 소금."

소금을 들고 허둥지둥 문 쪽으로 나오던 아름을 뒤로하고 다시 주방으로 들어가려던 시온의 발걸음이 문득 멈춰 섰다. 문이 열리는 소리에.

"송시온."

또 익숙한 목소리 때문에.

예기치 못하게 들려온 목소리에 시온이 놀라 뒤를 돌아보자 다미가 옆에서 소금을 냅다 뿌리고 있는 아름을 경악스러운 얼굴로 바라보며 서 있었다.

"공다미."

"무슨 일 있었어? 웬 소금을……."

"어, 재수 없는 일이 좀 있어서. 옴 붙을까 봐."

말을 하면서도 다미의 어깨 너머를 살폈다. 다행이도 선우의 일행과는 한발 차이로 어긋난 듯 보였다.

"근데 또 무슨 일이야?"

"어? 아, 그냥 지나가는 길에."

다미가 어설프게 손짓을 하며 얼버무렸다.

"근처에 약속 있나 보네. 집은 반대 방향이잖아."

"응, 친구 좀 잠깐 만나려고. 넌 몇 시 쯤 끝나?"

"난 마무리 짓고 나면 11시지."

"엄청 늦게 끝나네."

아쉬움이 역력해 보이는 것은 자신만의 착각일지도 모른다는 생각을 하면서도 시온은 일말의 기대감을 거부할 수가 없었다.

"나 끝나는 시간은 왜?"

"좀 일찍 끝나면 같이 맥주 한잔할까 싶어서. 근데 너무 늦게 끝나서 안 되겠다. 너 피곤할 것 같기도 하고. 바빠 보이는데, 수고해. 녹화 날 보자."

미미하게 뛰었던 시온의 심장 박동이 갑작스럽게 속도가 올라가기 시작했다. 돌아서려는 그녀의 뒷모습을 보고 있으려니 아쉬움에 눈길이 떨어지질 않았다.

"공다미."

문을 열고 나가려던 다미가 뒤를 돌았다.

"친구들이랑은 몇 시 쯤 헤어질 것 같은데?"

"나? 생각보다 늦게까지 있을 것 같지는 않은데. 한 9시?"

처음으로 다가온 그녀의 발걸음을 허무하게 돌려세우고 싶진 않았다. 아니, 어쩌면 별 대수롭지 않은 감정으로 다가왔을 그녀의 발걸음을 어떻게든 붙잡고 싶은 것일지도 몰랐다.

"집에 가지 말고 기다려."

"응?"

오늘 밤 두고두고 후회와 아쉬움으로 잠을 이루지 못하고 싶지도 않았다.

"서두르면 그쯤에 끝날 수도 있을 것 같아. 같이……."

그냥 함께하고 싶었다.

"맥주 한잔하자."

그녀와 단둘이.

그것은 열여덟 살의 송시온과 스물여덟 살의 송시온이 첫사랑에게 미움을 받는 동안에도 끝없이 원했던, 단 한 번이라도 이루어지길 염원했던 소중한 바람이었다.

5화
못 다한 이야기

"셰프님 말이에요. 제가 감히 짐작해 본 결과, 혹시 사랑에
빠지신 거 아닐까요?"

"뭐?"

"그렇잖아요! 그 여자분 올 때마다 셰프님이 미세하게 웃으셨
던 것 같아요. 아까도 소금 뿌리라고 하셨을 때만 해도 얼굴 되
게 살벌했는데 그분이 들리신 후로 기분이 엄청 좋아지셨잖아
요! 남자는요, 사랑에 빠지는 순간 하루에도 몇 번씩 감정이 변
한다고 들었어요."

아름의 말에 이번엔 모두들 부정적인 반응을 보였다. 가끔 레
스토랑을 방문하는 유명한 여배우를 보고도 꼼짝하지 않는 시온
이 딱 봐도 평범하기 그지없는 여자한테 빠졌다는 것을 믿지 못
하는 눈치들이었다.

"아니, 제가 보기엔 진짜 그게……!"

"야, 정아름. 쓸데없는 소리 그만하고 서둘러."

아름이 기가 팍 죽어서는 다시 환풍기를 닦으려 무심하게 시선을 돌렸다가 카운터 쪽에 있는 우산을 발견했다. 몇 개월 전부터 있던 우산이었다.

"어라? 저 우산은 아직도 있네?"

6화

애초에 약속이 없었기에 다미는 시온에게서 연락이 올 때까지 압구정을 배회해야 했다. 돌아다니다가 지쳐 카페에 들어가 시킨 커피를 거의 다 마셔 갈 때쯤 드디어 다미의 휴대폰이 울렸다.

"여보세요."

—나, 송시온.

언제나 자신이 불렀던 그 이름이 시온의 입에서 나오니 조금 어색하게 느껴졌다.

"끝났어?"

—응, 넌? 친구들이랑 헤어졌어?

"어, 나 방금 나왔어. 어디로 갈까?"

—거기 있어. 내가 갈 테니까. 근처에 보이는 간판 이름 좀 말해 봐.

다미가 주변을 둘러보다가 눈에 확 띄는 간판 하나를 발견했다.

"나 지금 JB 술집 근처인데, 알아?"

—응, 알아. 5분 안으로 갈게.

"그렇게 급하게 올 필요는 없는데……. 아무튼 알았어."

전화를 끊고 휴대폰을 백에 집어넣던 다미의 시야로 파우더가 보였다. 무언가에 홀리듯 파우더를 꺼내 거울로 얼굴 상태를 살폈다.

"입술이 너무 없네?"

립스틱을 꺼내 하얗게 죽어 가는 입술에 심폐 소생술을 해 주자 얼굴이 한층 더 생기 있어 보였다.

이번 일로 하여금 고마움보다는 미안한 마음이 더욱 컸다.

시온에게 한 번도 느껴 본 적 없었던 이 마음을 다미는 그냥 내버려 둘 수가 없었다.

무거워서 감당이 되지 않을 마음을 조금이나마 덜어 내고 싶었다.

그가 올 만한 방향으로 고개를 갸웃거리던 다미의 시야로 건너편에 서 있는 시온이 들어왔다. 다미가 손을 들어 올려 가볍게 흔들며 인사를 건넸지만 시온은 아무 반응이 없었다.

그가 다가오면서 일렁인 미세한 바람에 기분 좋은 냄새가 실려 와 다미의 코끝을 간질였다. 검은 후드에 청재킷을 입은 그는 이제 갓 대학을 입학한 학생이라고 해도 무색할 정도로 훈훈하고 어려 보였다.

"친구들이랑은 재밌게 놀았어?"

근처에 지나가던 여자들의 시선이 노골적으로 시온에서 쏟아지고 있음을 온몸으로 체감할 수 있었다. 자신에게는 원수 같은 놈이지만 끝내주는 비율과 빙산도 다 녹여 버릴 것 같은 달콤한 미소를 장착한 얼굴은 부정할 수 없을 정도로 완벽함, 그 자체였다.

"근데 생각보다 일찍 끝났네?"

"응. 대충 마무리 짓고 왔어. 근데 넌 예전부터 뭘 이렇게 묻히고 다녀?"

시온이 상체를 앞으로 기울여 그녀의 얼굴로 가까이 다가왔다. 그리고선 손을 뻗어 그녀의 뺨을 손끝으로 쓸고 지나갔다.

"뭐 먹었다는 것을 꼭 티를 내지. 애도 아니고."

자신의 손끝에 묻어 있는 것을 후, 불어서 없애 버리는 시온을 다미는 두 눈을 끔뻑거리며 바라보았다.

이상하다. 시온이 스치고 간 뺨에 무언가가 잔뜩 묻은 것처럼 신경이 쓰였다.

"넌 친구들이랑 뭘 먹었을 테니까 간단하게 먹는 게 낫겠지?"

"어? 어. 그러자."

정신없이 대충 대답을 하고 시온을 따라가는 동안 다미는 자꾸만 제 뺨을 손등으로 어루만졌다.

두 사람이 도착한 곳은 시온의 레스토랑에서 얼마 떨어지지 않은 수제 맥주를 파는 가게였다.

"어? 송 사장님, 오랜만에 오셨네요?"

시온이 안으로 들어서자 카운터에 있던 여자 직원이 반갑게 인사했다.

"네, 최 사장님은요?"

단골가게인지 시온의 행동에는 어색함이 없었다.

"오늘 쉬시는 날이에요. 근데 옆에 계신 분은 누구세요?"

여자 직원이 시온의 옆에 서서 이제야 뺨에서 손을 떼어 내고 있는 다미를 바라보며 물었다.

"동창이요."

"아, 그러시구나. 송 사장님께서 여자랑 단둘이 여기 오시는 건 처음이신 것 같아요."

"에이, 설마요."

뒤에서 잠자코 듣고 있던 다미가 저도 모르게 손사래를 치며 대답했다.

"정말이야?"

다미가 급하게 정색을 하며 묻자 시온이 덤덤하게 고개를 끄덕였다.

"아마 그럴 걸?"

"안쪽으로 자리 안내해 드릴게요."

안내를 받고 창가에 앉자마자 여자 직원의 붉은 입술이 성급하게 다시 떨어졌다.

"늘 마시던 걸로 드릴까요?"

"아니요. 일단 샘플러를 좀 주세요."

"네. 알겠습니다."

직원이 돌아서 가는 것을 보고 있던 다미가 상체를 살짝 앞으로 기울여 궁금하다는 듯 물었다.

"샘플러? 그게 뭐야?"

"여기는 샘플러로 한두 입 정도 마셔 보고 고를 수가 있어. 그거 마셔 보고 괜찮은 맥주로 마셔."

"특이하다."

가게 분위기가 여자들이 딱 좋아할 만한 분위기였다. 아담하면서도 깔끔한 느낌의 이곳에선 술보다는 분위기에 취해 느슨해질 수 있을 것만 같았다.

"여기 분위기 좋다."

"그래? 난 여기 맥주 맛이 좋아서 오는 건데."

"거짓말."

"내가 너한테 거짓말을 왜 해?"

그가 기본 안주로 나온 아몬드를 입에 가져다 대며 말했다.

"딱 봐도 여자 꼬시기 좋은 분위기잖아. 그런데 네가 여기를 고작 맥주 때문에 왔다는 말을 어떻게 믿니."

"다미야."

그가 느닷없이 성을 빼고 꽤 다정한 목소리로 이름을 부르는 바람에 다미가 당황해했다.

"넌 내가 작정하고 꼬셔야만 여자들이 넘어올 거라고 생각해?"

입가 주변에서 아니라는 말이 튀어나오고 싶어 간질였다.

그는 긴 다리를 테이블 옆으로 살짝 빼서는 우아하게 꼬았다. 그 동작을 본 옆 테이블 여자들의 눈이 반짝였다.

비로소 또 한 번 절실하게 깨달았다. 송시온은 굳이 누군가를 꼬셔야지, 하고 마음을 먹지 않아도 알아서 꼬인다는 사실을. 밤하늘의 아름다운 별에는 많은 이목이 집중되는 법이니까.

"그래, 너 잘났다."

퉁명스럽게 말을 하며 안을 찬찬히 살펴보던 다미의 시야로 술에 취한 듯 보이는 남자가 여자의 옆에 착 달라붙어서 애처로울 정도로 끼를 부리고 있었다.

여자는 넘어갈 듯 안 넘어갈 듯 외줄 타기를 하며 남자의 애간장을 살살 녹이고 있는 듯싶었다.

그 순간 선우의 모습이 떠올랐다. 확 기분이 나빠진 다미가 앞에 있는 물을 벌컥벌컥 들이마셨다.

"너 방금 전 남자 친구 생각했지?"

"와, 어떻게 알았어?"

자신의 속내를 꿰뚫고 있는 듯한 시온에 다미가 입 주변에 흘러내리는 물을 닦으며 놀랐다. 그의 무감했던 얼굴이 사납게 구겨졌다.

"나랑 있을 때 그 새끼 생각하지 마."

"뭐?"

"기분 더러우니까 생각하지 말라고."

"나도 더러워져. 생각하지 말아야지. 널 위해서가 아니라 날 위해서."

시온이 입꼬리를 살짝 들어 올리며 실없이 웃는다. 그를 따라 아무 생각 없이 웃던 다미의 시선이 의문스럽게 바뀌었다.

"근데 네가 기분 더러울 건 또 뭐야?"

"내가 걔 때문에 너한테 욕먹었으니까."

"은근 뒤끝 있어, 너."

"은근 아닌데? 완전 뒤끝 있는데, 나."

시온이 샘플러 하나를 건네주며 장난스럽게 말했다.

"그러니까 나 섭섭하게 만들지 마, 공다미. 언제든 네 죄를 네가 알게 만들 것이니."

"네, 잘할게요. 송 셰프님. 그러니 부디 프로그램 하차하신다는 협박만 하지 말아 주세요."

다미 역시 장난스럽게 두 손으로 시온이 건넨 샘플러를 받으며 말했다.

다미는 샘플러로 나온 네 종류의 맥주를 전부 맛보고 시온과 같은 맥주로 주문했다. 맥주가 나오자마자 기다렸다는 듯 다미가 한 모금을 쭉 들이켰다.

"안주 뭐 먹을래?"

메뉴판을 건네며 묻는 시온에 다미가 말간 얼굴로 대답했다.

"음. 간단하게 소시지랑 감자튀김 세트, 이거 먹자."

다미의 말에 시온이 웃음을 참지 못하는 표정을 지어 보였다.

"뭐야? 반응이 왜 그래?"

"아니야. 그래, 간단하게 소시지랑 감자튀김 세트씩이나 먹자."

주문을 하고서도 한참 동안 시온은 자꾸만 혼자 웃음을 참고 있었다.

"너 왜 자꾸 웃느냐고."

"아니야. 신경 쓰지 마."

"면전에 대고 웃고 있으면서 뭘 신경 쓰지 말래?"

다미의 닦달을 지그시 바라보고 있던 시온이 앞에 놓인 맥주를 한 모금 마시고는 내려놓더니 턱을 괴고 덤덤히 말했다.

"네가 너무 귀여워서."

예상치 못한 시온의 대답에 다미는 갑자기 몸이 확 달아오르는 느낌이었다. 자신을 두 눈에 담고 있는 시온의 까만 눈동자 일부분이 별을 박아 놓은 것처럼 촉촉하게 빛났다. 다미는 얼른 그의 시선에서 빠져나오며 맥주를 들이켰다.

"갑자기 내가 귀엽다고 해서 당황했어?"

"아니, 누가 당황을 해? 그런 소리 자주 들어서 별로 당황스럽지도 않아."

"근데 왜 입술을 파르르 떨어?"

"하하하, 아닌데? 안 떨고 있는데. 너 벌써 취한 거 아니야?"

민망할 정도로 어색하게 웃으며 능청스럽게 대응했지만 다미는 몸속에서 열이 오르는 듯한 느낌을 받았다.

"취했나? 아, 취한 것일 수도 있겠다. 자꾸 네 입술만 보이는 거 보니까."

시온의 능청스러운 응수에 더는 반격할 수가 없었다. 다미는 자신의 얼굴이 더욱 뜨겁게 달아오르고 있음이 느껴졌다.

"뭐? 방금 뭐라고 그랬어?"

"너 입술에 거품 묻었거든. 그래서 신경 쓰여."

다미가 냅킨을 뽑아 냉큼 입술을 닦아 냈다. 갑자기 창피함이 몰려왔다. 그는 분명 하얗게 묻은 거품 때문에 입술이 신경 쓰였을 것이다.

자신은 대체 무슨 상상을 했기에 온몸이 홀연히 타 버릴 것처럼 뜨겁게 달아오르고 있는 것일까.

그의 목소리는 봄에 살랑대는 바람처럼 간지러웠고, 자신을 바라보는 눈동자는 짙고 깊었으며, 자신에게 짓는 미소는 관능적이었다.

한마디로 송시온은 그런 은밀한 생각을 부축일 정도로 온몸에서 묘한 분위기를 풍기고 있었다. 누구라도 그런 오해를 했을 것이다.

그럼에도 그 많은 여자들 중에 자신은 절대 그런 생각을 해서는 안 된다고 다미는 스스로를 나무랐다.

"나 녹화하는 날마다 새벽 시장에 가서 재료들을 직접 살 생각인데, 그때마다 같이 동행 좀 해 줘."

새벽 시장이라면 아침잠은 꿈도 꿔서는 안 될 일이었다. 워낙 잠이 많은 다미의 얼굴이 시무룩해졌다.

"너무 이르지 않아? 꼭 그럴 필요 없는데, 그냥……."

"내가 원하는 거라면 다 해 주겠다고 그랬잖아."

번복할 수도, 반박할 수도 없는 말이었다. 저러다가 마음이 변해 프로그램 안 한다고 배짱이라도 부리면 손해를 보는 것은 자신이니, 다미는 최대한 그의 비위를 맞춰 줘야 했다. 스스로를 낭떠러지로 밀어 넣은 경솔함을 또 한 번 반성하며 다미는 어렵사리 입술을 떼어 냈다.

"그래, 녹화하는 날마다 시장 같이 가 줄게. 또 뭐 없어?"

"아직은. 천천히 생각해 볼게."

"뭐, 생각해서까지 굳이 만들 필요는 없고."

다미가 말을 이으며 맥주를 남김없이 쭉 들이켰다. 이제 돌이킬 수 없는 강을 건넜다. 모든 것을 체념하고 수긍해야 더욱 수월하고 편안한 여생을 보낼 수 있는 것이다.

"나 한 잔 더 마셔도 되지?"

시온이 자신의 맥주잔을 기울이며 고개를 끄덕였다.

새로운 맥주가 나오자마자 또 반 이상을 벌컥벌컥 들이켜고 내려놓았다. 무엇을 먹을까 고민하던 다미의 눈앞으로 제 접시 위에 오동통한 소시지가 놓이는 것이 보였다.

"안주 먹으면서 마셔."

"고마워."

다미가 포크로 소시지를 콕 집어서 입에 넣고 오물거렸다.

"근데 왜 갑자기 나랑 한잔할 생각을 다 한 거야?"

그런 다미의 입을 빤히 바라보던 시온이 한층 내려앉은 목소리로 물었다.

"그냥 지나가는 길에 너희 가게가 보이기에……."

대충 얼버무렸지만 마음이 편하질 않았다. 다미는 맥주를 다시 힘차게 들이켰다.

"내가 생각나서 온 게 아니라 지나가다가 생각난 거구나."

낮게 중얼거리는 그의 말이 홀에서 잔잔하게 퍼지는 노랫소리에 파묻혔다. 다미가 못 들었다며 다시 되물었지만 그는 대답해 줄 생각이 없는지 고개를 낮게 저으며 맥주를 마셨다.

"그날 방송 나가고 사람들 반응은 어때?"

"화면이 실물보다 못 나왔대. 그래도 멋있대."

"넌 입만 열면 네 자랑이구나."

"사람들이 입만 열면 그런 말만 하니까."

그의 앞에 서면 뭐 하나 제대로 부정할 수 있는 것이 없었다.

그때도, 지금도.

"그래, 좋겠다. 사람들이 입만 열면 너 칭찬해 줘서. 특히 임 PD님한테 예쁨받아서 좋겠어."

"그게 뭐가 좋아?"

그가 못마땅한 얼굴로 되물었다.

"상사한테 예쁨받으면 좋지."

"내 상사도 아닌데, 뭘. 그리고 여자도 아니잖아."

내심 진지한 그의 대답에 다미가 순간 당황했다가 피식 웃어 버리고 말았다.

"여자 안 밝힌다며."

"그래도 남자보다는 여자한테 예쁨받는 게 낫지."

"임 PD가 누구한테 절절매는 거 처음 봐. 난 완전 구박 덩어리 신세인데."

"임 PD가 너 괴롭혀?"

"응? 괴롭히는 건 아니지만 나한테 친절하신 분도 아니지. 어쩔 때는 너무 심하게 욕을 하셔서 눈물이 다 나올 때도 있다니까. 너는 상사가 없어서 모르겠지만."

"대신 다른 고충을 겪고 있어. 아마 넌 상상도 하지 못한 고충일걸?"

"……."

"건배할래?"

침묵이 싫었던 모양인지, 그가 잔을 앞으로 내밀어 건배를 권했다. 다미가 응답하듯 잔을 들어 맞부딪혔다. 천하의 송시온에게 자신은 상상도 하지 못할 고통이 무엇일지 궁금해하며 맥주를 들이켰다. 얼마 마시지도 않은 것 같은데 바닥이 보이고 잎 사귀에 묻은 이슬처럼 방울로 떨어져 갈증만 나게 만들었다.

"오늘 술이 되게 잘 들어가네. 나 한 잔 더 마셔도 돼?"

맥주 한 잔을 더 시켜 몇 모금 들이켰을 때 몸이 전과 확연히 다르다는 것이 느껴졌다. 살짝 붕 떠 있는 것 같더니 괜히 실없이 웃음이 새어 나올 만큼 기분이 좋았다.

이제야 그와 단둘이 있는 공간이 조금이나마 편안하게 느껴졌다.

"막내한테 내 약 부탁했다면서."

"별거 아니야."

"그래도 고마워. 벌써 너한테 두 번이나 신세를 졌네. 평생 너한테 이런 말할 줄은 몰랐는데."

"나도 너한테 그 소리를 듣게 될 줄은 몰랐어."

"그리고 그날 정말 미안해. 너한테 그렇게 말하려던 건 아닌데, 그러면 안 되는데, 내가 왜 그랬는지……. 나 정말 이기적이고 못된 것 같아, 그렇지?"

다미의 죄책감 섞인 사과에 시온은 아무 말도 할 수 없었다.

"상처받게 했다면 정말 미안해."

"……."

"너무 창피해서 그랬어. 그냥 네 앞에서 그런 모습을 보였다는 게 너무 창피해서. 그게 나 때문에 벌어졌다는 걸 인정하면서도, 인정하고 싶지 않았던 거야. 내가 상처받지 않으려고 남 핑계되고 싶었던 거지, 미안해."

"지난 일이잖아. 이제 신경 쓰지 마."

담담하지만 따스한 그의 위로에 다미의 마음 속에서 무언가가 울컥, 치밀었다.

"송시온, 우리 앞으로 촬영 끝까지 잘해 보자."

말끝에 헤헤, 하고 웃음을 붙이는 다미를 따라 시온도 미세하게 웃어 보였다. 그녀는 이미 취한 듯싶었다. 한쪽으로 자꾸만 기우는 몸과 부정확한 발음, 그리고 잘 익은 홍시처럼 달아 오른 붉은 뺨까지.

시온의 시선이 테이블 위에 올려놓은 그녀의 손등으로 향했다. 티끌하나 없이 새하얀 손등을 보고 있자니 가슴 속 깊은 곳에서 뜨거운 무언가가 역류하는 기분이 들었다. 오늘따라 유난히도 반짝이고 붉은 그녀의 입술도, 자신을 향한 경계를 풀고 환하게 웃는 미소도 시온을 자꾸 조급하게 만들었다.

그런 자신을 아는지 모르는지 다미는 오늘 첫 끼를 먹는 사람처럼 소시지와 맥주를 급하게 먹고 있었다.

"천천히 먹어. 체하겠다."

문득 학창 시절이 떠올랐다. 같이 밥을 먹고 싶은 마음에 다미에게 종종 식판을 건네며 음식을 대신 떠다 달라고 했었는데.

곰곰이 생각해 보면 어린 날, 자신이 하지 않았던 해명으로 그녀 또한 꽤 많은 상처를 받았으리라. 시온은 다미와 함께하고 싶은 마음을 제대로 표현하지 못하고 한 서툰 행동이었지만 그녀의 입장에서는 작정하고 부려 먹은 뒤 비참하게 만든 나쁜 놈이었을 것이다.

제대로 하지 않은 해명은 오해라는 이름으로 두 사람 사이에 큰 거리를 두게 만들었다.

"나도 미안해."

"응? 뭐가?"

"그냥 전부."

싱거운 시온의 대답에 다미가 실없이 웃어 보였다.

"너 보면 은근 싱거워. 근데 여기 맥주 너무 맛있다."

얼마 가지 않아 그녀의 몸이 완전히 술에 취했다.

"딸꾹! 맥주가 너무 맛있다. 나 한 잔 딸꾹, 더 마셔도 돼?"

"아니. 이제 그만 마셔. 너 취한 것 같아."

"아닌데. 나 안 취했는데?"

시온은 꽐라가 되어 생떼를 부리는 다미의 팔을 붙잡고 일으켜 세웠다.

"정말 나 안 취했는데……."

크게 반항할 줄 알았던 그녀가 순순히 시온을 따라 나섰다. 밖으로 나온 다미가 갑자기 자신의 몸을 뒤적이고 백을 보더니 울상을 지어 보였다.

"응? 내 휴대폰!"

시온이 뒤를 돌아 창문 너머로 자신들이 앉아 있던 테이블을 확인했다. 그녀의 휴대폰이 얌전히 놓여 있었다.

"잠깐 여기서 기다려."

급하게 안으로 들어가 휴대폰을 챙겨서 나온 시온은 방금 전까지만 해도 자리에 있던 다미가 없자 당황해 주변을 산란하게 살폈다. 다미는 건너편에 있는 동물 병원 창문에 문어처럼 달라붙어서 강아지를 구경하고 있었다.

"어떡해, 너무 귀엽다."

그녀의 곁으로 시온이 다가왔다.

"강아지 너무 키워 보고 싶었는데, 어렸을 때는 돈도 없고 할머니가 질색하셔서 못 키웠구 지금은 쟤가 외로울까 봐 못 키우겠어. 난 밤새는 일이 파다하니까. 누구든 혼자 있는 건 외로운 법이잖아."

다미는 여전히 강아지에게서 눈을 떼지 못한 채 말했고, 시온은 그녀에게서 눈을 떼지 못한 채 말했다.

"그렇게 좋아?"

"응, 좋아. 악! 발바닥 봐, 너무 좋아. 냄새 맡아 보고 싶다. 근데 아가야, 넌 어디가 아파서 여길 온 거니. 그 작은 몸으로 아프면 얼마나 힘들어?"

다미가 추운지 몸을 바들바들 떨면서도 강아지의 재롱에 떠날 기미를 보이지 않았다. 시온이 입고 있던 재킷을 벗어 그녀의 어깨 위에 살포시 얹어 주었다.

"춥다. 그만 가자."

"어머! 방금 봤어? 쟤 앞구르기 했어!"

다미가 호들갑을 떨며 시온의 어깨에 아무렇지 않게 손을 올린 채 말했다.

"너무 귀여워, 정말! 진짜 귀엽지?"

두 뺨에 손을 올리고 몸을 배배 꼬는 다미를 바라보며 시온도 웃음이 터졌다.

"그래, 진짜 귀엽다. 데리고 가서 같이 살고 싶을 만큼."

시온은 제 눈동자에 그녀를 가득 담았다.

자신을 단 한 번도 봐 주지 않는 그녀를 바라보고 또 바라보았다.

　　　　✳　　　　　✳　　　　　✳

　수의사는 강아지가 좋은 곳에 입양되었다고 연락을 해 왔다. 다미는 학원 때문에 바쁜 시온에게 같이 가자고 할까 말까 망설이다가 결론적으로 강아지를 구해 준 것은 그라는 걸 생각하며 말을 꺼냈다.

　"마지막 인사하러 오래. 같이 보러 가자, 시온아."

　학교가 끝나고 곧장 동물 병원으로 향했다. 처음 봤을 때만 해도 말라서 안쓰러웠던 강아지는 어느새 보슬보슬한 털도 나고 살도 제법 올라 통통해져 있었다.

　"다행이다. 정말 다행이야."

　다미가 강아지를 품에 꽉 끌어안고 뺨으로 문지르자 강아지가 작은 혀를 꺼내 그녀의 볼을 핥았다.

　"간지러워."

　싫지 않게 싱긋 웃으며 강아지를 타박하던 다미가 한참 뒤에야 시온이 같이 있다는 것을 깨닫고 강아지를 내밀었다.

　"너도 안아 줘."

　"됐어, 난."

　"왜? 여기 이렇게 만져 주면 좋아할 거야."

　바지 주머니에 꽂혀 있는 시온의 손목을 끌어당긴 다미가 강아지의 머리 위에 살포시 내려 주었다.

　"쓰다듬어 줘. 세상에서 제일 사랑스러운 것을 대하듯."

　다미의 말대로 조심스럽게 강아지를 쓰다듬었다. 보슬보슬한

털과 연약한 살결, 그리고 자신을 올려다보는 까맣고 동그란 눈
동자가 귀여웠다.

"좋아한다."

순간 시온이 화들짝 놀라서 다미를 바라보았다. 자신에게 한
얘기가 아닌데도 얼굴이 달아올라 정신을 차릴 수가 없었다.

정말 다미의 말마따나 강아지가 웃고 있는 듯싶었다. 작은 꼬
리를 흔들며.

"얘가 네 손길이 좋은가 봐."

환하게 웃으며 한참을 더 강아지를 끌어안고 있던 다미는 입
양자가 나타나자 서둘러 병원을 빠져나갔다. 그 뒤를 시온이 급
하게 따라갔다.

"왜 그래?"

"아니야."

앞서 걷는 다미를 잡아 세웠다. 다미가 급하게 손등으로 눈물
을 닦아 냈다.

"왜 우냐고."

"그냥 마음이 싱숭생숭해서. 그새 정들었나 봐, 나름."

"너 우는 거 보기 싫어."

"응?"

바람에 실린 그의 목소리가 귓가에 와 닿았다. 말은 전부 알
아들었지만 의미를 헤아리지 못한 다미가 당황스러운 얼굴로 시
온을 올려다보았다. 그의 시선은 여전히 다미에 향해 있었다.

"싫다고, 너 우는 거."

"왜?"

쉽게 벌어지지 않은 입술이 아니라 그녀를 마주한 순간부터 걷잡을 수 없을 만큼 거칠게 뛰는 심장을 원망해야 했다.

시온은 무슨 말을 어떻게 해야 할지 몰랐다. 솔직하게 얘기하자면 그녀가 우는 게 싫은 이유는 없었다. 그냥 싫었다.

"송시온?"

대답을 요구하는 그녀의 눈빛을 피해 가는 것도 쉽지 않은 일이라 생각하며 아무렇게나 둘러댔다.

"못……."

"……."

"생겨서."

"응?"

"못 생겨서."

거짓말.

처음으로 거짓말을 했다.

그녀가 웃는 것을 보며 자꾸만 어딘가가 심하게 요동치는 바람에.

"나 먼저 간다."

더는 그녀의 앞에 서 있을 수가 없었다. 대답이 못마땅하다는 듯이 이로 꽉 깨물어 버린 그 입술을 본 순간 몸 어딘가가 불타오르는 듯한 고통을 느낀 탓이었다.

그녀에게 들킬 새라 시온은 더 빠르게 걸음을 재촉해야 했다.

다음날.

"이거 마셔."

선도를 하고 뒤늦게 교실로 돌아온 시온에게 다미가 불쑥 작은 물병을 내밀었다.

"이게 뭐야?"

"녹차야. 우리 엄마 친구 분이 일본 갔다가 녹차를 사 오셨는데, 우리다가 너 생각나서 가져왔어. 너 단 거 싫어하잖아."

단 것을 싫어하니 쓴 것을 좋아하는 줄 안 모양이다. 쓴 것도 싫어하는데.

다미의 발상이 어이가 없기도 하고 귀엽기도 해서 시온이 슬쩍 미소를 지어 보였다. 다른 사람이 줬으면 너나 실컷 먹으라고 돌려줬을 텐데, 다미라서 그러고 싶지 않았다.

"사실 이번 강아지 일도 네가 도와줘서 잘 해결된 것도 있고 해서."

"잘 마실게."

제 말에 다미가 잔뜩 기대에 찬 눈빛으로 말똥말똥 바라보았다. 아무래도 지금 당장 마시기를 기대하는 눈치였다.

표정 관리하자.

속으로 되새기며 물병을 열어 한 모금 마셨다. 녹차 특유의 쌉쌀하고 쓴맛이 입안 가득 퍼져 나갔다.

"어때? 내가 나름 되게 신경 써서 우린 거야."

"진짜 맛있다."

"다행이다!"

어색함을 한층 머금은 시온의 목소리를 전혀 눈치채지 못한 다미가 박수까지 치면서 좋아했다. 그리고는 다음으로 끔찍한 말을 늘어놓았다.

"나 이거 앞으로 건강 생각해서 매일 마실 건데 네 거까지 우려 올게. 녹차가 건강에 그렇게 좋대."

시온의 얼굴이 공포로 굳어졌다. 아직도 입에 남아 있는 이 텁텁하고 쓴맛을 매일 느껴야 한다니.

하지만 제 앞에서 너무 흐뭇해하고 있는 다미의 얼굴을 시무룩하게 만들고 싶지 않아 억지로 웃어야만 했다.

"고마워. 내 건강까지 챙겨 주고."

"우린 친구잖아."

"친구?"

"응, 친구. 종 치기 전에 얼른 화장실 다녀와야겠다!"

자리에서 일어나 재빠르게 뒷문으로 달려가는 다미의 모습을 멍하니 바라보았다.

친구. 결코 다미의 말이 틀린 것은 아니었다. 동갑인 나이에 같은 반이고 딱히 특별함이 가미되어 있지도 않은 애매한 관계이니 '친구' 라는 이름으로 정의를 하는 것이 맞았다.

하지만 시온의 마음 깊은 곳에서는 잔뜩 심성이 뒤틀린 도깨비가 나타나 방망이를 들고 마음을 쑥대밭으로 만들고 있었다.

"싫어."

다미에게서 불리는 가볍고 간단한 관계일 뿐인, 친구라는 관계로 남고 싶지 않았다.

✳   ✳   ✳

그 뒤로도 한참 동안 강아지를 쳐다보다 시온이 기다리는 것을 알아챈 다미가 아쉬운 발걸음으로 물러섰다. 술이 조금 깼는지 그녀는 가게를 빠져나왔을 때보다 훨씬 진정된 상태였다.

"난 여기서 지하철 타고 가면 될 것 같아."

다미가 제 어깨에 걸쳐져 있던 시온의 재킷을 어색한 얼굴로 건네주며 말했다.

"그래, 조심히⋯⋯ 어?"

말을 잇던 사이에 머리 위로 차가운 빗방울 하나가 툭, 하고 떨어졌다.

"방금 나만 빗방울 맞은 거 아니지?"

다미가 제 뺨에 묻은 빗방울을 닦아 내며 시온이 동시에 하늘로 고개를 올린 순간 기다렸다는 듯이 비가 쏟아지기 시작했다.

"엄마야!"

갑작스러운 빗줄기에 시온과 다미뿐만 아니라 주변이 순식간에 어수선해졌다. 다미가 어쩔 줄 몰라 하고 있던 사이에 무지막지하게 내리던 비가 멈췄다.

위를 올려다보니 시온이 제 재킷을 펼쳐 들어 씌워 주고 있었다. 재킷에 두 사람이 들어가다 보니 몸이 지나치게 바짝 붙어 있었고 그의 낮은 숨소리가 지나치게 가깝고 선명하게 들려왔다.

술이 아직 덜 깬 걸까? 너무 덥다.

"우리 가게에 아직 네 우산 있어. 그거 가지고 가."

"어? 아, 우산이 있었지. 그래야겠다."

다미가 최대한 시온과 몸이 부딪히지 않으려고 안간힘을 쓰며 레스토랑으로 향했다.

암흑으로 덮혀 있는 레스토랑 앞에서 시온은 능숙하게 보안 키를 눌러 안으로 들어가 불을 켰다. 젖은 재킷을 가볍게 털어 의자에 걸어 놓는 시온의 뒷모습을 멀거니 바라보던 다미의 시선이 그의 어깨로 향했다.

자신에 비해 시온의 어깨는 완전히 젖어 살결이 고스란히 비추고 있었다. 그가 감기에 걸릴까, 걱정스럽다가도 다부진 근육이 자리 잡은 남자의 노골적인 살결에 당황함을 쉽게 감출 수가 없었다.

"내 우산 여기 있다! 나 먼저 가 볼게! 오늘 정말 여러모로 미안하고 또 고마⋯⋯."

카운터에 있는 우산을 챙겨 후다닥 나가려던 다미를 언제 다가왔는지 시온이 가볍게 잡아 세웠다.

"따뜻한 차라도 마시고 가."

"아니, 이러다가 막차 끊기겠어."

"내가 데려다줄게."

"너 술 마셔서 운전 못 하잖아."

"대리 부르면 되지."

"나 그냥 지하철 타고 가면 돼. 아직 막차 안 끊겼거든."

눈동자가 자꾸만 정신 못 차리고 그의 젖은 몸으로 향하려는 것을 다미는 악착같이 참아 냈다.

"너희 집 근처 많이 외지더라. 막차 타고 가면 더 늦을 텐데, 그냥 보내면 내 마음 불편해서 안 돼. 따뜻한 거 마시고 내 차 타고 가."

"네가 데려다주면 내가 우산 가지러 온 의미가 없는데."

"그럼 다음에 가져가든지."

시온이 들고 있던 우산을 도로 가져가 통 안에 집어넣었다.

"앉아."

"정말 괜찮은데."

하는 수 없이 다미가 테이블에 앉았다. 어디론가 들어갔던 시온은 어느새 뽀송뽀송한 옷으로 갈아입고 손에 수건과 담요를 가지고 나왔다.

다미는 그의 살결이 더는 보이지 않아 참 다행이라는 생각이 들었다.

"커피 마실래?"

"지금 마시면 잠 안 올 것 같은데, 그냥 따뜻한 물 한 잔 줘도 돼."

담요를 펴서 다미에게 건네주고 다른 수건으로 젖은 머리를 가볍게 털며 주방으로 들어간 그는 능숙하게 주전자에 물을 끓여 컵에 담았다. 그리고선 양손에 두 개의 컵을 가지고 돌아왔다.

"마셔. 한 30분 뒤쯤에 도착한대."

"레몬차네? 네가 직접 담근 거야?"

"아니. 우리 직원들이 담근 거."

따뜻하고 새콤달콤한 레몬차를 한 모금 마셨다. 비를 맞아서인지 조금 으슬으슬 춥던 몸이 사르르 녹아내리는 기분이었다.

"맛있다."

"좀 싸 줄까?"

"아니, 괜찮아."

"왜 맛있다며."

"그래도 주인이 따로 있는데, 가져가는 건 좀 그렇지."

컵을 입에 가져다 대고 한 모금 가득 들이켰다. 입안 가득 퍼지는 상큼함과 달콤함에 다미가 조용히 미소 지었다. 마트에서 파는 것들을 많이 사 먹어 봤지만 이렇게 맛있었던 적은 없었다.

집에 가져만 간다면 하루에도 몇 번이고 마셔 금세 없앨 수 있을 만큼 맛있었다.

"내가 다시 담가 놓으면 돼."

기어코 일어난 시온이 유리통에다가 레몬차를 덜어 가져왔다.

"잘 먹을게."

맞은편에 다시 앉은 시온이 조용히 레몬차를 마셨다. 침묵이 흐르는 공간엔 어색함 대신 편안함이 가득했다.

두 사람은 아무 말 없이 따뜻한 레몬차에 차갑게 얼어붙은 몸을 녹였다.

잠시 뒤, 기다렸던 대리 기사가 왔고 다미는 편안하고 안전하게 집에 도착했다.

집에 들어가 시온의 레스토랑에서 가져온 레몬차를 꺼내 냉장고에 넣어 두었다가 다시 열어 꺼냈다. 컵에다가 적정량 덜어서 뜨거운 물을 부었다.

컵을 가지고 창가 쪽으로 다가간 다미가 차를 마시며 하늘을 올려다보았다.

어느새 비가 멈추고 칠흑처럼 까만 밤하늘에는 보석들을 으

깨어 흩뿌려 놓은 것 같은 별들이 다채롭게 반짝였다. 불현듯 시온과 마주 보고 앉아 차를 마시던 모습이 떠올랐다.

그렇게 한참 그녀의 입가에 미세한 미소가 머물러 있었다.

6화
못 다한 이야기

"네가 웬일이니? 마테차를 다 마시고?"

몸에 좋으니 마시라고 해도 끔쩍도 안 하던 시온이 스스로 차를 타서 마시는 걸 보고 그의 어머니가 화들짝 놀라 물었다.

"네? 그냥 오늘따라 좀 당겨서요."

어색하게 웃으며 잔을 들고 제 방으로 올라왔다. 쓴맛에 익숙해지면 밖으로 드러내는 표정도 괜찮아지지 않을까 싶어서 차를 들이켰다.

"엑."

하지만 절대 적응되지 않는 쓴맛이 입에 감돌자 시온의 고운 얼굴이 여지없이 구겨졌다.

"너 왜 이렇게까지 하고 있는 거냐……."

자신이 녹차를 싫어하는 것을 티 내는 순간, 다미가 실망을 해 다시는 가져오지 않을 것 같은 조바심이 들었다. 그래서 미런하지만 연습 중이었다. 쓴 것을 마셔도 얼굴을 찌푸리지 않을 수 있도록 표정 관리를 하는 연습.

바보 같지만 어쩔 수 없었다. 좋아하는 그 표정을 한 번 더 볼 수 있다면.

다시 한 번 마테차를 입에 머금고선 앞에 놓인 거울을 보았다. 얼굴이 한결 편안해 보였다.

7화

정규 방송 첫 녹화를 앞두고 임 PD는 단합의 의미로 MT를 가자고 제안했다. 마음고생이 심했던 팀원들 대다수가 찬성했다. 임 PD는 프로그램이 정규 방송으로 확정된 것에 가장 큰 공을 기여해 주었다고 믿고 있는 시온도 잊지 않고 초대했다.

하지만 그의 모습은 놀러 간다는 생각에 들뜬 팀원들이 미리 대여한 관광버스에 전부 올라타고도 한참 동안 보이지 않았다.

"송 셰프님, 안 오시는 건가?"

"그러게요. 공 작가가 연락해 봐."

학교를 다닐 때도 지각 한 번 해 본 적 없는 송시온이었다. 사람들의 독촉에 안 그래도 연락을 해 보려던 다미가 휴대폰을 꺼냈을 때였다.

"어? 송 셰프님 오셨네요!"

막내의 외침에 시선을 돌려 보니 시온이 막 제 차에서 내려

거리를 좁혀 왔다.

"늦어서 죄송합니다. 그래도 초대까지 해 주셨는데 빈손으로 오는 게 조금 뭐해서 이것저것 챙기다 보니 늦었네요."

"아닙니다, 송 셰프님! 저희야말로 흔쾌히 행사에 참여해 주셔서 감사할 따름입니다."

다시 시작된 임 PD의 아부에 막내와 다미가 서로 눈짓을 주고받으며 고개를 내저었다.

"전 제 차로 이동하겠습니다."

"네. 주소 불러 드리겠습니다."

임 PD가 다미에게 슬쩍 눈치를 주었다. 다미는 오늘 묵기로 한 펜션을 찾아서 주소가 뜬 화면을 시온에게 내밀었다.

하지만 시온은 그것에 눈길도 주지 않고 제 곁에 다가온 다미를 응시했다.

"넌 내 차 타고 가자."

"응?"

"나 어제부터 무리를 좀 했더니 너무 피곤해서 졸음운전할 것 같아."

"아이고! 졸음운전하시면 큰일 나죠! 공 작가가 운전해서 모시고 와."

임 PD가 얼른 출발을 해야 일정을 맞출 수 있다며 막내와 버스에 올라탔고 버스는 아무 미련도 없이 출발해 금세 시야에서 사라져 버리고 말았다.

"우리도 가자."

"어? 어."

떠나간 버스를 넋 놓고 보고 있던 다미가 시온을 따라 차에 올라타 펜션의 주소를 찍고 안전벨트를 맸다.

오랜만에 운전대를 잡아 보는 탓에 다미가 잔뜩 긴장한 얼굴로 출발했다. 고급 세단이라 그런지 묵직하면서도 부드러운 느낌이 들어 점차 마음이 안정이 되었다.

"도착하면 깨워 줄 테니까 푹 자."

"분명 올 때까지만 해도 미친 듯이 졸음이 쏟아졌는데, 이제 괜찮은 것 같아."

"응? 아, 뭐야. 그럼 나 버스 탈 걸 그랬다."

신호에 걸려 차를 멈추었지만 다미는 여전히 두 손으로 핸들을 꽉 쥔 채로 말했다.

"어차피 넌 버스 못 탔어."

들으라는 건지, 듣지 말라는 건지. 시온의 아주 작은 중얼거림에 다미가 못 들었다며 되물었지만 그는 대답을 해 줄 생각이 없어 보였다.

"마침 손목도 아팠거든."

"손목? 왜?"

"직업병이지, 뭐. 매일 무거운 팬을 드니까. 모든 요리는 불을 잘 다룰 줄 알아야 그 풍미를 더할 수 있거든. 그러기 위해서는 팬을 잡을 때 스텝이 중요해."

"……."

"이렇게."

시온이 허공에 대고 요리를 하는 시늉을 해 보였다. 뭔가 평소의 시온답지 않게 조금 들떠 보이는 것 같아 귀엽다는 생각이 들었다.

"아, 맞다."

그러다 갑자기 고개를 제 쪽으로 돌린 시온 때문에 다미가 당황해 얼른 시선을 회피했다.

"와, 신호 바뀌었네!"

다행히 타이밍 맞게 신호가 바뀌었고 다미가 급하게 출발했다.

"첫 방송 나가고 우리 2학년 담임 선생님한테 전화 왔어."

"아, 정말?"

"응. 그래서 레스토랑 초대해서 식사 한 번 대접해 드렸는데, 선생님께서 이번 주 금요일 CA시간에 잠시 와서 아이들에게 강의를 해 주면 안 되겠냐고 말씀하시더라고."

"그래서 가기로 했어?"

"응. 그러니까 임 PD한테 미리 말해 놔. 4시까지 데리러 갈게."

"응, 임 PD님…… 응? 데리러 온다고? 왜?"

시온이 너무 자연스럽게 말한 탓에 다미가 반사적으로 대화를 하다 말고 화들짝 놀랐다.

"너랑 같이 간다고 했으니까."

시온은 뭐 문제 있냐는 듯한 말투와 너무 당당한 표정으로 다미를 마주했다.

"나, 나랑?"

"내가 나간 프로그램의 방송 작가가 너라고 말하니까 선생님이 데리고 오라고 하셨어. 본인이 직접 눈으로 확인해 보셔야 한다면서."

"아…… 나 그때 못 나갈 수도 있는데? 회의가 언제 끝날지도 모르고 이번 주 금요일이라면 내일 모레잖아!"

녹화도 없는 날이고 회의도 어느 정도 끝날 시간이니 말을 해 본다면 안 될 이유도 없었지만 다미는 왠지 쑥스러웠다.

자신이 남들 앞에서 강의를 한다는 것. 시온과 단둘이 간다는 것.

"그럼 내가 임 PD님한테 부탁해 볼까?"

"아니, 그럴 필요까진 없고……."

하지만 한편으로는 마음이 벅찼다. 아무 꿈도 없었던 꼴통 공다미가 작가라는 이름으로 후배들에게 도움을 주고자 모교를 방문한다는 건 자랑스러운 일이었다.

이 일을 엄마가 아시면 얼마나 기뻐하실까.

그러고 보니 오랜만에 학교도 가 보고 싶다. 이맘 때면 운동장에 심어 놓은 푸른 나무들과 강당 앞에 작은 연못에 살던 주황빛의 금붕어들, 그 공간에서 까르르 숨넘어가듯 웃어 대던 친구들과 자신. 창문을 열어 놓고 수업을 하는 선생님의 커다란 목소리와 나른하게 몰려오던 졸음까지.

문득 그 시절이 그리워졌다. 향수병이 도는 기분이었다.

"4시까지 데리러 온다고?"

"응."

"그래. 같이 가자."

내심 그리운 추억 여행을 한 번쯤 하는 것도 그리 나쁘지 않다는 생각이 들어 다미는 괜한 설렘에 심장까지 두근거렸다.

길을 잘못 들어서는 바람에 선발대보다 두 시간이나 늦게 도착한 다미와 시온은 내리자마자 어디선가 풍겨 오는 고기 냄새에 두 눈을 번쩍 떴다. 웅성거리는 사람들의 소리를 찾아가니 벌써 거하게 술자리가 열려 있었다.

"송 셰프님 오셨네!"

임 PD가 어눌하면서도 한층 높아진 목소리로 반갑게 손짓했다.

"다미야! 이리 와서 앉아. 셰프님도 얼른 앉으세요."

어수선한 가운데 혼자 멀쩡한 지민이 확보한 자리를 가리켰다.

"그건 그렇고 왜 이렇게 늦었어?"

"길을 잘못 들어서요. 서울 시내 한 바퀴 돌고 왔어요."

극심하게 몰려오는 허기에 다미가 단숨에 자리를 차지하고 앉았다가 막내가 퍼다 준 완두콩이 박혀 있는 밥을 보고는 시온의 안색을 살폈다. 그날과 같은 표정이다. 저 초록색이 완두콩이 아닌 사마귀가 박혀 있는 듯 보는 표정.

"잠깐 기다려."

다미가 시온의 시야에서 밥그릇을 치우며 일어섰다. 펜션으로 들어오는 길에 발견한 작은 슈퍼로 달려간 다미가 즉석 쌀밥을 하나 사서 돌아왔다. 주방으로 들어가 전자레인지에 데워 자리에 와서 아무렇지 않게 시온의 앞에 놓아주고 다시 젓가락을 들어 올렸다.

김이 모락모락 피어오르는 하얀 즉석 밥을 지그시 바라보던 시온이 젓가락을 움켜잡았다.

"기억하고 있었어?"

"그럼. 너 완두콩 알레르기 진짜 심하잖아. 그걸 어떻게 잊어."

"……."

완두콩이 들어간 밥이 급식으로 나오던 날이었다. 지금은 좀 나아진 편이지만 학창 시절 때까지만 해도 거부 반응이 심해서 보기만 해도 기겁을 했었다. 어렸을 적에 한 번 잘못 먹었다가 응급실까지 갔던 고통이 고스란히 느껴졌기 때문이었다.

얼굴이 하얗게 질려서 나가는 시온을 다미가 학교에서 제일 기다리고 사랑하는 급식도 포기하고 따라나섰다. 벤치에 앉아 호흡을 고르고 있던 시온의 곁으로 다미가 다가왔다. 걱정스럽게 왜 그러냐고 묻는 다미에게 시온은 땀이 범벅이 된 얼굴로 완두콩에 대해서 이야기해 줬다. 뭐든 잘 먹는 공다미는 크게 공감을 하는 눈치는 아니었지만 더는 아무 말도 하지 않고 자리를 떴다.

그냥 혼자 밥을 먹으러 갔구나, 싶었을 때 그녀가 다시 돌아왔다. 매점에서 팔지도 않는 김밥 두 줄과 바나나 우유를 들고.

"매점에 삼각 김밥 다 떨어져서 밖에서 사 왔어."

등하교 시간을 제외하고는 외출 금지로 문을 단단히 닫아 놓는 학교였기에 시온이 의아해하며 바라보았지만 그녀는 아무 대답 없이 호일을 벗겨 김밥을 먹었다. 고맙다는 말을 하고 무의식중에 돌린 시온의 시야 끝으로 그녀의 까진 무릎이 들어왔다.

"너, 무릎……."
"안 아파. 괜찮아."
"담 넘은 거야?"
"너 때문에 넘은 건 아니고, 나도 배가 고파서. 신경 안 써도
돼."

바보처럼 까진 무릎을 손으로 가리다가 닿았는지 그녀가 악!
하고 소리를 내질렀다.

"기다려."
"밥 먹다 말고 어디 가?"
"양호실."
"괜찮다니까!"

다미가 말렸지만 달리기까지 잘하는 시온은 이미 작은 점이
되어 버린 후였다. 다미가 혼자 남겨져 시온이 앉아 있던 자리
를 바라보았다. 아직 호일도 까지 않은 김밥이 주인을 대신해서
그 자리를 지키고 있었다.

불현듯 떠오른 그날의 추억에 잠겨 있는 시온을 다미가 물끄
러미 바라보았다. 어쩐지 그가 무슨 생각을 하고 있는지 알 것
만 같아서 신기하기도 하고 기분이 묘했다.

그날 시온은 양호실에서 소독약과 밴드, 연고를 가지고 돌아

와 까진 다미의 무릎을 치료해 주었다.

그때 닿았던 그의 손길을 기억한다. 따끔거리면서도 어딘가 모르게 간지럽고 찌릿찌릿했던.

"자! 우리 임 PD님께서 지금 아주 재미난 제안을 해 오셨어."

하지만 그 추억은 산통을 깨는 듯한 조연출의 걸걸한 목소리로 하여금 금세 밀어내야만 했다.

"일명 상추쌈 게임! 안에 마늘, 청양 고추, 와사비까지 다 넣을 건데 중간에 뱉지 않고 먹는 사람 10만 원! 지원자 받습니다."

옆에서 부지런히 고기를 먹고 있던 다미가 갑자기 손을 번쩍 드는 바람에 시온이 흠칫, 놀랐다.

"미쳤어?"

시온이 잠자리채처럼 곧게도 뻗고 있는 다미의 팔을 억지로 내리며 핀잔했지만 급기야 그녀는 두더지 게임의 두더지처럼 자리에서 일어나 고개를 치켜들었다.

"못 들었어? 10만 원이라잖아."

"그깟 10만 원 때문에 속 다 버릴 일 있어?"

"넌 날 몰라. 나 공다미야. 뭐든 잘 먹고 잘 소화시키는."

그건 매우 잘 알고 있는 사실이었기에 딱히 부정을 할 수가 없었다.

"먹는 거라면 내가 제일 잘해. 누구도 나 못 이겨."

만류하는 시온의 팔도 뿌리치고 다미는 호기롭게 나갔다.

의외로 참가자가 많아 시온은 모두 제정신이 아니라는 생각이 들었다. 세상에 많고 많은 맛있는 음식을 놔두고, 왜 저렇게 괴로운 음식을 먹는 걸까. 공다미는 또 저게 뭐라고 저리도 진지한 건데.

사람들의 장난과 의미 없는 내기가 이해가 가질 않았다. 그러면서도 시온은 다미에게 바로 건네주기 위해 주변을 둘러보며 음료를 찾다가 자신이 가지고 온 상자를 떠올렸다.

게임이 시작되었다. 모두가 주먹만 한 쌈을 입안으로 우걱우걱 집어넣었다. 하지만 얼마 씹지 못해 다들 괴로움에 얼굴을 찌푸리고서는 입에 있던 쌈을 뱉어 내기에 바빴다. 침을 질질 흘리는 사람, 눈물을 뚝뚝 흘리는 사람, 혓바닥을 내놓고 손부채질을 하며 펄쩍펄쩍 뛰는 사람. 그런 사람들을 보며 웃고 있는 참가하지 않은 사람들까지.

모두가 시온의 눈엔 한심해 보일 뿐이었다.

"공 작가 봐, 공 작가."

"악바리야, 악바리."

"우리 공 작가 잘한다! 끝까지 참아라!"

다미의 얼굴은 붉어질 대로 붉어져 있었고 허벅지 옆에 놓인 꽉 쥔 주먹은 그녀의 입이 얼마나 많은 괴로움을 넘나들고 있는지 고스란히 느껴졌다. 하지만 그녀는 악착같이 참아 냈고 결국 입안 가득 있던 음식을 꿀꺽 삼켜 넘겼다.

"안 돼! 뱉어! 내 10만 원!"

임 PD가 장난스럽게 좌절을 했다.

"꺄아!"

다미가 두 팔을 공중으로 뻗고 방방 뛰어 보였다. 저게 뭐라고 저리도 좋아하는 걸까. 하지만 10만 원을 득템했다는 기쁨도 잠시 입안 가득 퍼진 매운 기가 무서운 속도로 다미를 지배했다. 눈물뿐만 아니라 콧물까지 감당할 수 없을 정도로 흘렀다. 머리 뚜껑이 열릴지도 모른다는 아찔한 생각이 들 때 눈앞으로 하얀 우유가 내밀어졌다.

"이거 마셔."

"아! 맵, 맵!"

정신이 없어 얼른 마셨다. 마시다 보니 어느 정도 진정이 되었다. 정신을 차리고 보니 이걸 건네준 사람이 시온이라는 것을 뒤늦게 깨달았다.

"고마워."

시온은 여전히 이해를 하지 못한다는 얼굴로 연신 고개를 내저었다.

소화를 시키는 거라면 대한민국 어디에서도 뒤처지지 않는다고 생각했다. 그런데 아니었나 보다. 다미는 매운 것을 먹고 술도 좀 무리하게 마셨더니 속이 지나치게 더부룩했고 머리까지 어지러웠다. 술에 취한 것 같지는 않았고 급체를 한 것 같았다. 29년 인생, 두 번째로 경험한 그것은 그리 유쾌하지 않았다.

시온이 직접 준비해서 해 준 요리들로 술자리는 더욱 무르익어 갔다. 화기애애한 분위기에서 아픈 티를 내며 괜히 신경 쓰게 만들고 싶지 않았던 다미가 조용히 펜션 뒤쪽으로 향했다.

"여기서 유부남도 아니고 애인도 없다고 치고 가장 내 이상형과 가까운 남자는!"

조연출은 매번 표도 못 받으면서 왜 술만 취하면 저 질문을 하는지 알 턱이 없었다. 뒤에서 희미하게 들려오는 사람들의 웃음 섞인 목소리가 점점 더 멀어져 갈 때쯤 다미의 걸음이 순간 멈칫했다.

"와, 새로운 다크호스가 떠올랐네! 송 셰프님이 70%의 표를 받으시다니 대단하시네요!"

뭔가 속이 더 더부룩해지는 기분이었다. 잠시 멈췄던 걸음을 다시 옮기니 나무로 만든 흔들의자가 보였다. 꽉 막힌 명치를 엄지로 꾹꾹 누르며 자리에 앉아 하늘에 떠오른 밝은 달을 올려다보았다. 아름다워 보여야 할 달이 쓰린 속 때문인지 전혀 그래 보이질 않았다.

"아, 미치겠네. 이런 느낌 낯설어."

"너 여기서 뭐해?"

혼자 한 말에 대한 대답이라도 하듯 들려오는 시온의 목소리에 다미가 깜짝 놀랐다. 하지만 돌아볼 새도 없이 그가 어느새 다미의 곁으로 다가와 앉았다.

"공다미가 먹을 것을 두고 왜 여기 와 있냐고."

"아까 좀 많이 먹었나 봐. 배가 좀 많이 부르네."

체했다고 솔직하게 말하면 아까 그렇게 무식하게 게임을 할 때 알아봤다고 핀잔을 할까 싶어 대충 둘러댔다. 하지만 그것이 시온의 '이해'라는 뇌신경엔 전혀 먹히지 않은 모양이다. 그가 눈을 얇게 뜨고 고개를 갸웃거리며 그녀의 안색을 뚫어져라 살폈다. 그러다 곧 손을 뻗어 다미의 손을 잡았다.

"뭐, 뭐하는 거야!"

"손이 차네. 이마에 송골송골 땀도 맺혔고 얼굴은 전체적으로 하얗게 질렸어."

시온의 목소리가 제대로 들리지 않았다. 지금 다미의 감각은 온통 자신의 엄지와 검지 사이를 꾹꾹 누르고 있는 그의 손에 가 있었다.

"그리고 무엇보다 넌 아까 평소 먹던 양보다 덜 먹었는데도 지금 많이 먹었다고 거짓말을 하고 있어."

그의 손가락이 일정한 속도에 맞춰 그녀의 손을 꾹꾹 눌렀다. 이상하다. 손이 눌리는 것이 아니라 마치 심장이 눌리고 있는 것 같았다. 당황스러운 감정에 눈동자를 어디다가 둬야 할지 몰라 헤매었다.

"너 지금 체했지?"

아니, 심장이 아니고 다른 곳을 누르고 있는 것 같기도 하다. 자신에겐 한 번도 존재하지 않을 것이라고 여겼던 어떠한 충동적인 본능을 시온이 자극적인 방향으로 끌어당기고 있는 기분이었다. 온몸이 간질간질하다. 예전에 제 무릎에 닿았던 손길하고는 확연히 달랐다. 서늘했던 손이 어느새 불에 타는 것처럼 뜨거웠다.

"괜찮아!"

순간 느껴지는 위화감에 다미가 얼른 제 손을 뺐다.

"이제 정말 괜찮아진 것 같아!"

속은 괜찮아졌지만 마음의 상태는 더욱 싱숭생숭해졌다.

다미가 손을 확 빼 버린 바람에 허공에 혼자 머물러 있던 시온의 손이 조용히 거두어졌다.

"약 안 먹어도 되겠어?"

"어, 안 먹어도 될 것 같네. 정말 괜찮아."

다미는 그가 만진 손이 여전히 데인 것처럼 뜨거워 어쩔 줄을
몰라 했다.

"심각한 건 아니나 보네. 난 이만 가 봐야 할 것 같아."

"안 자고 가는 거야?"

"우리 회사 MT도 아닌데, 뭐. 그렇게 눈치 없진 않아."

"아닌데. 다들 너 좋아하는 눈치야. 간다고 하면 아쉬워할 사
람 많을 걸?"

"그중에 너도 있어?"

"응?"

다시 되묻는 다미에 시온이 대답 대신 소리 없이 웃었다.

"가 볼게."

"응. 배웅해 줄게."

"됐어. 들어가서 쉬어."

오히려 잘 됐다 싶어서 그 자리에서 인사만 건넸다. 그와 있
을수록 드는 묘한 느낌을 견뎌 내는 것이 버거워지던 찰나였다.

"잘 가."

멀어져 가는 시온의 뒷모습에 다미는 여전히 갑갑하고 간질
간질한 심장 부근을 손으로 꾹 눌러 보았다. 하지만 어떠한 효
과도 보지는 못했다.

피곤하기도 하고 속이 계속 안 좋기도 했지만 무엇보다 그에
게서 느꼈던 미묘한 감정을 신경 쓰고 싶지 않아 일찌감치 잠자
리에 들었다. 한참을 자다가 뒤척이던 다미가 떨어지는 꿈을 꾸
며 놀라 깨어났다.

"어?"

눈앞에 하얀 봉투가 놓여 있었고, 그 안에는 소화제가 들어 있었다.

임 PD에게 간신히 허락을 받고 방송국을 나온 다미는 이미 도착해서 저를 기다리고 있는 시온에게로 다가갔다. 뒤숭숭했던 마음을 여전히 가라앉히지 못한 상태에서 마주한 시온은 왠지 평소 생각했던 분위기와 달라 보였다.

"속은 괜찮아?"

"괜찮아. 혹시 그때 소화제, 네가 사다 준 거야?"

"내 마음 편하자고 한 거니까 신경 쓰지 마."

신경을 안 쓸래야 안 쓸 수 없게 만들어 놓고 무심하게 말하는 시온을 서먹한 눈길로 바라보았다.

"안 타?"

"타야지!"

벨트를 매는 그의 손길, 시동을 걸며 낮게 몰아쉬는 숨소리, 느슨하게 감았다가 뜨는 눈동자. 그의 모든 것이 신경 쓰였다.

"MT에서 바로 올라와서 출근한 거야?"

"응."

"피곤하겠다."

"일상인데, 뭐. 우린 틈만 나면 밤새서 이 정도는 괜찮아. 그리고 아프다 말하고 되게 일찍 잠들었거든."

시온이 낮게 고개를 끄덕이며 다시 운전에 집중했다. 한 손으로 능숙하게 운전을 하는 그의 모습을 다미가 물끄러미 바라보았다.

분명 같은 외모에 같은 모습이건만 다미가 평소에 느끼고 있던 그와는 달랐다. 뭘까, 불편하면서도 심장이 간질간질한 이 이질적인 느낌은.

"그래도 임 PD님이 바로 허락해 주셨나 보네."

"응. 처음엔 안 된다고 하시더니 내가 후배들에게 꿈과 희망을 전달해 주고 싶다고 하니까 갔다 오라고 하더라고."

"꿈과 희망이래."

시온이 낮게 중얼거리며 피식 웃어 버렸다.

"……."

순간 시온의 미소가 참 매력적이라고 생각을 하던 스스로를 나무랐다.

뭐라고 말을 시킬 수가 없었다. 그에게서 돌아오는 목소리에 간질간질한 심장의 증상이 더욱 깊어지는 것 같아서 다미는 그냥 입을 다물고 있기로 했다.

차를 타고 학교로 가는 동안 오랜만에 보는 익숙한 길에 다미는 어느새 시온에게 느꼈던 어색함을 거두고 흥분한 상태로 재잘거렸다.

"와, 저기 코끼리 분식 기억나? 튀긴 떡 사서 특제 소스에 발라 먹으면 진짜 맛있었잖아! 아주머니가 인심 좋아서 막 떡 두 개씩 더 주시고 그랬는데!"

"아, 그래?"

"설마 한 번도 안 사 먹어 본 거야?"

"응."

"어머. 저기 줄 서서 먹었던 곳인데, 그 맛난 걸 안 먹어 봤다고? 차 세워 봐."

됐다고 할 줄 알았던 시온이 의외로 순순히 차를 가게 옆 구석 자리에 세웠다.

"여기서 기다려. 내가 얼른 사 올게."

다미는 조수석에서 내려 그때 그 시절의 여고생처럼 신나게 가게로 뛰어 들어갔다.

"안녕하세요!"

"어? 너 다미 아니니?"

당연히 못 알아볼 줄 알았던 자신을 아주머니가 단박에 알아보자 다미의 얼굴에 화색이 돌았다.

"저 기억하세요?"

"그럼! 너 아침저녁으로 왔었잖아."

뭔가 민망해져 이 자리에 시온이 없다는 것을 다미는 다행으로 생각했다.

"떡볶이 튀김 2천 원어치 주세요."

아주머니와 서로 안부를 묻고 나서 구입한 떡볶이를 들고 다시 차로 돌아왔다.

"자, 먹어 봐."

큰 컵 안에 있는 떡볶이를 이쑤시개로 콕 찍어 특제 소스를 듬뿍 발라 시온에게 내밀었다. 그가 자연스럽게 손이 아닌 입을 벌려 받아먹었다. 그 별거 아닌 작은 동작에도 다미의 몸이 굳어져 버렸다.

"음, 딱 애들이 좋아할 맛이긴 하네."

아무 반응을 보이지 않고 돌처럼 굳어져 있는 다미를 시온이 의아하게 바라보았다.

"넌 안 먹어?"

"어? 너 입맛에 맞으면 다 먹어."

다미가 시온에게 떡볶이를 건네고 조수석에서 내렸다.

"어디 가?"

"여기서 학교 10분밖에 안 돼. 걸어갈래."

"같이 가, 그럼."

시동을 끄고 나온 시온이 이쑤시개로 떡을 집어 다미에게 내밀었다.

"속이 아직도 안 좋은 거야?"

여기 아니면 절대 먹어 볼 수 없는 떡볶이의 맛이었다. 그렇게 변명을 하던 다미는 어쩌면 제 마음을 조금 더 알 수 있으리라는 생각에 시온이 내민 떡을 받아먹었다.

"맛있다. 오랜만에 먹어도."

이상하다. 어째 예전보다 훨씬 더 맛있는 느낌이다.

"처음 먹어도 맛있네. 하나 더 먹어."

시온이 다시 떡볶이를 내밀자 다미가 얼른 받아먹었다.

아니, 확실하다. 예전보다 훨씬 더 맛있다. 그건 단순히 레시피가 바뀌었다거나 자신이 오랜만에 먹어서 맛있게 느껴지는 그런 것이 아니었다.

송시온이 주는 거니까 더 맛있게 느껴지고, 송시온과 먹으니까 더 맛있는 것 같다는 생각이 무의식중에 들었다.

떡볶이를 나눠 먹으며 10여 분을 걸어 도착한 정문 앞에서 그가 갑자기 방향을 틀어 건물이 아닌 정문 옆에 멈춰섰다.

"여기 내가 매일 서 있던 곳인데."

"맞아. 너 여기서 수첩이랑 펜 들고 지나가는 애들 매의 눈으로 쳐다보면서 인정사정 봐주지 않고 벌점 적었잖아."

"여기 서 있으면 애들 표정이 한눈에 다 보여. 걸릴 거 없는 애들은 당당하고, 걸릴 거 많은 애들은 내 눈 피하고, 누구는 친구 뒤에 몰래 숨어서 들어오기도 했지."

"내 얘기하는 거지?"

"아, 너였나?"

능청스러운 그의 반응에 다미가 실소를 터트렸다. 그러다가 안쪽에 있는 화단의 돌들을 발견한 다미가 냉큼 그쪽으로 뛰어 갔다.

"맨날 여기 이렇게 밟고 다녔었는데."

뜨문뜨문 박혀 있는 돌을 아슬아슬하게 뛰어 밟고 다녔다.

"공다미, 조심해."

곁으로 다가온 시온이 그녀의 손목을 움켜잡았다. 순간 놀라서 뿌리칠 뻔한 본능을 간신히 참았다. 다미는 제 손목을 잡은 시온의 손을 빤히 바라보며 입술을 떼어 냈다.

"내 걱정해 주는 거야?"

"그러다가 돌 깨질라."

"……."

다미가 눈을 가늘게 뜨고 불만족스러운 표정을 지으며 돌에서 내려왔다. 그러다가 운동장 가장자리에 있는 나무를 발견하고서는 손을 뻗었다.

"와, 저 나무도 기억나? 저기에다가 소원을 적으면 이루어진

다고 그랬었잖아. 나도 적은 글 있는데, 저기 가 보자."

"선생님 기다리실 것 같은데."

"아, 맞다."

나무로 가 보고 싶은 충동을 참고 시온을 따라 교무실로 걸음을 옮겼다.

선생님은 두 제자를 격하게 반기더니 모든 선생님들에게 자랑을 한 후에야 교실로 데려갔다. 두 사람은 최대한 자세하고 친절하게 아이들에게 강의를 해 주었다.

여자아이들은 예상하지 못한 시온의 외모에 반해 모두들 요리사가 되겠다며 난리를 쳤고, 남자아이들은 다미에게 여자 아이돌 사인을 받을 순 없냐고 그녀를 잡고 늘어졌다.

"아무나 강의하는 거 아니구나. 너무 힘들어. 목도 다 쉰 것 같고."

교실을 나서는 다미가 힘 빠진 목소리로 어깨를 축 늘어트렸다.

"저녁 맛있는 거 먹자."

"그럴까?"

세상 반가운 소리라며 다미가 어깨를 활짝 폈다. 그러다 갑자기 뒤를 돌아 여태 걸어온 복도를 살폈다.

"이상하다. 예전엔 이곳이 제일 지루하고, 제일 싫고, 하루라도 빨리 탈출하고 싶은 마음이었는데."

"……."

"이젠 그리운 곳이 되어 버렸다니."

시온이 다미를 따라서 몸을 돌려 아직은 수업 중이라 조용한 복도를 살폈다.

"애들 교복 입고 자리에 앉아서 막 휴대폰 하는데, 그거 다 보이더라. 예전에 책으로 가리고 몰래 소설책 같은 거 읽었던 것도 전부 보였겠어. 복도 보니까 생각난다. 예전에 사회 선생님 졸면 한겨울에도 꼭 복도로 내보내셨잖아."

"맞아, 그랬지."

"그때는 그 모든 게 짜증났는데, 지금은 너무 그립다."

"나도 늘 이곳이 그리웠는데."

"너도?"

시온의 시선은 여전히 복도 끝에 향해져 있었다.

"응. 물론 너와는 다른 이유에서겠지만."

제게 돌아온 시온의 검은 눈동자와 시선이 고스란히 겹쳐졌다. 시온은 자신을 올려다보는 다미를 피하지 않고 응시했다. 마치 너의 그리움은 내가 했던 그리움에 비해서 아무것도 아니라고 호소라도 하듯 애틋하면서도 어딘가 모르게 화가 나 보였다.

"참! 나 기왕 온 김에 3학년 선생님께도 인사드려야겠다. 아까 못 봬서."

자신을 옭아매는 듯한 낯선 시선을 다미가 먼저 피해 버렸다.

"그래. 그럼 난 차 가지고 올게. 정문으로 나와."

"알았어!"

교무실이 위치한 층으로 올라가던 다미가 문득 무언가에 끌리듯 뒤를 돌아보았다. 시온이 아래층으로 천천히 내려가고 있었다.

궁금해졌다. 그가 어떤 다른 이유로 이곳을 그리워했는지에 대해. 묻고 싶었다. 혹시 그 그리움 안에 나도 포함이 되어 있는 것인지. 그렇다고 대답을 해 온다면 너무 미안해질 것만 같았다. 불행하게도 다미의 그리움 속에 시온은 없었기 때문이었다.

하지만 10년 후 지금 이 순간을 추억한다면, 그때는 어쩌면 시온에게 이런 말을 할 수도 있을 것이라 단언했다.

그날의 난 그곳에서의 너와의 기억이 참 그립다고.

떡볶이를 나눠 먹고, 너의 손을 잡으며 돌담을 걷고, 함께 복도를 바라보던 그 순간이.

참 좋은 추억이었다고.

저녁을 먹고 다미를 데려다준 뒤 집으로 돌아온 시온은 따뜻한 물로 몸을 씻고 포근한 침대 안으로 몸을 감추었다. 피로함에 쌓인 눈을 감자 저를 바라보며 환하게 웃던 다미의 얼굴이 떠올랐다.

시온의 입가에 옅은 미소가 점점 더 짙어져 갔다. 자신에게 있어서 다미는 그냥 가끔, 사실 아주 자주 생각나는 그리운 추억의 한 조각을 쥐고 있는 사람일 뿐이라고, 어린 날의 스쳐 지나간 첫사랑일 뿐이라고 생각했는데, 아니었나 보다.

보니까, 좋고.

좋으니까, 또 함께하고 싶다.

감고 있던 눈을 떴다. 그럼에도 여전히 그녀의 생각이 사라지지 않았다.

오래전에 품어 왔던 마음은 사라지기는커녕 그 안에서 더욱 제 몸집을 키우기라도 한 듯 순식간에 시온의 마음을 장악했다. 다미와 보냈던 시간이 즐거워 계속 되뇌이게 된다. 또다시 함께 하고 싶을 만큼.

좋다. 그래, 그녀와의 모든 시간들이 좋았다.

공다미, 그녀가 좋다.

더는 감정에 서툴렀던 열여덟 살의 송시온에서 머물러 있고 싶지 않다.

이제는 서툴렀던 감정으로 상처만 받아야 했던 열여덟 살의 송시온이 아닌, 모든 감정에 충실하고 싶은 스물여덟의 송시온 의 깊은 밤에는.

그녀, 공다미가 함께했다.

7화
못 다한 이야기

 "야, 대박! 여기 송시온이라고 써져 있는 이 이름, 우리 며칠
전에 강의해 주고 갔던 그 잘생긴 셰프님 아니야?"

 소원을 이루어 준다는 나무에 열심히 무언가를 끄적거리고
있던 한 여학생이 희미한 글씨를 발견하고는 호들갑을 떨었다.

 "어디? 어, 맞는 것 같은데? 담임이 2006년 때 2학년이었다고
그랬잖아."

 역시나 옆에서 열정적으로 나무를 긁고 있던 학생이 글자를
확인했다.

 "그때 같이 왔던 작가 언니 이름, 공다미 아니야?"

 "어, 맞아!"

 서로 신기하다며 말을 덧붙이던 여학생들은 학교 건물에서
들리는 종소리에 모든 것을 내려놓고 재빠르게 뛰어갔다.

 운동장의 흙들이 바람과 더불어 자욱한 연기를 만들었다.

잠잠한 공간, 홀로 남겨진 나무.

그 나무엔 은교 고등학교의 수많은 학생들의 소원이 적혀 있었다.

그 사이에,

점점 희미해져 가는 하나의 소원.

공다미를 다시 만날 수 있게 해 주세요, 제발.

—2006. 8. 17, 송시온.

여름 방학.

그녀에게 인사도 못 하고 급하게 떠나야 했던 시온의 다급한 소원이 적혀 있었다.

8화

"3, 2, 1⋯⋯!"

학주의 카운트다운과 함께 닫힌 교문 철장 틈 사이로 멀찍이서 헐레벌떡 뛰어오고 있는 다미의 모습이 보였다. 이미 늦은 거 걸어오면 될 것을. 금방이라도 넘어질 것처럼 위태로운 다미의 모습에 시온은 한순간도 눈을 뗄 수가 없었다.

일주일에 세 번 정도는 지속적으로 지각을 하는 다미의 모습에 시온은 거의 반쯤 체념한 상태였다. 울상이 되어 다가오는 그녀의 상태는 굉장히 불량스러웠다. 성격이 워낙 소심하기에 작정을 하고 멋을 부리려는 날라리 같은 모습이 아니라 지각을 해서 급하게 나오느라 챙길 정신이 없는 듯싶었다.

학주는 매의 눈으로 치켜뜨며 하나하나 지적했다.

"넥타이, 명찰 없고. 양말이 발목까지 올라오면 안 된다고 몇 번이나 말했어!"

마지막 말과 동시에 큰 몽둥이로 다미의 작은 머리를 강하게 내려쳤다. 아팠는지 소리도 제대로 내지 못하고 머리를 부여잡는 다미를 보니 곁에서 지켜보던 시온의 머리까지 고통이 다 느껴지는 것 같았다.

"송시온, 얘 벌점 제대로 매겨."

"네."

안쓰러운 다미가 금방이라도 울어 버릴 것 같은 얼굴로 시온의 앞으로 바짝 다가왔다.

"네 머리가 돌이라고 생각하는 거야?"

가뜩이나 서러운데 시비 걸지 말라고 무섭게 경고하는 듯이 저를 올려다보는 다미의 눈빛에 시온이 나지막하게 한숨을 내쉬었다.

"넥타이 2점, 명찰 1점, 양말 1점, 지각 3점."

"……."

"그리고 너 양말 짝짝이야."

좀 비슷한 거면 괜찮으련만 하나는 고추장에 푹 담갔다가 뺀 것처럼 빨갛고, 다른 한 가지는 어떤 색에도 굴복하지 않을 것 같은 까만 연탄 색이었다. 어쩜 골라 신어도 저렇게 다른 양말을 골라 신을 수 있는지. 시온은 다미의 정신 상태가 신기하기만 했다.

"으악!"

여러모로 절망적이었는지 다미가 가녀린 비명을 내질렀다.

"오늘도 도복 들어다 줘."

시온이 수첩에 벌점을 적는 척하며 다른 지각생들에게 한눈이 팔려 있는 학주의 행동을 매섭게 살피고선 말했다.

"미안한데 나 오늘은 안 돼."

"왜?"

"엄마 생일이라서 학교 끝나자마자 삼겹살 먹으러 가기로 했거든."

아쉽지만 어쩔 수 없었다.

"그래, 알았어."

고갯짓을 하자 다미가 어깨가 푹 꺼트리고선 걸음을 옮겼다. 시온은 벌점을 따로 매기지 않았다.

그때는 몰랐다. 그녀를 바라보고 있는 자신의 뒤에서 누군가가 자신과 다미를 매서운 눈으로 번갈아 보고 있다는 사실을.

그 주 토요일. 다미가 선도를 서고 온 시온의 의자를 소심하게 툭, 하고 쳤다. 미약한 발길질이었지만 그래도 시온은 다미가 굉장히 화가 났다는 것을 쉽게 직감할 수 있었다. 붉으락푸르락한 얼굴은 금방이라도 폭발해 버릴 것처럼 위태로워 보였고, 얼굴만큼이나 붉어진 눈망울에선 금방이라도 눈물을 쏟아질 것 같았다.

꼼짝없이 자신을 바라보는 시온을 다미가 다시 한 번 발로 콕, 찼다.

"뭐하는 거야?"

"너무해."

"뭐?"

"엄마 생신이라서 어쩔 수 없다고 말했잖아!"

"근데."

"근데? 한 번 쯤은 봐줄 수도 있는 건데, 어떻게 그렇게 잔인하냐?"

"알아듣게 좀 말해."

"그래, 규칙 어긴 건 백 번 내 잘못이야. 그런데 네가 시키는 거 다 하면 벌점 적지 않기로 약속했잖아. 그런데 시킬 건 다 시키고 어떻게 벌점을 다 적을 수 있어?"

"뭐?"

매주 토요일마다 학교에서는 공지 사항 게시판에 처벌 대상들을 적어 걸어 놓았다. 그들은 이유 불문하고 정규 수업을 끝내고 오후 1시까지 체육복으로 갈아입고 강당으로 집합을 해야했다.

울먹이면서 저를 원망하는 다미에 놀란 시온이 다급하게 교실을 빠져나갔다. 그럴 리가 없다. 자신은 다미의 벌점을 처벌받지 않을 선에서 아슬아슬하게 적었다. 매일 아침마다 선도를 끝내고 학주에게 제출을 하곤 했는데 지난 몇 개월 동안 단 한 번의 의심 없이 아주 잘 넘어갔다.

학교 게시판까지 달려간 시온이 확인을 해 보니 다미는 벌점 13점으로 맨 위에 적혀져 있었다.

이게 어떻게 된 거야.

혼란스러움에 갈 길을 잃고 한참을 일렁이던 눈동자가 무의식중에 한곳에 머물렀다.

팔짱을 끼고 자신을 주시하고 있는 여자는 선도부이자 부모끼리도 친분이 있는 정윤이었다. 그녀의 의미심장한 미소가 그

의 마음을 불안하게 두들겼다. 정윤은 느긋한 걸음으로 시온의
지척까지 왔다.

"혹시 너야?"

"뭐가?"

"공다미 벌점 적은 사람, 너냐고."

"네가 까먹은 것 같아서 내가 대신 제출했지. 왜, 문제 있어?"

얄미운 질문이었지만 딱히 대응할 수 있는 대답이 없었다. 어
쨌든 자신도 당당한 입장이 되질 못했다.

"혹시 개인적인 감정이 있어서 매일 봐주고 있는 건 아니지?"

"……."

"설마 그런 거라면 너한테 정말 실망할 것 같은데, 송시온."

"너 나하고 친하냐?"

"뭐?"

"친하지도 않은 게 자꾸 말을 시키고 지랄이야, 짜증 나게."

그래서 입술 밖으로 욕지거리가 나올 정도로 화가 난 것일지
도 몰랐다.

정윤은 아무 말도 하지 못하고 잔뜩 긴장한 채로 시온을 바라
보았다. 시온의 눈은 차오르는 분노로 인해 붉어져 있었다.

"할 말 없으면 길 막지 말고 꺼져."

교실로 다시 돌아왔을 때 눈물을 글썽인 채로 씩씩거리며 저
를 노려보는 다미를 마주했다. 변명이라도 해 보라는 눈빛을 보
내는 다미에게 아무 말도 하지 않고 자리에 앉았다.

그러다 뭔가 욱, 치밀어 올라 책상을 발로 거칠게 내리쳤다.
자신을 노려보고 있던 그녀가 흠칫 놀라는 것이 느껴졌다.

그대로 책상에 머리를 박았다. 남들이 보고 있다는 것을 제대로 파악하지도 못하고 조심성 없이 행동한 자신이 한심스러웠다. 아니, 다미가 처벌을 받을 생각을 하니 한없이 속이 상해서 자꾸만 한숨이 비집고 나왔다.

훗날 시온이 후회한 것이 있다. 다미에게 그날, 어떠한 이유로든 변명을 하지 않았다는 것.

변명을 하지 않은 죄로 그는 다미에게 무슨 말을 해도 거짓말쟁이가 되어 버렸고 그녀에게는 시온이라는 존재가 정말 자신을 괴롭히는 사람이 되어 있었기 때문이었다.

처벌 대상으로 강당을 꽉 채우고 있는 아이들 중, 시온의 시야에 들어 온 사람은 단 한 명뿐이었다.

다미.

자신과 지극히도 잘 어울리는 노란 체육복을 입고 근심과 짜증이 잔뜩 붙어 있는 얼굴은 툭, 하고 건드리면 금방이라도 울음을 터트려 버릴 것처럼 위태로워 보였다.

하필이면 오늘 처벌을 진행하는 선생은 강도가 높기로 자자한 학주였다. 성인 남자 팔뚝보다 더 두꺼운 막대기를 공중에 휙휙 저으며 다가온 학주는 바닥에 막대기를 거칠게 세우더니 공포에 질린 아이들을 향해 소리쳤다.

"잔꾀 부리다가 걸리는 새끼들은 오늘 저 문밖으로 못 나갈 각오해라."

학주의 말에 아이들이 기가 팍 죽어서는 들릴 듯 말 듯 희미하게 대답했다.

"대답들이 없는 것을 보니 다들 집에 가기 싫은 모양이지!"

들고 있던 막대기를 바닥으로 더욱 세게 내리꽂으며 윽박을 지르는 학주에 아이들이 목에 핏대까지 세우며 크게 대답했다.

"아닙니다!"

"집에 가고 싶어요!"

급기야 벌써부터 훌쩍이는 소리가 들려왔다. 하지만 다른 아이들이 어떤 반응을 보이든 다미에게만 신경이 곤두서 있는 시온이었다.

"송시온!"

다미를 바라보고 있느라 옆에서 학주가 몇 번이고 부른 것을 듣지 못했던 시온이 강당이 떠나가라 들려오는 자신의 이름에 그제야 시선을 돌렸다.

"네."

"이름 확인해."

학주가 밑으로 내려가라는 턱짓을 해 보였다. 그러고 보니 벌써 선도부 애들이 줄 지어 서 있는 아이들의 이름을 확인하고 있었다.

"네."

수첩을 들고 내려가 맨 앞줄부터 이름을 확인하며 뒤로 걸어갔다.

"이름."

"2학년 4반 김서진."

"이름."

"1학년 1반 이선빈이요."

막힘없이 나아가던 시온의 걸음이 한곳에서 멈칫했다.

"2학년 7반 공다미."

억울함과 시온에 대한 원망이 잔뜩 실린 목소리였다. 시온은 제 수첩에 적혀 있는 이름에 표시를 하며 깊게 한숨을 내쉬었다. 상황을 이렇게 만든 것에 대해 분명히 사과를 해야 하는데, 입술이 떨어지질 않았다. 자신의 마음을 무시하며 걸음을 옮기려던 찰나, 귓가로 그녀의 작은 목소리가 들려왔다.

"거짓말쟁이."

"……."

가던 걸음을 멈추어 등을 보이고 서 있는 다미를 바라보았다.

"넌 거짓말쟁이야. 널 믿는 게 아니었는데."

처벌을 받는다는 두려움과 약속을 해 놓고 지키지 않았다는 배신감, 그리고 지난날의 일들에 대한 억울함이 몰려오는지 그녀의 눈시울이 점점 붉어졌다. 기어코 투명한 눈물이 뺨을 적셨다. 놀란 마음에 그녀의 뺨으로 손이 닿으려는 순간, 학주의 고함 소리가 들려왔다.

"빨리 확인해라!"

학주의 독촉에 결국 그녀에게로 뻗었던 시온의 손이 닿지 못한 채로 멀어졌다.

강도 높은 처벌이 시작되었다. 한쪽에서는 처벌을 버티지 못하고 구토를 하는 아이들도 있었다.

다미는 땀인지 눈물인지 모를 것들이 얼굴에 범벅이었다. 중간에 동작이 하나라도 틀리면 악착같이 찾아내서 다가간 학주가 막대기로 머리를 때릴 때마다 시온의 마음이 아프게 저려 왔다.

한 시간이나 계속되던 처벌이 끝나고 아이들은 녹초가 되어 강당을 빠져나갔다.

"마무리 짓고 가."

학주의 말에 선도부들은 바닥에 떨어져 있는 땀들을 닦고 강당을 정리하고 나왔다. 그새 아이들이 많이 빠져나갔는지 어수선할 줄 알았던 복도가 꽤 한산했다.

심적으로 힘들었던 시온이 무거운 어깨를 늘어트리며 교실에 도착했다. 문을 열고 가방이 걸려 있는 자신의 자리로 걸어가던 그의 시야 끝으로 익숙해 보이는 다리가 보였다. 놀라서 확인해 보니 다미가 자신의 교복을 손에 쥐고 바닥에 쓰러져 있었다.

"공다미!"

정신을 잃고 쓰러진 다미의 몸은 축 처져 있었고 차가웠다. 시온은 아무리 불러도 대답 없는 다미를 등 뒤에 업고서는 양호실을 향해 무작정 뛰어갔다. 이 모든 것이 꼭 자신의 탓인 것만 같아서 속상한 마음에 자꾸만 눈물이 앞을 가렸다. 너무 급하게 뛴 나머지 실내화가 벗겨졌지만 다시 신을 겨를도 없이 양호실을 향해 뛰었다.

"시온아!"

"이게 무슨 일이야?"

반대편에서 오던 같은 선도부 연호와 정윤이 놀라서 물었지만 시온은 아무 대답도 하지 않고 굳은 얼굴로 그들을 빠르게 지나쳤다.

"선생님!"

양호실 문을 발로 차고 들어가자 막 퇴근을 하려던 선생님이 화들짝 놀랐다. 그러다 시온에게 업힌 다미를 보고 다급하게 침대 커튼을 걷었다. 시온이 다미를 조심스럽게 침대 위에 눕혀 놓았다. 온몸이 땀으로 범벅이 되어 있는 상태였다.

"어떻게 된 거니?"

"교실에 쓰러져 있었는데, 오늘 처벌을 받다가 무리한 것 같아요."

양호 선생님이 다미의 눈을 손으로 벌려 전등을 비추었다.

"일시적인 쇼크야. 조금 있으면 다시 일어날 거야."

"네……."

그제야 시온도 잠시나마 자신의 목을 조이고 있던 죄책감이라는 올가미에서 빠져나와 안도의 한숨을 내쉴 수 있었다.

"이 친구 일어나면 바로 갈 수 있게 가방이랑 옷 좀 챙겨서 가지고 와. 아, 가볍게 먹을 수 있는 빵이나 우유를 사 와도 되겠다. 일어나면 힘이 없을 테니까."

"네."

이불을 덮어 준 뒤 중간에 벗겨진 실내화를 구겨 신고 다시 학교를 빠져나갔다. 주말이라 매점이 금방 닫아 버리는 바람에 조금 떨어진 편의점으로 가서 빵과 우유, 그리고 초콜릿을 사서 교실로 돌아왔다. 다미의 교복과 가방을 챙겨 들고서는 다시 양호실로 가려던 시온의 발걸음이 멀리서 들려오는 희미한 대화 소리에 더는 나아갈 수가 없었다.

"정말 고마워. 그런 의미에서 내가 오늘 점심 살게."

다미의 목소리였다. 벌써 일어난 건가? 일어나자마자 기운이 없을지도 모른다는 양호 선생님의 말을 떠올리며 더 다급하게 걸음을 옮겼다.

"떡볶이? 그럴 필요까지는 없는데."

"고마워서 그래. 너 아니었으면 난 차가운 교실 바닥에 쓰러져서 혼자 골골대고 있었을 텐데, 보답을 안 할 순 없지. 이 앞에 이탈리아 레스토랑 하나 생겼던데, 거기 피자랑 파스타 먹으러 갈래?"

"피자? 맛은 있겠다."

"먹고 가자! 이렇게라도 안 하면 내가 정말 불편할 것 같아, 응? 가자."

화사하게 웃으며 상냥한 목소리로 연호를 대하는 다미를 마주하는 순간, 치밀어 오르는 화를 참을 수가 없었다.

탁!

서 있던 그 자리에 다미의 가방을 거칠게 패대기치고 돌아섰다.

"어? 저거 내 가방…… 야! 송시온!"

너무 화가 났다. 그녀의 예쁜 미소가 자신이 아닌 다른 남자를 향했을 때, 시온의 속은 말할 수 없을 정도로 문드러지며 주체할 수 없는 분노가 차올랐다. 그때는 단순히 자신의 노고를 알아주지 못하는 다미에게 서운해서 드는 마음인 줄로만 알았다.

그것이 열여덟 마음에 난생 처음으로 찾아온 서툰 사랑인 줄은 꿈에서조차 상상하지 못하고.

그날 이후, 다미는 시온을 노골적으로 피하거나 무시했다.

언젠가 한 번은 교문을 지나 자신의 근처로 다가오는 다미를 향해 한 발자국 내디뎠던 시온의 발걸음이 멈칫했다. 착각했던 것이다. 다미의 발걸음은 자신이 아닌 제 옆에 있는 연호에게로 향해 있었다.

"안녕, 연호야."

다미는 규칙에 어긋나는 것 하나 없이 등교해 옆에서 저를 바라보고 서 있는 시온에게 눈길 한 번 주지 않았다.

"오다가 원 플러스 원이기에 샀어. 너 마셔."

다미가 연호에게 바나나 우유를 수줍게 건네며 말했다.

"어? 고마워."

"그럼……."

수줍게 머리를 쓸어 넘기며 뛰어 들어가는 다미를 바라보던 시온의 시선이 곧 연호가 들고 있는 바나나 우유에 머물렀다.

"나 바나나 우유 안 좋아하는데, 시온이 너 마실래?"

아무렇지 않게 우유를 건넨 연호는 순간 시온의 눈빛에 얼어붙어 버렸다. 우유를 건넨 것이 그리도 잘못한 일인지 매섭게 몰아붙이는 눈빛에 연호가 얼른 우유를 뒤로 감추었다.

바나나 우유를 좋아했다. 공다미가 사다 준 바나나 우유는 유난히도 더 달콤했는데.

늦게까지 선도부 활동을 하고 교실에 들어오자 시온의 옆자리엔 다미가 아닌 다른 여자아이가 앉아 있었다.

"안녕, 시온아. 다미가 하도 자리를 바꿔 달라고 해서."

주변을 둘러보니 시온의 자리에서 멀찍이 떨어져 있는 창가 앞에 앉은 다미가 시큰둥한 표정으로 바라보던 얼굴을 휙, 하고 돌려 버렸다. 시온은 가방을 내려놓고 다미의 자리로 성큼성큼 걸어갔다. 다미가 무언가를 쓰고 있었던 모양인지 검은 그림자가 드리우자 황급하게 감추었다.

"뭐, 뭐야?"

당황한 얼굴로 올려다보는 얼굴은 잘 익은 복숭아처럼 분홍빛을 띠우고 있었다. 온몸으로 사수하고 있는 것이 내심 궁금한 탓에 시온의 시선이 저도 모르게 아래로 향했다.

연호에게.

아마 편지겠지.

"공다미."

"난 배신자랑 말 안 해."

매정할 정도로 차갑게 뱉은 배신자라는 말에 시온의 심장이 얼어붙는 기분이었다.

"이제 네 마음대로 해. 벌점을 적든 말든 난 더 이상 네 심부름 따위 안 할 거니까."

"……."

"거짓말쟁이. 배신자. 난 그래도 널 친구로 생각했는데……."

더는 말하고 싶지 않다는 듯이 책상에 머리를 박아 버리는 다미를 보며 시온의 입술은 몇 번이고 들썩이다 다물어졌다.

널 업고 양호실까지 뛴 사람이 나라고 말을 한다면 넌 믿어 줄까? 불신과 미움을 잔뜩 담고 바라보는 너의 눈빛을 바꿀 수 있을까?

진심마저 거짓이 될까 봐 두려웠다. 진심을 말한다 해도 그녀에게 묵살되어 버릴까 봐 더 무서웠다.

어차피 자신과 한 약속을 지키지 않은 게 사실 아니냐고 차가운 눈빛으로 말할까 봐. 더 이상 반짝이는 눈으로 자신을 봐 주지 않을까 봐.

그녀의 눈빛을 더 마주 보고 있을 자신이 없었던 시온이 그대로 돌아서 자신의 자리로 향했다. 마음이 자꾸만 무겁게 가라앉는 기분에 몸을 추스를 수가 없었다.

✷   ✷   ✷

"마실래?"

다미가 조수석에 올라타자마자 시온에게 건넨 것은 바나나 우유였다. 오늘은 정규 방송 첫 녹화 날이었고 이전에 약속했던 것처럼 다미는 시온과 새벽 시장을 가기 위해 일찍 집에서 나왔다.

"다행이네. 녹차가 아니라."

"응?"

무슨 말이냐는 듯한 다미의 반응에 시온이 씁쓸한 미소를 지었다. 넌 나랑 있었던 일들 중에 제대로 기억하고 있는 게 하나도 없구나.

"갑자기 웬 녹차 타령이야? 녹차 마시고 싶어?"

"아니, 됐어."

"너 오기 전에 편의점에 들렀는데, 원 플러스 원이길래 샀어. 녹차가 마시고 싶다면 사다 줄까?"

예전에 다미가 저런 말을 하면서 연호에게 우유를 건넸던 것이 떠오른 시온이 실없이 웃었다.

"그놈의 원 플러스 원."

"응?"

"그때 핑계였어? 아니면 진짜 원 플러스 원이었어?"

처음엔 무슨 말인지 몰라 눈을 굴리던 다미가 무언가 생각이 났는지 히죽 웃는다.

"그때는 핑계였지."

"지금은 아니구나."

"너 바나나 우유 좋아하잖아."

"……."

갑작스러운 다미의 말에 시온의 눈동자가 멈칫했다.

"이젠 아니야?"

"기억하고 있었어?"

"응. 매점 갈 때마다 맨날 바나나 우유 사다 달라고 그랬잖아. 그때는 몰랐는데 단 거 싫어하면서 바나나 우유는 어찌 먹었는지 몰라, 너."

"그냥 우유는 못 먹고, 초코가 제일 달고, 딸기는 왠지 나랑 안 어울리잖아."

시온의 대답에 다미가 기분 좋게 웃는다.

"핑계 한 번 특이하네."

바나나 우유에 빨대를 꽂던 시온의 시선이 넌지시 다미에게로 향했다. 말리지 못한 젖은 머리에서 향긋한 샴푸 냄새가 풍겨 오는 듯했다.

"머리 다 안 말렸어? 감기 걸리……."

손끝에서 차가움이 느껴진다. 그러다 뒤늦게 인지했다. 자신이 다미의 다 마르지 않은 머리를 매만지고 있었다는 사실을.

다급하게 손을 거두어 냈지만 자신만큼 당황한 다미가 얼음처럼 굳어져 있었다.

"어, 급하게 나오느라."

"아. 그랬구나."

어색한 기류를 품은 차가 천천히 시장을 향해 출발했다.

바나나 우유를 마시며 다미가 곁눈질로 시온을 쳐다보았다. 별거 아닌 스킨십이었다. 머리 전체를 쓰다듬은 것도 아니고 고작해야 머리 끄트머리를 살짝 매만진 것이 전부였다. 그런데 그게 뭐라고 이토록 사람을 긴장하게 만든 것인지 스스로도 이해할 수가 없었다.

시장에 도착해서 시온의 뒤를 쫓아다니면서도 다미는 긴장감을 떨칠 수가 없었다.

"녹화 시작이 몇 시야?"

겨우 제정신으로 돌아온 것은 첫 녹화라고 시온이 이것저것 신경을 더 쓰느라 생각보다 시장에서 많은 시간을 소비하게 된 후였다.

"8시부터 스탠바이 해야지."

트렁크에 짐을 싣는 시온의 옆에 붙어 선 다미가 시계를 보며 대답해 주었다.

"지금 몇 신데?"

"7시."

"그럼 방송국까지 한 20분 걸리니까 40분 정도 남겠네."

"왜? 볼일 있어?"

시온이 트렁크 문을 깔끔한 동작으로 닫고서는 가볍게 손을 털었다.

"방송국 근처에서 따뜻한 국밥이라도 한 그릇 먹고 들어가자."

다미 입장에서는 솔깃한 제안이었다. 서두르느라 밥도 못 먹은 상태에서 시장을 돌아다니느라 허기를 느끼고 있던 참이었다.

"그럴까?"

시온의 차가 방송국 근처 국밥집으로 향했다. 가게 안은 이른 시간임에도 불구하고 사람들로 꽉 채워져 있었다.

"다른 데로 갈까?"

빈자리를 찾지 못한 시온이 다미에게 제안했다.

"여기가 진짜 맛있어. 전주에서 먹는 콩나물 국밥처럼 맛있다니까? 오징어 젓갈도 끝내주고. 그리고 무려 밥과 국물이 무제한이야. 잠깐만 기다려 봐."

이리저리 살펴보던 다미가 이제 막 자리에서 일어나려는 테이블을 발견하고선 뒤에 있는 시온을 향해 손을 더듬거렸다.

"저기! 저기에 앉자."

말간 얼굴로 외치며 돌아보자 시온의 시선이 아래로 향해 있었다.

그 시선 끝에는 시온의 손을 꼭 붙들고 있는 자신의 손이 자리 잡고 있었다.

"엄마야!"

다미가 당황해 얼른 손을 떼어 내고 한 걸음 뒤로 물러섰다.

두 사람이 어정쩡하게 서 있는 동안 뒤에서 들어온 손님들이 빈자리를 차지해 앉았다. 하지만 다미는 더는 다른 것에 신경을 쓸 겨를이 없었다.

"나 그냥 방송국 들어가서 가볍게 샌드위치 먹으면 될 것 같아!"

다미가 앞에 서 있는 시온을 빠르게 지나쳐 국밥집을 빠져나왔다.

"뭐야, 대체 뭐냐고!"

시온의 손을 잡았던 손이 뜨거운 것 같다. 아니, 손이 아닌 볼이 뜨거운 것 같기도 하고 온몸이 뜨거운 것 같기도 했다.

"공다미."

자신을 부르는 그의 목소리에 다미의 몸이 움찔댔다.

"나, 난 걸어갈게! 방송국에서 보자!"

가게에서 빠져나와 저를 부르는 시온을 돌아보지 않고 다미는 방송국을 향해 달렸다. 달려서인지, 아니면 다른 이유 때문인지 심장이 금방이라도 튀어나올 것처럼 거침없이 뛰었다.

첫 녹화를 준비하는 스튜디오 안은 분주했다. 다미는 이제 막 촬영을 시작한 세트장을 보고 있었다.

시온이 재빠르게 손을 움직이며 준비를 하고 있는 모습이 보였다. 다미는 그의 손에서 시선을 뗄 수 없었다. 아주 잠깐 잡고 있던 손이었지만 곱상하게 생긴 외모와는 달리 많이 거칠다는 느낌을 받았다. 지금 보니 시온의 손에는 여기저기 꽤 많은 상처들이 나 있었다.

"송 셰프님 말이야, 저번에도 잘하셨지만 오늘 더 잘하시는 것 같지?"

옆에서 묻는 지민에 시온의 손등에 향해 있던 다미의 눈동자가 그의 얼굴로 향했다. 뭐가 그리도 즐거운지 환하게 웃고 있는 그의 모습에 다미의 기분이 묘해졌다. 대부분 건조하고 무표정한 얼굴을 하고 있던 그가 짓는 미소는 생각 이상으로 예뻐 보였다.

"다미야. 공 작가."

몇 번을 불러도 대꾸하지 않고 시온을 넋 놓고 보고 있던 다미가 뒤늦게 지민의 목소리를 들었다.

"아, 네."

주변이 어수선해졌다. 쉬는 시간이 다가왔다는 것도 인지하지 못하고 있었던 것이다.

"뭘 그렇게 송 셰프님을 넋 놓고 봐? 요리하는 모습에 반하기라도 한 거야?"

일부러 들으라는 듯이 시온 쪽으로 크게 내지르는 지민의 목소리에 화들짝 놀란 다미가 얼른 그녀의 입을 틀어막았다.

"아니에요! 그냥 멍 때리고 있던 거예요."

"에이, 거짓말."

다미가 시온 쪽의 눈치를 살폈다. 다행스럽게도 그는 재훈과 대화를 나누느라 이쪽에 신경 쓸 겨를이 없어 보였다.

"정말이에요. 근데 왜 부르신 거예요?"

"이번 녹음 테이프 잘 챙기라고. 예전처럼 빼먹어서 임 PD 뒤 집어지게 만들지 말고."

"네, 걱정 마세요."

건네주는 테이프를 받고서는 별생각 없이 다시 시온 쪽을 바라보았다. 언제부터 보고 있었는지, 그의 시선이 다미와 그대로 부딪혔다. 그가 천천히 다미와의 간격을 좁혀 지척에 섰다.

"배 안 고파?"

"어? 어."

"이리 와 봐."

어수선한 가운데 시온이 다미의 손목을 잡고 주방으로 향했다. 그리고선 맛있게 구워진 소고기와 가지를 푸짐하게 올려 젓가락으로 집어 들었다.

"이거 간 좀 봐 줘."

"간을 봐야 하는 양 치고는 좀 많지 않아?"

"다 봐야지. 하나하나 양념이 잘 배었는지."

다미가 시온의 말에 공감하며 크게 입을 벌려 받아먹었다. 음식은 입으로 들어가기가 무섭게 사르르 녹아 금세 사라졌다.

"맛있다, 완전!"

"이건?"

이번에도 역시 간을 본다고 하기엔 상당한 양을 집어 다미에게 건네주었다. 배가 고팠던 다미가 참지 못하고 또 한 번 크게 입을 벌려 먹었다.

"와, 이것도 맛있어. 내가 먹어 본 크림 파스타 중에서 제일 맛있는 것 같아."

"오늘 먹으러 올래?"

시온이 말을 이어 가며 다시 한 번 돌돌 말린 파스타를 다미에게로 건넸다.

"응?"

"일 끝나고 우리 가게로 먹으러 와. 준비해 놓을게."

"어? 그러니까 그게……."

일이 언제 끝날지 몰라 머뭇거리는 다미를 보며 시온이 냅킨을 들어 그녀의 입술 쪽을 살며시 닦아 주었다. 자신조차 예상하지 못한 상황을 행여나 누가 봤을까 싶어 연신 주변을 살피는 다미의 어깨를 시온이 제 쪽으로 고정시켜 잡았다.

"기다리고 있을게. 몇 시가 되도 상관없으니까."

더는 서툰 마음으로 후회를 남기고 싶지 않았다.

바보처럼 제 감정을 숨기고 빌빌되었던 건 열여덟 살 때로 충분했다는 생각이 든다.

"꼭 와."

8화
못 다한 이야기

예전에 시온이 자신의 엄마 생신 선물을 사면서 준 향수가 떠오른 다미는 엄마의 선물을 샀음에도 불구하고 한참을 더 돌아다녔다. 돈도 넉넉지 않고 남자애한테 뭘 선물해야 할지 몰라 겨우 고른 것이 일본제 볼펜이었다.

"이거 들고 벌점 적으면 좋겠다."

시온이 좋아해 주길 바라며 설레는 마음으로 등교를 했다.

그날 벽지에 처벌 대상으로 제 이름이 가장 크게 적혀 있지만 않았더라도 다미는 그 볼펜을 시온에게 전해 주었을 것이다.

규칙을 지키지 않은 건 정말 명백한 자신의 잘못이지만 억울했다. 시키는 것을 다 하면 벌점을 적지 않겠다고 했던 시온의 약속은 거짓말이었고, 미안하다는 사과 한마디도 없었다.

자꾸만 눈물이 나오고 가슴이 시큰거리는 것이 정말 단순히 억울해서였을까?

그를 생각했던 마음이 묵살된 기분이었다.

시온에게 전해 주려고 했던 볼펜을 있는 힘껏 운동장에 집어
던져 버렸다.

그를 향해 있던 마음과 함께.

9화

아침부터 기분이 좋지 않았다. 선도를 선 자신에게 눈길조차 주지 않고 지나쳐 버리는 다미의 모습이 자꾸만 눈앞에 아른거려 가슴이 먹먹했다.

벌점을 적은 수첩을 내고 교무실에서 나와 교실로 향하려던 시온은 몸이 으슬으슬 추운 것 같아 학교 뒤편에 있는 자판기에서 따뜻한 율무차라도 하나 뽑아 먹을 생각으로 방향을 틀었다.

"코코아라도 한 잔 뽑아다 줄까."

유난히 초콜릿 종류를 좋아하는 다미를 생각하며 낮게 중얼거리며 문을 열고 나와 코너를 막 돌려던 찰나에 귓가로 익숙한 이름이 흘러 박혔다.

"야, 너네 공다미 알지?"

소리가 나는 쪽을 확인해 보니 거기엔 연호를 포함한 몇몇 선도부들이 모여 있었다.

"연호 좋아하는 애 아니야?"

"맞아, 걔. 근데 걔는 널 왜 좋아하게 된 거래?"

"예전에 처벌받다가 교실에서 쓰러진 적 있잖아."

시온의 손에 힘이 들어갔다.

"그거 업고 뛴 사람이 나인 줄 착각하더라고."

"와, 송시온 겁나 억울하겠네? 사색이 돼서 그 무거워 보이는 걸 업고 미친 새끼처럼 뛰어갔는데, 생명의 은인을 착각하고 계시다니. 잘난 척은 혼자 다하는 놈이 왜 그건 말 못 하고 그러고 있대?"

"그러게 말이다."

"그래서 좋아하는구나?"

"그런가 봐. 곧 고백까지 할 기세야. 어떻게 까 버려야 하지?"

"까게?"

"야, 당연하지. 난 그 2반에 정미? 걔가 좋더라."

"걔 예쁘지! 대박 예뻐. 공부도 잘하잖아. 선배들한테도 고백 꽤 많이 받았다더라."

"그러니까 난 그런 애랑 더 잘 어울리지 않겠어? 공다미는 지 주제도 모르고 어떻게 날 좋아해? 내가 어울린다고 생각하나?"

"그래도 걔 뒷모습은 봐줄 만하지 않냐? 그때 체육복 입은 거 보니까 엉덩이도 꽤 업되어 있고 허리도 잘록하니 괜찮던데."

"그렇긴 하더라. 근데 뒤만 보고 사귈 순 없잖아?"

"내가 어제 야동을 보니까 남자들이 여자 뒤에서 이렇게 많이……."

"야."

낄낄거리며 웃던 아이들은 가까이서 들려오는 누군가의 부름에 일제히 시선을 돌렸다. 그 순간 한 남학생이 바닥으로 맥아리 없이 나가 떨어졌다.

"악!"

남학생은 뺨에서 느껴지는 엄청난 통증과 입에서 퍼지는 피비린내에 당황했다.

하지만 상황을 파악하기도 전에 다시 무자비하게 쏟아지는 시온의 발길질에 정신을 차릴 수가 없었다.

"송시온! 뭐하는 거야, 새끼야!"

연호가 급하게 시온을 막아 세웠다. 살기가 스며든 시온의 시뻘게진 눈동자가 이번엔 연호를 향해 무섭게 내리꽂혔다.

"어디에 손을 대."

온몸에 소름이 끼칠 정도로 살벌한 시온에 연호가 자신도 모르게 손을 뗐다. 그러다가 상황이 너무 심각해지는 것 같아 무마하기 위해 괜스레 어색하게 웃어 보였다.

"왜 그래, 시온아."

"웃어? 너 방금 웃었냐?"

포악한 미소를 지으며 묻는 시온의 한마디에 연호의 얼굴이 굳어졌다.

"시온아, 오늘 뭐 안 좋은 일이라도 있었던 거야?"

"안 좋은 일?"

시온이 연호에게로 천천히 다가갔다. 연호가 본능적으로 위험을 감지하고선 물러섰지만 아무 소용이 없었다. 어느새 벽까지 몰린 연호는 여전히 제게 가까이 다가오는 시온으로 하여금 숨마저 막히는 기분이었다. 이건 고양이에게 걸린 쥐가 아닌 범에게 걸린 쥐 같았다. 손톱 하나만으로도 숨통이 끊어질 거라는 위협이 오는.

"난 너만 보면 기분이 더러워져. 왜 그럴까?"

연호가 아무리 인기가 많아도 시온을 따라가지 못했다. 시온은 여자들 모두에게 친절한 자신과 다르게 무심하기 짝이 없음에도 불구하고 항상 인기가 많았다.

게다가 시온이 단 한 번도 남들에게 티를 내진 않았지만 연호는 자신의 아버지를 통해서 알고 있었다. 그의 아버지가 대기업 전문 CEO로 같은 기업 이사직에 있는 제 아버지의 상사라는 사실을. 이러나저러나 연호는 시온에게 많이 밀리는 처지였다.

"시온아, 네가 뭔가 오해를 한 것 같아. 난 네 욕을 한 게 아니고……."

"공다미."

"……."

"한 번만 더 그 주둥이에 공다미 이름이 실리면 진짜 주제 파악 못 하는 게 누군지 뼈저리게 느끼게 될 거야."

시온이 손을 뻗어 연호의 어깨에 올라간 먼지를 털어 주었다. 연호는 저도 모르게 움찔했다.

"느끼고 싶으면 또 한 번 지껄여 봐."

"이 미친 새끼가!"

시온의 배경에 대해 아무것도 모르고 있던 남학생은 자신이 맞았다는 것이 억울했는지 시온에게 무작정 달려들었다. 잘 넘어가지 않는 시온을 향해 다른 학생들도 동시에 달려들었다. 학

256

생들을 통해 뒤늦게 싸움을 알게 된 선생님들이 득달같이 달려
와 막았다.

"뭐하는 짓이야!"

"어머, 시온아!"

그들 모두 선생님들에게 끌려가 교무실에서 가볍게 처벌을
받고 올라왔다. 여럿이서 달려들었지만 어렸을 적부터 꾸준히
했던 운동 덕에 시온의 몸에 별다른 상처는 없었다.

하지만 넘어지면서 까진 손과 발로 몇 대 맞은 입술이 터져
희미하게 피비린내가 났고 교복도 엉망이 되어 있었다.

그럼에도 후회는 하지 않았다. 또다시 그런 상황이 온다고 해
도 오늘과 똑같이 할 것이다.

다미가 저를 여전히 봐주지 않아도, 차가운 바람을 일으키며
제 곁을 무심하게 지나쳐 버리는 이 순간까지도.

시온은 자신의 결심엔 평생 후회는 없을 거라고 단언했다.

교실에 우두커니 서 있는데 뒤편에서 한 여자 무리들이 쭈뼛
거리며 들어왔다. 그중에 한 여자아이가 친구들의 응원을 받으
며 시온에게로 가까이 다가와 밴드와 연고를 건넸다.

"저기, 이거……."

명찰에 '유정미'라고 써져 있었다. 누가 봐도 예쁘장한 얼굴
로 보아하니 연호가 말했던 그 아이일 것이다. 하지만 지금은
그 누구도 신경 쓸 겨를이 없었다.

"필요 없어."

아무것도 필요 없었다. 공다미가 아니라면,

"필요 없다고, 이딴 거."

짜증이 나서 그대로 책상에 앉아 엎드렸다. 한참 후에야 다시 깨어나 보니 책상 옆에 밴드가 놓여 있었다. 집어던진 밴드가 없어진 것을 보니 정미가 두고 간 듯싶어 시온은 밴드를 다시 쓰레기통에 버려 버렸다.

아무것도 위로가 되지 않았다.

이깟 밴드와 연고 따위로 나을 수 있는 상처가 아니었다.

✳ ✳ ✳

다미의 눈동자가 초조하게 벽에 걸린 시계로 향했다.

밤 11시가 지나가고 있는 중이었지만 그동안 휴대폰조차 만질 기회가 없었다.

방금 막내가 휴대폰 한 번 만졌다고 임 PD가 회의 시간에 뭐 하는 짓이냐며 역정을 내는 바람에 더 그랬다. 새벽부터 일어나 녹화까지 하느라 지친 몸에 긴 회의까지 하려니 모두들 신경이 날카롭게 곤두서 있는 상태였다.

설마 아직까지 기다리고 있지는 않겠지?

다미는 애써 속으로 그리 생각하며 죄책감을 덜어 내고 싶었다. 회의는 그 뒤로도 한 시간이 지난 12시가 되어서야 마무리가 지어졌다. 방송국을 나와 보니 사방이 어둠에 깔려 있었다.

"다미야, 나 택시 탈 건데 가는 길에 내려 줄 테니까 같이 타고 가자."

지민이 피곤함에 절은 얼굴로 다미에게 어깨동무를 하며 말했다.

"죄송해요. 저 잠깐 약속이 있어서."

아무래도 시온이 마음에 걸린 다미가 휴대폰을 꼭 붙잡고 대답했다.

"지금 이 시간에?"

"네."

"그래? 너무 늦은 시간인데 집에 조심히 들어가고. 내일 보자."

지민이 택시를 타는 것을 확인하고 나서야 다미가 휴대폰을 들어 시온의 번호를 눌렀다. 신호는 얼마 가지 않아 그의 목소리로 바뀌었다.

―어디야?

"어디야?"

동시에 튀어 나온 말에 두 사람이 동시에 품, 하고 웃었다.

―너부터 말해 봐.

"나 방송국에서 지금 끝났어. 오늘 임 PD 신경 엄청 날카로웠거든."

―그 양반은 왜 그렇게 매일 날카로워?

"몰라, 나도. 근데 넌 어디야?"

―난 아직 가게지.

"아직도?"

―응. 오기로 한 네가 아직 안 왔으니까.

급격하게 몰려오는 미안함에 다미의 얼굴이 시무룩해졌다.

―지금 출발하는 거야?

"오늘은 너무 늦은 것 같지 않아?"

―배 안 고파?

그러고 보니 6시쯤에야 첫 끼를 먹고 주전부리로 과자 몇 개 먹은 게 다였다. 때문에 사실 속이 쓰릴 정도로 배가 고픈 상태였다.

"배고파."

―조심히 와. 맛있는 거 해 놓을 게.

전화를 끊고 잡아탄 택시 안에서 다미는 저도 모르게 파우더를 꺼내 얼굴을 정리했다. 껍질이 벗겨져 하얗게 올라온 입술에 립스틱을 발랐다. 무의식중에 한 행동을 전혀 감지하지 못한 상태로 택시에서 내렸다.

전체를 소등하고 가운데에 있는 테이블 위에만 전등을 켜 놓은 레스토랑 안으로 다미가 조심스럽게 들어갔다.

"송시온."

"왔어?"

주방 안에서 양손으로 그릇을 들고 나온 시온이 테이블로 향하며 인사했다. 다미는 시온이 들고 있는 음식 냄새에 홀리듯 단박에 그곳으로 발걸음을 옮겼다.

"와, 완전 맛있겠다!"

다미가 들고 있던 가방을 내려놓고 의자에 앉았다.

"식기 전에 먹어."

"넌?"

"난 먹었지."

"그래도 더 먹지."

"배 안 고파."

"넌 배 안 고프면 안 먹는 구나."

"누구나 다 그러는 거 아니야?"

"꼭 모두가 다 그러는 건 아니야."

제 말을 잘 이해하지 못하는 듯한 시온을 두고 다미는 도톰한 스테이크를 썰어 한입에 쏙 집어넣었다.

"음!"

"맛있어?"

"완전."

맛있게 먹는 다미를 앞에서 지그시 바라보고 있던 시온이 빈 컵에 물을 채워 주었다.

"와인도 한잔할래?"

"와인?"

"응."

고급스러운 스테이크와 함께 먹으면 더없이 행복해질 것만 같았다.

"그래."

흔쾌히 긍정을 표하는 다미의 곁을 지나친 시온이 셀러로 향했다. 다미가 조용히 레스토랑 안을 둘러보았다. 적막함과 고요함이 짙게 깔려 있고 적당한 불빛이 자신을 비추고 있었다. 분위기가 너무 좋았다. 마치 좋아하는 남자와 같은 공간에 있어 마음이 설레는 것처럼.

기분이 좋아 들뜬 마음에 주변을 둘러보던 다미는 시온이 와인을 들고 오는 모습을 빤히 쳐다보았다.

"이거 비싼 와인이지?"

"왜?"

다미의 물음에 와인을 가져와 오픈하던 시온이 웃음을 머금은 얼굴로 되물었다.

"와인 값은 내고 갈게. 너도 장사하는데 손해 보면 안 되잖아."

"왜 와인 값만 내? 그 고기도 비싼 건데."

"……."

다미의 동그란 눈동자가 반 넘게 먹은 스테이크를 걱정스럽게 바라보았다.

"장난이야. 그렇게 겁먹을 필요 없잖아. 쥐꼬리 월급 가지고 너한테 이 와인 값 내게 하면 내가 양심이 없는 거지."

시온에게선 예전엔 볼 수 없던 장난기가 가득 스며들어 있었다.

"쥐, 쥐꼬리? 쥐꼬리 정도는 아닌데! 그거 얼만데? 얼마면 되는데?"

"음, 한 20만 원 할 걸?"

시온이 덤덤하게 말하며 오픈을 끝낸 와인을 다미의 잔에 채워 주며 말했다. 하지만 다미는 지금 막 입에 넣은 스테이크를 그냥 꿀꺽 삼켜 버릴 만큼 비싼 와인 가격에 화들짝 놀랐다.

"20만 원? 금가루라도 들어간 거야? 뭐가 그리 비싸?"

"치즈 좀 더 가져다줄게."

주방으로 향하는 시온을 바라보던 다미가 휴대폰을 들었다.

"또 나한테 농담하는 거겠지? 그냥 물일뿐인 이게……."

'티냐넬로'라는 와인의 이름을 인터넷에 검색을 해 본 다미의 눈동자가 더욱 확장되었다.

"23만 원이네."

엄청난 가격의 와인을 마시다니 오줌 싸는 것마저 아깝게 느껴질 판국이었다. 시온이 여러 종류의 치즈를 접시에 담아 돌아왔다.

가볍게 잔을 맞춘 시온과 다미가 동시에 와인을 마셨다.

"네가 나한테 무식하다고 했던 거 생각난다."

"풉!"

다미의 씁쓸한 말에 시온은 하마터면 제 입에 있는 와인을 내뿜을 뻔했다. 다미가 눈을 얇게 뜨고 시온을 밉지 않게 흘겨보았다.

"자, 이제 말할 수 있다. 넌 왜 맨날 나만 보면 그런 못된 말만 골라서 하는 거야?"

"내가 언제?"

"뻔뻔하기가 이로 말할 수 없구나."

모 드라마에 나오는 배우의 톤을 따라하며 장난을 쳤다. 술이 들어가서 그런 걸까? 늦은 시간에 단둘만 있는 이 자리가 크게 어색하게 느껴지지 않았다. 오히려 재미있는 영화를 보고 있는 것처럼, 출근을 하는 버스 안에서 졸고 있는 것처럼 시간이 빠르게 지나가는 기분이었다.

"그때도 느꼈던 거지만 신기해."

시온이 와인 잔을 천천히 돌리며 운을 띄웠다.

"뭐가?"

"너랑 이렇게 술 마시고 있다는 게."

"그치? 나도 살짝 그래. 매일 교복 입고 교실에서만 보던 친구였는데."

"너 교복 잘 어울렸었는데."

다미는 자신이 교복을 입었던 시절의 모습이 흐릿흐릿했다. 오히려 작은 구김하나 허락하지 않는 빳빳한 교복을 입고 손에는 볼펜과 수첩을 쥐고서 매의 눈으로 아이들에게 벌점을 매기던 시온의 모습만 떠오를 뿐이었다.

"학교 때 얘기가 나와서 하는 말인데, 예전에 기억나? 국사 선생님 말이야. 머리 여기까지 벗겨지셨잖아. 그래서 가발 쓰고 다니셨는데, 태풍 오던 장마철마다 벗겨졌던 거."

"아, 맞아."

시온이 알은체를 하자 다미가 박수까지 치며 격한 반응을 보였다.

"그때 너무 웃겼는데, 지금 생각해 보면 많이 애처롭고 안타까운 일이야. 그렇지?"

시온은 다미와 웃을 수 있는 추억을 공유하고 있다는 것이 신기하면서 참 다행스러운 일이라는 생각이 들었다.

"그것도 생각나? 눈 오던 날, 수학 선생님이 문 열고 들어오다가 미끄러지셔서 진짜 크게 넘어지셨잖아. 참! 우리 반 만우절 날에 했던 건?"

"다 기억 나."

"기억하고 있구나, 너도."

당시 선생님을 속이는 게 정말 괜찮은 거냐며 걱정스럽게 묻던 너의 눈빛까지도.

시온은 그 말을 쌉쌀한 와인과 함께 삼켰다.

"우리 반에 정석이랑 서연이 기억나지? 개그 콤비들처럼 진짜 웃겼잖아."

시온은 신이 나서 말을 계속 늘어놓는 다미를 바라보느라 아무것도 할 수가 없었다. 재깍재깍. 미세한 소리를 내며 흘러가는 시간이 아쉽다. 시계 바늘에 살포시 검지를 올려놓고서는 막아 버리고 싶을 만큼.

"와인이 달달하니 참 맛있다."

혀로 입술을 귀엽게 핥으며 다미가 와인 병을 들어 제 잔에 가득 채웠다.

"비싼 거라 천천히 아껴 마셔야 하는 건데, 거의 다 마셨어."

"너 음식 아껴서 못 먹는 편이잖아."

"그래도 먹는 거에 비해서는 살 안 찌는 편이야."

"인정."

오히려 저렇게 잘 먹는데도 마른 편인 다미가 시온은 늘 의아했다.

"더 마실래?"

"그래도 돼?"

시온이 셀러로 가서 와인 한 병을 더 가져와 능숙한 솜씨로 오픈을 했다. 새로운 와인 잔을 꺼내 채워 주었다.

두 사람은 소소한 대화를 나누며 시간가는 줄 모르고 와인을 마셨다.

"아참. 그리고 너한테 또 물어볼 거 있어, 나."

연신 와인을 홀짝이던 다미가 번뜩, 무언가 생각이 났는지 와인 잔까지 내려놓았다. 그녀의 얼굴은 이제 잘 익은 복숭아처럼 분홍빛이었다.

"이번 동창회 때 왜 거짓말했어?"

"무슨 거짓말?"

되묻는 시온을 바라보며 다미가 아차 싶었다. 지금껏 분위기가 좋았는데 이 말로 하여금 갑자기 어색해지기라도 할까 봐 긴장을 놓칠 수가 없었다.

하지만 서문을 열어 놓고 물려봤자 소용이 없다는 것쯤은 알고 있다. 특히 그 상대가 송시온이라면 더더욱. 그래서 고백이라는 말을 꺼내자마자 어색해질 것이라 예감하면서도 다미는 말을 해야만 했다. 따지고 보면 분명하게 확인을 해야 할 문제이기도 했다.

"나한테 고백도 안 해 놓고 고백했다고 그랬잖아."

다미에게 직접적으로 고백을 하진 않았다. 하지만 분명 고백은 했다. 그녀를 좋아한다고.

가뜩이나 자신을 쉬쉬하던 다미는 복도 사건 이후로 거의 증오에 가까운 감정을 드러냈다. 너 때문에 고백도 못 해 보고 여자로서 수치스러운 별명만 얻게 되었다며 원망스러운 눈으로 노려보고 피했다.

그 뒤로 여름 방학이 왔고 그녀에게 변명할 기회도 없이 미국으로 유학을 가게 되었다.

사건은 여름 방학 때 있었던 일이었다. 아버지의 송별회라며 임원들의 가족들과 경기도로 여행을 떠나게 되었는데, 그곳엔 연호와 정윤도 와 있었다. 두 사람은 여전히 다미를 무시하는 눈치였고 시온은 참을 수가 없었다.

"구연호."

유치하지만 굴욕감을 주고 싶었다.

"네가 나보다 잘난 게 뭐가 있지?"

덤덤하면서도 지그시 물어오는 시온에 연호가 상당히 굳어서는 옆에 있는 정윤을 바라보았다. 긴장을 한 연호와는 달리 정윤은 꽤 여유가 있어 보였다.

"솔직히 얘기하면 잘난 건 많지. 구연호보다 우리 송시온이."
"네가 보기에도 그렇지?"

시온의 질문에 정윤이 낮게 고개를 끄덕였다.

"내가 보기에도 그래. 그런데 그런 내가 공다미가 좋다는데, 왜 네가 자꾸만 나대는 거지? 열 받게."
"……."

점점 차오르는 분노를 근처에 있는 부모님 때문에 억제해야 하는 건 시온이 살아온 인생 중 가장 버거운 순간이었다.

"고정윤, 너 나 좋아하지?"

시온의 갑작스러운 질문에 여태 여유롭게 미소를 짓고 있던 정윤의 얼굴이 확 굳어졌다.

"근데 난 너 싫어. 공다미가 좋아. 이 말, 모르겠어? 그건 네가 공다미보다 굉장히 많이 딸린다는 뜻이야. 여러모로."

"공다미는 너 싫어하잖아."

"뭐?"

"며칠 동안 지켜봤어. 걔는 너한테 눈길도 안 주고 곁으로 다가오면 진절머리 치던데. 고백은 제대로 했어? 혹시 차이기라도 한 거야?"

고백보다는 화를 먼저 풀어 줘야겠다는 생각이 들었다. 방학 동안 다미의 집을 찾아가 봤지만 그녀의 집에는 아무도 없었다. 용기를 쥐어짜 내서 간신히 만들었던 기회는 방학이 시작함과 동시에 허무하게 끝나 버리고 말았다.

시온이 없는 학교에선 증거 없는 소문이 속수무책으로 떠돌아다녔다. 송시온이 공다미에게 고백했다가 차여서 창피해 전학을 간 것이라고.

끝내 오해를 풀지 못한 지난 일이 떠오르자 쓴웃음이 입가에 걸쳐졌다.

"응? 말해 줘."

사념에 잠겨 있는 시온을 향해 다미가 가뜩이나 귀여운 눈을 동그랗게 치켜뜨며 재촉했다. 테이블 위에 올라온 유난히도 하얗고 작은 손이 시온의 근처로까지 다가와 성급하게 바닥을 두들겼다.

그것이 마치 시온의 마음속에 닫혀 있던 뜨거운 그곳을 노크하는 것만 같았다.

열고 싶었다. 전부 다.

보여 주고 싶었다.

오롯이 다미만이 열 수 있었던 그 방을.

"춤출래?"

"춤? 웬 춤?"

아무 변명도 없이 뜬금없는 시온의 춤 타령에 다미가 어이없어 하면서도 호기심이 가득 찬 눈빛으로 물었다.

"그냥."

뭐야, 싱겁게. 작게 핀잔을 하며 와인을 들어 올리던 다미의 귓전으로 그의 담백하지만 확고한 대답이 와 닿았다.

"너 안고 싶어서."

확인해 보고 싶었다. 그녀의 심장이 정말 제게는 전혀 움직이지 않는 것인지. 술에 취해 당장 풀고자 하는 일회용 욕구 따위가 아니었다. 그녀의 손을 잡고, 안아 보고, 입을 맞춰 보고 싶은 것은 오래전부터 품어 왔던 간절한 희망이었다.

"뭐?"

"너 안아 보고 싶은데, 다른 핑계 댈 게 없잖아."

다미는 자신이 무언가를 잘못 들은 건가, 아니면 지금 어디서

졸면서 꾸고 있는 꿈인가 싶어 술과 분위기에 취해 잠시 흐트러
져 있던 정신을 가다듬었다.

"송시온."

"춤추자는 핑계 말고, 안아 봐도 되냐고 솔직하게 말할 걸 그
랬나?"

"너 취한 것 같아."

"안 취했어."

취하지 않았다는 것을 증명이라도 하려는 듯 시온이 손을 뻗
어 그녀의 고운 얼굴로 가까이 가져갔다. 닿을 듯 말 듯 그의 손
가락이 그녀의 얼굴 위를 위태롭게 맴돌았다.

"여기 예쁜 눈, 예쁜 코, 예쁜 입술……."

닿지도 않았는데 간지러운 것만 같다. 다미는 자신이 지금 느
끼고 있는 감정에 혼란스러우면서도 피할 여유가 없었다.

"예쁜 공다미. 나한테는 언제나 예쁜 공다미."

"송시온."

"나 고백했어. 너 좋아한다고. 그러니까 그 소문이 완전 헛소
문은 아니라는 뜻이야."

"……."

"궁금하지? 당사자도 모르는 사이에 내가 언제 고백했는지?"

이 와중에도 그것이 궁금한 자신의 철없는 호기심에 다미가
고개를 끄덕였다.

"같이 춤추면 말해 줄게."

"나 춤 못 추는데."

"나도 못 춰."

그가 자리에서 일어나 카운터 쪽으로 가더니 스피커를 켰다. 고즈넉했던 공간에 금세 발랄한 재즈 음악이 흘러 나왔다.

시온이 다미에게로 다가오더니 손을 내밀었다.

"나 정말 못 추는데……."

머리에서는 무슨 이 야밤에 춤이냐며 거절을 하라고 했지만 몸이 말을 듣지 않았다. 분명 그는 이 춤에 대한 노골적인 의도를 보였고 자신도 그것을 확실히 알고 있었다.

그럼에도 그가 내민 손을 잡았다는 것은 무엇을 의미해야 하는 걸까. 술에 취해서? 아니, 오히려 지금은 지나치게 멀쩡해서 민망할 정도였다.

무언가에 홀리듯 잡아 버린 그의 손은 거칠었지만 따뜻했다. 자신의 손을 잡고 지그시 바라보는 그의 눈동자는 감정을 읽을 수 없을 만큼 무언가에 잔뜩 빠져 있었다.

"있, 있잖아."

아무래도 안 되겠다 싶어서 물러서려는 다미의 허리를 시온이 감싸 안아 제 품으로 와락 끌어당겼다. 본능적으로 거침없이 뛰는 그의 심장이 고스란히 전해질 만큼 가까운 거리였다.

맞잡고 있던 손에 깍지를 낀 시온의 낮은 숨소리가 귓불에 조심성도 없이 스며들어 와 간질였다.

너무 가깝다. 그의 얼굴에 금빛 색깔을 두르고 있는 솜털이 다 보일 정도로.

"난 정말 그, 그 고백이 궁금해서."

민망함과 몰려오는 부끄러움에 얼른 고개를 돌리며 웅얼거렸다. 고개를 돌린 방향으로 시온이 얼굴을 가까이 기울였다.

엄마야!

갑자기 내려와 가까워진 시온의 입술에 다미가 화들짝 놀랐다. 하지만 그의 입술은 다미가 긴장하느라 꽉 힘을 주고 있는 입술을 지나 귓가로 향했다.

"나 너 좋아했어."

다미가 제 귀에서 속삭이는 시온의 말에 반응하듯 느릿느릿 눈을 감았다가 떴다.

시온은 다미가 오해하고 있는 고백 사건을 천천히 이야기를 해 준 후, 잠시 호흡을 가다듬었다.

완벽하게 허리를 감싼 손에 더욱 힘을 주어 끌어안은 시온이 여전히 어리둥절한 다미의 눈을 똑바로 마주했다. 그리고선 나머지 한 손으로 그녀의 보드라운 뺨을 다정하게 어루만졌다.

부드럽지 않다. 제 볼을 매만지는 그의 손은 상처투성이라서 오히려 따가울 정도로 까슬까슬하기만 했다.

하지만 따뜻했다, 그의 온기가. 저를 너무 조심스럽게 대하는 그의 배려로 충분히 느낄 수가 있었다.

"그리고 지금도 좋아해."

분홍빛을 두르고 있던 다미의 얼굴이 순식간에 달아올랐다.

물론 와인이 아닌 다른 이유로.

친구보다는 자신의 학창 시절을 송두리째 망가트려 버린 원수에 더욱 가까웠던 시온의 품에 안기게 될 거라고는 한 번도 생각해 본 적 없었다. 그 품은 감히 상상할 수도 없을 만큼 따뜻했고 포근했으며 편하기까지 했다.

다미는 자신이 왜, 하필이면 송시온의 품 안에서 이런 감정을 느끼고 있는지에 대해 매우 혼란스러웠다. 거기에 첫 번째 난관에 부딪혀 버린 문제에 대해 해결도 하기 전에 폭탄처럼 날아온 그의 고백에 머리가 어지러울 정도로 커다란 충격을 받았다.

"잠, 잠깐만. 아니, 왜 갑자기 네가 나를……."

"너에게는 갑작스러운 것일지 몰라도 나한테는 아니야."

미국에서 잠시 한국에 귀국했을 때 그녀를 찾아보려고 했지만 찾을 수가 없었다. 살던 집도 이사를 가 버렸고 동창회에도 나오지 않는지 그녀와 연락이 되는 친구들도 없었다

20대 초반의 시온이 제 첫사랑을 찾기 위해 할 수 있는 건 아무것도 없었다. 그리고 얼마 되지 않아 끝내 그녀를 만나지 못하고 다시 미국으로 넘어왔다. 학교생활을 하면서 요리를 배우기 위해 레스토랑에서 아르바이트를 하며 정신없는 나날들을 보냈다.

그래서였을까. 매일같이 제 머리를 떠돌아다니던 다미의 존재가 조금씩 희미해져 갔다. 피곤에 찌든 몸을 이끌고 공부하고 일하느라 잠자는 시간도 부족했다. 돌이켜 생각해 보면 일부러 바쁘게 살았던 것만 같다.

그러지 않았다면 그녀에게 제대로 된 고백 한 번 해 보지 못한 지난 날이 후회라는 큰 바위에 깔려 제대로 살아갈 수가 없을 것만 같았다.

한국에 오게 된 것도 레스토랑 때문이라고 했지만 아니다.

공다미 때문이었다.

전부, 그녀 때문이었다. 그래, 전부.

더는 다른 핑계로 그녀를 놓치고 싶지 않았다.

"10년 전에는 널 볼 때마다 뭘 어떻게 해야 할지 몰라서 망설였어. 미국에 가서는 괜찮아진 줄 알았어. 너 없는 내 시간도."

"……."

"근데 아니야. 한국을 떠올리면 네가 생각나고, 귀국하는 비행기를 탈 때마다 널 생각했어."

기분이 이상하다. 송시온이 그 시간 동안 자신을 생각하며 좋아했다고 들으니 가슴 한구석이 간질거렸다.

"그리고 와서 널 보니까 내가 여태 너무 재미없고 별 의미 없이 살아왔던 것 같아."

술을 좋아하지 않는 줄 알았다. 다미와 단둘이 맥주를 마시던 그 전까지만 해도.

여자에게 별 관심이 없는 줄 알았다. 다미와 다시 만나기 전까지만 해도.

그런데 아니다. 전부 잘못 알고 있었다. 공다미 앞에서의 송시온은 그녀와 함께하는 모든 걸 좋아하고 있었다.

공다미도.

공다미가 좋아하는 것도.

"열여덟 공다미한테 말할게. 널 많이 좋아했어. 매일 아침, 평소보다 20분이나 일찍 일어나 머리를 만지고 웃는 표정을 연습하고. 내게 다가오는 너를 보며 심장이 터져 버릴까 봐 노심초사하고. 해야 하는 공부는 안 하고 하루 종일 네 생각하느라 성적도 떨어지고. 때로는 밤이 너무 길게 느껴질 만큼."

"……."

제 뺨에서 떨어지는 시온의 손끝을 다미가 애써 외면했다.

그의 손끝을 따라가는 순간 들켜 버릴 것만 같았다. 지금 스스로도 이해할 수 없는 이 아쉬움에 대해서.

"이제 스물여덟 살의 공다미한테 말할게. 이렇게 내 눈앞에 더 예뻐진 공다미 때문에 여전히 내 밤은 너무 길어."

시온의 칭찬에 다미가 자신의 얼굴을 손으로 감쌌다.

"촌티가 좀 벗겨지긴 했지."

아차, 지금 그게 중요한 게 아니지?

다시 진지한 얼굴로 시온을 올려다보았다. 하지만 이미 머물러 있던 진지함은 녹아내린 듯싶었다.

저를 담고 있는 시온의 눈동자를 마주 보던 다미는 순간 많은 생각들이 스쳐 지나갔다.

그럼 앞으로 우리는 어떤 관계가 되는 걸까?

시온이 잔잔한 재즈 음악에 맞춰 다미를 이끌며 걸음을 왼쪽으로 옮겼다. 다미의 몸도 그에게 맡겨져 왼쪽으로 옮겨졌다.

"춤 못 춘다면서?"

"난 뭐든 그럴싸하게 할 줄 아는 능력을 가지고 있거든."

애써 부정하지 않고 그가 이끄는 대로 따라갔다. 그러다가 모르고 시온의 발을 밟았다.

"앗, 미……."

발을 밟고 화들짝 놀라서는 품에서 벗어나려는 다미를 시온이 놓치지 않고 끌어안았다. 그리고는 귓가에 대고 나지막하게 속삭였다.

"앞으로 무슨 일이 있어도."

"……."

"너 안 놓으려고, 이제."

그 목소리가 너무 담백해서 다미의 귓가를 아니, 온몸을 녹이는 것만 같았다.

9화
못 다한 이야기

"어울리지도 않게 어디서 얻어터져 온거야……."

곧장 양호실로 온 다미가 밴드와 연고를 얻어서는 교실로 돌아왔다.

책상 위에 밴드와 연고를 올려놓고 바닥에 떨어진 밴드까지 주워 올려놓았다.

얼핏 보이는 상처가 꽤 깊어 보였다. 다미가 저도 모르게 깊은 한숨을 내쉬며 속상해했다. 시온이 자꾸만 눈에 거슬린다.

이유를 찾고 싶은 마음에 다미는 한참을 곁에 머물렀지만 결국 아무것도 찾지 못한 채로 움찔거리는 시온에 화들짝 놀라며 돌아서야 했다.

10화

다미는 후회하고 있었다.

10여 분 전 대리 기사 아저씨가 내릴 때 능청스럽게 눈을 뜰 걸, 하고 말이다. 아니, 어쩌면 처음부터 시온과 나란히 앉는 것이 어색해서 자는 척한 것 자체를 후회하는지도 몰랐다.

눈을 감았음에도 불구하고 고스란히 느껴지는 시온의 시선 탓에 다미는 표정 관리를 어떻게 해야 할지, 어느 타이밍에 눈을 떠야 하는지, 이러다가 집도 못 들어가고 이 차 안에서 송시온과 밤을 새게 되진 않을지 걱정스러웠다.

"공다미."

절대 깨우려는 의도를 갖고 부르는 목소리가 아니었다.

"눈 떠. 너 안 자는 거 다 알아."

다미가 민망함에 한층 굳어진 표정으로 눈을 떠 시온을 힐끔 쳐다보았다.

"언제부터 알고 있던 거야?"

"네가 처음 눈 감을 때부터."

멋쩍게 웃어 보았지만 부끄러운 감정은 사라지지 않았다.

나란히 앉아 있던 시온이 문을 열고 밖으로 나가 순식간에 반대편으로 와 다미 쪽의 문을 열어 주었다.

"피곤하겠다. 얼른 들어가서 쉬어."

"넌 어쩌려고?"

"난 대리 다시 불러야지."

"……."

"피곤한데 자고 갈까?"

시온이 찌뿌드드한 몸을 풀며 흘리듯 말했다. 하지만 그 말이 다미의 귀에는 확성기를 들고 동굴에서 외친 것처럼 크고 반복적으로 들려왔다.

"우리 집에서?"

화들짝 놀라서 묻는 다미에 더 놀란 시온이 굳은 얼굴로 바라보다가 이내 실소를 터트렸다. 그제야 다미는 자신이 너무 심하게 앞서갔다는 것을 깨달았다.

"너희 집에서 자도 돼?"

"당연히 안 돼!"

주변이 어두운 것이 참 다행이라는 생각이 들었다. 술을 마셨을 때보다, 그의 품에 안겼을 때보다 더 붉어졌을 얼굴을 들키지 않을 수 있으니 말이다.

"나 들어간다!"

재빠르게 뛰어가 단번에 옥탑방까지 올라왔다. 빠끔히 고개를 내밀어 아래를 보니 아직도 떠나지 않고 그 자리에 서 있는 시온이 손 인사를 했다.

눈을 마주치고 있는 것조차도 마음이 간지러워 견딜 수가 없었다.

"잘 자."

다미는 집으로 들어와 한동안 아무것도 하지 못하고 침대 귀퉁이에 앉아 있었다.

"나 너 좋아했어. 그리고 지금도 좋아해."

"고백받았어. 송시온한테……."

쓰러지듯 침대 위로 털썩 드러누운 다미가 동그란 눈을 끔뻑이며 아무것도 그려지지 않은 천장을 멀뚱히 바라보았다.

"지금도 좋아해."

"정말 고백받았어. 송시온한테."

10년 전에도, 10년 후에도 단 한 번도 상상해 본 적 없는 고백에 다미는 여전히 어안이 벙벙했다. 볼을 꼬집어 보았다.

"안 아픈 것 같기도 하고……."

"앞으로 무슨 일이 있어도 너 안 놓으려고, 이제."

볼을 꼬집은 것보다 더 생생하게 시온의 담백했던 목소리가 울렸고 얼굴은 꼬집은 부분뿐만 아니라 전체가 붉어져 있었다.

"그럼 이제 우리 앞으로……."

어떻게 되는 거지? 무슨 관계가 되는 거야?

고백을 받는데도 여전히 명백히 정의되지 않은 관계에 괜한 기대감만 더욱 증폭되는 밤이었다.

"뭐야, 왜 이렇게 더워?"

가만히 누워 한없이 시온만 생각하던 다미가 별안간 달아오르는 몸을 식히기 위해 욕실로 걸음을 옮겼다.

✳   ✳   ✳

일어나자마자 시온이 생각났다. 아무래도 그의 고백으로 인한 후유증이 꽤 깊은 듯싶었다. 씻으면서도, 화장을 하면서도 시온이 생각났다. 이쯤 되니 한 번 어디까지 생각을 하나 엄중하게 따져 보기로 했다.

하지만 방송국 안으로 들어서는 순간까지 그가 머릿속을 완벽하게 점령해 결국 다미를 녹다운시켰다.

"어쩜 좋으니……."

"뭐가?"

"엄마야!"

갑자기 뒤에서 들려오는 시온의 목소리에 다미가 격하게 놀라 바닥에 주저앉아 버렸다. 그가 다미의 팔을 가볍게 잡아서는 일으켜 세워 주었다.

"기왕 놀랄 때 시온아! 이러면서 놀라는 건 어때?"

"그게 어떻게 가능하냐?"

"해 버릇하면 안 될 것도 없지."

다미는 자신의 이상한 행동에 미칠 것만 같았다.

이 눈동자야! 왜 송시온을 쳐다보지도 못하고 자꾸 방황만 하니?

"근데 여긴 웬일이야?"

도착할 기미가 보이지 않는 엘리베이터를 바라보며 묻는 다미에 시온이 고개를 옆으로 옮겨 그녀를 마주 봤다.

"나 여기 있는데?"

"어? 아니, 엘리베이터가 좀 이상한 것 같아."

자신을 의아하게 바라보는 시온에 다미가 괜히 목덜미를 긁적이며 엘리베이터에 격한 관심을 보였다.

"뭐가 이상한데?"

"평소랑 좀 다른 것 같은데? 뭐가 바뀌었나?"

"그래?"

다미를 바라보던 시온의 시선이 엘리베이터로 향했다. 엘리베이터 거울로 두 사람의 눈이 다시 마주쳤다.

"나 늦었다! 볼일 보고 가!"

눈을 마주치자마자 몰려오는 낯간지러움에 다미가 얼른 몸을 뒤로 돌려 버렸지만 걸음을 옮기지 못하고 시온에게 붙잡혔다.

"나 너 보러 온 거야."

붙잡힌 손으로 무언가가 집혀졌다. 확인해 보니 시온이 가져온 쇼핑백이었다.

"이게 뭐야?"

"아침 안 먹었지?"

"먹었는데."

그것도 아침부터 입맛이 좋아서 두 그릇씩이나.

"그래도 또 먹을 수 있잖아, 공다미는."

왜 아침부터 저렇게 화사한 미소를 짓는 거야, 송시온은. 가뜩이나 어수선한 마음 더욱 심란해지게.

얼핏 보이는 쇼핑백 안에는 정성스럽게 만든 듯한 샌드위치와 우유가 들어 있었다.

"네가 만든 거야?"

"응. 그러니까 엄청 맛있을 거야."

배가 부른데 먹고 싶다. 분명 맛있을 것 같은 송시온 표 샌드위치. 자신을 생각하며 만들었을까?

"고마워. 맛있게 먹을게."

"오늘 저녁에 일 끝나고 우리 가게로 와. 같이 영화 보자."

"영화?"

"응. 매장 벽에다가 빔 만들어 놓을게. 와인 마시면서……."

와인이라는 단어가 이렇게까지 자극적인 단어가 된 것은 전부 어제의 일 때문이었다. 다미는 괜시리 당황스러워져 우왕좌왕했다.

"나 정말 들어가 봐야 할 것 같은데."

올 기냐고 재차 묻는 시온에 대답을 하기 위해 막 입술을 떼어 내려는 찰나 사무실에서 나라와 막내가 나왔다.

"공 작…… 어머, 셰프님!"

시온을 발견하고 나라가 단숨에 달려와 평소와 다른 코 막힌

소리를 내며 말을 시켰다.

"이 시간에 여긴 어쩐 일이세요?"

나라의 질문에도 아랑곳하지 않은 채 시온의 시선이 다미에게로 향했다.

"대답은 문자로 해 줘. 갈게."

자신의 말이 무참히 씹혀 버렸다는 사실에 자존심이 상한 나라가 아랫입술을 지그시 깨물었다. 그러다 괜히 다미의 존재가 얄미워져 뒤를 돌아 그녀를 있는 힘껏 노려보았다.

"저기요."

엘리베이터를 기다리고 있던 시온이 몸을 돌려 나라를 응시했다.

"네, 셰프님?"

얼굴빛이 순식간에 바뀐 나라가 상냥한 목소리로 대답했다. 시온은 그런 나라를 무표정한 얼굴로 바라보며 말을 이어 나갔다.

"그냥 나중에 아실 거라고 생각해서 말 안 하려고 했는데."

"⋯⋯."

"이에 립스틱 묻었거든요? 좀 닦으세요. 무서워요."

도착한 엘리베이터의 문이 열리고 안으로 시온이 올라탔다.

여유롭게 1층을 누른 시온이 여전히 엘리베이터 앞에 서 있는 다미를 향해 슬쩍 미소를 지었다.

"아, 짜증나. 이 상태로 송 셰프님한테 말 시킨 거야?"

엘리베이터 문이 완전히 닫히고 나자 나라가 휴대폰으로 이를 살피며 짜증을 냈다.

"선배님, 그건 뭐예요?"

막내의 물음에 나라가 크게 관심을 보이며 곁으로 다가왔다.

"그거 설마 송 셰프님이 주신 거니?"

"네."

"뭔데?"

다미가 쇼핑백을 벌리자 나라가 성급하게 안을 살폈다.

"샌드위치네?"

"와, 송 셰프님께서 직접 만드신 샌드위치인 거예요?"

시큰둥한 나라와는 달리 신나서 되묻는 막내에 다미가 낮게 고개를 끄덕였다. 굳이 거짓말을 할 필요도 느끼지 못해서였다. 그러자 나라의 얼굴이 빠르게 굳었다.

"넌 좋겠다? 친구 잘 둬서."

"선배님, 혹시 송 셰프님과⋯⋯."

막내가 장난스럽게 검지 두 개를 맞닿아 '썸'이라는 것을 표현했다. 다미가 크게 당황해하자 나라가 막내를 만류하듯 무심하게 손을 팍 내려쳤다.

"야, 공 작가 결혼한다는 남자랑 헤어진 지 얼마 되지도 않았는데 무슨 남자야? 지금 만나면 남자 없이 못 사는 여자 밖에 더 돼? 우리 공 작가가 그 정도로 남자에 미쳐 있지는 않아. 더군다나 방속국 사람들 전부 공 작가 파혼한 거 다 알고 있는 마당에 함께 일하고 있는 송 셰프님이라니. 말도 안 되지."

신경 쓰지 말고 무시해야지 하면서도 성격상 쉽지가 않다.

기분 나쁜 말을 들으면 당장 눈앞에서 따지고 들어야 하는데 당황한 나머지 머리는 또 하얗게 백지장이 되어 버리고 말았다.

285

이러고 집에 가면 또 억울해하겠지. 이게 28년 동안 공다미가 짊어지고 온 성격이었다.

"선배님, 염치없지만 샌드위치 같이 먹어도 되나요?"

막내가 가라앉으려는 다미의 기분을 애써 잡아끌 듯 물었다.

"그래. 양 많아서 나 혼자 다 먹지도 못할 것 같았어."

"그럼, 제가 준비해 두겠습니다!"

"응."

막내가 손을 뻗어 쇼핑백을 대신 받았다.

"아참, 선배님! 이번에 게스트로……."

그리고 무언가를 물어 보는 척하며 다미에게 팔짱을 끼고 안으로 잡아당겨 걸음을 옮겼다. 사무실 중앙까지 들어와 뒤를 살펴본 막내는 나라가 없는 것을 확인한 후, 다미에게 둘렀던 팔짱을 뺐다.

"나라 선배가 말씀하시는 거 너무 담아 두지 마세요."

"나 위로해 주는 거야?"

"왜 저리 입을 여실 때마다 미운 말만 골라서 하시는지 모르겠어요. 저도 상처 많이 받거든요. 선배만 아니면……."

콱, 소리를 내다가 막내가 멋쩍었는지 수줍게 웃는다. 그런 모습이 귀여워서 다미가 실소를 터트렸다.

"근데 선배님."

"응?"

막내가 불쑥 들고 있던 쇼핑백을 들어 올려 흔들었다.

"제 말이 맞죠?"

"응? 뭐가?"

"두 분, 썸 맞죠?"

그렇다는 대답을 듣기를 갈망하는 듯 반짝이는 막내의 눈동자에 다미가 어색한 미소를 지으며 고개를 내저었다.

"아니야."

"아닌데, 분명히 맞는데? 송 셰프님 눈빛이 예사롭지 않으셨는데?"

"예사롭지 않아 보였어?"

"네. 저희한테는 눈길도 안 주시는 분이 샌드위치까지 싸 들고 이 아침에 오신 거 보면 말 다 했죠."

막내의 확신에 잠시 잠잠했던 다미의 머릿속에 또다시 시온이 어수선하게 돌아다녔다.

"얼른 먹자. 곧 임 PD님도 오시잖아."

"네."

그녀의 대답에 격한 아쉬움을 느끼며 멀어져 가는 막내를 바라보며 다미는 깊고 쓰디 쓴 한숨을 내쉬었다.

확실히 고백은 받았다. 하지만 그게 전부였다.

아니, 전부가 아닐지도 모르겠다. 그런데 지금은…….

"나도 모르겠다."

무언가를 확실하게 정의를 내리기에도 조금 애매모호한 관계. 지금 두 사람의 관계는 살짝 어정뜬 면이 있었다.

주변을 먹먹한 시선으로 둘러보았다. 바쁘게 움직이고 있는 사람들 사이로 열심히 청첩장을 전달해 주고 다니던 과거 자신의 모습이 보였다. 그렇게까지 좋아했었나? 고작 그딴 놈을 사랑했으면서.

"공 작가, 뭐해? 얼른 회의실 들어가자. 곧 임 PD님 올라와."

언제 도착했는지 지민이 서둘러 가방을 내려놓으며 여전히 사념에 잠겨 있는 다미를 흔들었다.

"네!"

회의 자료들을 챙겨서 지민과 회의실 안으로 들어갔다. 눈에 보이던 환영은 사라졌지만 머릿속에 여전히 사라지지 않고 미세하게 남아 있는 상처를 끌어안으며.

회의 중간에 피곤하다는 선배들의 말에 막내와 커피를 사기 위해 아래층으로 내려왔다가 엘리베이터에 꽉 들어찬 사람들에 다미가 의아해했다.

"오늘 무슨 날인가?"

"모르셨어요? 오늘 아나운서 최종 면접 있잖아요."

"아, 정말?"

어쩐지 지나치게 긴장한 얼굴들에 깔끔한 복장이라는 생각이 들었다.

혼잡한 틈 사이를 벗어나 막내와 막 카페 안으로 들어가려던 다미는 뒤에서 저를 부르는 목소리에 걸음을 멈췄다.

"혹시 공다미?"

어딘가 익숙한 목소리였지만, 선뜻 기억이 나지는 않았다.

다미가 천천히 뒤를 돌아보고 마주한 남자에 두 눈이 휘둥그레졌다.

그곳엔 생각보다 못 자란 연호가 서 있었다.

"연호야!"

"다미, 너 맞구나!"

"웬일이야, 여기는?"

검은색 정장에 꽂혀 있는 수험표. 아나운서 면접을 보러 온 것이 분명했다.

"나 아나운서 면접 보러 왔어. 떨려 죽겠다."

겉모습만으로 미루어 봤을 때 합격을 장담할 수 없는 애매함에 다미는 뭐라 선뜻 말을 꺼낼 수가 없었다.

"정말? 잘 볼 수 있을 거야."

"그런데 너는?"

"아, 난 여기 작가야. 예능 작가."

"예능 작가?"

"어. 그, 당신을 우리 집에 초대합니다."

"그거 시온이 나왔던 프로그램 아니야?"

"맞아."

"너희 결국 다시 만났구나."

어제 시온이 한 고백 때문인지 연호의 말조차 자극적으로 들려왔다. 연호의 말을 다시 되새겨 보던 다미의 머리에 문득 궁금증이 피어났다.

"그런데 결국 다시 만났다니? 그게 무슨 뜻이야?"

"시온이가 너 좋아했잖아."

"그걸 네가 어떻게 알고 있어?"

연호는 말을 해야 하나 말아야 하나 잠시 망설이더니 결국 결심을 했는지 입술을 떼어 냈다.

"지금 와서 하는 소리지만 이제는 말해 줘야 될 것 같아. 예전에 너 쓰러졌을 때 말이야. 그때 너 업고 뛴 사람 나 아니야."

"그럼 누군데?"

질문을 하면서도 이미 답을 알고 있다는 듯 머릿속엔 온통 시온으로 가득 찼다. 하지만 한편으로는 연호가 시온의 이름을 꺼내지 않길 바라고 있었다.

그럼 내가 너무 미안해지는데…….

그러나 다미의 바람은 이루어지지 않았다.

"시온이야."

"아…….."

도마 위에서 일정한 소리를 내며 멈춰 버린 그의 칼질과 아릿한 신음 소리에 주방이 일시 정지가 되었다.

홍합을 다듬고 있던 막내 아름이 화들짝 놀라서는 단박에 시온에게로 달려왔다.

"왜 그러세요? 셰프님."

그의 검지 손톱 밑의 살이 칼로 움푹 파여서 새빨간 피가 흘러나오고 있었다.

"어, 어어! 피, 피!"

한두 번 본 것도 아닌데 피를 볼 때마다 호들갑을 떠는 아름을 지나친 시온은 피를 대충 물에 씻기고 구급상자에서 연고를 꺼냈다. 연고를 찍어 바를 때마다 구겨지는 그의 미간이 고통을 짐작케 했다.

"병원 가 보셔야 하는 거 아닙니까?"

기정이 다가와 걱정스럽게 물었다.

"그 정도까진 아니야."

"오늘 9시 이후부터는 예약이 없어서 저희끼리 마무리 지을 수 있을 것 같습니다. 올라가서 좀 쉬세요."

시온이 손을 벤 것은 난생처음 볼 정도로 없던 일이었다. 그의 손에 꽤 많은 상처가 있었지만, 그것은 전부 어설프기만 했던 막내 시절에 났던 상처였다.

모두의 걱정과 더불어 의아함을 한껏 받은 시온이 멋쩍게 웃어 보였다.

"그럼 마무리 좀 부탁해."

평소 자신이 시작한 것은 마무리까지 책임져야 직성이 풀리던 시온이 먼저 주방을 빠져나온 것은 겁이 나서였다.

스테이크 용 고기를 작업하면서 계속 다미를 생각했다. 딴생각을 하다가 칼을 잘못 움직였고 그 바람에 살이 움푹 파일 정도로 베인 거였다.

하지만 다친 다음에도 정신을 똑바로 차리고 있을 자신이 없었다. 계속 다미를 생각할 것 같았고 그럼 또다시 첨예한 칼이 연약한 살에 상처를 줄 것만 같았다.

칼에 베인 곳이 욱신거리고 아려 온다. 점심을 대충 먹은 데다가 요즘 잠도 부족하게 잔 탓에 빈혈까지 오는 것 같았다.

탈의실에 마련되어 있는 긴 소파 위로 몸을 눕혔다. 밴드를 붙인 손을 천장으로 들어 올렸다. 밴드가 흥건하게 피에 적셔져 있었다.

"그래도 같이 놀고 싶은데……."

그럼에도 그 피를 바라보며 시온은 생각했다.

무슨 영화를 볼까, 오늘은 어떤 맛있는 걸 해서 먹일까.

"빨리 왔으면 좋겠다. 저녁도."

들고 있던 손을 내리니 떠오르는 다미의 얼굴에 시온의 눈동자가 금세 그리움으로 가득 찼다.

"너도."

다미가 없던 시간을 대체 어떻게 지냈는지 기억조차 나지 않을 정도로 지루했다. 휴대폰을 열어 그녀에게서 온 문자를 한 번 더 확인했다.

〈조금 늦게 끝날 것 같아. 그래도 그때보다는 일찍 갈 수 있어.〉

〈그래. 조심히 와.〉

돌아오는 답장이 없어 서운했다. 또 문자를 보내 볼까 하다가 괜히 상사 눈치를 볼까 싶어 관뒀다.

"보고 싶다."

시간이 얼마나 흘렀을까, 깜빡 잠이 들어 버렸던 시온이 일어났을 때는 마무리를 다 지은 직원들이 행여나 잠든 그가 깰까 싶어 아주 조심스럽게 옷을 갈아입고 있었다.

시온이 부스스해진 머리를 쓸어 만지며 자리에서 일어났다.

"수고들 했어."

"네. 셰프님."

"아차, 우리 회식 안 한 지 꽤 됐지? 이번 주 일요일에 회식하자."

직원들이 환호성을 지르며 두 주먹을 불끈 쥐었다. 그동안 회

식 때마다 비싸고 맛있는 음식들을 마음껏 먹었기에 다들 기대
에 부풀어 있었다. 좋아하는 직원들을 뒤로 하고 밖으로 나온
시온은 여전히 욱신거리는 손가락에 미간을 구기며 주방으로 향
했다. 주방 안에서는 여전히 누군가가 분주하게 움직이는 소리
가 들려왔다.

"퇴근 안 하고 뭐해?"

냉장고를 닫던 아름이 시온에게로 급하게 다가왔다.

"손은 괜찮으세요?"

"응."

"피 묻으셨는데, 새 거로 붙여 드릴게요!"

구급상자에서 밴드를 꺼내던 아름과 그런 막내를 바라보고
있던 시온의 시선이 동시에 문 쪽으로 향했다.

"누구지? 영업 끝났는데."

다급하게 홀로 향하려던 아름의 발걸음이 나지막하게 들려오
는 귀여운 목소리에 멈췄다.

"송시온."

감출 수 없는 미소가 얼굴 전체에 깔려 있던 피곤함을 밀어내
고 자리를 차지했다.

"내 손님이야. 수고했고, 내일 보자."

"밴드라도……."

잡을 새도 없이 주방을 빠져나가는 시온을 보며 아름은 손에
들고 있는 밴드를 허탈한 마음으로 내려놓았다.

"처음 보네. 저렇게 웃으시는 거."

홀로 나온 시온은 품 안에 화분을 들고 서 있는 다미에 웃음

을 터트렸다.

"뭐야, 그 화분은?"

"금전수라는 식물인데, 일명 돈나무래."

"돈나무?"

"응. 너 여기 오픈한 지 꽤 됐는데, 제대로 된 선물 하나 안준 것 같아서. 그때도 너무 많이 얻어먹고, 오늘도 얻어먹을 예정이니 이걸로 대충 때워도 되지?"

말간 얼굴로 묻는 다미에 시온이 주저하지 않고 고개를 끄덕였다. 생각보다 무거운 화분을 건네받아 카운터에 올려놓은 시온이 룸 쪽으로 다미를 안내하려는데 아까부터 들리던 위층의 소란스러움이 점점 더 선명해졌다.

"맥주 한잔하고 가자."

"그럴까? 막내는 아직도 옷 안 갈아입었나?"

"그런 듯싶은데, 프로로 갈 거지? 거기로 오라고…….."

옷을 갈아입고 내려온 직원들은 자신들 앞에 멀뚱히 서 있는 다미와 그 옆에서 어딘가 모르게 굳어져 있는 시온을 번갈아 쳐다보았다.

"우리 직원들."

시온의 소개에 다미가 고개를 깊숙이 숙여 인사를 건넸다.

"안녕하세요. 전 시온이가 지금 하고 있는 프로그램 담당 작가 공다미라고 해요."

다미의 소개에도 직원들의 반응은 어색해 보이기만 했다.

그러다 가장 귀엽게 생긴 남자 직원이 건장해 보이는 직원들의 틈 사이를 비집고 나와서는 다미의 앞에 척 섰다.

"단순히 담당 작가님이신 건 아니시죠?"

"네?"

당황해하며 시온에게 도움을 청했지만, 그는 오히려 물 건너 불구경 하듯이 팔짱을 끼고서 대답했다.

"잘한다, 우리 태수."

"송시온!"

다미의 꽉 눌러진 경고에 그제야 시온이 팔짱을 풀고 직원들을 레스토랑 밖으로 떠밀었다.

"어서들 가고, 내일 보자."

"수고하셨습니다, 셰프님!"

"즐거운 밤 보내십시오, 작가님!"

키득거리며 멀어지는 직원들을 다미가 원망스럽게 바라보고 있을 때, 위층 계단이 또 한 번 부서져 버릴 듯 시끄러웠다.

"수고하셨습니다!"

작은 체구의 여자아이가 시온에게 인사를 하고서는 막 사라지려는 무리들을 향해 달려들었다.

"직원들 사이가 참 좋아."

"응. 내 덕분에."

"또 네 자랑이지?"

"내 자랑 아니야. 쟤들이 직접 그랬어."

"그거 사장한테 잘 보이려고 아부하는 거야."

"뭐?"

어이없다는 듯한 시온의 말투에 다미가 손을 들어 올려 그의 팔을 찰싹 내리쳤다. 그리고 아주 작고 여린 손으로 주먹을 쥐고 위협했다. 안타깝게도 그 모습이 시온의 눈에는 마냥 귀여워 보일 뿐이었지만.

"무시무시한데."

통하지 않는다는 것을 시온의 표정만 봐도 알 수 있었다.

"들어가 있어. 맛있는 거……."

"잠깐만."

주방으로 돌아서 들어가려는 시온을 다미가 붙잡아 세웠다. 목소리만큼이나 심각한 낯빛으로 시온의 손가락 끝을 바라보고 있었다. 밴드를 교체하지 않아 흥건히 새어 나온 피가 고스란히 내비치고 있었다.

"별거 아니야."

"별거 아니긴! 이거 피 아니야?"

뒤로 숨기는 손을 잡아끌어 확인한 다미가 경악했다.

"많이 다친 거 아니야? 고작 밴드로 괜찮아?"

"연고도 발랐어."

자신의 손을 걱정스럽게 바라보며 호들갑을 떠는 다미를 시온이 지그시 바라보았다. 손끝이 따끔거린다. 베인 상처 때문이 아닌 그곳에 닿아 있는 다미의 살결 때문에.

"가서 꿰매야 하는 거 아니냐고!"

"괜찮아, 이 정도는."

"많이 아파 보이는데……."

상처를 심란하게 바라보고 있던 다미의 머리 위로 웃음을 참는 시온의 소리가 들려왔다. 다미가 천천히 고개를 들어 그를 의아하게 바라보았다.

"왜 웃어?"

"안 웃었는데."

시온은 정색을 하며 발뺌했다. 하지만 얼마 가지 못하고 그의 잘생긴 얼굴에 다시 함박웃음이 퍼졌다.

"왜 웃느냐구."

"그냥 네가 나 걱정해 주고 손잡아 주니까 좋아서."

시온의 말에 부끄러움이 순식간에 달아오른 다미는 잡고 있던 시온의 손을 홱 놓았다. 시온의 손이 거칠게 하강하며 하필이면 옆에 있던 기둥에 부딪혀 버렸다.

"아!"

"괜찮아?"

"아니, 안 괜찮은 것 같아. 너무 아파."

자신의 손을 움켜잡으며 발버둥 치는 시온에 다미는 어쩔 줄 몰라 했다.

"어떡해! 많이 아파?"

"연고를 좀 더 발라야겠는데?"

시온은 계속 자신의 손을 움켜잡고서는 격하게 아픔을 호소했다.

"연고?"

자신의 실수로 더욱 아프게 만들었다는 죄책감 때문에 다미가 연고를 애타게 찾아다녔다.

"너무 아파서 아무것도 못 하겠어."

"내가 해 줄게, 내가!"

"그럴래?"

언제 그리 아파했냐는 듯이 구부렸던 상체를 일으켜 세운 시온이 주방에서 구급상자를 가져와 테이블 앞에 앉았다.

"와서 발라 줘."

곁으로 다가가 구급상자를 열었다. 그리고 제게 내밀고 있는 시온의 손에 붙어 있는 밴드를 떼어 냈다.

"아……."

"아파?"

"조금."

심혈을 기울여 조심스럽게 밴드를 떼어 내자, 움푹 파인 살에 흥건히 피가 고여 있는 것이 보였다.

"정말 병원 안 가 봐도 돼?"

"이 정도로 병원 가면 사람들이 비웃어."

연고를 면봉에 묻혀 시온의 상처 위에 살살 발라 주었다. 아픈지 그의 미간이 구겨져 있었다.

연고를 바른 곳에 다미가 입김을 불어 넣었다.

후우, 차갑고 간질간질한 바람이 탈 것처럼 아프고 쓰라린 곳을 위로해 주었다.

"대체 어쩌다가 다친 거야?"

"너 생각하다가."

주변에 아무도 없긴 했지만 저만 쳐다보는 그의 시선에 다미는 잔뜩 긴장을 할 수밖에 없었다.

"뭐? 왜?"

멍청한 질문이라고 생각했다. 하지만 당황해서인지 그런 것을 생각할 여유가 없었다.

"글쎄, 굳이 너를 생각하려고 애쓰지 않았는데도 생각났어."

서로를 담고 있는 눈동자를 누구도 먼저 피하지 않았다. 다미도 이렇게 오래도록 시온을 바라보고 있는 것은 처음 있는 일이었다. 극히 낯선 일이었지만 결코 싫지 않았다.

살포시 짓는 시온의 미소가 참 화사하다고 느껴졌다. 그 미소를 한때는 자신이 뭉개 버렸다고 생각하니 다미는 마음이 무거웠다.

"너라며."

그가 뭐가, 라고 담담하게 물었다.

"나 쓰러진 날 업고 뛴 사람. 연호가 아니고 너라며."

예상하지 못했던 말을 들었는지 시온의 동공이 심하게 흔들렸다.

"그때 왜 말 안 했어?"

"몰라, 나도."

"……."

"그냥 말하기 싫었어. 말해 봤자 네가 안 믿어 줬을 것 같기도 하고, 진실을 알고도 피할까 봐 걱정이 들기도 했고."

"왜 사람 미안하게 만드냐……."

"뭐가 미안해. 내 잘못인데."

울상인 다미의 볼을 시온이 살포시 꼬집었다.

"배 많이 고프지?"

"우리 뭐 시켜 먹든지, 밖에 나가서 먹든지 하자."

밴드까지 다 붙여 준 다미가 구급상자를 정리하며 대답했다.

"왜?"

"너 이렇게 손 아픈데, 어떻게 요리를 해. 나 네가 하면 마음 편하게 못 먹을 것 같아. 그리고……."

"……."

"미안하고 고마워."

시온이 아무 대답도 없이 구급상자를 정리하고 있는 다미를 눈에 담았다. 구급상자를 옆구리에 끼고 이거 제자리가 어디냐고 물었지만 그는 아무 대답도 없이 바라보기만 할 뿐이었다.

"왜 그러고 봐?"

"나 원래 너 쳐다보는 거 좋아하잖아."

"……."

"시켜 먹자. 너 배달 음식 안 먹이고 싶은데, 사실 나도 오늘 좀 힘들다."

"그래."

"뭐 먹고 싶어?"

"치킨! 배달은 치킨이지!"

앞치마를 풀며 카운터로 향한 시온이 주문을 하고 다시 다미에게로 다가왔다.

"먼저 들어가 있어. 나 옷 갈아입고 갈게."

"응."

2층으로 올라가는 시온이 시야에서 완전히 사라지고 나서야 다미는 데인 것처럼 뜨거운 제 손끝을 바라보았다.

"너 생각하다가."

시온의 손에 닿았던 손끝만큼 볼도 잔뜩 뜨거워져 있었다.

다미가 곁에 있는 이상, 영화에 집중이 될 리가 없었다. 다친 날에는 술을 마셔서는 안 된다면서 자신에겐 단 한 모금도 허락하지 않은 맥주를 그녀 혼자 벌써 네 캔째 마시고 있었다. 저 작은 체구에 그 많은 게 어떻게 들어가는지 내심 신기했다.

맥주를 들이켜는 다미의 붉은 입술로 시온의 시선이 완전히 포개어졌다.

만져 보고 싶고, 제 입술로 느껴 보고 싶다는 강한 바람이 위태로운 욕망으로 변환되어 잠시 졸고 있던 본능을 가차 없이 깨워 버릴 때쯤, 그녀가 웃음을 터트렸다.

어쩐지 자신을 옆에 두고 너무 영화에 집중을 하고 있는 다미가 야속해졌다.

"하하! 진짜 방금 완전 웃겼다, 그……."

옆에 앉아 있는 시온이 영화가 아닌 자신을 바라보고 있었다는 것을 알아챈 다미의 얼굴에 금세 당황함이 스며들었다.

"지금 몇 시지?"

자신을 바라보고 있는 것이 민망했는지 허둥거리며 묻는 다미에게 시온이 조금 더 가까이 다가가며 대답했다.

"아직 11시도 안 됐어."

함께 있으면 좋다가도 어느샌가 마음이 심하게 조급해졌다. 이렇게 곁에 붙어 있다가 또다시 예고도 없이 떨어져 지내게 되어 버릴까 봐 덜컥 겁이 나기도 했다. 가까이 다가오는 자신 때문에 긴장을 한 모양인지 그녀의 풍성한 속눈썹이 공중에서 바르르 떨렸다.

"너무 늦은 것 같은데? 곧 막차 끊기겠다…….."

새삼스럽게 막차 타령을 하는 것을 보니 단단히 당황한 듯싶었다.

"걱정 마. 내가 데려다줄게."

그래. 다미가 들릴 듯 말 듯 대답을 하다가 다시 다급하게 입술을 떼어 냈다.

"아차, 오늘 재훈 씨가 방송국에 왔는데!"

"나랑 있을 때."

"……."

"다른 남자 얘기하지 마. 특히 그렇게 예쁜 표정으로."

어디 하나 예쁘지 않은 곳이 없었다. 자꾸만 만지고 싶을 만큼 공다미는 예뻤다.

"다미야."

"응?"

"넌 나랑 있으면 기분이 어때?"

성급한 마음과는 달리 차분한 목소리로 건넨 질문이었다. 그녀가 놀라서 달아나게 만들지 않으려면 자신의 답답함은 어느 정도 감수하고 몰아치는 본능을 잠시 꺾어 두는 인내를 길러야 했다.

"어? 그냥, 뭐…….."

얼버무리는 대답이 마음에 들지 않아서 정면을 바라보고 있는 그녀의 의자를 제 방향으로 확 돌려 버렸다. 얼떨결에 시온의 두 팔에 갇히게 된 다미가 동그란 눈을 끔뻑거렸다.

자신을 바라보는 그의 눈동자가 유난히도 깊고 촉촉해져 있다는 것을 느꼈다.

지금 제 앞에 있는 시온은 본능에 충실한 남자로서 금방이라도 무언가를 저질러 버릴 것처럼 아찔해 보였다.

"질문이 어려웠나? 그럼 좀 더 쉽게 물을게. 넌 나랑 있으면 좋아, 싫어?"

단순해진 질문을 좀 더 진지하게 헤아려 보았다. 확실한 건 싫지 않다는 것이었다.

"싫지는 않아."

"좋지도 않고?"

"아니, 좋지 않은 건 아니고……."

제 대답을 기다리는 시온에게 다미가 불쑥 물었다.

"우리 무슨 사이야?"

결국 술이 또 사고를 쳤다. 아니, 솔직하게 얘기하자면 이 말을 도저히 맨 정신으로 할 수가 없어서 일부러 술을 무리하게 마셨다.

다미의 질문에 여태 자못 심각한 얼굴로 대답을 기다리고 있던 시온의 입가에 옅은 미소가 피어올랐다.

"사실 난 이런 애매한 관계가 조금 불편한 걸지도 몰라."

다미가 쥐어짜 낸 용기로 간신히 말을 이어 나갔다.

"그러니까 확실하게 대답해 줘. 우리를 무슨 관계라고 해야 하는지."

그녀의 눈동자는 자신이 원하는 대답이 나오기를 간절히 바라며 시온을 재촉하고 있었다.

"고백하고 아직 대답을 못 들은 관계지."

이보다 더 정확한 대답은 없었다. 다미는 분명 시온의 고백을 들었지만 아직 이렇다 할 대답을 해 주지 않았으니 말이다.

"그렇긴 하지."

무엇이든 말해야 하는데, 대체 어떻게 대답을 해야 할지 몰라 망설이고 있을 때 그가 손을 잡아 왔다.

"근데 좀 애매했지? 내 고백이."

"……."

"그럼 쉽게 대답을 할 수 있도록 다시 물어볼게."

손등을 어루만지는 그의 살의 온도가 뜨거웠다.

"다미야, 나랑 연애하자."

또 한 번의 고백에 다미가 낮게 고개를 끄덕였다. 고백을 받은 것이 좋았고 자신을 좋아해 주는 시온이 좋았다. 같이 있으면 편안하면서도 마음이 설레어서 좋았고 누군가에게 사랑받고 있다는 것이 행복했다. 그럼에도 자꾸만 한구석에서 몰아치는 이 불안함은 무엇 때문일까.

"꿈같아. 내가 너랑 연애를 한다는 게."

그의 황홀한 기분에 재를 뿌리고 싶지 않아 불안함을 밀어내려고 했지만 잘 되지 않아 곤욕스러웠다.

"꿈인지 아닌지 확인해 봐도 돼?"

"어떻게?"

"네 볼 꼬집어 볼게."

시온이 장난스럽게 손을 내밀어 볼을 꼬집었다. 아프진 않았지만 못나 보일 것 같은 모습에 다미가 엄살을 피우며 고개를 돌려 버렸다.

"일은 언제 쉬어?"

"그때마다 조금 다르긴 하지만 이번 주는 주말에 쉬어."

"주말? 그럼 어디 놀러갈까?"

시온과 어딘가로 놀러가 먹고 웃으면서 주말을 보낼 생각을 하니 마냥 좋다가도 마음 어딘가가 무거운 바위로 짓눌린 것처럼 편하지가 않았다.

"야, 공 작가 결혼한다는 남자랑 헤어진 지 얼마 되지도 않았는데 무슨 남자야? 지금 만나면 남자 없이 못 사는 여자 밖에 더 돼? 우리 공 작가가 그 정도로 남자에 미쳐 있지는 않아. 더군다나 방송국 사람들 전부 공 작가 파혼한 거 다 알고 있는 마당에 함께 일하고 있는 송 셰프님이라니. 말도 안 되지."

"나 네가 좋아."

놀러가자는 말에 돌아오는 조금은 엉뚱한 다미의 대답에 시온이 어리둥절하는 반응을 보였다.

"그런데 있잖아, 나 파혼한 지 6개월도 안 됐어."

"하고 싶은 말이 뭐야?"

안타까움이 묻어 있는 그의 부드러운 목소리에 다미가 깊은 한숨을 내쉬었다.

"결혼한다고 방송국에 청첩장도 다 뿌리고 다녔는데, 아직은 너를 만나는 게 너무 이른 거 아닌가 싶어서. 나한테도 그렇고, 너한테도 그렇고."

시온은 조금만 더 기다리겠다는 말을 해 줘야 할 것 같지만 그 말이 입 밖으로 쉽게 나오질 않았다. 이미 너무 오랜 시간을 기다렸고 더 기다려야 한다는 게 너무도 가혹하게 느껴졌다.

하지만 앞에서 이러지도 저러지도 못한 채 괴로워하는 그녀를 보고 있으니 무언가 대책을 마련해야겠다는 생각이 들었다.

방법은 단 하나였다.

자신과 그녀가 연애를 할 수 있는 방법.

그러면서도 남의 못난 시선에 시간을 늘리고 그녀를 보호할 수 있는 방법.

"그럼 우리 방송국엔 비밀로 할까?"

그의 제안에 다미가 금방이라도 울 것 같은 얼굴로 끄덕였다.

"이기적인 것 같아. 널 놓치고 싶지는 않은데, 사람들이 날 남자에 환장한 여자라고 나쁘게 볼까 봐 두려워. 그때 이후로 꽤 많이 상처를 받았거든. 정말 미안해, 시온아. 네가 기다려 온 순간일 텐데, 그걸 비밀로 할 수밖에 없는 상황을 만들어 놓은 게 너무 미안해."

후회가 됐다. 쓸데없는 놈을 만나 버리는 바람에 자신을 사랑해 주는 사람을 숨겨야 하고, 찬란해야 할 연애를 송두리째 망가트려 버린 것 같은 기분에.

그러나 다미와는 다르게 시온의 얼굴엔 환한 미소만이 자리 잡고 있었다.

"그거면 됐어."

"······."

겁먹은 강아지 같은 다미의 머리를 부드럽게 어루만졌다.

"날 놓치고 싶지 않은 그 마음만 있으면 난 괜찮다고."

괜히 하는 빈말이 아니었다. 정말 그거 하나면 됐다.

그녀를 마음껏 사랑할 수 있는 기회만 사라지지 않는다면 그것 또한 자신이 충분히 감당해야 할 무게라고 생각했다.

10화
못 다한 이야기

　친구들과 밤새도록 술을 마신 아름은 자신이 집에 들어갔다
가는 절대 오픈 전까지 못 일어날 것을 장담하고 6시가 조금 안
된 시간에 매장으로 출근했다. 당연히 아무도 없을 것이라 생각
했던 매장의 주방에 환한 빛이 켜져 있었다.

　"어? 셰프님?"

　의아해하는 아름의 시야로 시온이 분주하게 움직이고 있었
다. 식빵을 썰고, 베이컨을 정성스럽게 굽고, 각종 야채를 썰어
소스를 묻히고. 시온의 모습은 그 어느 때보다 즐겁고 행복해
보였다. 개인적인 일로는 절대 아침에 잘 일어나지 않는 시온이
라는 것을 알기에 아름은 놀라지 않을 수가 없었다.

　더군다나 지금은 6시도 안 된 시간이었다. 모든 것을 끝냈는
지 마무리를 짓고 나오려는 시온을 피해 아름이 기둥 귀퉁이로
숨었다.

"이쯤이면 출근했겠지? 공다미 보러 가야지."

샌드위치를 들고 매장을 달려 나가는 시온을 보며 아름은 대박 사건! 이라며 혼자서 호들갑을 떨어 대다 문득 부러움에 입술을 삐죽거렸다.

"나도 아침에 눈을 뜨자마자 날 떠올려 주는 남자가 있었으면……."

11화

시온과 연애를 하고 나서부터 그녀의 하루는 달라져 있었다.

매일 같은 시간에 일어나는 것은 똑같았지만 일어나자마자 휴대폰을 제일 먼저 찾는 것은 전과 달랐다. 출근을 해서 장시간 동안의 회의를 하며 여기저기 쑤시는 삭신에 이 직업을 당장 때려치우고 싶다며 하루에도 수십 번씩 갈등을 하는 것은 똑같았지만 남들 눈을 피해 비상구로 내려가 누군가의 목소리만으로도 힘을 내는 것은 달라져 있었다.

시온과는 벌써 두 번의 데이트를 했다.

다른 커플들과 별다를 것 없이 영화를 보고, 밥도 먹고, 저녁에는 커피나 술을 마시며 수다를 떠는 평범한 데이트였지만 피곤에 절어 있는 생활 속의 오아시스처럼 피로 회복제가 되기도 했다.

"공 작가, 요즘 뭐 좋은 일 있어?"

점심을 먹던 중 휴대폰을 손에서 놓지 못하고 있는 다미를 보며 지민이 넌지시 물었다.

"네? 딱히 없어요."

거짓말인 탓에 지민의 눈을 제대로 쳐다보지 못한 채로 대답했다.

"누구한테 연락을 그렇게 해?"

"그냥 요즘 동창한테 연락이 자주 와서."

"동창?"

"네."

사람들이 눈치챌 만큼 자꾸 위험하게 미소가 피어올랐다.

다미는 휴대폰을 주머니에 넣어 두고 시온과 문자를 하느라 벌써 식어 버린 국을 떠먹었다.

"일주일이 너무 금방 가. 벌써 내일이 녹화야."

지민의 불평에 모두가 공감을 했다.

"맞아요. 너무 힘들어 죽겠어요."

"막내, 넌 벌써부터 그러면 어쩌니?"

"내가 다른 재주라도 있으면 이 일 당장 그만둬 버리는데."

"오늘도 늦게까지 회의하겠죠?"

모두가 하나같이 불만을 터트리는 순간에도 다미의 입가에는 내내 미소가 걸려 있었다.

점심을 먹고 이를 닦으면서도 휴대폰을 손에서 놓지 못했다.

〈이제 밥 먹고 들어가려고! 많이 바빠?〉

〈난 지금 부터가 시작. 오늘 점심 예약 만석이야.〉

〈정말? 많이 바쁘겠다. 힘내. T.T〉

〈하트를 보내 주면 더 힘이 날 텐데.〉

시온의 제안대로 수줍게 하트를 보내고 나니 몸을 가만히 두지 못할 정도로 부끄러웠다.

〈그럼 좀 있다가 연락할게. 수고해, 시온아.〉

그 문자를 끝으로 다미는 더는 시온에게 연락을 할 수가 없었다. 임 PD는 예민한 상태였고 아이디어는 오늘따라 유난히 나오지 않았다.

결국 밤 11시가 훌쩍 넘어 퇴근했다. 다미는 나오자마자 냉큼 시온에게 전화를 걸었다.

신호는 평소보다 훨씬 더 길게 울린 후에 바뀌었다. 회식을 한다더니 주변이 굉장히 어수선한 것이 단박에 느껴졌다.

—내 공다미.

그의 목소리가 보통하고는 다르게 살짝 어눌하며 애교가 섞여 있었다.

"송시온?"

—어디야? 어딜 봐도 예쁜 내 공다미.

"술 많이 마신 거야?"

—나한테 올 거야?

내내 동문서답이다.

—셰프님. 누구세요? 혹시 그때 그 여자분?

─그 여자분 맞아요? 와, 지금 오시라고 하세요! 소개시켜 주세요!

전화기 너머가 시끌시끌해졌다. 조용하라며 그들을 제지시키는 시온의 목소리가 달콤하게 들려왔다. 하지만 진심으로 하는 말은 아닌 듯싶었다. 다미가 느끼기에 시온은 오늘따라 유난히 들떠 있었다.

"회식 중이라며. 어떻게 가."

─왜 못 와?

"⋯⋯."

─네가 못 오면 내가 갈게. 어디야? 그래, 그게 낫겠다.

취한 시온이 오는 동안 불안감을 느낄 바에는 그냥 자신이 가는 것이 더 낫다고 판단한 다미가 도로로 나가 급하게 택시를 잡아탔다.

"아니야. 내가 갈게. 어디야? 내 송시온."

보고 싶기도 했다. 매일 건조한 표정에 빈틈 하나 없던 송시온의 흐트러진 모습을.

택시에서 내리자 눈에 가장 먼저 보인 것은 가게 앞 벤치에 앉아 있는 시온의 모습이었다. 그는 휴대폰을 손에 쥐고 상체를 깊숙이 숙이고서 꼼빽꼼빽 졸고 있었다.

"얘는 바람도 쌀쌀한데, 왜 이렇게 입고 나와서는⋯⋯."

얇은 티셔츠 하나만 달랑 입은 그의 어깨에 얼른 카디건을 벗어 덮어 주었다. 조느라 자꾸만 아래로 꺾이는 목이 아파 보여 옆에 앉아서 그의 얼굴을 감싸 어깨에 올려놓는 순간 시온이 까무러치게 놀라 깼다.

"저 여자 친구 있……! 어? 그 여자 친구네."

이제 곧 서른을 앞둔 남자가 이렇게 귀여워도 되나 싶을 정도로 시온의 모습이 마냥 사랑스럽게 느껴졌다.

"하루 종일 보고 싶었던 내 공다미, 얼굴 좀 보자."

시온이 커다란 손으로 다미의 얼굴을 감싸고서는 제 얼굴 앞으로 바짝 끌어당겼다. 그의 차가운 이마가 제 이마에 닿자 회의 때문에 잔뜩 열이 올라 있던 것이 사그라드는 기분이었다.

"얼마나 기다린 거야? 이마랑 손이 다 차잖아."

"내가 잘하는 게 몇 가지가 좀 있어."

"응?"

"뭐냐면 너 기다리는 거, 너 좋아하는 거, 너랑 하는 거 상상하는……."

시온이 말을 하다 말고 혼자 흠칫 놀라서는 다미를 바라보았다.

"바, 방금 너 뭐라고 그랬어? 나랑 뭐? 뭘 상상해?"

"배 안 고파?"

기가 막혀서 되묻는 다미에 시온은 술이 완전히 깨 버린 듯싶었다. 자리에서 벌떡 일어나 가게로 들어가려는 시온을 악착같이 붙잡아 세우고 껑충 뛰어 헤드록을 걸었다. 충분히 뿌리칠 수도 있으면서 순순히 다미의 팔에 붙잡힌 그가 괴로운 척 발버둥을 쳤다.

"나를 두고 뭘 상상해?"

"직접 해 볼 순 없잖아."

"못, 못 하는 말이 없어!"

그의 노골적인 대답에 당황한 건 오히려 자신이었다. 한층 부끄러워진 다미가 팔에 더욱 힘을 주었다.

"송시온!"

헤드록에 걸린 채로 시온이 그대로 다미를 들어 올렸다. 순식간에 땅에 닿았던 발이 떨어지고 그저 그의 품에서 행여나 떨어져 나갈까 싶어 끌어안고 있는 꼴이 되어 버렸다.

"내, 내려 줘!"

"더 가까이에서 볼 수 있고 좋네."

시온이 느릿하게 눈을 감았다가 떴다. 그 모습조차도 자극적으로 느껴진 탓에 다미의 심장이 걷잡을 수 없이 난폭하게 뛰었다. 본능에 충실한 것은 비단 남자 뿐만은 아니다. 여자 또한 자신이 느끼고 있는 호감의 상대에게 충분히 욕망에 대한 본능을 표출할 수 있었다.

시온의 입술에 시선이 가는 것만 봐도 자신이 얼마나 그를 원하고 있는지를 스스로 느낄 수 있었다.

작위적이지 않은 색의 촉촉해 보이는 입술. 머금으면 달콤한 체리 향이 날 것만 같았고 맘껏 맛보고 싶었다.

아무에게도 들키지 않을 상상이라는 것을 알면서도 다미는 민망해져 왔다. 그때 다미의 시야에 잡혀 있는 그의 입술이 살포시 떨어졌다.

"직접 해 봐도 돼?"

다미는 앵두보다 더 달콤한 그 목소리에 술도 마시지 않았지만 이미 취해 버린 기분이었다.

"뭐?"

"궁금해."

"……."

"네 입술."

말이 끝나기가 무섭게 시온이 그녀의 입술에 제 입술을 살며시 포갰다가 떨어졌다. 오래 머물러 있길 바랐던 그의 입술이 금방 떨어지자 아쉬움을 느낀 다미였다.

이마도 차고 손도 찬데, 입술은 왜 저렇게 따뜻하고 보드라운지. 아니, 왜 이리 달콤하기까지 한 건지.

"내, 내려 줘. 사람들이 보는 것 같아."

계속 이렇게 매달려 있으면 술을 마시지도 않은 자신이 오히려 달려들까 싶어서 다미가 얼른 시온의 품에서 내려왔다. 타이밍 한 번 소름끼치게 바닥으로 내려오자마자 가게 문이 열리더니 이젠 꽤 익숙해진 레스토랑 직원들이 나왔다.

"어? 안녕하세요!"

"안 오시는 줄 알고 기다렸는데, 오셨네요!"

반갑게 맞이하며 제게 악수를 청하려는 남자들에게 다미가 손을 뻗었지만 닿지 못하고 시온의 손에 제지당했다.

"어딜."

시온의 엄한 반응에 남자 직원들이 머쓱했는지 어색한 미소를 지으며 뒤통수를 긁었다.

"셰프님, 2차 가실 거죠?"

"아니, 난 안 가. 여자 친구랑 둘이 있을 거야."

시온은 맞잡고 있는 다미의 손을 자랑스럽게 흔들며 말했다.

"많이들 먹고. 특히 맛있는 걸로 먹어."

지갑에서 카드를 꺼내 건네자 직원들이 환호성을 내질렀다. 그런 직원들을 흐뭇하게 바라보던 시온이 다미의 손을 잡고 돌아서 어디론가 천천히 걸음을 옮겼다.

"내일 뵙겠습니다, 셰프님!"

"형수님! 다음에 공식적으로 한 번 뵙겠습니다!"

시온은 나머지 손을 직원들에게 흔들었다. 그리고선 춥다는 것을 핑계 삼으며 다미의 허리를 와락 끌어안았다. 움찔하고 놀라다가 배에 힘을 주는 그녀의 행동이 너무 귀여워서 새어 나오려는 웃음을 가까스로 밀어 넣었다.

"악수 좀 한다고 손이 닳는 것도 아닌데 왜 그렇게 민감하게 굴어?"

"나 원래 다른 사람이 내 거에 손대는 거 싫어해."

"아무튼 별나. 그건 그렇고 대체 술을 얼마나 마신 거야? 아직도 어지럽고 막 그래?"

"아니, 다 깬 것 같아."

말은 다행이다, 라고 하면서도 다미는 그가 벌써 술이 깼다는 것이 그다지 달갑지가 않았다. 귀여웠던 애교와 충동적으로 하는 행동들은 거부감이 들기보다 제대로 된 연애를 하고 있다는 증거가 되어 다미를 설레게 만들었다. 엔도르핀이 마구 상승하고 있는 기분이었다. 하지만 그는 금세 원래 모습으로 돌아와 있었고 평소보다 훨씬 더 이성적이고 조심스러워 보였다.

"오늘 일 안 힘들었어?"

"안 힘들었던 적이 언제였는지 기억도 안 나. 그래도 힘들게 일 끝나고 너 만나니까 없던 힘이 좀 생기는 것 같기도 해."

"나도."

시온이 히죽 미소 짓고 있는 다미를 따라 웃으며 대답했다.

"근데 너희는 회식을 이렇게 고급 일식 레스토랑에서 해?"

"비싼 거 먹여야지. 나 도와주는 사람들인데."

끌어안고 있던 허리를 푸는 그의 손길을 멀거니 바라보았다. 그 손은 어딘가로 사라지지 않고 그녀의 손을 찾아 꽉 맞잡았다.

"너희 방송국은 매일 그 삼겹살집에서 하는 거야? 별로 맛도 없던데."

"응. 거기 말고 다른 곳에서 해 본 적 없어. 맛보다도 싸잖아. 우리 식구들이 좀 먹어야지. 법인 카드 한도가 있나 봐. 그리고 2차 가려고 더 그래."

"우리 다미 맛있는 거 먹여야 되는데."

그때 어디선가 맛있는 떡볶이 냄새가 바람을 타고 솔솔 날아왔다.

"음, 맛있는 냄새."

크게 들이마시며 주변을 둘러보던 다미의 시야로 분식을 팔고 있는 트럭이 보였다.

"나 저녁 안 먹었더니 배고파. 떡볶이 먹을래."

"더 맛있는 거 먹자."

"지금 내가 당장 먹고 싶은 것보다 더 맛있는 음식은 없어. 그게 바로 저 떡볶이야. 떡볶이 소스가 듬뿍 발라 있는 튀김과 따뜻한 어묵 국물까지!"

주변을 둘러보는 시온을 다미가 끌어당기며 차근차근 설명을 늘어놓았다. 트럭 앞까지 온 다미가 종이컵에 어묵 국물을 채웠다.

"아주머니, 여기 떡볶이 1인분이랑 튀김 1인분 주세요."

다 채운 어묵 국물을 시온에게 하나 건네고 자신도 한 모금 마셨다.

"음, 맛있어."

주문한 떡볶이가 나오자 다미가 급하게 하나 집어먹은 후, 또 하나를 집어 시온에게 건넸다.

"난 배불러. 너 많이 먹어."

시온이 손을 뻗어 다미의 입술 옆에 묻은 소스를 닦아 주며 말했다. 다정한 목소리와 손길이었다. 그녀가 어묵 국물을 다 마시면 시온이 옆에서 알아서 채워 주고, 먹는 내내 종알거리는 다미의 말에 공감을 하듯 고개를 연신 끄덕였다.

자신을 바라보는 시온의 촉촉한 눈빛이 좋았다. 그에게 사랑을 받고 있다는 것이 여실히 느껴져서 다미는 자꾸만 벅차고 행복한 마음을 감출 수가 없었다.

온통 어둡다고 생각했던 자신의 세상이 요즘은 이 남자 덕분에, 이 남자 때문에 핑크빛으로 물들어 가는 것 같았다.

녹화가 있는 날에는 침대 위에서 최대한 버틸 때까지 버틴 후 일어났었다. 다른 날들에 비해 체력이 많이 필요했기 때문에 컨디션을 제대로 조절하지 않으면 힘든 것은 결국 자신이기 때문이었다.

하지만 요즘 다미는 오래된 습관을 깨고 새벽부터 자리에서 일어났다.

"어디야?"

항상 녹화 날에 함께 갔던 시장이었다. 오늘도 다른 날과 다름없이 시장을 가기 위해 시온에게 연락을 했는데 주변이 상당히 시끄러웠다.

"벌써 시장이야?"

—응.

"같이 가는 거 아니었어?"

—너 피곤하잖아. 더 자고 있어. 데리러 갈게.

원수와 애인은 확실히 달랐다. 시온과 전화를 끊고 서둘러 주방으로 나왔다. 아침을 안 먹었을 그를 위해 가볍게 도시락이라도 쌀 생각이었다.

햄과 당근, 김치를 잘게 썰어 밥과 볶은 후 마른 김에다가 돌돌 싼 김치 볶음 김밥을 준비했다. 더 챙길 것이 없나 냉장고를 뒤적이다 마침 남아 있는 과일도 쌌다.

별로 한 것도 없는데 벌써 한 시간이나 지나 있었다. 허둥지둥 출근할 준비를 하고 연락을 받고 나가니 시온의 차가 골목 안으로 천천히 들어오고 있었다.

"송시온!"

반가운 마음에 커다란 목소리로 이름을 부르며 달려갔다.

조수석에 올라타자 차 안 가득 그의 냄새가 났다.

향긋한 비누 냄새.

"송시온, 밥 안 먹었지?"

"응."

"짜잔, 그래서 내가 이걸 준비했지."

"피곤했을 텐데, 더 자지."

다미가 준비해 온 김밥을 꺼내서는 시온의 입에 쏙 넣어 주었다. 열심히 씹어 먹던 시온이 잠시 흠칫, 하고 놀라더니 다시 씹기 시작했다.

"왜 그래?"

"어? 아니, 너무 맛있어서."

하마터면 정성스럽게 준비한 다미 앞에서 김밥을 뱉어 버릴 뻔했다. 대체, 무엇을 어떻게 하면 김밥에서 이런 맛이 날 수 있을까. 짜면서도 탄 맛이 강한 데다 무슨 맛이라고 정확하게 정의를 할 수 없는……. 분명 같이 요리를 했을 텐데도 모두가 따로 노는 듯한 맛.

이것도 특별한 재주라면 재주일까.

"다행이다! 입맛에 맞다니 나도 먹어 봐야……."

자신만만하게 해 온 음식을 먹고 크게 실망을 하게 될 다미가 걱정이 된 시온이 도시락을 얼른 제 품으로 가져왔다.

"너무 맛있어서 내가 다 먹어야겠어."

"그래? 그럼 너 다 먹어."

뿌듯해하는 다미의 눈길을 받으며 시온은 김밥을 입에 집어넣었다. 남이 했으면 단 한 입도 먹지 않았을, 입에 넣자마자 그냥 뱉어 버렸을 김밥을 다 먹었다는 것이 놀라웠다.

사랑하는 여자를 기쁘게 해 주기 위해서라면 뭔들 못 하랴. 맛에 대해서는 굉장히 민감한 자신도 결국 어쩔 수 없는 사랑에 빠진 남자였다.

"잠깐 쉬었다가 가겠습니다!"

스태프의 외침과 동시에 눈이 따가울 정도로 비추고 있던 조명이 꺼졌다. 뒤에서 대기하고 있던 코디들이 득달같이 달려와 시온의 얼굴에 분칠을 했다. 이런 과한 행동들은 몇 차례 받아도 익숙해지지 않아 어색해하며 서 있는데 옆에서 자신과 같이 화장을 수정받고 있던 재훈이 말을 걸어왔다.

"방송은 할 만하세요?"

"아직은 좀 어렵습니다."

"에이, 전혀 그래 보이시지 않던데요?"

넉살 좋게 웃는 재훈을 따라 시온도 살짝 미소를 지었다.

"셰프님 화면 빨 잘 받으시던데요? 말씀도 은근히 요령 있게 하시고. 요리 말고 이쪽으로는 관심 없으신 거예요?"

"네. 딱히 없습니다."

"아니, 사실 저희 대표님께서 셰프님 한 번 만나 뵙기를 원하시거든요."

학창 시절부터 줄곧 받아 왔던 제의였지만 내키지 않는 것이기도 했다. 사람들이 자신의 소유라고 생각하는 것들을 공유하는 것도 탐탁지 않아 하는데, 공인이 된다는 생각만으로도 경기가 날 만큼 끔찍했다.

"전 괜찮습니다."

"그러지 마시고 다음에 식사라도……."

재훈을 피해 주변을 살피던 시온의 시야로 다미가 들어왔다.

"……."

모든 일에는 공과 사가 있는 법이었다.

특히 시온의 경우엔 상황에 따라 지녀야 할 공사 구분이 뚜렷해 주변 사람들에게 종종 서운하다는 소리를 많이 듣곤 했었다.

그런데 지금 그 공사 구분이 힘들어서 난감하기 그지없었다. 욱하고 터져 나오려는 성질을 가까스로 누르고는 있지만 언제 터질지 스스로도 예측하지 못했다.

그깟 약속 따위 전부 취소해 버리겠다고 으름장이라도 늘어놓고 싶은 심정이었다.

"정말 감독님의 실력은 알아준다니까요. 감독님 안 계셨으면 아까 그 앵글을 어떻게 잡아냈을지 상상도 안 돼요."

시온의 기분을 자꾸만 벼랑 끝으로 내몰고 있는 사람은 그 누구도 아닌 연인 다미였다. 1차 녹화를 끝내고 잠시 쉬는 시간, 제겐 눈길 한 번 주지 않고 카메라 감독으로 보이는 남자 옆에 척 달라붙어서는 온갖 애교를 다 부리고 있는 그녀였다.

물론, 남들이 보기에는 지금 다미의 모습은 그냥 평소처럼 촬영을 수월하게 하기 위해 하는 말과 행동에 불과했다. 시온에게만 귀여워서 불안증을 일으키는 일종의 콩깍지 현상이었다.

마음 같아서는 당장 다미를 안아 제 앞에 놔두고 싶었지만 먼저 비밀 연애를 제안한 건 자신이었다. 충동적인 행동으로 그녀를 난처하게 만들고 싶지는 않았다. 약속한 말은 지키는 남자로 보이고 싶었지만 실은 그건 스스로도 장담할 수 없었다.

시온은 알지 못했다. 지금 자신의 얼굴에 가볍게 메이크업을 해 주고 있는 코디들이 얼마나 눈치를 살피고 있는지. 그래서 메인 작가인 지민이 걱정을 하며 곁으로 다가오고 있다는 것까지도.

"셰프님, 녹화 많이 힘드세요?"

잔뜩 굳어져 있는 시온을 향해 지민이 조심스럽게 물었다.

"아니요. 전 아무렇지도 않아야 합니다."

"네?"

알아듣지 못할 말을 내뱉고선 여전히 심기가 불편해 보이는 시온에 지민은 되물을 용기가 나지 않아 코디들과 함께 자리를 비켰다. 지민이 제자리로 오자 시온의 모습에 안달이 난 임 PD가 바싹 달라붙었다.

"무슨 일이야?"

"모르겠어요."

"물어봤어야지!"

"궁금하시면 PD님이 직접 물어보시면 되잖아요."

회식 이후로 임 PD는 시온에게 필요한 말 외에는 잘 하지 않았다. 행여나 그의 심기를 건드릴까 싶어서였다.

시온의 기분이 언짢은 채로 녹화가 다시 시작되었다. 모두의 우려와는 달리 그는 카메라가 돌아가자 프로처럼 상냥하고 부드러운 셰프가 되어 요리를 시작했다.

의뢰인이 도착할 때까지 시간이 남아 쉬는 동안 막내 스태프들이 양손 가득 간식거리를 사 들고 왔다.

"간식 드세요!"

시온은 당연히 다미가 커피를 들고 자신에게 제일 먼저 달려올 줄 알았다. 그런데 그녀는 믿는 도끼에 발등을 찍기로 작정했는지 아까부터 계속 곁을 돌았던 카메라 감독에게 달려갔다.

그리고선 자신에겐 눈길 한 번 주지 않고 카메라 감독과 시시
덕거리면서 대화를 나누고 있었다.

"셰프님, 커피 드세요."

"네. 감사합니다."

지민은 자신이 건넨 커피가 아닌 허공에 헛손질을 하고 있는
시온을 의아하게 올려다보았다. 그의 시선이 정확하게 반대 방
향으로 향해 꽂혀 있었다.

"여기에 두고 가겠습니다."

앞에 놓고 나온 지민에게 임 PD가 재빠르게 물었다.

"녹화 때는 괜찮으시더니 정말 왜 저러시는 거야?"

"모르겠어요, 정말."

"공 작가한테 시켜 봐."

"네?"

"그래도 두 사람 동창 사이잖아. 우리보다는 좀 낫겠지. 안
그래? 어서."

지민이 못마땅한 표정을 지으며 다미에게로 향했다. 감독과
소소한 대화를 나누던 다미는 어디선가 느껴지는 강한 시선에
주변을 두리번거리다 차가운 표정으로 이쪽을 응시하고 있는 시
온과 마주쳤다.

"다미야."

하지만 뒤에서 저를 부르는 지민 때문에 시온이 왜 저러는지
생각할 겨를이 없었다.

"네, 지민 선배."

지민이 다미의 귀에 대고 방금 전까지 있던 상황들을 전부 얘

기해 주었다.

"아, 그……."

"나랑 임 PD님은 아무래도 송 셰프님이 좀 어려우니까 네가 가 봐."

다미는 여전히 저를 차갑게 바라보고 있는 시온을 보며 어색하게 웃어 보였다. 그에게선 아무 반응이 없었다.

지금 상황엔 저도 어려울 것 같은데요.

하고 싶은 말들을 참을 수밖에 없었던 건 뒤에서 제 등을 떠미는 지민과 눈짓으로 어서 가 보라고 무언의 압박을 가하고 있는 임 PD 때문이었다.

다미가 그에게로 천천히 걸음을 옮기면서 다시 한 번 예쁜 짓을 하듯 싱긋 웃어 보였다. 그는 여전히 무표정한 얼굴로 다미를 빤히 바라볼 뿐이었다.

"시온아."

고스란히 느껴지는 지민과 임 PD의 시선을 의식하며 다미가 최대한 표정 관리에 신경을 썼다.

"녹화가 길어져서 많이 힘들지?"

"나 이래봬도 사회 경험 6년차야."

"응?"

"하루에 15시간씩 서서 일하는 내가 겨우 이런 짧은 녹화에 힘들 리가 있겠어?"

"그럼 뭐 때문에 그래? 혹시 준비해 둔 재료가 마음에 안 드는 거야?"

시온이 끼고 있던 팔짱을 빼고서는 주변을 둘러보았다. 그의 까칠한 모습에 여태 관심을 두었던 이목이 후두두 하고 떨어져 나갔다.

자칫 앞에 있던 다미의 눈동자까지 떨어져 나갈 뻔한 것을 시온이 간신히 다시 잡아당겼다.

"잠깐 나랑 나가서 얘기 좀 해."

밖으로 나와 건물 아래로 내려올 때까지 시온은 뒤에서 들려오는 나지막한 다미의 작은 한숨에 터질 뻔한 웃음을 간신히 참았다.

한숨 소리마저 귀엽게 느껴지면 어쩌자는 거지?

녹화 장소인 주택의 골목 안으로 들어간 시온은 주변이 한산함을 확인하고 나서야 돌아서 다미를 마주했다.

"내가 집에 데려다주는 길에 얘기하려고 했는데, 아무래도 안 되겠어."

"뭘?"

잔뜩 긴장한 눈으로 올려다보는 모습이 꼭 슈렉에 나오는 고양이 같다. 그 귀여움에 넋을 놓고 있다가 뒤늦게 할 말이 뭐야, 하고 되묻는 다미에 시온이 정신을 차렸다.

"그래, 다 참을 수 있어. 녹화하는 동안 일부러 내 눈 피하는 것도, 내게 와서 말을 안 걸려고 하는 것도, 연기 못 하는 공다미를 위해서라면 그 정도쯤은 나도 이해해 줄 수 있다고."

저 볼그스름한 볼도 귀엽다. 제 볼을 가져다 대고 부비며 부드러움을 한껏 느끼고 싶을 만큼.

"근데 다른 남자 앞에서 막 웃고, 애교 피우고, 스킨십을 하는 건 못 참아."

"내가 언제 스킨십을 했다고 그래?"

다미가 깜짝 놀라서 되물었다. 사실 다미는 촬영 감독에게 변경된 장소를 잘못 알려 준 막내의 실수를 만회하고자 그의 불만을 달래 주고 있던 참이었다. 다미가 나서지 않았다면 아마 막내가 정신도 못 차리게 혼이 났을 것이 분명했다.

"아까 카메라 감독한테 이렇게 했잖아."

시온이 다미의 어깨에서 무언가를 떼어 내는 시늉을 해 보였다.

"이렇게."

"이게 무슨 스킨십이야. 머리카락 붙어서……."

"이건 왜 붙어 있는지 알아?"

길고 흰 시온의 손가락이 다미의 입술을 톡톡 건드렸다.

"꼭 먹을 때만 쓰라고 있는 게 아니라고."

"알아, 안다고. 그래도 그럴 만한 사정이 있었어."

"한 번 들어 보자. 남자 친구 앞에서 다른 남자에게 애교를 피워야만 했던 사정에 대해."

시온이 강건한 자세를 취하며 들을 준비를 하자 다미가 한숨을 후 내쉬었다. 그녀의 이마를 살짝 덮고 있던 머리카락이 위로 살며시 들렸다가 제자리로 돌아왔다.

"막내가 실수를 했어. 그래서 촬영지를 뺑뺑 돌다 오셨단 말이야. 화가 많이 나셨는데 이 사실을 임 PD님이 아신다면 우리 막내……."

다미가 제 손바닥을 펴서 목을 쓱, 그었다.

"할지도 몰라."

들어 보니 그럴 만한 충분한 사정이긴 했다. 그래도 그녀가 다른 남자에게 애교를 피우는 모습을 볼 자신은 없었다. 생각을 정리하는 중에 갑자기 다미가 제 옷깃을 살포시 잡고 늘어졌다.

"그런데 너 지금 그거 질투하는 거야?"

귀엽게 몸까지 양쪽으로 흔들며 묻는 그녀에 시온은 자꾸만 새어 나오려는 남자의 본능을 가까스로 억눌렀다.

"그래, 질투하는 거야."

"송시온이 질투를 다 하고……."

다미가 입을 삐죽거리며 웃었다.

"왜? 난 질투도 안 할 것 같아?"

"응! 넌 너 잘난 거 아니까 질투 같은 거 안 할 줄 알았지."

사실 질투로 인해 얼룩져 있던 마음은 이미 지워진 지 오래였을지 모른다. 자신을 뒤따라오는 그녀가 내는 귀여운 한숨 소리에 이미 모든 것이 녹아 버렸었다.

그 지워진 곳에 피어난 것은 다른 것이었다. 하루에도 수십 번씩 다미로 하여금 바뀌는 감정들이 있는데 그중 자신을 가장 많이 괴롭히고 참기 힘든 것이었다.

시온이 손을 뻗어 그녀를 품 안으로 끌어안았다. 차라리 안 본다면 전쟁처럼 뒤엉키는 감정을 조금이라도 절제시킬 수 있지 않을까 싶었다.

"어? 저, 시, 시……."

"주변에 아무도 없어."

다미의 어깨에 얼굴을 파묻은 시온이 자신의 커다란 손으로 그녀의 뒷머리를 부드럽게 쓰다듬었다.

"넌 날 너무 몰라."

"응?"

"그러니까 늘 신경을 좀……."

"……."

"써 달란 말이야. 내가 너 때문에 하루에도 몇 마리의 양을 소환하는지 모르잖아. 하루에도 몇 명을 두들겨 패는지."

잠잠하고 듣고 있던 다미가 양을 흉내 내며 순하게 되묻는다. 그 바람에 시온이 또 웃음을 터트려 버리고 말았다. 그런 시온의 품 안으로 다미가 더욱 파고들었다. 끌어안고 있는 그녀에게서 향긋한 과일 향이 났다.

"최대한 너 신경 쓰지 않게 노력하고, 또 그 신경들을 전부 너에게만 쓸 수 있도록 노력할게."

나지막하게 중얼거리던 그녀가 갑자기 고개를 빤히 들고 주변을 살피더니 발꿈치를 들고 그의 볼에 가볍게 입을 맞추었다.

"그러니까 화 풀어."

그녀의 예상치 못한 뽀뽀에 시온의 얼굴에 주체할 수 없는 웃음이 피어나고 말았다. 그의 모습에 탄력이라도 받은 듯 다미가 이번엔 다른 반대쪽 빰에도 뽀뽀를 해 주었다.

"그리고 양 얘기가 나와서 말인데, 너 혹시 양고기가 먹고 싶은 거야?"

역시 공다미는 모든 대화의 주제를 먹는 이야기로 돌리는 뛰어난 재주가 있다.

"네가 먹고 싶은 거 아니고?"

"조금? 양고기랑 중국 맥주 같이 먹어 봤어? 진짜 맛있대."

"그럼 오늘 먹으러 갈까?"

"그럴까?"

그러자.

공다미가 좋다면야, 나도 다 좋으니까.

11화
못 다한 이야기

김치 볶음 김밥을 완성해서 도시락을 채운 다미가 나머지 남은 밥들을 향해 손을 뻗었다. 입에 쏙 집어넣으며 낮게 고개를 끄덕였다.

"음, 처음 한 거치고 굉장히 맛있는데?"

남아 있는 김밥을 전부 입에 털어 넣은 다미는 요리가 많이 늘은 것 같다는 뿌듯함에 미소를 지었다.

12화

쉬는 날에도 시온은 항상 오픈 시간에 레스토랑을 들려 직원들에게 가볍게 전달 사항을 전하고 예약을 확인해 보곤 했다. 카운터 앞에 서서 예약 명단을 살펴보고 있는 시온을 주방에서 힐끔거리던 직원들이 한쪽으로 잽싸게 모여들었다.

"확실히 연애하시니까 달라지셨지?"

"그러니까. 쉬는 날에는 매일 운동복 차림으로 오시더니……. 운동복도 너무 잘 어울리셨지만 오늘 정장 입으신 거 너무 멋있지 않으세요? 잡지에서 튀어나온 모델인 줄 알았어요! 아니, 모델보다 더 해."

"그러게, 저 옷 좀 탐난다. 나도 사야겠어."

옆에서 듣고 있던 대훈도 한마디 거들었다. 그러자 아름이 한층 더 들뜬 목소리로 떠들었다.

"저 옷 입는다고 선배님께서 셰프님 되시는 거 아니거든요?"

"나도 아니까 조용히 해."

"오늘 데이트 있으신가 봐. 아, 그 작가님은 좋겠다. 우리 셰프님과 데이트하는 기분은 어떨까?"

두 손으로 볼을 감싸고 어쩔 줄 몰라 하는 아름을 한심하게 바라보던 직원들은 주방으로 점점 가까워져 오는 시온의 모습에 빠르게 흩어졌다. 각자 제자리로 돌아가 열심히 일하는 척을 하는 직원들을 살펴보던 시온이 부 주방장인 기정을 불렀다.

"기정이, 잠깐 나와 봐."

기정이 하던 것을 멈추고 시온을 따라 사무실로 올라갔다. 자못 진지해 보이는 시온의 모습에 기정은 자신의 지난 행적들을 되새김질해 보았다. 꼼꼼하고 실수라곤 먼지만큼도 하지 않는 시온의 심기를 건드린 것이 있을까 싶어서였다.

"기정아."

저의 이름을 부르는 목소리가 지나치게 가라앉아 기정은 금세 위축되었다.

"네, 셰프님."

어떤 말을 하시던 일단 죄송하다는 말을 해야겠다고 생각한 기정은 다음으로 들려오는 시온의 말에 어리둥절했다.

"이 옷 괜찮냐?"

"네?"

"옷 말이야. 나랑 어울려?"

기정은 여전히 믿을 수 없다는 표정으로 한 바퀴 돌면서까지 옷에 대해 확인을 받고 있는 시온을 멍 하니 바라보았다.

"너 예전에 나랑 미국에 있을 때 여자들한테 옷 잘 입는다는 소리 많이 들었잖아. 네가 볼 때 이 옷 어때? 괜찮아?"

기정이 옷에 대해 신경을 쓰고 다녔던 진짜 이유에 대해 시온은 알지 못했다. 자신과 미국에서 공부를 했던, 딱 한 살 많은 형이자 선배인 시온은 그냥 흰 면 티에 청바지만 입어도 여자들이 멋있다며 극성을 떨곤 했다. 그런 여자들의 관심을 조금이라도 제 쪽으로 돌려 보려 스타일에 신경을 쓰곤 했다. 그것도 모르고 지금 제 앞에서 이 옷 어떠냐며 진지하게 묻고 있는 시온을 보고 있자니 기정은 세상이 참 불공평하다는 생각이 들었다.

시온이 입고 있는 저 옷과 비슷한 걸 자신도 며칠 전에 입었지만 아름에게도, 같은 남자 동료들에게도 멋있다고 들어 본 적이 없었다.

"아주 멋있으십니다."

"다미가 좋아할까?"

"그럼요, 좋아하시겠죠."

"신발은? 신발은 잘 어울려?"

"네."

대충 보고 대답하는 기정을 시온이 노려보았다.

"제대로 봐."

"제대로 보지 않고 대충 봐도 멋있으십니다, 셰프님은!"

여태 쌓아 두고 있던 억울함을 참다못한 기정이 폭발한 듯 목소리를 높였지만 시온은 전혀 개의치 않아 했다. 등을 돌려 창문에 비치는 자신의 매무시를 정리하며 남자가 들어도 참 달달한 목소리로 말했다.

"나 공다미한테 잘 보이고 싶어."

"이보다 더요?"

"훨씬 많이."

"얼마나 더요?"

시온이 고민을 하듯 고개를 잠시 기울이다가 금세 제자리로 돌아왔다. 자신을 향해 웃는 시온의 미소가 오늘의 날씨만큼이나 지독히도 싱그러웠다.

"음식보다 훨씬 많이 생각나는 정도?"

"네?"

"그런 게 있어. 오늘 수고하고."

시온이 가볍게 기정의 어깨를 다독이고선 서둘러 사무실을 빠져나갔다.

"향수도 뿌리신 건가?"

냄새에 민감한 시온은 절대 인위적인 향수를 뿌리지 않았다. 그가 남아 있던 자리에서 처음으로 맡아 본 향수 냄새에 기정은 못 말린다는 말을 덧붙이며 싫지 않게 웃어 보였다.

다미가 가장 싫어하는 날씨가 비가 쏟아지는 날이라면 가장 좋아하는 날은 그와 완전 상반되는 햇살이 쨍쨍 쏟아지는 날이었다.

에메랄드 빛의 하늘에 하얀 뭉게구름을 보고 있으면 괜히 웃음이 새어 나오고 기분이 좋아졌다.

데이트가 있는 오늘처럼.

일찍 끝나는 날 만나서 영화를 보고 밥을 먹은 적은 있어도 이렇게 쉬는 날 아침부터 만나서 데이트를 하는 것은 처음이었다. 물론 그 쉬는 날은 다미의 기준이지만.

　너무 딱 맞아서 평소에는 잘 입지도 않던 원피스를 꺼내 입었다. 거울 앞에 선 다미는 연분홍색 프릴 원피스를 입은 제 모습이 만족스러운지 한 바퀴 빙그르르 돌며 미소를 지어 보였다. 그러다 뒤쪽에 위치한 지퍼를 잠그려는데 생각처럼 쉽지가 않아 끙끙거렸다.

　"아이, 왜 이래? 살쪘나?"

　다미가 끙끙거리며 다시 지퍼를 올리려 들었다.

　"너 나랑 싸우자는 거야, 뭐야?"

　제자리에서 껑충껑충 뛰기까지하면서 노력했지만 역부족이었다.

　"이러지 마, 제발!"

　손끝까지 힘을 주어 겨우 올렸다.

　"그럼 그렇지. 내가 살쪘을 리가 없어."

　하지만 다미는 보이지 않는 뒷모습의 상황에 대해서 알지 못했다. 원피스의 지퍼가 버틸 수 있는 한계가 얼마 남지 않았다는 사실을.

　준비를 끝낸 다미가 시간을 확인하고 서둘러 밖으로 나갔다. 시온이 올 방향을 보며 기웃거리던 다미는 끝자락에서 보이는 낯익은 차를 발견하고 반갑게 미소 지었다.

　"송시온!"

　제 앞에서 멈춘 차 안에서 자신을 바라보고 있는 시온을 향해 인사를 한 후, 조수석에 올라탔다. 평소에는 나지 않던 낯선 향기가 차 안 가득 퍼져 있었다.

"이거 무슨 냄새야?"

"왜, 싫어?"

"아니, 싫진 않은데 네 냄새가 없어져서 아쉬워."

"내 냄새? 나한테 냄새 났었어?"

다미의 말에 꽤 충격을 받은 듯한 시온이 조심스럽게 물었다.

"응. 사람은 모두 자신만의 냄새를 가지고 있잖아. 난 네 냄새 좋았는데. 뭐랄까, 포근한 비누 냄새라고 해야 하나. 암튼 그게 없어져서 아쉽네."

시온은 다미 모르게 슬쩍 제 쪽의 창문을 열어 놓았다. 그러던 중에도 다미는 뭐가 그리도 바쁜지 가방을 뒤적거리더니 무언가를 꺼내들었다. 행여나 또 그 말도 안 되는 김밥일까 싶어서는 잔뜩 긴장을 하고 있는데 슬쩍 보니 다행히 먹는 것은 아닌 듯싶었다.

"짜잔!"

"그게 뭐야?"

"너랑 나 커플 휴대폰 케이스. 내가 어제 밤새도록 직접 만들었어. 휴대폰 줘 봐."

시온의 휴대폰에 난생처음으로 케이스가 생겼다. 귀여운 미키 마우스와 미니 마우스가 입술을 맞추고 주변엔 물방울 같은 모양으로 꾸며져 있었다. 케이스를 해 본 적이 없어 낯간지러웠지만 그래도 시온은 마냥 좋았다.

이것을 만들고 빨리 전해 주고 싶어 어젯밤에 잔뜩 설레어 했을 그녀를 생각하니 사랑받고 있는 느낌에 하늘을 둥둥 떠다니는 듯했다.

"예쁘지?"

"응, 예쁘다."

시온이 이니셜이 새겨져 있는 하트 모양을 어루만지며 대답했다.

"나 이런 거 처음 해 봐. 근데 그게 공다미랑 하는 거라서 더 좋아."

잔잔하면서도 담백한 그의 혼잣말에 다미가 뿌듯함을 느꼈다. 사실 어제 이 케이스를 꾸미며 글루건에 손을 몇 번이고 데였었다. 그래도 저렇게 좋아하고 있는 시온을 보니 자신의 노력이 헛되지 않은 것 같아서 기뻤다.

"잃어버리면 안 돼."

"샤워할 때도 가지고 들어갈게."

분명 시온의 목소리는 장난기가 다분한데 다미는 그게 단순한 장난으로 받아들여지지가 않았다.

자꾸만 머릿속에서 상상이 되는 것은 뿌연 수증기 사이로 보이는 일전에 한 번 봤던 그의 몸이었다. 야무지게 붙어 있는 근육과 적당히 그을린 피부색을 띠우고 있던 그의 맨살이 떠오르자 다미는 마치 죄를 짓는 것 같아 생각을 없애려고 애썼다.

"아니, 그럴 필요까진 없고……."

여태 잘만 마주치고 있던 시선을 황급하게 피한 다미의 볼이 잘 익은 복숭아처럼 불그스름해졌다. 그것을 들키지 않기 위해 창밖으로 시선을 던져 버렸다.

"출, 출발하자."

굳이 앞을 보지 않아도 그녀가 어떤 표정을 짓고 있는지 창문에 비쳐 고스란히 보였다. 무엇 때문에 그런 표정을 짓고 있는지 알고 있었지만 굳이 말하지 않았다. 열여덟 살의 송시온은 이럴 때 눈치 없이 다미를 놀렸겠지. 하지만 이제는 그러고 싶지 않았다. 간신히 누그러트리고 있는 그녀에게 당황함을 더 흩뿌려서 등 돌리게 만들고 싶지 않아서였다.

시온은 조용히 다미를 기다려 주었다. 민망함이 완전히 가시고 자신을 당당하게 볼 수 있을 공다미로 돌아올 때까지.

두 사람이 탄 자동차는 청담동에 위치한 한 카페형 도서관 앞에 멈춰 섰다.

"여기야, 여기."

다미가 창문에 달라붙어서는 들뜬 목소리로 외쳤다.

"여기가 그렇게 와 보고 싶었어?"

"응! 여기 오면 꼭 금방이라도 여행을 떠날 수 있을 것만 같아서."

도서관은 1층과 2층으로 나뉘어져 있었다. 2층으로 올라가자 높게 느껴졌던 천장이 가까워지면서 금세 아늑함이 몰려왔다. 사방이 다 여행 책으로 가득 차 있었고 그 속에서 사람들은 휴식과 낭만을 취했다. 다미는 신이 나 잡고 있던 시온의 손까지 놓아 버리고 이리저리 돌아다녔다. 시온은 그런 그녀를 바쁘게 쫓아다녔다.

"천천히 가. 그러다가 넘어지면 어쩌려고 그래?"

"내가 애야? 고작 이런 걸음으로 넘어지게?"

그럼에도 시온의 입장에선 정신없이 발걸음을 옮기는 그녀의 모습이 아찔해 보일 뿐이었다.

"시온아."

벌써 자리를 옮긴 그녀가 이리 와 보라는 듯 손짓했다. 단숨에 그녀에게로 다가가자 프라하라고 적혀 있는 책을 든 다미가 심하게 들뜬 음성으로 속삭였다.

"여기 가 보고 싶어!"

이번엔 바다에 둘러싸여 있는 산타마리아 텔라살루트 교회가 찍혀 있는 베네치아 관련 여행 책을 집어 들었다.

"아, 여기도!"

"가자. 우리 서른 살 되는 해에 같이 여행 가자."

"얼마 안 남았어! 그럼 가고 싶은 여행지 다 꺼내 봐도 돼?"

"응."

콧노래까지 부르며 책을 꺼내는 그녀의 하얀 손을 바라보던 시온이 천천히 도서관 안을 살폈다. 잔잔한 클래식 음악이 흐르고 갖가지 아기자기한 소품들과 나무로 인테리어를 한 공간이라 그런지 마치 동화 속에 들어와 있는 것만 같았다.

"자리 맡아 놓을게."

"응!"

시온은 적당한 곳에 앉아서 다미를 기다렸다. 매장이 걱정되어 기정에게 문자를 보내고 나서도 한참을 오지 않는 다미를 기다리며 휴대폰을 꺼내 '여자 친구와 떠나는 유럽 여행'을 검색해 보았다.

그렇게 혼자 시간을 죽이고 있어도 그녀는 모습을 보이지 않았다. 혹시 자신을 못 찾고 있는가 싶어서 자리에서 벗어나 그녀가 있을 만한 곳을 향해 돌아다니던 시온이 한 책장 앞에서 등을 딱 붙이고는 울상을 짓고 있는 다미를 발견했다.

"공다······."

"잠, 잠깐만!"

난감함에 물들어진 그녀의 얼굴이 시온을 향해 무언가를 간절히 사정하며 내저었다. 잠시 걸음을 멈췄지만 더는 기다려 줄 수가 없었다.

"무슨 일이야."

다가오지 말아 달라는 그녀의 부탁에도 시온은 한걸음에 그녀의 지척까지 성큼 다가갔다.

"시, 시온아."

다미가 기대고 있던 책장 틈 사이로 남자 둘이서 키득거리는 것이 보였다. 그들의 방향은 시온의 몸에서 훨씬 아래인 그녀의 허리춤으로 향해져 있었다. 능글능글함이 가득 차 있는 남자들의 눈동자에 시온은 피가 끓고 눈이 뒤집히는 기분이었다.

"오면 안 돼. 네가 보면 안 돼! 저리 가, 제발 저리 가."

시온은 재빨리 제 재킷을 벗어 그녀의 어깨에 덮어 주었다.

남자 둘의 표정이 순간 아쉬워하다가 자신들을 바라보는 시온의 살기 어린 눈빛에 흠칫 놀라서는 달아났다.

주변에 아무도 없는 것을 확인하고 나서야 시온은 자신이 재킷을 덮어 줄 때 봤던 것을 떠올렸다. 그녀의 원피스가 뜯겨져 있었고 그 바람에 안에 숨어 있던 뽀얀 속살과 속옷이 완전히 노출이 된 상태였다.

이 바보는 알고 있었을까. 남자 친구에겐 필사적으로 가리려고 했던 것을 다른 남자들에게는 그대로 보여 주고 있었다는 사실을. 하지만 말해 봤자 속상한 공다미의 마음에 기름을 끼워 붓는 격이었다.

속상한 건 시온도 마찬가지였다. 자리를 찾겠다고 떠나지 않고 곁에 있었더라면 이런 사태가 일어나지 않았을 거라 스스로를 자책하고 있었다.

"나 집으로 가고 싶어……."

속상함에 자꾸 후회만 몰려오고 후회 속에서 또 미안함이 솟아오르는 시온의 마음을 아는지 모르는지 다미가 시온의 옷자락을 꽉 쥐고 기어 들어가는 목소리로 말했다.

"그래. 집으로 가자."

여전히 창피해하는 그녀를 품에 있는 힘껏 끌어안고 도서관을 나섰다. 이제 다미에게서 더 눈을 뗄 수가 없게 되어 버렸다.

어떻게 이런 일이 있을 수 있는지 다미는 방금 제게 일어났던 상황을 떠올리며 또 한 번 좌절했다. 평생 잊지 못할 망신이요, 생각이 날 때마다 이불을 차 버릴 사건으로 관 속으로 들어갈 때까지 오점으로 남겨질 악몽이었다.

그러는 와중에도 잠시 이탈했다가 돌아온 정신의 일부분은 연신 아쉬움을 느끼고 있었다. 눈에 익숙한 골목길로 들어서는 순간부터.

차가 집 앞에 멈춰 서고 내리는 순간, 그가 안타까운 표정을 지으며 잘 들어가라고 말하고 돌아설까 봐 조바심이 생겼다.

아까부터 침묵을 유지하고 있는 시온은 아무래도 많이 놀라고 기분이 상했을 다미의 마음을 배려해야 한다고 생각해 그럴 가능성이 다분해 보였다.

딱히 그러지 않아도 되는데…….

차가 멈추고 오래도록 침묵을 유지하고 있던 시온이 먼저 입술을 열었다.

"얼른 들어가 봐."

"응."

들릴 듯 말 듯한 목소리로 대답을 하고서는 문을 열었다.

더 오래 보지 못했다는 아쉬움으로 물들어진 발걸음은 쉽게 옮겨지지가 않았다. 자신을 불러 주지도, 잡지도 않는 시온에 다미의 마음은 더욱 조급해져 왔다.

간신히 발을 바닥으로 내딛고 몸을 빼냈다. 집으로 향해 몇 걸음 옮기던 다미가 여전히 뒤에서 움직이지 않고 있는 시온의 차를 향해 돌아갔다. 조수석 문을 열고 고개를 빠끔히 들이밀고선 시온을 마주 봤다.

"송시온, 너 그냥 갈 거야?"

"왜?"

"배 안 고파?"

"……."

"우리 집에서 밥 먹고 갈래?"

송시온이 좋다. 하지만 이렇게 침묵하며 감정을 읽을 수 없는 눈동자로 자신을 응시할 때의 그는 많이 낯설어서 싫었다.

저런 무표정한 얼굴보다는 웃는 것이 훨씬 예쁜 얼굴인데.

"그 밥."

그가 어렵게 가라 앉아 있던 입술을 떼어 내며 운을 띄웠다.

"응?"

"내가 해 줄게."

시온과 나란히 집으로 올라온 다미는 안으로 들어오자마자 침실로 쏜살같이 달려가 옷을 갈아입었다. 그리고는 처참하게 뜯겨져 있는 원피스를 부둥켜안고 소리 없는 아우성을 지르며 발버둥을 쳤다.

앉아 있던 자리에서 일어나는 순간, 뒤꿈치가 아릿하게 아파 왔다. 평소 안 신던 단화까지 신었더니 잔뜩 까져 피가 고여 있었다.

"가지가지해라, 공다미."

서랍에서 약을 꺼내 바르고 나오니 식탁 의자에 앉아서 휴대폰을 만지고 있던 시온이 고개를 들어 올렸다. 그러지 않으려고 해도 자꾸만 속상한 마음이 얼굴로 고스란히 드러났다.

"미안해. 괜히 나 때문에 오늘 날씨도 좋은데 데이트나 망치고."

"데이트가 뭐 별거 있나. 이렇게 같이 있는 게 데이트지."

"그래도……."

"그럼 지금이라도 나갈까?"

마음 같아서는 그러고 싶었지만 뒤꿈치도 아팠다. 아까 느꼈던 창피함이 채 가시지 않아 거부감이 들었다. 다미가 낮게 고개를 내젓자 시온이 그녀의 볼을 손등으로 쓰다듬었다.

"너한테 예뻐 보이고 싶어서 맞지도 않은 원피스를 입은 거야. 진짜 미련하고 바보 같아."

그의 손길에 위로를 받은 듯 다미가 속상한 목소리로 웅얼거렸다. 그런 다미를 지그시 바라보고 있던 시온이 다정함이 가득

한 음성으로 대답했다.

"내 눈에는 붉은색 곰돌이 티셔츠를 거꾸로 입은 지금의 공다미도 예뻐 보이는데."

"헉!"

시온의 말에 얼른 고개를 내려 확인해 보니 정말 거꾸로 입은 상태였다.

"난 몰라!"

놀라서 허둥지둥 일어서는 다미를 시온이 붙잡았다.

"그냥 있어."

"창피해."

"더 창피할 게 남았어?"

"맞을래?"

오늘은 비도 오지 않는 날인데 왜 이렇게 하는 것마다 엉성한지 알 수가 없었다. 자신을 붙잡는 손길에 다미는 다시 자리에 앉았다.

"뭐 먹고 싶어?"

"아무거나."

팔을 걷어붙이고 일어서는 시온을 보며 다미는 회사를 그만두고 자주 봤던 예능 요리 프로그램에서 유명 셰프가 한 말이 떠올랐다.

막상 요리사들은 쉬는 날에 요리를 잘 하지 않는다고. 매일 빠듯하게 일을 하기 때문에 휴일 만큼은 그냥 푹 쉬고 싶다고. 오늘은 명색이 데이트고 쉬는 날이었다. 그래서 다미는 시온을 푹 쉬게 해 주고 싶었다.

"시온아, 그냥 내가 할게."

"어? 아니야. 괜찮아."

"아니야. 너 쉬는 날인데, 부려먹는 기분이라서 좀 그래."

다미가 싱크대 앞에 서 있는 시온을 뒤쪽으로 밀어내며 팔을 걷어붙였다.

"괜찮다니까."

"아니야! 소파에 가서 앉아 있어. 내가 뭐라도 해 줄게. 뭐 먹……."

"공다미."

잠시 밀려났던 시온이 다시 다가와서는 다미의 양어깨를 잡고 제 쪽으로 확 돌려세웠다.

"우리 그냥 시켜 먹을까?"

"응?"

"생각해 보니까 오늘은 나뿐만이 아니라 너도 쉬는 날이잖아. 요리하고 나면 설거지도 해야 되는데."

"걱정 마. 너 설거지 안 시킬게."

어깨에 올려진 제 손에서 벗어나 냉장고로 향하는 다미를 시온이 다시 한 번 붙잡아 세웠다.

"데이트에 방해되는 것 같아서."

요리를 하겠다는 강건한 의지가 살짝 흔들리는 기미를 보이는 다미에 시온은 쐐기를 박아 버리듯 손깍지를 끼고 꽉 맞잡았다.

"너랑 이렇게 손잡고 소파에서 쉬고 싶어. 우리 데이트에만 집중하고 싶어."

결국 설득당했다. 동네 중국집에 전화를 해서 음식을 시키고 기다리는 동안, 두 사람은 손을 맞잡고 소파에 나란히 앉았다.

다미는 시온의 손을 잡고 있는 자신의 손바닥에도 혹시 심장이 달렸나 싶을 정도로 온몸이 진동을 하고 있었다. 고작 손을 잡은 것뿐인데도 극심하게 반응하는 심장 때문에 난감했다.

거부를 할 수가 없었다. 데이트에 집중하고 싶다는 그의 목소리는 담백했고 표정은 아이스크림처럼 차갑지만 달달했다.

"T, TV 좀 틀까?"

계속 앉아 있다가는 정말 심장 소리가 그에게 고스란히 들릴까 싶어서 리모컨을 찾아 헤맸지만 그마저도 쉽지 않았다.

"아니, 그냥 이대로 쉬고 싶은데."

나란히 앉아 있던 시온이 그대로 상체를 수그려 다미의 허벅지를 베고 누웠다. 흐익, 하마터면 고함을 지를 뻔했다. 별거 아닌 행동임에도 자지러지게 놀란 건, 어쩌면 다미가 마음 깊이 품고 있는 엉큼한 상상 때문일지도 몰랐다.

그와 있으면 자꾸만 이상한 생각만 든다. 아무래도 일전에 닿았던 그의 입술에 대한 여운과 채우지 못한 결핍으로 인해 만들어진 갈증이 오래 남는 듯싶었다.

"귀, 귀 파 줄까?"

자꾸만 드는 이상한 생각을 분산시키고자 다미가 그의 귀를 잡고 늘어졌다.

"그럴래?"

"잠깐만."

자리에서 일어나 거실 서랍으로 가서는 면봉을 꺼내 돌아왔다. 시온은 귀까지 예술가가 빚은 것처럼 완벽했다. 귀를 잡고 살짝 늘어트려 안을 살폈다. 면봉을 집어넣을 필요도 없이 지나치게 깨끗했다.

"귀지가 하나도 없네."

"그래?"

피곤함이 잔뜩 섞여 있는 음성에 다미가 그의 얼굴을 살폈다. 일정한 숨소리를 내며 두 눈을 감고 있는 시온은 점점 잠에 빠져드는 듯싶었다.

부드러운 그의 머리카락 위에 살포시 손을 얹고 매만졌다. 그가 희미하게 미소 짓는 것이 보였다.

차마 다 느끼지 못했던 따사로운 햇살이 거실 창을 향해 들어와 시온의 얼굴 위로 쏟아졌다. 다미가 얼른 손으로 빛을 막아 그림자를 만들어 주었다.

그러고 보니 예전에도 이런 일이 있었다. 2학년 수학여행 때 버스 안에서 한사코 제 옆에 앉은 시온이 졸고 있을 때가 있었다. 창문을 통해 뜨거운 햇볕이 들어왔고 잠결에 미간을 찌푸리던 그를 위해 기꺼이 손으로 그늘을 만들어 주었을 때가.

송시온은 그날 일을 알고 있을까? 그늘 속에서 평온에게 자고 있던 제 얼굴을 한참을 바라보며 조용히 미소 짓던 소녀가 곁에 있었다는 것을.

그날 팔에 근육통이 생겨 버려 밤새도록 느껴지는 통증에도 후회를 하지 않은 공다미가 있었다는 것을.

딩동.

추억을 떠올리던 다미는 얼마 있지 않아 거실에 시끄럽게 울려 퍼지는 초인종 소리에 시온의 머리를 소파에 살짝 뉘운 뒤 지갑을 들고 재빠르게 뛰어나갔다.

"짜장⋯⋯!"

"네. 시켰어요."

다미가 검지로 입술을 막으며 작게 속삭였다. 그러자 배달원도 센스 있게 작은 목소리로 시킨 메뉴가 새우 볶음밥과 탕수육이 맞냐고 물었다. 고개를 끄덕인 다미가 카드를 내밀고 계산을 한 후, 음식들을 가지고 안으로 들어왔다. 행여나 시온의 단잠을 깨우기라도 할까 싶어 모든 행동에 소리를 죽였다.

"뜨거울 때 먹어야 맛있는데⋯⋯."

식탁 위에 있는 음식과 소파에서 잠들어 있는 시온을 번갈아 보던 다미가 천천히 그에게로 다가가 앞에 쭈그리고 앉았다. 그리고는 그의 얼굴 어느 한 곳도 빼놓지 않고 바라보았다. 이마부터 반듯하게 이어지는 콧날과 뚜렷한 입술까지 멋있지 않은 곳이 없었다.

"잘생겼다."

"그래서 감상만 하기에는 좀 아깝지?"

여태 자는 줄 알았던 시온이 눈을 뜨자 화들짝 놀란 다미가 뒤로 벌러덩 넘어가려던 찰나였다. 그의 손이 부드럽게 그녀의 머리를 받치며 얼굴이 입술로 다가왔다.

머금고 있던 입술 사이를 혀로 부드럽게 어루만져 주자 그녀의 입술이 자연스럽게 벌어졌다. 어색함에 어쩔 줄 몰라 하는 다미의 손을 끌어다가 제 목을 감싸게 한 시온이 상체를 일으켜 앉아 그녀를 들어 올려 허벅지 위에 앉혔다. 그러자 서로에게 닿아 있던 입술이 완벽하게 포개졌다. 깊숙이 들어온 그의 혀는 다미의 여린 입안을 빈틈없이 유영했다. 때로는 부드럽게 왔다가 때로는 거칠게 흔적을 남겼다. 시온에게 결박당한 입안엔 촉촉한 타액이 끈적거리는 소리를 내며 서로를 자극시켰다.

호흡이 한계가 되어 엉망으로 뒤엉킬 때쯤 그가 잠시 입술을 떼어 냈다. 다미가 차올랐던 호흡을 두 번 정도 가다듬었을 때, 시온의 입술이 다시 그녀의 입술을 포박했다. 좀 전과는 달리 도톰한 살점을 이로 살짝 깨물며 들어와 쉬지 않고 그녀를 탐했다.

다미는 부드럽고 달콤한 카스테라나 푸딩을 먹고 있는 것 같은 느낌이었다. 아니, 평생 한 번도 먹어 보지 못한 이상의 맛으로 세상에서 가장 달콤했다. 하루 종일 엉망진창이었던 기분이 한순간에 위로받는 듯했다.

송시온의 입술은 최고다.

아니, 송시온의 키스 기술은 최고다.

*　　　*　　　*

다음날. 다미는 지민, 조연출과 의뢰인의 집으로 향했다. 카메라를 설치해야 할 동선과 부엌의 상태가 방송을 하기 적합한지, 뭘 얼마나 보안해야 하는지 알아보기 위해서였다.

의뢰인의 집은 여자가 혼자 사는 오피스텔로 꽤 고급스러운 인테리어였다. 그뿐만이 아니라 거실에 있는 커다란 창은 서울의 전경이 훤히 다 보였다.

"그림 예쁘게 나오겠다."

지민의 말에 다미가 적극 공감하고 있을 때였다. 손에 쥐고 있던 휴대폰이 울렸고 확인해 보니 시온이었다. 이름을 확인한 다미가 저도 모르게 입꼬리를 한껏 올렸다.

"저 잠깐 전화 좀……."

안이 꽤 어수선했기에 다미는 아예 밖으로 나와 복도 어귀로 향했다.

"여보세요?"

—많이 바빠?

"아니, 통화 가능해."

—아침부터 네가 생각나서 아무것도 손에 안 잡혀.

"아휴. 저녁에 또 볼 건데 너무 그러지 마, 시온아."

—넌?

"응?"

—넌 나 안 보고 싶어?

"왜 안 보고 싶겠어. 내 송시온이는 눈을 감아도 그립고, 숨을 쉴 때마다 보고 싶…… 엄마야!"

온갖 애교를 다 떨며 사랑을 속삭이던 다미가 갑자기 옆에서 벌컥 열리는 문 때문에 화들짝 놀라 휴대폰을 떨어트리고 말았다. 다미는 안에서 누군가에게 떠밀리다시피 튕겨져 나오는 인물 때문에 경악을 금치 못했다.

"꺼지라고! 쥐뿔도 없는 게 어디서 나랑 결혼을 하려고 들어? 겁도 없이 회사 자금에 손이나 대고! 망하려면 너 혼자 망할 것이지, 왜 망한 네 인생에 나를 끌어들이려고 해!"

"한영아, 아니야! 나 다시 재기할 수 있어!"

"웃기지 마! 곧 구속당할 판국에, 뭘! 한 번만 더 와 봐, 그땐 경찰 부를 줄 알아!"

여자가 악다구니를 지르며 자꾸 안으로 들어가려는 선우의 어깨를 밀어내고 문을 닫았다. 인정사정없는 냉랭한 모습에 다미가 무거운 한숨을 내쉬며 떨어트렸던 휴대폰을 들었다.

—무슨 일이야?

걱정이 담긴 시온의 목소리에 다미가 옆을 무거운 눈길로 바라보았다.

"내가 다시 전화할게."

심각한 다미의 목소리에 시온은 아무 말도 하지 않고 전화를 끊어 주었다.

"선우 씨."

무릎을 꿇고 앉아 어깨를 떨며 흐느끼는 선우에게 다미가 다가갔다. 선우가 초췌한 모습으로 고개를 천천히 들어 올려 다미를 마주했다. 예상치 못했던 전 약혼녀의 등장에 그는 많이 당황한 눈치였다.

"다, 다미야."

굳이 물어보지 않아도 방금 전 상황으로 그의 상태가 얼마나 최악인지 알 수 있었다.

"왜 회사 돈엔 손을 대서……."

다미의 낮은 질책에 선우가 다시 고개를 푹 수그렸다. 그를 위해 해 줄 말이 딱히 없었다. 만약 내가 이 남자와 결혼을 했으면 어땠을까. 생각만 해도 끔찍했기에 다미는 자신에게 일찌감치 파혼하라고 했던 시온이 내심 고마웠다.

"그래도 힘내."

영혼이 하나도 실리지 않은 말을 뱉어 내고는 갑자기 자신을 부르는 지민의 목소리에 다급하게 몸을 돌렸다.

그리고 되새겼다.

저 사람과 결혼하지 않은 게 참 다행이라고.

내 곁에 저 사람이 아니라 송시온이 있어서 참 다행이라고.

오늘따라 기분이 상당히 좋아 보이는 임 PD 덕분에 평소보다 훨씬 일찍 퇴근할 수 있었다. 팀 모두가 일찍 끝난 것은 굉장히 이례적인 일이었기에 작가들은 오늘을 그냥 넘어갈 수 없었다.

"우리 가볍게 한잔하고 가자!"

"콜!"

끝나자마자 시온의 가게에 가기로 했던 다미는 한쪽 팔은 막내에게, 다른 한쪽 팔은 지민에게 붙들려 빠져나갈 겨를도 없이 방송국 근처 작은 호프집으로 끌려갔다. 주문을 하고 기다리는 동안 테이블 밑에 휴대폰을 숨기고선 잽싸게 시온에게 문자를 넣었다.

〈오늘 일 끝나자마자 바로 가게로 가서 너 보려고 했는데, 상황이 여의치가 않아서 못 갈 것 같아. 기다리지 말고 퇴근해.〉

"선배님."

모든 것을 꿰뚫고 있다는 듯이 막내가 다미의 귀에다 대고 능청맞게 속닥였다.

"엄마야!"

자지러지게 놀란 다미가 귀를 비비며 막내를 노려보았다.

"왜 그래?"

막내가 주변을 둘러보더니 화제가 분산되어 있다는 것을 확인하고 확신에 가득 찬 눈으로 다미를 응시했다.

"셰프님이죠?"

"아, 아니야."

당황한 다미가 어설프게 대답하며 맥주를 쭉 들이켰다. 그렇다고 갈증과 초조함이 전혀 해결되진 않았지만.

"에이, 제가 다 봤어요. 뒷 번호, 6458. 두 분 사귀시죠?"

"아니야, 아니라고!"

"그럼 사귀지도 않는 사람들이 막 애틋하게 안고 있고 그래요?"

다미는 하마터면 입에 있는 맥주를 그대로 막내의 얼굴에 내뿜을 뻔했다. 심하게 놀란 그녀가 주변을 살필 여유도 없이 막내를 잡고 일으켜 세웠다.

"막내야, 나랑 같이 화장실 좀 갔다 오자!"

순순히 따라 일어나는 막내를 보며 곁에 앉아 있던 나라가 비아냥거렸다.

"애들도 아니고 무슨 화장실을 둘이 같이 가?"

"저희는 원래 같이 가는 거 좋아해요."

막내가 웃는 얼굴이라 쉽게 다그치지도 못하는 나라를 뒤로하고 화장실로 향했다.

다미는 화장실 문을 야무지게 걸어 잠근 후에 데리고 들어온 막내의 손목을 놔주었다.

"어, 어떻게 알았어?"

침착성이라고는 하나도 없는 다미의 질문에 막내가 귀엽다는 듯이 피식 웃어 버리고선 능청맞게 대답했다.

"저번 촬영 때 봤죠."

"그걸 봤다고?"

"네. 창문 통해서 봤어요. 처음엔 너무 놀라서 어떻게 해야 할지 모르고 있었는데, 전 셰프님과 선배님을 꼭 지켜 드리고 싶더라고요! 그래서 스태프들한테 이런저런 핑계 대면서 아무도 못 나가게 했어요. 잘했죠?"

진정으로 칭찬을 받으려는 모양인지, 흐뭇해하는 막내에게 이 모든 일들을 비밀로 해 달라고 부탁을 하기 위해 다미가 입술을 막 떼어 냈을 때였다. 칸막이에서 시원하게 물 내려가는 소리가 들리더니 익숙한 목소리와 함께 누군가가 나왔다.

"그게 무슨 소리야?"

지민의 얼굴이 보이자마자 다미는 속으로 소리 없는 비명을 내질렀다. 지민은 놀라서 입을 쩍 벌리고 서 있는 그녀를 지나 세면대로 가서 손을 닦았다.

"누가 말해 줄래? 아무래도 이 일에 대한 당사자로 추측되는 다미가 말해 줄래, 아니면 목격자로 추측이 되는 막내가 말할 래?"

조금만 천연덕스럽게 대처를 했어도 이런 일은 일어나지 않았을 것만 같았다. 뭘 해도 어설프고 허술해서 바늘로도 뚫어져 버리는 자신의 방어벽에 다미는 크게 낙담했다.

막내가 한 걸음 뒤로 물러서며 말할 권리를 다미에게 넘겼다.

"다미, 네가 말할 거야?"

고개를 푹 숙이고 있는 다미를 바라보는 지민의 눈동자가 기대감에 확 들어차 있었다.

"네, 제가 말씀드릴게요……."

12화
못 다한 이야기

"저 잠깐 전화 좀……."

울리는 휴대폰을 확인하더니 조심스럽게 묻는 다미에게 지민은 애써 덤덤하게 미소를 지으며 고개를 끄덕였다. 다미가 녹화 장소에서 빠져나가자마자 지민이 멀찍이서 이곳을 탐색하고 있던 막내에게 손짓을 해 보였다.

막내가 주변 눈치를 보며 단박에 지민에게로 달려왔다. 지민과 작은 목소리로 속삭이며 슬그머니 현관문 쪽으로 향했다.

"그러니까 지금 저 전화가 셰프님이다?"

"분명하다니까요!"

문을 살짝 열고 지민과 막내가 숨까지 죽이며 다미의 목소리가 나는 쪽으로 걸음을 옮겼다.

"아휴. 저녁에 또 볼 건데 너무 그러지 마, 시온아."

시온이라는 단어에 막내가 지민의 어깨를 방정맞게 치면서 맞지 않느냐고 입모양으로 연신 물었다.

"왜 안 받고 싶겠어. 내 송시온이는 눈을 감아도 그립고, 숨을 쉴 때마다 보고 싶……."

다시 촬영 장소로 들어 온 지민과 막내가 꾹 참고 있던 숨을 동시에 터트렸다.

"정말 맞네? 셰프님이네?"

"거 봐요, 제가 뭐라고 그랬어요?"

"그런데 다미는 우리한테 비밀로 한 거고?"

지민의 말에 막내가 서운하다는 듯이 연신 고개를 끄덕였다. 그런 막내를 보며 지민이 비장한 표정으로 말을 덧붙였다.

"비밀로 해서는 안 되지. 우리가 더 알아내야 할 것도 있는데."

"방법 있으세요?"

"비밀을 불게 만들어야지."

"어떻게요?"

"이리 와 봐."

제 곁으로 다가오는 막내의 귀에 지민이 무언가를 속삭였다.

13화

　가볍게 마시자던 자리는 어느새 무르익어 2차를 외치는 사람
들이 속출했다. 하지만 다미와 막내, 지민은 자리에서 미련 없
이 가방을 들고 일어섰다.

　"난 남편이 기다려서 들어가 봐야 할 것 같아."

　제일 먼저 빠져나가는 지민을 따라 막내가 걸음을 옮겼다.

　"전 오늘 할머니가 올라오셔서요."

　나가 버린 두 사람을 바라보던 다미가 비틀거리는 걸음으로
자리에서 일어났다.

　"전 좀 많이 취한 것 같아요. 죄송합니다."

　밖으로 나오자 벌써 지민과 막내는 택시에 올라타 있었다. 그
들은 기왕 이렇게 된 거 오늘 당장 시온을 만나서 이 일에 대한
대책 아닌 대책을 세우겠다는 억지를 부렸다. 무슨 의도를 가지
고 있는지 쉽게 파악이 되진 않았지만 무작정 안 된다고 뜯어말

리기에는 그들이 너무 완강했다. 그중에 다행인 것은 이 사태에 대해서 전해 들은 시온이 너무나 흔쾌히 그들의 의견을 수용했다는 것이다.

택시에 올라탄 다미가 이제는 외워 버린 시온의 레스토랑 주소를 기사에게 불러 주었다. 아직 완벽하게 어둠에 잠식되어 있지 않은 거리 위로 택시가 빠르게 질주하더니 얼마 되지 않아 목적지에 도착했다.

"잠깐만, 우리 편의점 좀 다녀올게."

"네?"

이유를 물어볼 틈도 없이 지민과 막내가 반대편에 있는 편의점으로 급하게 달려갔다. 사람을 의아하게 바라보던 다미의 뒤로 문이 열리는 소리가 들려왔다. 그녀를 알아본 홀 직원이 문을 열어 준 것이었다.

"안녕하세요. 셰프님께 오신다는 말씀 들었어요."

"네, 안녕하세요. 시온이 많이 바쁘죠?"

"바쁜 시간은 끝나서 마감하고 계십니다. 잠깐만 계세요. 셰프님 불러 드릴게요."

상냥한 미소가 잘 어울리는 직원이 주방으로 향했고 금세 시온이 모습을 드러냈다.

"왔어? 작가님들은?"

"잠깐만."

다미가 시온의 옷자락을 잡고 구석으로 향했다. 작은 체구로 저를 끌고 가는 다미의 뒤를 시온이 얌전히 따라갔다.

그녀는 뒤쪽의 공간에서 멈춰 서더니 사각지대라는 것을 확인한 후, 와락 시온의 품에 안겼다.

예상치 못한 돌발적인 행동이었다.

"미안해. 허술한 나 때문에 너만 난감하게 만들어서. 오늘 하루 종일 일해서 힘들 텐데, 나까지 신경 쓰게 만들어서 정말 미안해."

예고도 없이 품 안으로 뛰어든 다미 때문에 시온의 심장은 정신을 차릴 수가 없었다. 고단하고 버거웠던 하루를 위로받았고 이 세상에 태어난 것이 다행이라는 생각까지 들었다. 허공에 뻗어 있던 두 팔을 구부려 다미를 감싸 안았다.

제 품에 쏙 안긴 다미의 머리에서 과일 향이 났다. 오늘 하루 종일 그리웠던 냄새.

그녀는 알고 있을까? 자신은 아무렇지도 않게 하는 이 애교가 한 남자에겐 굉장히 치명적이고 참기 힘든 행위라는 것을.

"사과가 이런 방식이라면 하루에도 수십 번은 더 미안해할 일 만들어도 되겠다, 너."

"정말 미안……."

"괜찮아. 나도 너랑 친한 동료들 초대해서 대접하려고 했던 참이었어."

"정말?"

품에 안겨 있던 그녀가 고개를 빠끔히 올리곤 되물었다.

그 모습이 참을 수 없을 만큼 사랑스럽게 느껴져서 시온은 저도 모르게 그녀의 입술에 가볍게 입을 맞췄다. 크게 당황해하지는 않았지만 부끄러운 감정이 고스란히 얼굴에 드러났다. 그녀의 볼이 앙증맞게 붉어졌다.

"그래. 공다미한테 잘 보이려면 외조도 잘해야지."

"고마워."

"아, 그리고 너한테 줄 거 있어."

이번엔 시온이 다미의 손목을 잡고 걸음을 옮겼다.

"손님들 오시면 로즈 방으로 안내해 드려."

"네."

홀 직원에게 말을 전달한 시온는 그대로 다미를 데리고 2층에 위치한 사무실로 올라왔다. 시온의 공간답게 깔끔하고 그의 흔적이 곳곳에 배어 있었다.

"여긴 또 처음 들어와 보네."

"그런가?"

무심한 듯 대답한 시온이 책상 옆에서 큰 쇼핑백을 꺼내 건넸다.

"이게 뭐야?"

"열어 봐."

떨리는 마음으로 열어 본 다미의 두 눈이 휘둥그레졌다.

그 안에는 개나리를 닮은 노란색에 흰색으로 포인트를 준 프릴 원피스가 들어 있었다.

손을 뻗어 원피스를 집던 다미가 옆에서 툭, 하고 떨어지는 상자로 손을 옮겼다. 그 안에는 다채로운 색들이 희미하게 뒤섞여 오묘한 빛을 띤 오팔 목걸이가 걸려 있었다.

"우리 공다미 귀 빠진 날이 10월 10일이잖아. 예전에 나랑 백화점 갔을 때 이 오팔 목걸이 보고 말해 줬었지, 네가."

벌써 10년이나 지난 일이었다. 하지만 시온은 기억하고 있었다. 그날 그 말을 했던 다미의 표정과 목소리까지 전부.

"……."

자신의 기억엔 오류가 없음을 확신하면서도 묵묵부답인 다미를 보며 시온이 살짝 당황했다.

"맞지? 10월 탄생석."

그제야 목걸이에 시선을 둔 채 고개를 끄덕이는 다미에 시온이 안심을 했다. 사실 그가 상상했던 그림은 선물을 받고 기뻐서 어쩔 줄 몰라 하는 그녀의 모습이었다.

하지만 그녀는 지금 망부석이 되어 감정을 읽을 수 없는 얼굴을 하고 뚫어져라 목걸이만 바라보고 있었다.

"원피스랑 잘 어울릴 것 같아서 사 봤는데, 혹시 마음에 안 들면……."

"마음에 들어."

엄마를 제외하고 누구도 기억하지 못 하던 생일이었다. 언제나 바쁜 동료들은 생일이 한참 지나고 나서야 뒤늦게 챙겨 주는 일이 대부분이었다. 선우는 애초에 그런 것에 관심이 없었는지 기억조차 하지 못했었다.

때문에 생일을 별로 좋아하지 않았다. 가뜩이나 남들에겐 별 관심이 없는 제 존재가 평소보다 더 초라해지는 기분이 들어서였다. 아니, 사실 어쩌면 그것은 핑계일지도 몰랐다.

오팔 목걸이를 보는 순간, 다미는 돌아가신 아버지가 생각났다. 스무 살이 되던 해에 아버지는 다미의 탄생석인 오팔로 목걸이를 만들어 주겠다고 약속했지만 그것을 지키지 못하고 돌아가셨다.

그래서 평생 누군가에게 이 선물을 받을 거라고는 예상하지 못했는데…….

"너무 마음에 들어서 눈물이 나올 것만 같아."

다미가 눈에 한가득 그렁거리던 눈물을 손등으로 황급하게 닦아 냈다.

"너무 예뻐. 너무 예뻐서 꼭 내 것이 아닌 것 같아."

눈물이 맺혀 있는 눈으로 웃으며 상자에 있는 목걸이를 조심스럽게 꺼낸 다미가 시온에게 살포시 내밀었다.

"네가 채워 줘."

시온에게 목걸이를 건네고 돌아서 머리를 끌어 올렸다. 하얗고 고른 목선이 고스란히 그의 시야에 들어왔다. 그녀와 사이를 좁혀 목걸이를 채워 주고 목덜미에 살포시 입을 맞췄다.

"잘 어울려?"

시온이 정말 보고 싶었던 모습을 한 다미가 돌아서서 목걸이를 어루만지며 물었다.

"응."

"막 더 예뻐 보이고 그래?"

장난스럽게 묻는 다미에 시온이 망설이지 않고 고개를 끄덕였다. 그녀는 누구보다도 환하게 웃으며 행복해했다.

"응. 다른 남자한테 빼앗기면 어쩌나 겁날 정도로 예쁘다."

두 팔을 뻗자 그녀가 고민 없이 품 안으로 안겼다. 그녀를 품에 소중히 끌어안고 시온은 다짐했다.

"평생 이런 표정만 지으며 살 수 있도록 노력할게."

"나도."

품에서 살짝 벗어난 다미가 두 손으로 시온의 얼굴을 부드럽게 감쌌다.

"항상 송시온이 이런 표정을 지으며 살 수 있게 할게."

까치발을 들어 그의 입술에 제 입술을 맞췄다. 그가 다미의 허리를 세게 끌어안고 입술을 벌려 더욱 깊숙하게 안으로 들어가려던 찰나에 노크 소리가 들려왔다.

다미가 용수철처럼 시온의 품에서 떨어져 나갔다. 눈치 없이 노크를 한 사람은 부 주방장 기정이었다.

"셰프님."

"어, 왜."

사무실 안에 가라앉은 지나치게도 어색한 공기에 기정이 잠시 당황하다가 자신이 올라온 목적을 떠올리며 말문을 열었다.

"아래에서 손님이 기다리시는데, 애피타이저라도 먼저 준비해 드릴까요?"

"어, 그렇게 하도록 해."

다미가 먼저 내려가 있겠다고 말하며 황급하게 사무실을 빠져나갔다. 그런 다미의 뒷모습을 붙잡지도 못한 시온이 아쉬운 마음에 깊은 한숨을 내리쉬었다.

한편 아래로 내려온 다미는 목에 걸려 있는 목걸이를 만지작거리며 홀 직원이 알려 준 방으로 향했다.

"안쪽에 일행분들이 계십니다."

"감사합니다."

인사를 건네고 막 들어가려던 찰나, 다미는 안에서 들려오는 대화 소리에 걸음을 멈칫했다.

"물론 셰프님이 정말 멋진 분인 건 인정하지만 확실히 확인해 보자고요."

"맞아. 또 다미가 남자 때문에 상처받으면 안 되니까."

"우리 마음 여린 공 선배님, 이번엔 제발 영원히 사랑해 줄 멋진 남자를 만난 거였으면 좋겠어요. 저번에 선배님이 너무 힘들어하셔서 마음이 어찌나 아프던지……."

지민의 말에 막내가 공감을 하듯 박수까지 치며 대답했다.

"그래도 셰프님은 다른 속 빠진 남자들과는 확실히 다르지 않아?"

"맞아요, 확실히 달라요. 사람이 가벼워 보이지도 않고."

"이번 기회에 셰프님이랑도 좀 친해져야지. 녹화 때마다 어색해 죽겠어."

긴장을 한 모양인지 지민의 목소리가 어울리지 않게 살짝 떨려 왔다.

직장 동료 이상으로 생각해 본 적 없는 두 사람이 자신의 상처에 대해서 깊게 생각해 주고 있는 줄 전혀 몰랐다. 고맙고 또 미안해서 다미는 괜히 마음이 울적해졌다.

"안 들어가고 뭐해?"

곁으로 다가오는 시온에 다미가 그렁그렁 눈물을 매단 채 입술을 떼어 냈다.

"오늘이 꼭 크리스마스 같아."

느닷없는 그녀의 크리스마스 타령에 시온이 왜 그러느냐고 되물었다.

"그냥 예상치 못한 선물들을 많이 받은 것 같아서."

시온이 손을 들어 올려 뺨으로 떨어지려는 그녀의 눈물을 닦아 주었다.

"너무 행복해서."

시온을 향해 다미가 한 번 더 활짝 웃으며 대답했다.

"나 너무 행복해, 시온아."

그 모습이 지나치게 예뻐서 시온도 따라 웃었다. 아니, 웃지 않을 수가 없었다.

그녀에게 조금이라도 행복을 더 보태 주고 싶은 마음에.

*　　　*　　　*

어제 레스토랑을 방문한 다미와 일행들은 거의 해가 뜰 때쯤 해산했다. 하필이면 새벽 시장에 갈 예정이었던 시온은 하는 수 없이 한 시간 정도 쪽잠을 자고 출근해야 했다.

유난히 정신없던 런치를 보내고 피로에 완전히 녹아내려 버릴 것 같은 몸을 이끌고 사무실로 향했다.

긴 소파에 몸을 기대고 누워 눈이 반쯤 감긴 와중에도 시온은 다미에게 문자를 보냈다.

〈점심 먹었어?〉

바쁜 모양인지 한참이 지나도 오지 않는 답장을 기다리며 데이트할 만한 곳을 검색해 보려던 찰나에 휴대폰이 울렸다.

다미인가 싶어서 반갑게 바라보던 시온의 얼굴에 슬쩍 아쉬
운 감정이 스쳐 지나갔지만 금세 제자리를 찾았다.

액정에 정갈하게 적혀 있는 글자는 미국에 있는 본점이었다.

"여보세요."

—셰프님, 저 지훈입니다.

지훈은 본점의 총괄 매니저였다. 그의 목소리가 평소보다 훨
씬 굳어져 있어 시온은 불안한 마음이 들었다.

"네, 잘 지내셨어요?"

—네. 전 잘 지냈습니다만, 아무래도 본점 사정은 별로 좋지
못합니다.

괜한 소리를 할 정도로 실없는 사람이 아니라는 것을 알기에
시온은 긴장을 하지 않을 수가 없었다.

"무슨 일 있어요?"

덩달아 심각해진 시온의 귓가로 지훈의 고단한 목소리가 흘
러나왔다.

—페닉스 셰프님의 건강에 문제가 좀 생겼습니다.

"셰프님께서요?"

항상 건강하다고 생각했던 페닉스의 예기치 못한 비보에 시
온이 크게 놀랐다.

—네. 그래서 부득이하게 일을 그만두시게 될 것 같습니다.

미국에 그 많은 지점을 두고 한국에 올 수 있었던 것은 전부
페닉스 셰프 덕분이었다고 해도 과언이 아니었다. 그는 오랜 경
력과 뛰어난 능력으로 사장인 시온의 자리를 대신해서 레스토랑
의 경영을 맡아 주던 분이었다.

그런 분이 그만둔다면 그의 부재로 인한 타격은 이로 말할 수 없을 것이다.

"일단 알겠습니다. 제가 페닉스 셰프님과 따로 연락해 보겠습니다."

—네.

이 상황을 해결할 방법은 이미 정해져 있다는 것을 시온도 잘 알고 있었다. 일단 한국 지점은 하나뿐인 데다 모든 것을 통제할 수 있는 기정이 있기 때문에 괜찮았다.

하지만 미국은 지점도 여러 곳이고 직원들도 통제가 잘 되지 않아 자신이나 페닉스가 꼭 있어야만 했다.

화면 속에서 때마침 도착한 메시지가 그의 눈에 들어왔다.

〈응, 난 먹었어. 요즘 따라 다들 분위기가 좋아서 일할 맛 나는 것 같아!〉

답장은 사진 한 장과 함께 날아왔다.

다미가 입에 종이컵을 물고서는 손가락으로 하트 모양을 그리며 귀엽고 웃고 있었다. 방금 전까지 어수선했던 마음이 언제 그랬냐는 듯 사르르 녹았다. 송시온에게 있어서 공다미라는 존재는 어떤 이유에서든 제 감정을 쥐락펴락할 수 있는 유일한 사람이었다.

예전에도 그렇고, 지금도 그렇고, 앞으로도 그럴 것이다.

하지만 곧 시온의 입가에 머물러 있던 미소가 이내 씁쓸해지면서 그녀의 사진을 어루만지는 손길 역시 한없이 쓸쓸하기만 했다.

어쩌면 사랑하는 그녀와 잠시 떨어져 있어야 할지도 모른다는 사실이 시온을 우울하게 만들었다.

여자의 직감은 종종 무서울 정도로 정확할 때가 있다.

다미는 분명 시온의 표정과 목소리가 평소와 별다를 것이 없다는 것을 알면서도 불안한 감정을 지울 수가 없었다.

아니, 어쩌면 평소와 조금 다른 것이 있기도 하다. 틈만 나면 멍해지는 시선과 간간히 내뱉는 옅은 한숨, 미소 끝이 살짝 씁쓸하게 번지는 것까지.

이제 그의 미세한 변화마저도 쉽게 느낄 수 있을 정도로 다미의 신경은 온통 시온에게로 기울어져 있었다.

"송시온."

"응?"

그가 다미를 위해서 만들었다는 레몬 셔벗을 의미 없이 뒤적이다가 고개를 들어 올렸다.

"너 무슨 고민 있지?"

한참 대답을 하지 못하는 그를 보자 다미의 불안한 마음이 더욱 깊어져 갔다.

고민은 무슨 고민이냐고 말하며 가볍게 볼을 다독여 주길 바랐던 희망이 앞에 있는 셔벗처럼 녹아 버리는 데 걸리는 시간은 그리 길지 않았다.

"다미야. 나 잠시 미국에 가 있어야 할 것 같아."

전혀 예상하지 못했던 말이었기에 다미는 한동안 말을 잇지 못하고 그를 쳐다보기만 했다.

"왜?"

겨우 한마디를 내던지며 그의 무거워 보이는 얼굴을 살폈다.

"미국 지점을 관리해 주셨던 셰프님이 아프셔서 그만두시게 되었거든. 믿고 맡길 수 있는 셰프가 채워지기 전까지 내가 있어야 할 것 같아."

자신을 두고 놀러 간다는 것도 아니고 순전히 어쩔 수 없는 사정 때문이라지만 다미는 도통 서운한 감정을 감추기가 어려웠다.

"얼마나?"

"짧게는 6개월 정도."

짧은 게 6개월이나 되다니. 다미는 그 충격에 머리가 다 울리는 것 같았다.

"길면?"

"1년 좀 넘을 것 같아."

시온과 연애를 시작한 이후부터 다미는 단 한 번도 그가 곁에 없는 것을 상상해 본 적이 없었다.

밥을 먹을 때도, 영화를 볼 때도, 설거지를 하고 소파에 앉아 TV를 볼 때도, 잠이 드는 마지막 순간까지도 시온은 항상 제 곁에 있었다.

시온이 없었을 때는 여태 어떻게 살았는지 기억조차 나지 않을 정도로 그는 자신의 삶에서 큰 부분을 차지하고 있었다. 그런 시온이 1년이나 되는 긴 시간 동안 곁에 없을 거라고 생각하니 벌써부터 막막하고 외로워졌다.

그렇다고 이 나이에 가지 말라고 생떼를 부릴 수도 없는 노릇이었다.

말을 전하면서도 미안함에 불편해 보이는 그를 조금이라도 안심시키려면 다미는 최대한 제 마음을 숨겨야 한다는 걸 잘 알고 있었다.

"그래서 언제 가는 거야?"

"최대한 빨리 가 봐야 할 것 같아."

"그렇구나."

방금 전까지만 해도 맛있던 셔벗이 텁텁하게 느껴졌다. 머리가 하얀 백지장이 되어 아무 생각도 들지 않았다. 잘 다녀오라고 씩씩하게 말해 줘야 하는데, 갑작스러운 이별은 여린 다미가 감당하기엔 너무 무거운 것이었다.

"다미야."

오늘따라 제 이름을 불러 주는 부드러운 시온의 목소리가 슬프게 느껴졌다. 고작 한 시간만 헤어져 있어도 보고 싶은 송시온인데, 다미는 울컥해지는 마음을 들키고 싶지 않아 고개를 깊숙이 숙였다.

울면 안 돼, 공다미. 네가 울면 시온이만 난감해지는 거야.

스스로를 다독이며 좋은 생각을 하려고 애썼다. 하지만 좋은 생각들은 전부 시온과 함께한 추억들뿐이라 오히려 역효과를 일으키며 눈물샘을 더욱 자극시켜 버리고 말았다.

"최대한 빨리 마무리 짓고 올게, 응?"

가까스로 눈물을 참고 고개를 들어 시온을 응시했다. 다미를 보는 그의 눈동자가 막막해 보였다.

미국에서 지내는 동안 시온 역시 힘들 것을 알기에 자신의 걱정까지 더해 그의 마음을 짓누르고 싶지 않았다.

"나도 바쁘게 보내면서 송시온 기다리고 있을게."

"너 혼자 두고 가는 것 같아서 마음이 많이 불편해."

"미안해하지 않아도 돼. 어쩔 수 없는 상황이잖아."

그럼에도 한숨을 거두어 내지 못하는 시온을 보며 다미도 덩달아 마음이 착잡해졌다.

"넌 많이 바쁘겠지?"

"그래도 전화는 하루에 세 통 이상 꼭 할게."

"무리하지 않아도 돼."

"네가 하기 싫어서 그러지?"

시온의 질문에 다미가 또다시 울컥, 무언가가 치밀어 올랐다.

그럴 리가 있을까, 벌써부터 그리워지는 송시온인데.

"다른 여자 만나면 안 돼. 미국에는 예쁜 여자들 많지?"

"몇 년 만에 이루어진 짝사랑인데, 고작 1년 만에 다른 여자에게 갈 감정이겠어?"

시온이 하는 말을 듣자 위로가 되고 안심이 된다. 다미가 손바닥을 시온에게 내밀었다. 시온의 손이 그녀에게 다가와 그대로 따뜻하게 포개졌다.

이 따뜻한 손을 한동안 만질 수 없다니. 우울한 기분이 다미를 또 한 번 좌절시켰다.

"건강하게만 갔다 와."

씩씩하게 웃어 보였지만 다미의 눈동자는 그 어느 때보다 서러움이 가득 차 있었다.

시온에게 그 말을 전해 들은 후부터 아무것도 손에 잡히질 않았다.

그날 저녁 집에 돌아와 씻는 것도 잊어버린 채, 한동안 침대에 앉아 있다가 새벽이 되어서야 자리에서 일어났다. 일을 하고 온 터라 꽤 피곤했지만 잠은 오지 않았다.

감정 없는 기계처럼 준비를 하고 집을 나선 다미는 밑도 끝도 없이 넋을 빼고 걷다가 난데없이 들리는 어떤 아저씨의 고함에 정신을 차리고 주변을 두리번거렸다. 자신이 자동차들이 질주하는 횡단보도 한가운데에 서 있었다.

"죄송합니다."

급히 사과를 했지만 달라지는 건 없었다.

송시온이 없다면, 1년이나 송시온을 볼 수 없다면.

오롯이 시온만이 다미의 머릿속에 가득 차 있었다.

"버튼도 안 누르고 서 있던 거야?"

어깨에 올려진 손이 느껴지고 들려오는 지민의 목소리에 다미가 또 한 번 정신을 차렸을 때는 방송국 로비의 엘리베이터 앞이었다. 정신이 멋대로 이탈을 해도 몸에 밴 오래된 습관은 그대로 남아 있는 모양이다.

"선배."

다미가 인사를 건네며 경직된 미소를 지어 보였다.

"표정이 왜 그래. 무슨 일 있어?"

지민의 물음에 다미가 고개를 내저었지만 이미 부정을 하기엔 너무 늦어 있었다.

"어머, 너 왜 울어? 셰프님하고 싸웠어?"

"아니요, 싸우긴요. 어제 책을 봤는데, 너무 슬픈 거예요. 여운이 좀 길게 남을 것 같아요."

"무슨 책인데, 그래?"

"최 비서의 비밀이라고, 로맨스 소설인데 여자 주인공이 불치병에 걸려서……."

"어머. 내용만 들어도 딱 슬퍼 보인다, 야."

하지만 다미가 대충 둘러댄 변명은 엘리베이터에서 내려 회의실로 들어왔을 때 전부 무용지물이 되어 버렸다.

"송 셰프님."

회의실 안엔 시온이 와 있었다. 시온은 자신을 보고 반갑게 인사를 건네는 지민에게 가볍게 묵례를 하고 뒤에서 들어오고 있는 다미에게 말을 건넸다.

"전화는 왜 안 받아."

다미가 급하게 가방과 옷을 뒤적였다.

"집에 두고 왔나 봐."

반쯤 정신이 나가 보이는 다미의 모습에 시온의 걱정이 더욱 깊어졌다.

"나 정말 뭐 잘 두고 다녀. 너도 알잖아. 파우치도 그랬고, 우산도 그랬고. 오늘도 늦잠 자서 허겁지겁 준비하느라 깜빡했나 봐."

빠르게 변명을 덧붙였지만 근심이 스며든 그의 얼굴엔 아무런 변화도 없었다.

곧 임 PD가 들어오고 회의가 시작되었다. 시온은 자신이 현재 처한 상황에 대한 해결책을 내놓았다. 자신만큼이나 실력에 있어서는 뒤처지지 않는 기정을 추천하며 광고에 대해서는 일체 걱정을 하지 말라는 말도 잊지 않았다.

지민과 막내의 안타까운 눈길이 회의 내내 단 한 번도 고개를 들지 않는 다미에게로 향했다.

임 PD는 크게 아쉬워했지만 그의 제안도 그리 나쁘지 않다고 판단했는지 모든 상황들을 순순히 받아들였다.

"그럼 가 보겠습니다."

볼일을 끝낸 시온이 회의실을 나가자 지민이 급하게 다미를 떠밀었다.

"배웅이라도 하고 와. 그래도 공 작가랑은 동창 사이잖아."

"네."

덤덤한 대답과는 달리 급하게 회의실을 나온 다미가 엘리베이터 쪽으로 향했다. 시온은 마치 그녀를 기다리고 있기라도 했다는 듯이 올라온 엘리베이터를 타지도 않고 사무실 입구 쪽을 바라보고 있었다.

그녀가 나오자 심란한 표정이던 그의 얼굴이 살며시 풀렸다. 자신에게 다가가고 있는 잠시도 기다리지 못하겠는지 시온은 단숨에 다미 곁으로 다가왔다.

"바로 매장으로 가는 거야?"

"응, 그래야지. 오늘 방송국 같이 오려고 전화한 건데."

"정신 차려야지."

웃는 입꼬리에 전혀 힘이 들어가지 않고 있다는 것이 스스로도 느껴지는 탓에 어색한 분위기만 흘렀다.

정말 이러면 안 되는데.

이러면 시온이가 너무 불편할 텐데.

이러면 시온이가 너무 미안해할 텐데.

이 나이 먹도록 감정 하나 제대로 관리하지 못해서 자신을 사랑해 주는 사람을, 자신이 사랑하는 사람을 이토록 난감하게 만드는 걸까.

스스로가 너무 못나게 느껴져 다미는 속이 답답했다.

"휴대폰 안 가져와서 오늘 하루 종일 연락 안 되겠네?"

아쉬움이 도드라지는 시온의 목소리에 다미가 낮게 고개를 끄덕였다.

대체 정신을 어디다가 팔아먹고 휴대폰까지 두고 나온 건지 스스로가 한심하게 느껴졌다.

"틈틈이 시간 날 때마다 PC로 연락할게."

하지만 그건 어려운 일일 것이다. 대부분 회의실에서 보내고 있는 터라 따로 컴퓨터를 쓸 일은 거의 없었다.

"오늘 몇 시에 끝나? 데리러 올게."

"글쎄 잘 모르겠어."

"그럼 연락 기다리고 있을게. 끝나면 연락 줘."

"응!"

도착한 엘리베이터 안으로 들어가는 시온을 한 발자국 물러서서 바라보았다.

"일 열심히 해, 시온아."

짐짓 발랄하게 손을 열정적으로 흔들며 인사를 했다. 그가 뻣

뻣한 손 인사로 답례를 했다. 다미는 문이 완전히 닫혀 버리고 서야 더는 보이지 않는 그의 모습에 서러움이 북받쳐 버렸다.

그래서 따라가지도 못하고 그 자리에 주저앉아 시온을 불렀다.

고작 1년이다. 하지만 사랑하는 연인과의 헤어짐이라 생각하니 10년보다 더 까마득하게 느껴져 아직 오지도 않은 미래를 겁나게 만들고 있었다.

✳   ✳   ✳

〈늦게 끝날 것 같아. 기다리지 말고 집에 가서 푹 쉬어요♡ 밥 꼭 챙겨 먹고! 진짜 사랑해, 내 송시온.〉

다미에게선 막내 작가 번호로 8시쯤 온 문자 이후로 아무 연락이 없었다.

그녀의 속내를 알 수 없어 더욱 애틋한 문자를 바라보던 시온의 시야가 벽에 걸린 시계로 향했다. 벌써 11시가 넘어가고 있는 늦은 시간이었다.

다미의 휴대폰으로 전화를 걸어 봤지만 아직 집에 오지 않았는지 받지 않았다. 걱정스런 마음에 서둘러 매장을 나온 시온은 곧장 다미의 집으로 향했다.

"다미야."

집 안의 불은 꺼져 있었고 문을 두들겨 봐도 사람의 인기척이 전혀 느껴지지 않았다. 그래서 늦은 밤임을 무릅쓰고 시온은 막내 작가에게 전화를 걸었다.

신호는 얼마 가지 않아 잠에 잔뜩 취한 작가의 목소리로 바뀌었다.

"안녕하세요, 저 송시온인데요."

—아, 네. 송 셰프님.

"다미가 아직까지 집에 안 들어와서요."

—아, 선배님 오늘 다음 녹화 장소 가서 동선 파악하신다고 하셨거든요. 근데 지금 몇 시지? 헉, 12시네? 갔다가 돌아오셨을 시간이긴 한데, 아직 안 오셨어요?

다미에 대해 아무 정보도 얻지 못하고 전화를 끊어야 했다.

어디에서 뭘 하고 있는지 걱정스러운 마음이 불안하게 날뛰었다. 하지만 이 와중에도 미안한 마음보다는 보고 싶은 마음이 더 크다는 것을 부정할 수가 없었다.

"어디 있어……."

집 앞에서 넋을 놓고 기다릴 수만은 없어 시온은 서둘러 차에 올라탔다. 경찰서라도 가 봐야 하나 싶어 창밖을 보던 시온의 시야로 편의점 앞 파라솔 의자에 앉아 있는 다미가 보였다.

몸도 제대로 가누지 못하고 흐느적거리는 그녀의 앞엔 벌써 소주가 두 병이나 놓여 있었다. 시온은 급하게 차를 세우고 그녀에게로 향했다.

평소의 다미답지 않게 안주 하나 없이 술을 병째 들이키고 있었다. 시온이 그녀의 식도를 통해 쉴 새 없이 들어가고 있는 소주병을 가볍게 낚아챘다.

자신이 떠나고 겉으로는 아무렇지 않은 척하며 뒤에서 이렇

380

게 힘들어 할 그녀를 생각하니 가슴이 먹먹해졌다.

"너 정말……!"

"어? 송시온!"

그녀는 확실히 취해 있었다. 의자에서 용수철처럼 튕겨 올라서는 반갑게 시온을 끌어안더니 작은 손바닥으로 그의 볼을 감쌌다.

"보고 싶었어, 내 송시온."

그러더니 다시 품 안으로 파고들었다. 잠시 후 다시 고개를 치켜든 다미는 방금 전에 했던 것처럼 시온의 볼을 손으로 감싸고 바라보았다.

"안고 있으면 보고 싶고, 보고 있으면 안고 싶은 내 송시온."

"……."

"근데 널 보면 자꾸만 눈물이 날 것 같아서. 이러면 안 되는 거 알면서 자꾸만 가지 말라고 내 옆에 있어 달라고 어리광이라도 피우고 싶어서……."

참 오래 짝사랑하고 그리워했던 그녀를 이제야 겨우 마음껏 품에 안고 좋아할 수 있게 되었는데 또 떨어져 지내야 한다는 건 시온에게도 감당하기 힘들 정도로 끔찍한 일이었다.

함께 미국으로 가자고 할까 생각했었지만 그녀는 매일 힘들다고 투정을 부리긴 해도 제 일에 애착을 갖고 있는 것이 보였기에 차마 자신의 이기적인 생각을 입 밖으로 낼 수 없었다.

그래서 제안을 하지 않았던 것인데 힘들어하는 그녀와 자신 또한 헤어짐에 대한 두려움을 더는 방임할 수만은 없었다.

"같이 가자."

"……."

"나랑 같이 가자, 다미야."

쉽게 돌아올 줄 알았던 그녀의 목소리가 들리지 않았다.

그러다 곧 품에서 천천히 벗어나는 그녀에게선 허허로움마저 감돌았다.

"미국에 가면 뭘 해야 되지? 난 영어도 제대로 할 줄 모르는데, 그럼 돈을 벌지 못하게 될 텐데. 우리 집 생활비는……."

투정이나 남에게 묻는 질문이라고 하기보다는 혼잣말에 가까운 중얼거림이었다. 잠시 혼이 나간 사람처럼 중얼거리던 다미가 고개를 내저으며 번뜩 정신을 차렸다.

"내가 못났다, 진짜."

눈물을 잔뜩 머금은 눈이 시온을 담고 어색하게 웃고 있었다.

"방법이 하나밖에 없다는 걸 알면서도 괜한 투정으로 널 더 힘들게 했어. 정말 미안해."

마음을 굳혔는지 그녀가 좀 전보다는 훨씬 더 안정된 얼굴로 그를 마주했다. 작고 보드라운 손이 천천히 위로 올라와 아무 말도 하지 못하고 있는 시온의 입술을 어루만졌다.

"대신 우리."

"응."

"너 미국 가기 전에 어디 놀러 가자. 이거 내가 송시온한테 데이트 신청하는 거야."

다미의 장난스러운 말투에 그제야 잔뜩 굳어 있었던 시온의 얼굴이 살며시 풀어졌다.

"역시 내 송시온은 심각한 것보다 이 얼굴이 훨씬 멋져."

발꿈치를 살짝 들어 올린 다미는 미소가 고여 있는 시온의 입술에 제 입술을 살짝 맞추고 떼어 냈다.

  "물 좋고 공기 좋은 곳으로 가서 신나게 놀다 오자."

13화
못 다한 이야기

오팔 목걸이를 착용하고 프릴 원피스를 곱게 차려입은 다미의 걸음이 멈춘 곳은 한 납골당이었다.

익숙한 듯 막힘없이 복도를 지나 어느 칸 앞에 선 다미는 유리문을 열어 안에 꽃을 놓았다.

"아빠, 오랜만이야."

나지막하지만 꽤 발랄한 다미의 인사에 화답이라도 하듯 사진 속의 아빠는 환하게 웃고 있었다.

"오랜만에 와서 삐질 줄 알았는데 웃어 줘서 고마워, 아빠."

아빠가 담겨져 있는 도자기 유골함은 차갑고 딱딱했지만, 다미는 오래도록 애틋하게 어루만졌다. 그러다가 자신의 목에 찬 오팔 목걸이를 자랑스럽게 내밀었다.

"짜잔, 이것 봐. 이거 아빠가 나한테 선물해 주고 싶어 했던 거잖아. 나 이거 선물 받았어! 누구한테 받았는지 알아? 날 사랑해 주는 남자한테 받았어. 혹시 아빠가 시온이 보내 준 거야? 너무 천사 같고 좋아. 때로는 오빠 같기도 하고 아빠 같기도 해. 그러면서도 얼마나 섹시한데."

아빠에 대한 그리움에 다미의 눈동자는 어느새 투명한 눈물이 그렁그렁 맺혀 있었다. 급하게 눈물을 훔쳐 냈지만, 한 번 터진 눈물은 쉽게 멈추지 않았다.

한참 어깨를 들썩이며 눈물을 흘리던 다미가 간신히 감정을 추스렸을 때는 꽤 시간이 흐른 뒤였다.

"사실 나 요즘 너무 행복해, 아빠. 이렇게 행복해도 되나 싶을 정도로……. 앞으로도 오래오래 행복하게 지내다가 갈게. 잘 지켜봐 줘. 아참, 아빠가 궁금해할까 봐 내 남자 친구 사진 가져왔어."

다미가 사물함을 열어 자신과 시온이 다정하게 찍은 사진을 놓아주었다.

"나 또 올게, 아빠."

아쉬움이 역력한 발걸음을 다미는 힘겹게 옮겼다.

14화

　어제 저녁, 다미는 입 근처의 근육이 얼얼해질 정도로 웃는 연습을 했다. 완전한 이별도 아니고 고작 1년뿐이라며 자꾸만 우울해지려는 스스로를 연신 달래 보기도 했다.

　그리고 맞이한 아침, 처음으로 시온과 단둘이 여행을 간다는 설렘과 가시지 않은 심란함에 제대로 잠을 이루지 못한 다미가 맥아리 없는 몸짓으로 집을 나섰다.

　"송시온!"

　하지만 시온을 보자마자 바로 말투부터 달라졌다. 주입식 긍정이가 발동을 했는지, 아니면 송시온이라는 존재가 여전히 긍정의 힘을 주는 건지 다미는 한층 가벼워진 발걸음으로 그에게 향했다.

　"나 놀러 갈 생각에 설레서 한숨도 못 잤다?"

　윗옷을 잠그지도 않고 나온 다미의 단추를 채워 주는 시온의 손길은 더없이 다정했다.

"애 같아."

"송시온은 하나도 안 설레었어?"

"아니. 사실 나도 설레서 한숨도 못 잤어."

다미가 그럴 줄 알았다며 웃자 시온도 따라 웃었다.

그런 그에게 다미가 불쑥 쇼핑백 하나를 내밀었다.

"이게 뭐야?"

시온이 쇼핑백 안에서 꺼낸 것은 후드 티였다. 지금 다미가 입고 있는 것과 똑같은 디자인이지만 색깔만 다른, 그들의 첫 커플 티였다.

"이런 거 되게 유치하지?"

다미가 쑥스러움에 다그치듯 물었다.

"그래도 공다미가 좋아하는 거니까."

"뒤돌아 있을 테니까 차 안에서 갈아입어."

"왜? 직접 봐도 되는데."

순간 시온의 모든 것을 상상한 다미가 발그레해진 얼굴로 언성을 높였다.

"야, 어떻게 그러냐?"

"어차피 네 거고 너만 볼 수 있는 건데, 뭐."

"아, 아니야."

"뭐야, 오늘 밤에 보려던 거 아니었어?"

"빨리 갈아입어."

끝까지 짓궂은 장난을 치는 시온에 다미가 아프지 않을 정도로 그의 등짝을 후려쳤다.

"다 갈아입었어."

잠시 후 등을 기대고 있던 창문이 반쯤 열리며 시온의 목소리가 들려왔다. 똑같은 디자인임에도 시온이 입은 옷이 훨씬 더 비싸 보이는 느낌이 들었다.

하지만 그것이 뭐가 중요할까. 사람들에게 저 남자가 내 것이라고 알리는 것만으로도 다미는 흡족해했다.

"진짜 잘 어울린다."

다미는 냉큼 조수석에 올라타 뒤집어진 그의 후드를 정리해 주며 만족스러워했다.

두 사람이 한참을 달려 도착한 곳은 여수였다. 예전에 촬영 때문에 온 적이 있었는데 풍광이 너무 예뻤는데도 바쁜 일정 탓에 제대로 구경을 하고 가지 못해 한동안 미련이 남아 있던 곳이었다.

두 사람은 미리 예약을 해 놓은 호텔에 차를 주차한 후, 대충 짐을 풀고 밖으로 나섰다.

"꼭 어린이가 된 기분이야."

오동도로 들어가는 동백 열차를 탄 다미가 한층 들뜬 목소리로 말했다.

"우리 송시온, 동백 열차와 함께."

휴대폰 카메라를 시온에게 들이밀며 연속으로 셔터를 누른 다미가 갑자기 웃음을 터트렸다. 살짝 눈이 감긴 상태로 찍힌 시온의 얼굴이 신선하고도 재미있었다.

"송시온한테도 이런 표정이 있다니. 너무 웃겨!"

"나도 처음 보는 낯선 표정이다."

제 사진을 본 시온이 충격을 받은 얼굴로 낮게 중얼거렸다.

"그래도 충분히 멋져."

기다리던 동백 열차가 출발하자 생각했던 속도가 아니라며 불평을 하던 것도 잠시, 다미는 시야에 펼쳐진 에메랄드 빛 바다를 보며 흥분했다.

"바다 좀 봐! 색깔이 너무 예뻐!"

바다 위에 반사된 햇빛이 찬란한 보석처럼 반짝였다.

"보석을 흩뿌려 놓은 바다를 보고 한껏 들뜬 송시온."

다미가 또다시 휴대폰 카메라로 시온을 찍었다. 오늘따라 시온의 행동 하나하나에 신경을 기울이며 사진을 찍는 다미에 그의 마음이 울컥해져 왔다. 그녀가 왜 유난히 신나는 모습을 보이려고 하는지, 왜 제 사진을 많이 찍고 있는지 이해가 가서 더욱 마음이 아팠다.

그녀의 계획을 단 하나라도 망치고 싶지 않았다. 그래서 시온도 휴대폰을 들고 카메라에 다미를 담았다.

"송시온이랑 온 여행에 기쁨이 주체가 되지 않는 예쁜 공다미."

동백 열차에서 내려 용굴을 보기 위해 제법 높이가 되는 계단을 밟고 안쪽으로 들어갔다.

얼마 가지도 않았는데 앞서 걷는 시온이 싫었는지 다미가 괜히 어리광을 피웠다.

"다리 아파. 같이 가."

와서 손을 잡아 주지 않으면 한 발자국도 움직이지 않겠다는 듯 완강한 다미의 반응에 시온이 순순히 그녀에게 다가갔다.

"내 손 차가워."

"괜찮아. 차가워도 내가 진짜 좋아한단 말이야, 이 손."

다미가 냉큼 시온의 손을 잡고 히죽 웃는다.

용굴 절벽에 도착한 두 사람은 그곳으로 오는 길에 마주쳤던 바다보다 훨씬 더 아름답고 광대한 절경에 대화도 멈추고 감탄사를 내뱉었다.

"너무 예뻐. 예쁘다는 말밖에 할 수 없는 게 미안할 정도로."

다미의 말에 시온이 공감했다.

"그러네. 정말 예쁘다."

"사진 찍어 줄까?"

"너 먼저 찍어."

다미가 절벽 끝에 서서 수줍게 브이를 그리며 웃었다.

"뚱뚱하게 안 나오지? 다리 짧게 나와?"

"걱정 마. 길면서도 얇아 보이게 찍어 줄게."

시온이 뒤로 물러서서는 엉성하게 다리를 굽히자 다미가 까르르 웃었다.

"자세 봐."

한참을 끙끙거리던 시온이 사진을 찍자 절벽 위에 서 있던 다미가 종종걸음으로 다가왔다.

"이번엔 내가 찍어 줄게."

시온은 사진을 찍는 것을 선호하지 않았지만 다미의 마음을 잘 알고 있었기에 순순히 절벽 쪽으로 향했다. 그때였다.

"혹시 커플이세요?"

한 남자가 주춤거리며 두 사람에게 다가왔다.

"네."

"두 분 사진 찍어 드릴 테니 저희도 한 번만 찍어 주실 수 있을까요?"

남자의 제안에 다미가 한 치의 망설임도 없이 고개를 끄덕이며 휴대폰을 건네고 시온의 곁으로 다가갔다. 두 사람은 서로의 심장 박동이 느껴질 정도로 있는 힘껏 끌어안았다.

어느새 카메라 안에는 행복하게 웃고 있는 두 사람의 모습이 아름다운 전경과 함께 담겨졌다.

이어서 사진으로만 봤던 하멜 등대와 박물관도 구경했다. 정신없이 돌아다니다 보니, 허기가 져 저녁에만 연다는 낭만 포차에 가서 가볍게 술과 안주로 배를 채운 두 사람은 돌산 공원으로 향했다.

공원 안에 있는 커피숍에서 따뜻한 커피로 몸을 조금 녹인후, 케이블카를 타러 걸음을 옮겼다.

"악! 무, 무서워……."

케이블카는 두 가지 종류가 있었는데 하나는 바닥이 가려져 있는 것이었고, 다른 하나는 투명한 유리로 되어 아래가 훤히 보이는 것이었다.

괜한 호기심에 두 번째 것을 택한 다미가 탑승을 하자마자 자지러지게 놀라며 시온의 팔에 매달렸다.

"그냥 네 말 들을 걸……."

아무것도 보이지 않는 검은 바다가 금방이라도 자신을 집어삼켜 버릴 것 같은 공포에 다미가 두 눈을 찔끔 감으며 후회했다. 급기야 어디선가 불어온 바람 때문에 케이블카가 이리저리 흔들리기까지 하니 배가 된 공포가 다미의 오금을 저리게 만들었다.

"너무 무서워."

"고개 들어서 저기 봐. 진짜 예쁘다."

재킷을 벌려 그 안으로 저를 끌어안은 시온의 따뜻한 품에서 진정한 다미가 살며시 눈을 떴다.

형형색색으로 꾸며진 돌산 대교와 거북선 대교가 짙은 밤을 황홀할 정도로 아름답게 밝히고 있었다.

다미는 절경을 바라보던 시선을 살짝 돌려 곁에 있는 시온을 바라보았다. 훌륭한 예술가가 정성을 들여 깎아 놓은 듯한 완벽한 조각상과도 같은 송시온의 눈동자가 찬란하게 빛나고 있었다.

전부 간직해야지. 아름다운 절경과 나, 그리고 이 순간을 함께한 송시온까지. 너를 만나고부터 단 한순간도 행복하지 않았던 순간이 없었다고. 소중하지 않았던 순간은 없었다고.

난생 처음으로 공다미로 태어난 것에 감사했다고.

다미가 시온의 든든한 어깨에 머리를 기대어 눈을 감았다.

곁에 시온이 있다고 생각하니, 케이블카가 아무리 흔들린다 해도 더는 두렵지 않았다.

시온아, 나 소중한 추억을 간직하고 널 기다릴게. 비록 우리가 떨어져 있어도 마음만큼은 항상 서로의 곁에 있다고 생각하며 버틸 거야.

두 사람은 한껏 지친 몸을 이끌고 펜션으로 들어왔다.

"먼저 씻어."

다미의 제안에 시온이 갈아입을 옷을 챙겨 욕실로 들어갔다. 들어간 지 얼마 되지 않아 샤워기 소리가 들려왔고 다미는 딱히 할 것이 없어 침대에 앉아 TV를 틀었다.

눈은 분명 TV를 향해 있는데 아무것도 집중이 되지 않았다. 다미의 온 신경은 지금 욕실 안, 시온이 씻고 있는 소리로 향해 있었다.

샤워기 부스를 통해 흘러나온 물들이 바닥으로 떨어지는 소리가 이렇게나 야하게 들릴 줄이야.

다미는 마른침을 꼴깍 삼켰다. 투명한 물줄기들이 근육이 자리매김하고 있는 송시온의 맨살을 따라 흘러내릴 생각을 하니 자꾸만 심장이 간질거렸다.

"사라져라, 이 음란 마귀야!"

좀처럼 수습이 되지 않고 설레발치는 제 속을 아는지 모르는지, 샤워를 끝낸 시온이 밖으로 나왔다. 향긋한 샴푸 냄새를 폴폴 풍기면서.

"벽에 뭐 있어?"

시온이 등을 돌리고 앉아 벽만 보고 있는 다미의 어깨를 콕콕 찌르며 물었다.

"아, 아니."

"안 씻어?"

"어, 씻어! 씻어야지!"

다미는 한 번의 눈길도 주지 않고 벌떡 일어나 미리 준비해 둔 옷을 품에 끌어안고 욕실로 잽싸게 뛰어 들어왔다.

"아, 나 지금 뭐하니? 촌스럽게시리."

품에 들고 있던 짐을 패대기치듯 놔 버린 다미가 거울 앞에서 좌절했다. 밖에 있는 송시온은 이 모든 상황에 어리둥절해하다가 곧 이해를 하고 웃음을 터트렸을 것이다.

그 생각에 더욱 절망한 다미는 한동안 자리에서 일어나지 못했다.

"못 살아! 못 살아, 공다미!"

공다미는 안에서 혼자 고함을 지르는 소리가 밖으로 새어 나오고 있다는 것을 모르는가 보다. 시온은 아까부터 혼잣말을 하는 다미의 목소리를 듣기 위해 TV도 꺼 버렸다. 그녀가 왜 저렇게 당황해하는지 대충 짐작이 가는 터라 시온도 알게 모르게 긴장이 되었다.

한동안 들리던 물소리가 멈췄지만 다미는 꽤 오랫동안 욕실 밖으로 나오지 않았다. 더는 안 되겠다 싶은 시온이 자리에서 일어나 욕실 쪽으로 향하는데, 갑자기 거칠게 문이 열리며 다미가 의미심장한 표정으로 나왔다.

"나 나왔어!"

"어, 잘했어."

어색한 분위기가 두 사람 사이를 눈치 없이 유영했다. 하지만 그것도 잠시, 서로를 마주 보며 담고 있던 눈동자가 서로의 입술로 향했다. 먼저 다가간 것은 시온이었고 다미는 있는 힘껏 그를 받아들였다.

그의 보드랍고 촉촉한 입술이 맞닿은 순간 온몸에 짜릿함이 퍼졌다. 다미는 입안 가득 스며드는 그의 향과 곳곳에 남겨지는 그의 흔적을 스스로에게 새기려 애썼다. 그에게 결박당해 옴짝 달싹하지 못하고, 흡수당해 사라진다고 해도 상관없을 정도로 아찔한 황홀감이 밀려왔다.

제 입안을 헤집고 다니던 시온의 손이 부드러움 속에서 중간 중간 거칠게 그녀의 몸을 어루만졌다.

"흐……."

옅은 신음이 밖으로 나오지 못하고 그의 입안에서 퍼져 나갔다.

소중하다는 듯 조심스럽게 어루만지는 그의 손길이 좋았다. 곧 있으면 지독히도 그리워질 이 손길을 마음껏 느끼고 싶었다.

"사랑해, 송시온."

잠시 그에게서 입술을 뗀 다미가 귀가 가려울 정도로 낮게 속삭였다.

"나도."

"……."

"나도 사랑해. 공다미."

"더, 더 사랑해 줘."

"더?"

"응. 내가 감당 못 할 정도로 뜨겁게."

"그게 내 전문이잖아. 공다미 뜨겁게 사랑해 주는 거."

그의 손길이 스치는 곳마다 다미의 몸을 덮고 있던 옷들이 하나둘 벗겨졌다. 하얀 목덜미 위로 시온의 촉촉한 입술이 야하게 닿았다가 떨어지자 다미가 흥분을 감추지 못하고 연신 신음을 내뱉었다.

두 사람은 그렇게 서로를 완전히 품었다.

시온은 제 품에 안긴 다미를 밤새도록 놔주지 않았다.

모든 것이 꿈만 같았던 여행에서 돌아오고 시온이 출국을 할 때까지 두 사람은 단 하루도 빠지지 않고 매일 만났다.

그리고 오늘, 해가 미처 뜨기도 전에 그가 커다란 캐리어를 들고 다미의 집 앞으로 왔다.

"미안, 너 공항까지 배웅해 줘야 하는 건데……. 하필이면 오늘이 녹화 날이라서."

괜찮다고 했지만 그와의 헤어짐이 너무 절실히 느껴지는 바람에 다미는 어제 새벽, 눈이 퉁퉁 부울 정도로 울었다. 그래서 더는 흘릴 눈물 같은 건 없을 줄 알았는데, 시온의 얼굴을 보자마자 눈물샘이 또다시 오작동을 일으켰다.

결국 눈물로 볼을 적시고 있는 다미에 시온의 눈시울도 붉어졌다.

"이리 와."

시온이 두 팔을 벌려 만든 품으로 다미가 무거운 발걸음을 옮겼다.

"시온아, 내 시온아."

씩씩하게 보내 주겠다던 다짐들이 한순간에 와르르 무너져 내렸다. 그것마저도 슬픔이 더 커서 제대로 인지하지 못하고 있었다.

"날씨 추우니까 옷 잘 입고 다니고, 물건도 잘 챙기고, 밤늦게 돌아다니지 말고."

다미가 훌쩍이며 고개를 끄덕였다.

"다른 남자들이 말 시키면 남자 친구 있다고 고함지르고. 넌 웃는 게 워낙 예쁘니까 다른 남자 앞에서 웃는 것도 안 돼."

"응······."

힘겹게 대답하는 다미를 시온이 더욱 꽉 껴안았다.

"연락 잘 받아야 돼. 안 그러면 나 진짜 미칠지도 몰라."

"응, 잘 받을게. 너도 잘 받아야 돼, 송시온."

잘 갔다 오겠다고 늠름하게 말하려던 시온의 결심도 진작 무너져 버린 지 오래였다. 영원한 이별이 아닌데도 왜 이리 힘든 건지. 살 어딘가가 베어져 나가는 고통과 허허로움이 시온의 발걸음을 잡고 늘어졌다.

"바쁘다고 밥 굶지 말고, 너도 옷 얇게 입고 다니지 말고!"

"응."

"잠도 잘 자야 돼. 사람이 잠 못 자는 게 엄청 건강에 해롭대. 미국이라고 밀가루만 먹지 말고 밥 잘 챙겨 먹어야 돼. 술도 많이 마시지 말고, 비 오는 날 꼭 우산 챙겨. 비 맞아서 감기 걸리면 안 되니까. 지나가는 여자가 쳐다만 봐도 도망가야 돼, 알았지?"

다미의 야무진 신신당부에 시온이 고개를 끄덕였다. 떠날 시간이 점점 다가왔지만 다미의 곁에 머물러 있는 시온의 움직임은 여전히 더디기만 했다.

"이러다가 비행기 놓치겠다."

한 번 놓치면 영영 탈 수 없는 비행기였으면 참 좋겠다.

다미는 속으로 그리 생각하며 시온의 품에서 빠져나왔다.

"갔다 올게."

"잘 갔다 와."

스산한 새벽의 푸른 빛깔 사이로 멀어져 가는 시온의 뒷모습을 바라보는 게 너무 버거웠다. 손으로 틀어막아도 나오는 눈물과 아쉬움에 다미는 몇 번이고 시온에게 가려던 발걸음을 멈춰야만 했다. 얼마 가지 않아 멈춰서 돌아보고, 또 얼마 가지 못해 뒤를 돌아보며 시온과 다미는 몇 번이고 서로에게 작별 인사를 건넸다.

그가 떠났지만 달라지는 건 없었다.

평소와 똑같이 해는 하늘 끝까지 떠올랐다가 지기를 반복했다. 시간은 망설이지 않고 흘렀으며 세상은 바쁘게 돌아갔다.

오롯이 다미만이 그 자리에 서서 아무리 불러도 보이지 않는 시온을 그리워했다.

✳   ✳   ✳

시온이 미국으로 간 지 3개월이라는 시간이 흘렀다. 다미는 최대한 시온에 대한 그리움을 잠재우고자 일에 미쳐 살다가도 하루에 몇 번씩 걸려 오는 그의 전화에 여지없이 흔들렸다.

그래도 시온과 전화를 하는 순간만큼은 세상에서 제일 씩씩하고 활발한 여자가 되어 있었다. 혼자 두고 온 자신을 내내 마음에 걸려 하는 그를 위한 배려였다.

"그래서 임 PD가 뒤로 벌러덩 넘어지는데 너무 통쾌한 거야!"

─그래도 표정 관리는 했지?

"당연하지. 거기서 표정 관리 안 됐으면 임 PD가 날 절대 가만 두지 않았을 걸. 거긴 어때?"

—여긴 아직도 전쟁터야.

"그 호텔에서 실습했을 때 같이 있던 부 주방장님은 아직도 설득 못 시킨 거야?"

—응, 생각보다 쉽게 마음을 열어 주시질 않네.

이러다가 그가 예상했던 1년보다 더 늦게 올까 봐 다미의 마음이 조마조마했다.

—그건 어떻게 됐어?

"뭐?"

—집에 물 샌…….

—셰프님! 5번 테이블에 나간 메인 디쉬 컴플레인 들어왔는데 좀 봐주셔야 할 것 같습니다.

다급해 보이는 직원의 목소리에 다미는 시온 몰래 아쉬운 한숨을 몰아쉬었다.

"얼른 가 봐야 하는 거지?"

—미안해. 금방 다시 전화할게.

"무리하지 않아도 돼."

—아니야. 금방 다시 전화할 수 있어. 먼저 끊어.

바쁜 그를 배려해서 바로 전화를 끊었지만 다미는 허전함에 한동안 휴대폰을 만지작거리기만 했다. 금방 다시 전화를 하겠다는 그에게선 연락이 없었다.

그렇게 유독 외롭게 느껴지는 휴일이 지나가고 있었다.

시온이 한국에 있을 때는 항상 애타게 기다렸던 쉬는 날이 더는 기다려지지 않았다. 이토록 일을 하고 싶어 안달이 났던 적은 처음이었기에 다미는 어이가 없어 조금 웃기기까지 했다.

어떤 프로그램을 봐도 재미가 없고, 음식조차 뭘 먹어도 맛이 없었다. 눈을 감아도, 눈을 떠도 생각나는 시온이 하루 종일 보고 싶었다. 어떤 날에는 전화를 끊고 펑펑 울기도 했고, 시온에 대한 그리움에 괜히 압구정에 있는 그의 매장을 서성거리기도 했다.

이제 겨우 3개월 밖에 흐르지 않았다는 것이 믿기지 않았다. 시간이 너무 더디게만 흘러갔다. 사람들 앞에서는 웃었지만 그 뒤에선 그리움에 매일 눈물로 밤을 지새웠다.

결국 씻는 것도 깜빡하고 잠이 들어 버린 다미가 다음날 요란스럽게 울리는 휴대폰 소리에 잠에서 깨어났다.

"여보세……."

—공 작가, 나 지민인데!

"아, 네. 선배."

—오늘 동윤 씨가 갑자기 촬영 못 하겠다고 연락 왔어!

게스트로 섭외했던 연예인의 일방적인 통보는 다미의 온몸에 스며들었던 잠마저 홀딱 달아나게 만들었다.

"말도 안 돼!"

—얼른 동윤 씨 집으로 가 봐! 난 급한 대로 다른 연예인 섭외해 볼 테니까.

"네!"

전화를 끊은 다미는 허둥지둥 준비를 했다.

"이런 젠장!"

부재중이 찍혀 있는 시온의 이름을 확인했지만 전화를 걸 겨를이 없었다. 집에서 나오자마자 택시를 잡아 올라탄 다미는 동윤과 그의 매니저, 회사, 스태프들에게까지 전화를 거느라 눈코 뜰 새 없이 바빴다. 그사이 두 통째 날아온 시온의 문자를 볼 정신도 없이 그녀는 막 도착한 동윤의 집으로 허겁지겁 뛰어 들어갔다.

초인종을 눌러 보았지만 상대는 묵묵부답이었다.

"동윤 씨! 최동윤 씨!"

다미가 주먹으로 문을 두들겼다. 안에서 인기척 소리가 나고 곧 문이 열리더니 부스스한 동윤이 모습을 드러냈다.

"안녕하세요, 최동윤 씨!"

"저 오늘 녹화 안 갑니다. 죄송합니다, 작가님."

동윤은 다미를 단박에 알아보고 다시 문을 닫으려 했다. 그 틈 사이로 다미가 제 몸을 날려 막았다.

"윽."

그런데 문을 닫던 동윤의 힘이 꽤 세고 빨랐는지 몸은커녕 팔도 제대로 못 들어간 채 하필이면 손톱이 문에 찍히고 말았다.

다미가 고통에 찬 비명을 내질렀다. 동윤이 깜짝 놀라서는 얼른 현관문을 열었다. 손톱이 으깨져 엄청난 고통이 엄습해 왔다. 하지만 지금 그것에 신경 쓸 시간 따위는 없었다.

"녹화 당일에 이러시면 저희는 비상이에요. 마음에 들지 않는 게 있으시다면 저희가 다 맞춰 드릴 테니, 제발 지금 저랑 녹화하러 가요, 동윤 씨! 네?"

"손, 손톱이 빠진 것 같은데요!"

동윤이 하얗게 질린 얼굴로 다미의 손톱을 가리켰다.

"많이 미안하세요?"

동윤이 대답 대신 고개를 끄덕였다. 여전히 많이 놀란 얼굴이었다.

"그럼 제발 저랑 녹화장에 같이 가 주세요!"

녹화 장소로 향하는 동안, 동윤에게 들은 펑크 이유는 기획사대표와의 불화 때문이었다. 지극히 사적인 감정 때문에 방송국과 팬들과의 신뢰를 깨트리려 한 그가 이성적인 사람이 아니라 판단된 다미는 쌍욕이 나오려고 했지만 꾹 참아야만 했다.

녹화는 다미의 손톱을 내주고 무사히 끝났다. 다미는 동윤을 녹화장에 내려 주고 곧장 응급실로 가서 빠진 손톱에 소독을 했다. 아까는 경황이 없어서 몰랐는데 이제 와 상처를 보니 쓰라리고 욱신거리는 아픔이 고스란히 느껴졌다. 그와 동시에 아파도 곁에서 위로해 줄 사람이 없다는 게 너무 서러웠다.

시온에게 전화를 걸어 보았다.

"나 아파, 시온아……."

수십 번의 신호가 갔지만 그의 목소리는 촬영장으로 복귀할 때까지 들을 수 없었다.

도착한 녹화장은 시끌시끌했다. 아무래도 1차 녹화를 끝나고 잠시 휴식 시간을 갖고 있는 듯했다. 다미가 모여 있는 작가들 사이로 가자 그녀를 발견한 지민이 무거운 얼굴로 말을 건넸다.

"다미야, 괜찮아?"

"선배님, 많이 아프셨죠!"

막내가 다미의 붕대로 감겨져 있는 손가락을 보며 호들갑을 떨었다.

"어쩜 좋아! 너무 아파 보여!"

"괜찮아, 이 정도는."

"프로 같아요. 멋있어, 우리 선배님."

격한 막내의 칭찬에 다미가 잘난 척을 하듯 머리를 뒤로 휙 넘기고 있는데, 그게 또 못마땅해 보였는지 나라가 얼굴을 샐쭉거리며 다가왔다.

"애가 절대 평범하질 못해. 무슨 난리를 쳤기에 손톱이 다 빠져?"

"동윤 씨 펑크 나게 생겼다고 할 때 문자 하나, 전화 한 통도 안 받으시더니."

막내가 제 손톱을 만지며 작게 중얼거렸다. 나라가 발끈해서는 막내의 어깨를 툭 쳤다.

"너 지금 나한테 그런 거니?"

"글쎄요? 딱히 선배한테 한 게 아니라 전화를 안 받으신 분한테 한 말이에요."

"야, 막내 주제에 이게 어디서 따박따박 말대꾸야!"

"그러는 나라 작가는 지금 내 앞에서 뭐하는 거야? 나보다 후배 주제에 어디서 선배 앞에서 목소리를 높여?"

여태 제대로 된 화 한 번 낸 적 없고, 선배라고 텃세 한 번 부린 적 없는 지민의 언성에 나라가 금방 수그러들었다.

막내가 통쾌하다는 듯이 웃으며 다미에게 무언의 눈짓을 보냈다. 지민이 다미의 어깨를 부드럽게 감싸 안으며 모여 있는 작가들을 보며 말했다.

"다들 잘 들어. 오늘 무사히 녹화를 할 수 있는 건 전부 공 작가 덕분이야. 그런 의미에서 일동 박수."

모두가 불평 없이 박수를 치자 나라도 마지못해 박수를 쳤다. 그때 스태프들과 대화를 나누고 있던 동윤이 쭈뼛거리며 다가왔다.

"작가님, 손 괜찮으세요?"

"네, 괜찮습니다. 신경 쓰지, 악!"

괜히 괜찮은 척 손가락을 신랄하게 움직였다가 욱신거리는 아픔에 다미가 비명을 내질렀다. 동윤이 어쩔 줄 몰라 했다.

"제가 오늘 사고를 친 것도 있어서 녹화 끝나고 한 턱 쏘려고 하는데, 작가님께서 꼭 오셨으면 좋겠습니다."

"와, 정말요?"

"네, 소고기로 쏘겠습니다."

"무조건 가야죠!"

녹화가 끝나고 모두 동윤이 예약한 소고기집으로 향했다.

그사이 휴대폰을 확인하니 시온의 부재중 전화가 찍혀 있어 다미는 도착한 가게 앞에서 동료들을 먼저 들여보내고 골목으로 걸음을 옮겼다.

신호가 몇 번 가더니 곧 시온의 목소리가 들렸다.

─많이 바빴어?

분명 응급실에서 나왔을 때는 아프고 서러운 게 너무 커서 투정이라도 부리며 위로받고 싶었다. 그런데 지금 또 생각하니 자신이 아프다는 말에 시온이 얼마나 미안해하며 걱정을 할까 싶어 선뜻 말을 꺼낼 수가 없었다.

"응, 좀 바빴어. 거긴 아침이지?"

—응, 이제 막 출근했어. 넌 퇴근은 한 거야?

"응. 촬영 끝나고 회식 왔어."

—회식?

"응."

처음이었다. 이렇게 대화가 끊어진 것은.

"공 작가, 빨리 들어와. 동윤 씨가 자기 없다고 짠도 안 하려고 한다."

그때 남자 스태프 하나가 다미를 향해 소리쳤다. 전화기 너머의 침묵이 더욱 깊어지는 것 같았다. 그 침묵이 어색해서 다미가 머뭇거리던 찰나에 시온이 먼저 입술을 떼어 냈다.

—술 조금만 마시고.

"응. 알았어."

—택시 타면 전화해.

"응."

전화를 끊고 급하게 가게 안으로 들어갔지만 손 상태가 좋지 않아 다미는 술은 단 한 모금도 마시지 않았다.

하지만 동료들에게 3차까지 끌려다니느라 새벽쯤에야 집에 갈 수 있었다. 그러다 택시를 잡으려고 버둥거리는 제 앞에 멈추는 벤을 멀뚱히 바라보았다.

"오늘 신세 진 게 너무 많아서요. 제가 집까지 모셔다 드릴게요, 작가님."

"아니요, 괜찮습니다."

"제 마음이 불편해서 그렇습니다."

동윤은 괜찮다는 사람을 차에서 내려서까지 한사코 올려 태웠다. 그리고는 몇 마디 시키는가 싶더니 깊게 잠들어 버렸다. 다미가 휴대폰을 켜서 시온의 사진을 보다가 깊어지는 그리움에 메시지를 보냈다.

〈나 이제 들어가는 중.〉

전화가 걸려 온 것은 다행스럽게도 동윤의 차에서 내려 집으로 올라가는 길에서였다.

—잘 도착했어?

"응. 지금 막 들어왔어."

—문 잠갔나 확인하고.

"잘 잠갔어요."

다사다난했던 오늘 하루를 잘 버텨 준 줄 알았던 발이 퉁퉁 부어 신발이 잘 벗겨지지 않았다. 바닥에 주저앉아 끙끙거리며 벗던 다미의 손톱이 그만 쓸려 버리고 말았다.

"악!"

—왜 그래!

놀라서 묻는 시온에 다미가 아차 싶어 제 입을 때렸다.

"아무 일도 아니야. 바, 바퀴벌레가 있는 것 같아서."

—바퀴벌레?

"응. 약 사다가 뿌려야겠다."

—조금만 기다려. 바퀴벌레 같은 거 없는 좋은 집에서 살게

해 줄게.

"무슨 뜻이야?"

그의 달콤한 목소리에 한껏 취한 다미가 침대까지 걸어와 힘
겨운 몸을 벌러덩 드러눕혔다.

─자세한 얘기는 귀국하고 해 줄게.

"완전 기대하고 있어야지."

무심히 돌린 시선 끝에 벽에 걸린 시계가 보였다.

"한국은 지금 오전 2시인데, 거긴 몇 시야?"

─여긴 오후 4시.

"뭔가 기분이 이상하다. 난 이제 곧 잠들 건데, 넌 아직 어둠
이 깔리지 않은 곳에서 살고 있다는 게."

항상 같은 곳에서, 같이 시간을 보낼 줄 알았던 송시온이 다
른 곳에서, 다른 시간을 보내고 있을 거라 생각하니 기분이 묘
해졌다.

"넌 뭐해?"

다미가 울적해지려는 마음을 다잡으려고 급하게 화제를 돌렸
다.

─난 이제 디너 준비해야지.

"그렇구나."

─보고 싶다.

새벽녘의 고요함과 잘 어울리는 시온의 낮은 저음이 다미의
귓가와 눈가에 울렸다.

아프고 외롭다. 그래서 오늘따라 시온의 품이 절실하게 그리
웠다.

"나도."

—시간이 너무 더뎌.

다미 또한 시간을 아무리 빠르게 보내려고 해도, 아무리 의식하지 않으려고 해도 소용이 없었다.

사랑한다는 그의 마지막 말을 듣고 통화를 끝냈다.

"휴······."

마음이 공허하다. 분명 5월이라 바람은 따뜻하기만 한데, 마음이 지나치게 춥다.

있을 수도 없는 사건이 일어난 것은 그 다음날이었다.

다른 날과 마찬가지로 다미는 아침부터 시온과 안부를 묻는 통화가 생각보다 길어진 탓에 지각을 하게 생겨 허겁지겁 준비하고 집을 나섰다.

그런데 집 앞 상황이 심상치 않아 보였다. 기자들로 추측되는 사람들이 카메라와 수첩을 들고 서서 소란을 피웠고 눈에 낯익은 방송 차량까지 보였다.

"무슨 일 있나?"

기자가 올 정도로 큰 사건은 없었는데······.

다미가 어리둥절해하며 대문을 나섰을 때였다.

"공다미 씨 맞으시죠?"

다미가 제 이름을 아는 기자에 화들짝 놀라 뒤로 물러섰다.

"동윤 씨하고 연애 중이라는 것이 사실입니까? 방송 작가라고 들었는데, 프로그램을 하면서 만나신 건가요?"

"데이트는 주로 동윤 씨의 집에서 즐기시는 편인가요?"

기자의 말도 안 되는 질문에 다미는 마치 망치로 머리를 맞은 것만 같은 충격을 느꼈다.

순식간에 벼랑 끝에서 추락한 것처럼 세상이 까마득해졌다.

14화
못 다한 이야기

다미와 인사를 하고 비행기에 올라탄 시온의 코끝이 예고도 없이 시큰해져 왔다.

예상과는 다르게 의외로 자신을 씩씩하게 보내는 다미의 모습이 자꾸만 눈에 아른거려서 견딜 수가 없었다.

게이트 앞에서 헤어져 수속을 밟은 지 고작 20분도 지나지 않았다. 벌써부터 몰려오는 그리움이 너무 괴롭게 느껴졌다.

남자답고 씩씩하게 가고 싶었는데, 그것이 마음대로 되진 않을 듯싶었다.

시온은 한동안 휴대폰 액정 속 다미의 얼굴을 어루만지며 한층 짙어진 그리움에 눈시울을 붉혔다.

15화

　동윤의 기획사에서 스캔들이 난 지 반나절도 되지 않아 즉각 조치를 취했지만 뜨거워진 네티즌들의 반응은 쉽게 사그라질 생각을 하지 않았다.

　직장 동료일 뿐이라는 변명 지겨워!
　다들 처음엔 그렇게 말하지 않나?
　아, 나도 작가나 해 볼까? 연예인이랑 연애해 보게.
　집도 들락날락할 정도라니. 그 집에선 무슨 일이 있었을까? 그건 아무도 몰라요.
　나도 말은 저렇게 할 수 있겠다.

　사람들은 자신들이 믿고 싶은 것만 믿었다. 그로 인해 누군가 크게 상처받을 거라는 생각은 하지도 못한 채 함부로 떠들었다.

포털 사이트에 뜬 스캔들 기사마다 댓글이 수백 개씩 달렸고 방송국 사무실까지 진입한 기자들은 다미를 잡고 늘어지며 인터뷰 요청을 해 왔다.

"허위 사실 유포 죄로 고소당하고 싶지 않으시면 당장 여기에서 나가세요!"

보다 못한 막내가 목에 핏대까지 세우며 고함을 내질렀다.

간신히 기자들을 회의실 밖으로 쫓아낸 스태프들의 입 밖으로 불만과 걱정이 뒤섞여 터져 나왔다.

"대체 이게 무슨 난리야."

"공 작가님 진짜 난감하시겠다."

"아니라고 하는데 왜들 저래?"

모두의 시선이 아무 말도 하지 않고 자리에 우두커니 앉아 있는 다미에게로 향했다.

"그러게 왜 차까지 얻어 타고 그랬대? 충분히 오해받을 만한 행동 아닌가?"

불난 집에 부채질 하는 듯한 나라의 비아냥거리는 목소리가 들려왔다. 다미의 축 처진 작은 어깨는 지금 그녀가 얼마나 힘겹게 버티고 있는지 고스란히 느껴질 정도였다.

"선배는 꼭 그런 말씀을 하셔야 속이 시원하세요?"

가시 박힌 막내의 지적에 나라가 흥분했다.

"너 왜 자꾸 나한테 버릇없이 말대꾸니? 내가 만만하니?"

"만만한 행동을 하고 계시잖아요! 선배 대접을 받고 싶으시면 선배다운 행동을 하세요, 지금 다미 선배 힘들어 하는 거 안 보이세요? 상대방이 아프고 힘든 걸 비웃으면서 본인 스트레스를 푸시는 거예요?"

"야! 내가 언제!"

"지금도 그러고 계시잖아요!"

두 사람의 심상치 않은 말다툼에 직원들이 나서서 말렸다.

결국 주변 눈치를 살피던 지민이 점심을 먹고 오라며 사람들을 전부 내보내고 문을 굳게 걸어 잠갔다.

"막내, 아무리 그래도 나라가 선배인데 너무 심했어."

"아니, 전 너무 속상해서……. 왜 말을 저렇게 하는 거예요? 일부러 상대방에게 상처 주려고 작정한 사람 같아요. 그런 비열한 사람을 제가 왜 존중해야 하는 건지 모르겠어요."

어수선한 분위기가 다미에게 방해가 될까 싶어 지민이 그만하라고 고개를 내저었다. 막내가 다미의 눈치를 살피며 금세 입을 다물었다.

"선배."

막내가 조심스럽게 불렀지만 다미에게선 어떤 대답도 들리지 않았다.

"다미야, 괜찮은 거야? 송 셰프님한테 연락 왔었다며."

너무 경황이 없어서 제대로 연락을 받지도 못했다.

"……."

아무 대답도 하지 않고 버석하게 메마른 입술을 잘근잘근 씹고 있는 다미를 발견한 지민이 걱정에 울먹이는 막내에게 고개를 내저으며 회의실을 빠져나갔다.

적막한 회의실 안에 혼자 남겨진 다미가 말없이 휴대폰을 내려다보았다. 어느 정도 진정이 된 마음을 부여잡으며 시온의 번호를 눌렀다. 곧이어 들린 그의 목소리는 낯설게 느껴질 만큼 차가웠다.

—어.

시온이 이토록 자신을 냉담하게 대한 것은 처음이었기에 다미는 더욱 겁을 먹을 수밖에 없었다. 어느 정도 진정이 되었다고 단언했던 마음이 다시 걷잡을 수 없을 정도로 거칠게 파동을 쳤다.

"시온아."

—어떻게 된 일인지 설명해.

얼굴을 볼 수가 없어 미칠 것 같았다. 지금 그가 어떤 표정을 짓고 있는지 헤아려지지가 않아 갑갑했다. 떨어져 있으니 무슨 말을 해도 변명처럼 느껴질까 봐 말을 하기가 두려웠다.

—그놈 집에는 왜 갔고 회식 날 네가 집까지 타고 온 게 택시가 아니라는 것까지.

그가 무슨 생각을 하고 있든, 사실이 아니라는 것을 말해 줘야 했다. 하지만 어디서부터 말을 꺼내야 할지 막막해 우물쭈물하는 사이, 시온에게서 냉담함이 가득 담긴 목소리가 들려왔다.

—그래, 알았어. 지금은 얘기하기 싫다 이거지?

"시온아……."

—나 바빠서 그만 들어가 봐야 할 것 같아.

다정했던 송시온은 이제 없었다. 세상에 덩그러니 혼자 남겨진 것만 같았다.

전화를 끊고 나니 더욱 절실하게 느껴졌다.

시온과의 멀어진 듯한 거리가. 그가 느꼈을 실망이.

그의 냉랭한 반응을 충분히 이해하면서도 한편으로는 자신 또한 너무 놀란 마음을 위로받지 못한 것에 대한 억울함이 몰려왔다.

그저 최선을 다해 일한 것뿐이었는데.

누구도 원하지 않았던 최악의 결과에 가슴을 졸이고 아파해야 하는 건 왜 오롯이 자신뿐인 건지······.

다 아물지 않은 손톱이 여전히 욱신거렸다.

＊　　　＊　　　＊

결국 동윤의 기획사에서 이 이상 허위 사실을 유포하는 기자들을 고소할 것이라는 경고성 공지를 내보냈다. 그제야 기자들이 서둘러 기사를 내리며 상황은 일단락되었다.

―괜히 저 때문에 난감한 상황을 겪게 해서 죄송합니다, 작가님.

직접 찾아가는 것이 두렵다며 임 PD를 통해서 연락을 해 온 동윤의 사과에 다미는 웃음이 터져 나오고 말았다. 막상 이 힘겨움을 겪고 있는 당사자들은 아무 잘못이 없었다.

확실치 않은 사실이 부풀려져 만들어진 오해일 뿐.

하지만 그 모든 것은 다미에겐 중요하지 않았다.

그녀의 신경은 어제 통화 이후로 아무런 연락도 없는 시온의 부재로 향해 있었다.

자신으로 인해 힘들어 할 그가 걱정이 되어 좀처럼 일에 집중을 할 수가 없었다. 더는 전화할 용기도 나지 않아 차마 그에게 연락하지 못했다.

하루 종일 시온만 생각했다. 거리를 걸을 때도, 버스에 앉아 있을 때도, 숨을 쉴 때도, 눈을 감고 다시 뜨는 동안에도 다미의 머릿속엔 시온만이 가득했다.

꿈에서까지 나타난 시온으로 인해 다미의 베개는 눈물로 흠뻑 젖어 버렸다.

"미치겠다, 정말."

예전엔 너무 많아서 감당조차 되지 않았던 잠이었지만 새벽에 일어났음에도 다미는 떨어진 식욕에 밥도 먹지 않고 넋을 놓은 채 침대에 앉아 있었다.

시온과 있었던 모든 일들이 주마등처럼 스쳐 지나갔다. 서로를 끌어안고 따뜻한 체온을 느끼던 날들이. 마주 보며 맛있는 음식을 먹고 아름다운 전경을 보며 같은 꿈을 꾸고 포근한 이불 안에서 서로의 심장 소리를 들으며 잠들었던 순간들까지.

"보고 싶어, 시온아. 네가 너무 보고 싶어……."

하지만 그토록 보고 싶은 송시온은 이곳에 없었다. 북받쳐 오는 감정에 다미가 마른 얼굴을 손으로 감싸 쥐었다. 더는 손톱에서 고통이 느껴지지 않았다.

"뭐 하나 내 뜻대로 되는 게 없어. 전부 다 거지같아……."

상처하나 없던 마음이 이토록 참을 수 없을 만큼 아플 줄은 몰랐다. 다미는 그렇게 억울함에, 시온을 향한 미안함에 한참을 울었다.

이런저런 마음고생에 며칠 쉬라는 지민의 제안에도 다미는
한사코 집을 나섰다. 집에 혼자 있다가는 미쳐 버릴 것만 같아
서였다.

화장을 할 기력도 없어서 마스크를 끼고 밖으로 나온 다미는
철제문으로 된 대문을 밀고 나왔을 때 시야에 보이는 시온의 환
상을 보며 고개를 내저었다.

"보고 싶다, 보고 싶다하니까 이젠 헛것을 다 보네."

깊은 한숨을 내쉬며 걸음을 옮기려던 다미의 곁으로 시온이
다가왔다.

"이게 어디서 얼렁뚱땅 넘어가려고."

"환청까지……."

혼잣말을 중얼거리며 자신의 앞으로 그대로 지나치려는 다미
에게 시온이 급하게 손을 뻗어 그녀의 볼을 콱 꼬집었다.

"아!"

"엄살 피우지 마."

"진, 진짜 송시온이야?"

얼얼한 볼을 어루만지며 다미가 휘둥그레진 눈으로 물었다.
그런 다미를 시온이 무표정한 얼굴로 바라보았다.

믿을 수가 없었다. 정말 송시온이 제 눈앞에 있다는 것을.

그의 화난 표정을 보면서도 왜 안도가 되는 걸까. 왜 이제야
꽉 막혔던 숨통이 트이는 기분일까.

"어떻게 된 거야……?"

자꾸만 촉촉하게 젖어 들려는 눈을 꾹꾹 눌러 참아 낸 다미가

간신히 되물었다.

"얼굴 보고 얘기해야 할 거 아니야. 전화로 얘기하면 싸움 밖에 더 돼? 나 너랑 싸우기 싫어."

결국 참고 있던 눈물이 뺨을 타고 내려왔다. 다미가 손등으로 거칠게 얼굴을 문질러 닦았다.

"미안해."

"네가 여기서 사과를 한다는 건 그 뉴스가 사실이라는 얘기야?"

"아니야! 사실 아니야!"

"근데 왜 미안해."

널 아프게 해서, 널 많이 괴롭게 만들어서, 그래서 결국 여기까지 오게 만들어서. 여자 친구라는 인간이 제대로 힘을 주기는 커녕 이렇게 속만 썩여서. 전부 다, 전부 다.

속으로 생각하는 말들이 많았는데, 막상 입 밖으로는 흐느끼는 소리밖에 나오지 않았다.

"왜 미안하냐고, 바보야. 네가 잘못한 거 하나 없는데."

"……."

"처음엔 나도 너무 당황스럽고 화도 났어. 근데 너 그럴 애 아니라는 거 누구보다도 내가 잘 알고 있는데, 내가 제일 잘 알아줘야 하는 건데……."

잠시 말을 멈춘 시온이 낮게 호흡을 가다듬었다. 겨우 감정을 가다듬은 그가 다시 입술을 떼어 내기까지 그리 많은 시간이 걸리지 않았다.

"네가 나한테 어떤 여자인데……."

다시는 자신을 안 본다고 할까 봐 겁이 났다. 그가 다시는 자신을 사랑하지 않겠다고 말할 것 같아서 겁이 났었다. 시온을 잃게 될까 봐, 그래서 자신의 온 세상이 무너져 내릴까 봐. 하지만 여전히 세상을 사는 것이 서툴러서, 상대방을 대하는 것이 익숙하지 못해서, 용기 내어 다가가지 못했다.

그런 제게 다시 다가와 준 시온이 너무 고마웠다.

"이리 와. 오랜만에 안아 보자."

시온이 두 팔을 벌리자 그 안으로 다미가 망설이지 않고 다가가 안겼다. 코끝으로 꿈에서조차 그리웠던 시온의 향이 느껴졌다. 여전히 포근하고 향긋한 비누 냄새. 귓가로 언제나 들어도 저를 설레게 만드는 그의 심장 소리가 들려왔다.

이제야 다시 공다미로 돌아온 기분이었다.

한동안 아무 말 없이 그리웠던 서로의 품을 느끼고 있던 시온이 그녀를 마주 봤다.

"나 4시간 뒤에 다시 비행기 타러 가야 돼. 그리고 배고파. 입맛 없어서 기내식도 안 먹었는데, 너 보니까 배고프다."

"잠깐만! 그럼 지민 선배한테 연락 좀 하고!"

다미가 재빠르게 지민에게 연락해서 사정을 얘기하자 지민은 흔쾌히 다미를 이해해 주었다.

"나 오늘 쉬어도 된······."

"너 손이 왜 그래?"

돌아서는 다미의 손목을 가볍게 잡은 시온이 걱정스럽게 그녀의 붕대 감긴 손가락을 바라보았다.

"아. 다쳤어. 근데 괜찮아. 신경 안 써도 돼."

다미가 얼른 손을 뒤로 감추었지만 소용없었다. 다시 시온에게 붙들려 버린 손목이 그의 근심 어린 눈동자에 가득 들어차 있었다.

"정말 별거 아니야."

"붕대까지 감고 있는데, 이게 어떻게 별게 아니야?"

찡그린 표정으로 자신의 손가락을 이리저리 살피는 그를 보자 갑자기 웃음이 나왔다. 그러고 보니 다른 사람들도 다미의 손가락을 걱정해 주었는데, 마치 아무도 걱정해 주지 않았던 것처럼 서러웠다.

공다미는 송시온의 걱정과 위로가 필요했던 것이다.

공다미한테는 송시온만 있으면 되는 것이었다.

"왜 웃어?"

시온이 하라는 대답은 안 하고 손가락을 붙들린 채 웃고 있는 다미를 의아하게 바라보며 되물었다.

"좋아서."

"뭐가 좋아?"

"네가 나 걱정해 주는 게."

"……"

"바보 같지?"

그가 바보 같다고 놀려도 상관없었다. 아니, 어느 누가 놀려도 상관없었다.

"조심하란 말이야. 아프지 말라고."

공다미는 다시 웃음을 되찾았다.

제 옆에는 송시온이 있으니까.

두 사람은 가까운 한식당으로 향했다. 주문한 메뉴가 나오는 동안 손을 맞잡고 앉아서 그간 있었던 일들에 대해 대화를 나눴다.

시온은 한국을 떠나기 전보다 훨씬 야위어 있었다. 가뜩이나 갸름했던 턱 선이 더욱 선명해졌고 예전에는 잘 보이지 않던 피곤함이 얼굴 가득 묻어나 있었다.

"왜 이렇게 마른 것 같지?"

다미가 시온의 뺨을 쓰다듬었다.

"잠을 좀 못 자서 그래."

제 뺨에 닿아 있는 다미의 손등을 시온이 부드럽게 어루만졌다. 매일같이 그리워했던 공다미였다. 다 큰 성인 남자가 창피한 줄도 모르고 매일 밤마다 숨죽여 울게 만들 정도로 그리웠던 여자. 그 극심한 그리움을 줄이기 위해 지난 3개월 동안 악착같이 살았다.

하루에 두 시간 밖에 잠을 자지 못해도 그녀에게 하루라도 더 빨리 돌아가기 위해 발버둥 쳤다. 생전 흘려 본 적 없던 코피를 흘렸고 빈혈이 생겨서 피로 회복제까지 맞았다. 부 주방장을 설득시키고, 기존에 있던 직원들이 새롭게 개발한 메뉴들을 테스트하고, 상당한 거리에 배치되어 있는 지점들을 돌아다니며 매장의 어수선함을 정리했다.

정신없는 하루를 보내면서 수십 번은 더 포기하고 싶었던 그에게 힘이 되어 주는 건 잠들기 직전 듣던 달콤한 연인의 목소리였다.

"잠을 왜 못 자?"

"밤마다 우리 공다미가 그리워서."

밤이라는 단어에 순간, 다미는 그와 보냈던 밤이 떠올랐다. 몸이 순식간에 반응을 일으키며 후끈해졌다.

"너 얼굴 빨개."

"여기가 좀 더운 것 같아. 그렇지 않아? 근데 정말 어떻게 된 거야? 이렇게 막 자리 비워도 되는 거야?"

"기쁜 소식이 있어."

"뭔데?"

"부 주방장님이 드디어 우리 회사에 다니기로 하셨어."

"와, 우리 시온이 능력자다! 어떻게 설득했는데?"

다미가 잔뜩 기대를 하며 물었지만 시온은 대충 얼버무리며 넘어가야만 했다. 술을 마시고 교통사고가 날 뻔한 부 주방장님을 끌어안고 뒹굴다가 옷에 가려진 몸이 다 까졌다고 말해 버리면 그녀가 걱정을 할 것만 같아서였다.

시온은 두 사람 사이에서의 걱정은 저 혼자만 했으면 됐다 싶었다. 더는 두 사람 사이에는 걱정이 아닌, 즐거움만 가득하길 바라니까.

시온이 그렇게도 섭외하려고 애쓴 부 주방장은 그가 미국으로 건너간 지 얼마 안 돼 우연히 밥을 먹으러 방문했던 가게에서 발굴해 낸 인재였다. 그는 지금 자신의 위치에 만족한다며 삼고초려의 정신으로 수십 번이나 가게를 방문한 시온의 제안을 한사코 거절했었다. 하지만 결국 제 생명을 구해 준 시온에게 감동을 받고 그의 제안을 받아들였다. 현재 있는 메뉴를 셰프에게 전수하고 새로운 메뉴에 직원들이 어느 정도 익숙해지면 한국에 돌아올 수 있었다. 여전히 반 개월은 걸릴 것으로 예상되지만.

"셰프님이 새로운 메뉴를 하길 바라셔서 비행기에서 내내 레시피 짜 보고 있었어."

시온이 가방에서 두꺼운 종이를 꺼냈다. 하얀 종이에는 영어로 된 재료들이 그램 단위로 표기된 채 순서대로 조리법이 적혀있었다. 수시로 쓰고 지웠던 흔적이 그가 이곳까지 오는 비행기에서 얼마나 고민을 했는지가 느껴졌다.

"송시온이 만든 메뉴니까 엄청 맛있겠지?"

"한국으로 금방 돌아와서 질릴 때까지 해 줄게, 내 요리들."

"노인 돼서 미각 잃을 때까지 해야 되겠네, 우리 송시온."

이틀 동안 두 사람 사이를 맴돌았던 무거운 침묵은 침몰했고 대신 오래도록 함께하지 못한다는 아쉬움에 애틋한 감정만이 공존했다.

맛있는 점심을 먹고 카페로 향했다. 따뜻한 커피와 달콤한 케이크를 먹으며 다미 또한 돌아온 제 식욕에 내심 놀라워 하고 있었다.

"공다미."

그가 이름을 부르며 주머니에서 무언가를 꺼내 건넸다. 손바닥보다 작은 남색의 앙증맞은 반지 케이스였다.

"반지?"

"가자마자 예뻐서 사 놓고 매일 너 끼워 줄 생각에 버틸 수 있었어. 귀국할 때 선물로 주려고 했는데 안 되겠다. 내 거라고 티 내고 가야지."

시온이 케이스를 열어 다이아몬드가 박혀 있는 반지를 그녀의 작고 흰 손가락에 끼워 주었다.

"이거 프러포즈야?"

다미가 제 손에 딱 맞는 어여쁜 반지를 어루만지며 한층 밝아진 목소리로 되물었다.

"예고편이야."

"……."

"금방 돌아와서 제대로 된 본 편 보여 줄게. 참, 너 그 스캔들 보도 제일 먼저 낸 기자 이름 알아?"

"왜?"

"고소하게."

"안 그래도 동윤 씨 기획사에서 고소한 것 같아."

"나도 할 거야. 허위 사실 유포와 내 정신적 피해 보상까지."

야무지게 다짐을 하는 시온의 얼굴을 바라보던 다미가 반지를 낀 손을 흔들었다.

"볼수록 예뻐."

"그렇게 매일 손들고 다녀."

"나 임자 있는 여자예요, 이렇게?"

"응, 그렇게."

시온이 다미의 손을 끌어다가 손등에 가볍게 입을 맞췄다.

"키스하고 싶다."

그의 노골적인 말에 다미가 당황해 두 눈을 끔뻑였다.

"응?"

"나가서 할까?"

시온의 물음에 다미가 주변을 살폈다.

다행스럽게도 칸막이로 자리가 나눠져 있는 카페 안은 정신 없이 바쁜 아르바이트 생과 등을 돌리고 앉아서 열심히 노트북을 하고 있는 사람을 제외하고는 아무도 없었다.

"아니, 여기서 해."

다미가 살며시 몸을 일으켜 세워 먼저 그의 입술로 향했다. 촉촉하고 부드러운, 그래서 쉽게 떨어지고 싶지 않았던 그의 입술이 한참 동안 그녀의 입술에 머물렀다.

항상 더디게만 느껴졌던 시간이 빛의 속도보다 더 빠르게 흘러갔다. 4시간이 마치 4초처럼 흘러가 다미는 시온과 마지막 순간까지 함께하고 싶은 마음에 공항까지 따라왔다.

급하게 오느라 챙겨 온 짐도 없어 비행기 표만 발권한 시온은 출국 심사를 받아야 할 게이트로 들어가야 했지만 도저히 발걸음이 떨어지지 않았다.

"갈게."

"다음에 올 때는 얼굴에 통통한 살 붙여서 와. 괜히 더 멋있어져서는……."

"손 조심하고."

"응."

"다른 것도 조심하고."

"알았어."

카페에서 나와 단 한순간도 떨어지지 않았던 시온과 다미의 손이 떨어지며 아쉬움에 허공에서 서로의 흔적만 더듬거리고 있었다.

"들어가."

이번엔 울지 않았다. 누구보다도 씩씩하게 시온에게 인사를 건넸다. 이제 곧 여름이 오고 가을이 지나면 겨울이 오고, 겨울이 지나면 봄이 온다.

그리고 그 봄에 여름을 기다리고 있을 때쯤,

"내가 우리 공다미 많이 사랑하는 거 알지?"

그가 돌아올 것이다.

"나도 우리 송시온 많이 사랑하는 거 알지?"

그러니 더는 눈물을 흘리지 않을 것이다. 그를 생각하면 언제나 즐거움만 가득한 기억을 떠올리고 싶었다.

그는 언제나 제 곁에 있었고, 앞으로도 계속 함께할 것이다.

더는 그가 떠나 버렸다는 멍청한 생각으로 울지 않을 것이다.

"잘 갔다 와, 송시온!"

15화
못 다한 이야기

비행기에 올라타 다시 혼자가 된 시온의 기분이 급격하게 우울해져 왔다. 다미를 보니 함께하지 못하는 이 시간이 오히려 더욱 가혹하게 느껴지고 있었다.

"이번에 그 최동윤 스캔들 사건 말이야."

"아, 그거?"

옆자리에서 들려오는 남녀의 대화에 시온은 의자에 기대고 있던 몸을 일으켰다.

"그냥 직장 동료일 뿐이라는데, 아니 땐 굴뚝에 연기 날까? 뭔가 있으니까……."

"저기요."

남자 친구에게 연신 설명을 하고 있던 여자가 자신의 말을 잘라 버리는 목소리에 고개를 돌렸다. 그곳엔 말 그대로 훈훈한 외모의 한 남자가 자신을 바라보고 있었다.

"저요?"

"네. 방금 최동윤 스캔들에 대해서 말한 그쪽이요."

"무슨 일 때문에 그러세요?"

여자는 옆에 남자 친구가 있단 사실도 망각한 듯 머리를 귀 뒤로 넘기며 새초롬한 표정까지 지어 보였다.

그런 여자를 보며 시온이 한쪽 입꼬리를 올리며 웃어 보였다. 그 웃음에서 살기가 느껴진 탓에 여자가 흠칫 놀랐다.

"공연히 사실을 적시하여 명예를 훼손한 자에게는 2년 이하의 징역이나 500만원의 벌금을 처할 수도 있어요."

"네?"

"한 번만 더 내 여자 친구를 다른 남자의 애인으로 만들어 버린다면 명예 훼손으로 고소하겠다는 뜻입니다. 멋대로 떠벌린 대가가 얼마나 참혹한지 경험하고 싶다면 계속 떠들어 봐요."

여자는 당황하며 굳게 입을 다물었다.

16화

　10개월 후, 영영 오지 않을 것 같았던 봄이 찾아왔다.

　평소와 다를 바 없이 나오지 않는 아이디어에 회의실에선 쥐가 나는 머리를 부여잡은 사람들의 고통 어린 한숨 소리가 들려오고 있었다.

　"잠깐 쉬었다가 가시죠."

　요즘 유난히도 힘에 부쳐 하는 지민의 제안에 모두가 공감하며 몇몇은 탈출이다, 라고 외치며 회의실을 빠져나갔다.

　그동안 변한 것이 있다면 딱 세 가지였다.

　"막내야, 언니랑 나가서 커피 좀 뽑아 오자."

　"네, 선배님!"

　두 명이 자리에서 나란히 일어나자 지민이 싱긋 웃으며 입술을 떼어 냈다.

　"막내…… 아, 이제 막내 아니지. 희수야, 난 따뜻한 거로."

"네, 선배님!"

막내가 더는 막내가 아니라는 것과,

"우리 희수는 막내 들어오고 더 열심히 하는 것 같네."

"멋진 선배가 되고 싶대요."

"예전부터 선배는 선배다워야 한다고 외치더니."

"나라 선배 앞에서만 그랬잖아요."

"걔 없으니까 세상이 다 평온하다, 야."

다미를 특별한 이유도 없이 싫어하던 나라가 다른 팀으로 옮겨 갔다는 것,

"아. 덥다, 더워."

다미의 머리카락이 이제 허리춤까지 내려온다는 것이었다.

"머리 안 잘라?"

지민이 질끈 묶은 다미의 머리카락을 다정하게 쓸어 넘기며 물었다.

"시온이 보여 준 다음에 이게 더 예쁘다고 하면 안 자르려고요. 시온이한테 예뻐 보이고 싶어요."

희수와 막내가 금세 커피를 뽑아 와 그들에게 건네주었다.

피곤함에 무너지던 몸에 카페인을 한 모금 섭취하려는 그때였다. 다미의 휴대폰이 짤막하게 울렸다.

"어?"

내용을 확인한 다미가 그대로 들고 있던 커피를 내려놓고 자리에서 황급히 일어났다.

"어디 가?"

"왜 그러세요, 선배님?"

어리둥절해 하는 사람들과 눈을 마주친 다미의 입가가 예쁘
게 말려 올라갔다.

"송시온 보러."

"송 셰프님이요?"

"금방 다녀올게요!"

그에게서 온 문자에는 방송국 로비 사진이 첨부되어 있었다.
다미는 휴대폰을 손에 쥐고 급하게 복도를 가로질러 나와 엘리
베이터를 기다릴 틈도 없이 비상구로 달려갔다.

순식간에 로비까지 내려와 나가려다 말고 휴대폰으로 잠시
상태를 살폈다.

"아, 너무 급했어! 입술도 안 바르고 나왔잖아!"

하얗게 부르튼 입술에 충격을 받아 다시 올라가야 하나, 말아
야 하나 갈등을 하다가 결국 문을 열고 로비로 향했다.

다시 올라갈 여유 같은 건 없었다. 오늘따라 넓게만 느껴지는
로비를 뛰어다니며 시온을 찾아 헤맸다.

"시온아, 송시온!"

주변을 두리번거리고 있던 다미의 뒤에서 익숙한 목소리가
들려왔다.

"공다미."

돌아본 그곳에 시온이 서 있었다. 다미가 회사 안이라는 사실
도, 주변에 보는 눈이 많다는 것도 잊은 채로 그에게 달려가 와
락 안겼다.

그리웠던 품은 생각보다 더 따뜻했다. 다미는 시온의 모든 것
을 느끼고자 그의 품 안으로 더욱 깊숙이 파고들었다.

"어디 보자, 우리 예쁜 공다미 얼굴 좀 보자."

한참을 따뜻하게 안아 주던 시온이 소중한 무언가를 감싸듯 그녀의 얼굴을 손으로 포개어 눈을 마주했다.

"한 살 더 먹은 공다미는 더 예뻐졌네."

"한 살 더 먹은 송시온도 더 멋있어졌네."

서로를 두 눈에 가득 채우며 시온과 다미는 한동안 떨어질 줄 몰랐다.

집에서 맛있는 음식과 기다리고 있겠다는 시온을 먼저 보내고 회의실로 다시 올라왔지만 다미는 일에 집중할 수가 없었다. 결국 대충 마무리를 짓고 허겁지겁 나와 급하게 택시를 탄 다미는 집으로 가는 동안에 하지 못했던 화장을 해 봤지만 그리 크지 않은 변화에 또 한 번 좌절했다.

오랜만에 시온과 하는 데이트는 처음 고백을 받았을 때보다 다미를 더욱 설레게 했다. 집 앞에 택시가 서자 다미는 들뜬 기분에 잔돈도 받지 않고 집으로 빠르게 올라왔다.

"송시온, 나 왔어!"

문을 벌컥 열고 안으로 들어서자 가장 먼저 보이는 건 경직된 시온의 뒷모습이었다. 풍선을 들고 있는 그의 뒷모습에서 고스란히 느껴지는 표정에 다미가 풉, 웃음을 터트렸다.

"뭐야?"

말은 그렇게 하면서도 다미는 황홀한 눈으로 집 안을 살폈다. 차마 완성하지 못한 벽에 붙어 있는 풍선, 테이블 위엔 케이크와 샴페인, 그리고 시온이 직접 만든 것으로 예상되는 음식들이 먹음직스러운 빛깔을 뽐내고 있었다.

"출발할 때 연락하라고 했잖아."

그가 여전히 붙이지 못한 풍선을 들고 투덜거렸다.

"미안, 배터리가 없어서 전원이 꺼져 버렸어."

다미가 시온의 곁으로 다가가 그가 들고 있는 풍선을 뺏어 내려놓은 뒤 그의 목을 끌어안았다.

"본 편 보여 주려고 한 거야?"

"나 되게 급해."

그가 목을 끌어안는 다미의 허리를 자연스럽게 팔로 감쌌다.

"뭐가 급하다는 거야?"

"더는 못 참겠어. 하루라도 빨리 너랑 살고 싶어."

"그래도 그렇지, 이렇게 오자마자……."

내심 싫지 않은 표정으로 말하는 모습이 사랑스러워 시온이 그녀의 눈에 가볍게 입을 맞췄다.

"이미 난 미국에 가기 전부터 너랑 살고 있었어."

자신을 감싸고 있는 그의 손길이 좋았다. 더 노골적으로 느끼고 싶을 만큼.

다미가 장난스럽게 제 혀로 입술을 쓸며 눈을 게슴츠레 떴다.

"오늘 집에 가지 마."

그리고는 있는 용기, 없는 용기를 쥐어짜서 최대한 요염한 목소리로 말했다.

"그래. 밤새 너랑 놀게."

"어디서 놀 건데?"

"침대 위에서?"

아휴, 몰라! 다미가 앙탈을 부리듯 시온의 가슴팍을 주먹으로 퍽퍽 내려쳤다. 생각보다 아픈 주먹에 시온은 내심 놀랐지만 물러서지 않았다.

다미가 느닷없이 제 머리를 손으로 꼬며 시선을 피하더니 도톰하고 귀여운 입술로 다시 되물어 왔다.

"어떻게 놀 건데?"

"매우 열정적으로?"

"아, 정말 몰⋯⋯!"

시온이 다시 한 번 주먹질을 하려는 다미의 손목을 가볍게 낚아챘다.

"먼저 대답부터 듣고."

"무슨 대답?"

"나랑 결혼해 줘, 공다미."

언젠가는 듣게 될 말이라는 것을 알고 있었다. 그만큼 흔하디흔한 말이라고 단언했었다.

하지만 막상 결혼이라는 단어가 시온의 입술 밖으로 나왔을 때의 감동은 어떤 말로도 표현하기가 어려웠다.

"시온아⋯⋯."

"한 이불 덮고, 애도 많이 낳고, 꼬부랑 늙은이가 될 때까지 나랑 같이 살자."

다미가 조금의 망설임도 없이 고개를 끄덕였다.

그와 평생을 산다는 것만큼 설레고 행복한 일도 없을 테니까. 공다미의 삶이 완벽해지려면 그 누구보다도 송시온이 필요하니까.

"응, 할래. 나 너랑 결혼할 거야."

두 사람은 한동안 나누지 못했던 사랑을 그날 이후로 하루가 멀다 하고 원 없이 나누었다.

❋   ❋   ❋

오늘은 시온의 아버지 생신 축하 파티 겸 미국에서 돌아온 시온을 위한 환영 파티를 열기로 한 날이었다.

시온은 자신의 아버지 생신에 함께 갈 것을 제안했다. 부담스러울 것 같으면 가지 않아도 된다는 말을 덧붙였지만 다미는 거절하고 싶지 않았다.

그의 성격상 굳이 가지 않아도 될 것을 실없이 말할 사람도 아니었고, 답을 기다리는 동안 초조하게 바라보는 그의 눈동자가 가겠다는 대답을 하자마자 달갑게 변하는 것을 망치고 싶지 않아서였다.

다미는 그의 가족을 본다는 생각으로 밤새도록 긴장을 한 탓에 제대로 잠을 이루지 못했다. 1년 전 시온이 사 준 원피스를 입고 머리도 최대한 단정하게 다듬었다. 그가 사 준 목걸이도 하고, 깔끔한 단화를 신은 뒤 밖으로 나왔다.

"안녕."

차에 앉아 있지 않고 밖에서 서성거리고 있던 시온이 다미를 발견하고 손까지 흔들며 인사를 건넸다. 다정하면서도 엉뚱한 그의 모습에 잔뜩 긴장을 하고 있던 그녀의 얼굴에 살짝 웃음빛이 감돌았다.

"왔으면 전화를 하지!"

"내가 일찍 도착한 건데, 뭐."

시온은 대답을 하며 차 천장에 턱을 개고서는 다미를 지그시 바라보았다.

"오늘 예쁘다."

칭찬에 쑥스러워진 다미가 머리를 귀 뒤로 넘기며 수줍게 웃었다.

"내가 송시온한테 한두 번 예뻤나?"

"너 말고 옷."

장난을 치는 시온을 굳은 얼굴로 노려보자 그가 단숨에 곁으로 달려와서는 손으로 볼을 감싸고선 입술로 끌어당겼다.

"장난이야. 세상에서 제일 예쁘지, 내 공다미가."

촉촉하고 달콤한 시온의 입술이 제게 진하게 닿는 순간, 다미는 황홀함에 정신이 없었다. 가볍게 입을 맞춘 시온이 다미의 콧잔등을 코로 문지른 후 차 문을 열어 주었다.

출발한 지 얼마 되지 않아 시온의 휴대폰이 울렸다.

"네, 어머니."

시온의 대답에 옆에 앉아 있던 다미가 바짝 긴장을 하며 자리까지 고쳐 앉았다. 그런 다미의 미세한 행동을 눈치챈 시온이 한쪽 팔을 뻗어 그녀의 손을 꼭 잡아 주었다.

"지금 출발했습니다. 한 20분 후 쯤이면 도착할 것 같아요. 네, 알겠습니다."

전화를 끊은 시온이 잠시 신호 대기로 차가 멈춘 틈에 다미 쪽으로 몸을 틀었다.

"긴장 돼?"

"어, 조금?"

"아마 사람들이 많을 거야. 그냥 아버지 생신 축하해 주는 자리일 뿐이니까 부담 가질 필요 없어."

"으응. 근데 나 정말 겨우 이거 사가지고 가도 되는 걸까?"

다미가 꽃다발과 넥타이가 담긴 쇼핑백을 들어 올리며 말했다.

"아마 어머니는 한마디 하실 거야."

"왜?"

다미가 잔뜩 초조한 얼굴을 하고 물었다. 이렇게까지 긴장하라고 한 말은 아닌데 시온은 괜히 미안해져 왔다.

"너한테 부담 줬다고. 꼭 빈손으로 데려 오라고 하셨거든."

"아……."

작은 입술로 안도의 한숨을 내쉬는 것이 안쓰러우면서도 귀여웠다.

"내가 있잖아, 응?"

"긴장 안 해, 나. 정말이야."

애써 괜찮은 척 대답을 하며 긴장을 풀어 보려고 했지만 시온의 집에 도착할 때까지도 다미는 여전히 잔뜩 경직된 상태였다. 전용 차고가 꽉 차 있는 바람에 밖에 주차를 한 두 사람은 집 안으로 들어갔다. 돌로 된 계단을 밟고 올라가는 동안, 정원이 꽤 떠들썩하다는 것을 깨달았다.

"시온아."

다미가 마지막 계단 하나를 남겨 두고 시온의 옷자락을 쭉 잡아당겼다.

"나 정말 괜찮아? 표정은 어떤 것 같아?"

최대한 상냥하고 환하게 웃고 있는 다미였지만 입술이 파르르 떨고 있는 것이 눈에 고스란히 보였다.

입술뿐만이 아니었다. 쇼핑백을 들고 있는 손마저도 위태롭게 떨고 있는 모습을 보니 시온은 더는 안 되겠다 싶어 걸음을 돌렸다.

"우리 그냥 가지 말까?"

"응? 그게 무슨 소리야?"

"그냥 갑자기 일이 생겼다고 하고 가지 말자, 우리. 아버지한테는 내가 따로 식사 대접하면 되니까. 그래, 그게 좋겠다."

돌아선 발걸음에 머뭇거림은 없었다. 시온은 다미의 손목을 끌어 잡고 올라온 길을 그대로 내려갔다.

"그래도 그건 아니지."

다미가 완강히 버텼다.

"너 외동이잖아. 그리고 하나밖에 없는 아버지 생신인데, 그냥 가는 건 아닌 것 같아."

"너 부담 주기 싫어."

"부담스럽지 않아. 난 정말 너희 아버지 생신 파티에 초대된 것 같아서 기쁘단 말이야."

웃는 모습조차 안타까울 정도로 어색했다. 그럼에도 노력하고 있는 다미의 모습이 내심 뿌듯해서 시온은 속으로 못내 안심했다. 생각했던 것보다 훨씬 더 예쁜 마음을 가지고 있을지도 모른다는 안심.

"잘 보이고 싶어. 원래 잘 보이고 싶은 사람 앞에서는 누구나 다 긴장하는 거야. 그리고 네가 옆에 있어 준다고 그랬잖아."

다미의 작은 손이 시온의 손 안으로 쏙 들어왔다.

"나 이제 정말 괜찮아졌어. 그러니까 올라가자, 시온아."

이번엔 반대로 불안해하는 시온을 안정시킬 모양인지 다미가 한층 나아진 미소를 지으며 걸음을 옮겼다.

손을 잡고 나란히 올라오는 시온과 다미를 발견한 김 여사가 들고 있던 접시를 내려놓는 것도 잊은 채 반갑게 다가왔다.

"시온이 왔니?"

인사는 시온에게 하면서도 시선은 다미에게 향하고 있었다.

"안녕하세요!"

다미가 얼른 쇼핑백에서 꽃다발을 꺼내 김 여사에게 건넸다.

"어머님이랑 잘 어울릴 것 같아서 사 왔습니다."

상냥한 다미의 말에 김 여사가 환하게 미소 지으며 꽃향기를 들이마셨다. 시온은 느낄 수 있었다. 지금 어머니가 들고 있는 꽃도, 싹싹한 다미도 무척 마음에 들어 하고 있다는 것을.

"처음 보는 꽃인데, 무슨 꽃이에요?"

"헤베라는 꽃인데요. 영원한 젊음이라는 꽃말을 가지고 있대요."

"이거 가지고 있으면 나도 영원히 늙지 않을 수 있나?"

김 여사가 넌지시 건넨 농담에 다미와 시온이 서로 눈을 마주치며 흐뭇하게 웃었다. 사실 김 여사는 심중 그녀가 마음에 들었다. 귀엽게 생긴 외모와 다정다감한 말투뿐만 아니라 가장 중요하다고 생각할 수 있는 첫인상이 좋았다.

"배고프죠? 맛있는 거 많이 있으니까 얼른 가서 먹어요."

김 여사의 시야에는 어느새 그토록 애지중지하던 아들보다도 다미가 들어차 있었다. 아들을 뒤로 제치고 다미를 안내하며 걸음을 옮겼다.

"말씀 놓으세요, 어머님."

그때 어디선가 솔솔 음식 냄새가 났다. 순간 다미가 욱, 하고 올라오려는 구역질을 간신히 멈췄다. 요즘 뭘 잘못 먹었는지 자꾸만 빈혈에 구역질을 하기 일쑤였다. 급기야 어제는 저녁에 먹은 라면을 다 토해 내기도 했다. 요즘 음식만 보면 자꾸 일어나는 구역질에 행여나 실수를 하진 않을까 마음이 조마조마했다.

"그럴까요?"

"네, 그래야 제가 마음이 편할 것 같습니다."

"그래, 그럼 말 놓을게. 그런데 외모가 좀 어려 보이는데, 나이가 어떻게 되니?"

"저 시온이랑 동갑이에요."

"어머, 우리 시온이도 노안은 아니지만 정말 동안이구나. 난 20대 초반으로 봤어. 피부가 어쩜 이렇게 아기 같니?"

"어머니 피부에 비하면 전 아무것도 아니죠."

"오호호호! 난 원래 뭐든 꾸미고 가꾸는 걸 좋아해."

오늘 처음 본 사람들답지 않게 화기애애한 다미와 김 여사를 보며 시온의 마음이 괜스레 뭉클해졌다. 수다 삼매경에 빠진 두 사람의 뒤에서 걸음을 늦춰 걸었다.

세 사람이 음식이 준비되어져 있는 테이블 쪽에 도착했을 때, 현관문이 열리고 안에서 시온의 아버지와 지인들이 나왔다.

아버지는 시온을 발견하고 반가워하다가 김 여사와 서 있는 낯선 여자의 존재에 의아함을 품었다.

"아버지."

시온이 허리를 깊숙하게 숙여 아버지에게 인사를 건넸다.

그 뒤에 서 있던 다미가 앞으로 빠르게 다가와 손을 앞으로 모으고 인사했다.

"안녕하세요."

"이 아가씨는 누구……?"

아버지의 질문에 시온은 한 치의 망설임도 없이 입술을 떼어 냈다.

"저와 곧 결혼할 여자 친구입니다."

송 사장의 미간이 희미하게 찌푸려졌다. 태어났을 때부터 금수저를 손에 쥐고 재벌가의 아들로 태어난 것이 아니고 밑바닥부터 스스로 올라와 전문 CEO의 자리에 있기까지, 그리고 그 자리를 끝까지 지키기 위해 송 사장에겐 더 많은 인맥을 쌓는 게 중요했다. 물론 국회의원이셨던 장인어른 덕분에 큰 어려움은 없었지만 송 사장은 더욱 튼튼한 연맹을 원했다.

그런 송 사장의 욕망에 가장 적합한 집안은 주변에 수두룩했다. 그가 눈여겨보고 있는 고 사장의 회사는 중소기업에서 출발해 웹 개발로 크게 성공해 지금은 국내 20위 안에 들어가는 대기업이 되었고, 그 외에 대대로 교수 집안인 곳까지 사방에 널려 있었다.

"생신 진심으로 축하드립니다."

다미가 수줍게 건넨 쇼핑백을 바라보는 송 사장의 눈빛엔 못마땅함이 가득했다. 다미는 제 손에서 거두어지지 않는 쇼핑백을 난감하게 바라보았다.

시온이 다미를 대하는 아버지의 모습에 기분이 상해 미간이 거칠게 찌푸려지던 찰나였다. 뒤에서 아슬아슬한 광경을 바라보고 있던 김 여사가 나섰다.

"애 팔 떨어지겠어요. 왜 안 받고 그러세요?"

김 여사가 다미의 선물을 대신 받으며 송 사장에게 한마디 했다. 주변에 보는 눈만 없었더라도 송 사장은 다미에게 독한 말을 해서 집 밖으로 내보내고 싶은 마음이 간절했다.

한마디 말도 없이 냉랭한 분위기를 풍기며 제 곁을 지나가 버리는 송 사장에 다미는 꽉 막혀 있던 숨을 힘겹게 풀어냈다.

괜히 온 것 같다. 하지만 그 말을 다미는 입 밖으로 꺼내지 않았다. 옆에서 자신을 걱정스럽게 바라보는 시온에게 미안함을 느끼게 하고 싶지 않아서였다. 그래서 짐짓 웃으며 없는 입맛에 밥 타령을 해 댔다.

"진짜 음식 냄새 장난 아니다. 나 완전 많이 먹을 거야. 아침부터 긴장해서 아무것도 못 먹었거든."

긴장을 했다기보다는 며칠 전부터 계속 속이 울렁거려서 도통 음식을 먹지 못했다.

"인사했으니까 이제 그만 갈까?"

"아니, 방금 못 들었어? 나 너무 배고파. 한 발자국도 못 걷겠어. 그럼 송시온이 업고 가 줄래?"

"그럴게."

장난으로 한 말인데, 웃지도 않고 심각하게 대답하는 시온에 다미가 그의 옷매무시를 다듬어 주며 침착한 목소리로 말했다.

"송시온은 아무것도 몰라. 내가 생각보다 훨씬 더 씩씩하고 싹싹한 여자라는 거. 이렇게 앞으로 보나, 뒤로 보나, 위에서 보나, 아래서 보나 완벽한 송시온의 짝이 되려면 이 정도쯤은 감당해야 한다는 거."

"······."

"그러니까 아무 걱정 마."

두 사람은 어른들이 계신 곳으로 당당하게 걸어갔다. 누구냐고 묻는 제 아버지의 지인들에 시온은 아버지의 구겨지는 얼굴에도 마다하지 않고 당당하게 결혼할 여자 친구라고 말했다.

다미는 최선을 다해서 송 사장의 지인들에게 친절하게 대했다. 지인들의 부인 몇몇은 싹싹한 다미를 참 마음에 들어 했다.

"사모님처럼 하얀 피부를 가지신 분들은 조금 어두운 스카프를 하셔도 예쁘실 것 같아요."

"장난으로 하는 말이지만 우리 아들 있으면 내가 다 며느리 삼고 싶네."

그러자 김 여사가 발끈했다.

"어머, 못 들었어요? 우리 시온이랑 결혼할 아이라잖아요."

주책없이 떠들어 대는 제 부인이 마음에 안 들었는지, 송 사장이 조용히 하라고 입을 열려고 할 때였다.

"우읍."

내내 입맛이 없어 음식을 멀리하고 있던 다미가 소시지 하나를 먹으려다 말고 갑자기 구역질을 하며 자리에서 일어났다.

모두의 시선이 휘둥그레 놀라서는 다미를 향해 있었다.

"아, 제가 뭘 먹고 체했는지 요즘 자꾸만 속이……. 우욱!"

덩달아 놀란 시온이 의자를 벅차고 일어나 다미를 데리고 화장실로 달려갔다.

"어머! 잠깐만!"

그 뒤를 김 여사가 호들갑을 떨며 따라 나갔다. 분위기가 순간 침묵 속에 빠졌다가 이내 여기저기에서 호기심 어린 목소리가 흘러나왔다.

"설마 그건 아니겠지?"

"자기도 그 생각했어? 결혼도 안 한 총각처녀 앞에 두고 할 얘기는 아니지만, 뭔가 느낌이 확 왔어. 아무래도 체한 거랑 입덧은 다르니까, 그렇지?"

다미를 내내 마음에 들어 하던 부인들이 서로 손뼉까지 마주치며 기뻐했다.

"우리 송 사장님, 손주 먼저 보시는 거 아니에요?"

경악에 일그러진 송 사장의 눈길이 세 사람이 들어간 집으로 향했다.

사람들의 호들갑을 그냥 넘길 수 없었던 김 여사의 제안에 다미는 세 번이나 임신 테스트를 했다.

아니나 다를까, 테스트기 전부 붉은 두 줄이 선명했다.

"어, 어, 엄, 엄마……."

너무 놀란 나머지 정신이 쏙 빠져 버린 기분이었다.

"다미야."

밖에서 기다리다 초조해진 시온이 문을 두드리며 불렀지만 다미는 욕조에 걸터앉아서 옴짝달싹할 수가 없었다.

기분이 묘하다. 마치 날 수 없는 하늘을 날고 있는 것처럼 모든 것이 믿어지지 않다가도 벅차오르는 감동을 어찌 해야 할지 몰라 허우적거렸다.

"아무래도 내가 들어가 봐야겠어. 다미야, 나 들어가마."

이번엔 김 여사의 목소리가 들려왔고 곧 문이 열렸다.

"시, 시온아."

임신 테스트기를 든 채로 바라본 욕실 밖엔 막 들어와서는 테스트기를 확인하고 놀란 김 여사와 아내보다 더 놀란 얼굴의 송 사장, 그리고 자신만큼이나 애매한 표정을 짓고 있는 시온이 서 있었다.

"시온아······."

시온이 천천히 걸어와 그녀의 앞에 앉아 눈높이를 맞추고선 말없이 손을 살포시 잡아 주었다. 자신을 올려다보는 시온의 눈시울이 점점 붉어져 가고 있었다. 그건 슬퍼서 화가 나서 우는 눈물이 아닌 감격의 눈물이었다.

"너 표정 이상해. 입이랑 눈은 분명 웃고 있는데, 왜 울어?"

다미가 시온의 눈물을 닦아 주었다. 손끝에 묻은 그의 눈물이 뜨거웠다.

"좋아서."

시온이 다미의 손을 두 손으로 애틋하게 어루만지며 말했다.

"너무 좋아서."

그의 목소리는 어느 때보다 부드럽고 달콤했다.

이 모든 것을 지켜보고 있던 송 사장은 모든 것을 인정하고 체념해야 했다. 이미 오늘 이 자리에 있는 지인들이 대충 눈치를 챈 것 같기도 하지만 무엇보다 다미의 뱃속에 제 손주가 있다고 생각하니 생각이 달라졌다.

"흠, 상견례 준비하자고."

송 사장이 당사자보다 더 감격한 김 여사의 어깨를 무심하게 툭 치며 말했다.

"어머, 당신은 또 왜 울어요?"

"내, 내가 언제?"

황급히 돌아서는 송 사장과 여전히 다미 앞에서 울고 있는 시온을 번갈아 보던 김 여사가 고개를 내저으며 중얼거렸다.

"저 눈물쟁이들. 아무래도 우리가 더 강해져야겠다, 며늘아기야."

＊　　　＊　　　＊

"좋아하실까?"

시온이 잔뜩 긴장을 한 얼굴로 손에 꽃과 한과를 든 채 말했다. 오늘 두 사람은 상견례 날짜를 잡기 위해 다미의 집을 방문했다.

"응, 맨발로 뛰어나오셔서 반길지도 몰라."

살짝 과장된 말이었지만, 그래도 긴장이 살짝 풀리는 기분이었다.

시온은 오늘 다미의 가족들에게 잘 보이고 싶은 마음에 평소보다 훨씬 더 신경을 썼다. 하지만 도통 운전에 집중을 할 수가 없어 결국 다미가 운전대를 잡아야 했다.

"하긴, 결혼 전에 임신 먼저 시켰다고 괘씸한 놈이라며 빗자루 들고 나오셔서 때리셔도 난 할 말 없는 놈이야, 그렇지?"

"설마 우리 엄마가 그럴까?"

시온의 상상이 귀엽게 느껴졌다.

"아니, 그러시진 않을 것 같아. 아, 떨려서 미치겠네."

그답지 않게 지나치게 긴장하고 있었다. 차를 타고 오는 내내 말이 없더니 집에 들어가기 직전엔 연신 호흡이 차오르는지 숨을 가다듬는 데 오랜 시간이 허비되었다.

"그렇게 떨려?"

"이런 적 처음이야."

"걱정 마."

"나 긴장 좀 풀어줘."

시온이 다미의 품에 풀썩 안겼다. 그러더니 다미의 배를 손으로 원을 그리며 쓰다듬었다.

"아빠에게 용기를 주렴."

몇 번이고 아이의 기운을 받고서는 길게 한숨을 뱉은 시온이 애써 씩씩한 척 안으로 들어섰다.

문을 두드리자 미리 연락을 받은 엄마가 문을 활짝 열고 두 사람을 반겼다. 사실 처음에 모든 소식을 전해 들은 엄마는 몸 져누울 정도로 큰 충격을 받았다. 하지만 어쩔 수 없이 받아들여야 했고 한편으로는 이 일로 하여금 결혼을 서두르는 사돈 집안에 안심을 했다.

나중에는 오히려 잘된 일이라며 자신을 찾아온 다미를 끌어안고 밤새도록 펑펑 울었다.

"어서 와요!"

엄마의 어깨 너머로 삐죽거리며 이쪽을 보고 있는 할머니에게 다미가 굳은 얼굴로 인사했다.

"안녕하세요, 할머니."

할머니는 다미에겐 시큰둥한 눈길을 주고서는 재빠르게 시온의 상태를 살폈다. 머리부터 발끝까지 그를 훑은 할머니의 찌그러졌던 눈살이 살포시 펴지는 것이 보였다.

"안녕하십니까, 어르신! 어머님!"

긴장을 한 탓에 시온의 목소리가 지나치게 우렁찼다. 다미와 엄마가 화들짝 놀랐지만 할머니는 전혀 개의치 않고 꿋꿋이 자리를 지켰다.

"이번엔 성한 놈을 데리고 온 것 같네."

엄마가 괜한 말씀을 하신다며 어색한 미소를 지어 보였다.

그 틈에 시온이 준비해 온 선물을 내밀었다.

"어머님께서 좋아하실지 모르겠습니다."

"어머. 꽃이네. 향 너무 좋다. 이런 거 오랜만에 받아 봐요. 고마워요. 수제 한과도 있네. 이거 어머니가 좋아하시잖아요."

그제야 긴장하고 있던 시온의 얼굴에 희미한 미소가 피어올랐다.

"말씀 놓으세요, 어머님."

"내가 말 놓는 걸 어색해해서."

"맞아, 엄마. 엄마가 말 놔야지 시온이가 더 편할 것 같아."

"그렇긴 하지?"

다미의 엄마가 살포시 입을 가리며 웃었다. 그러다가 여전히 멀거니 서 있는 시온을 주방 쪽으로 안내했다.

"배 많이 고프죠? 얼른 앉아요."

시온이 자리를 잡고 앉자 엄마가 주방으로 가서는 밥그릇을 들고 전기 밥솥을 열었다.

"엄마, 난 밥 조금만 줘."

어느새 곁으로 다가온 다미가 엄마에게 팔짱을 끼며 어리광을 피웠다.

"입덧 심해?"

"응, 너무 심해. 머리까지 다 띵하니 아파."

"아휴, 내가 그렇게 입덧이 심했었는데 그걸 또 닮고 그러니."

"원래 딸들은 엄마 닮는대."

다미가 팔짱을 낀 엄마의 어깨에 살포시 머리를 기대었다.

"나 잘 살게요, 엄마."

"당연히 잘 살아야지. 누구 딸인데."

또다시 눈시울을 적시는 엄마의 얼굴을 다미가 소리 없이 닦아 주었다.

최대한 빨리 서두르고 싶다는 양가 부모님들의 의견에 따라 상견례는 고작 3일 뒤인 주말로 잡혔다. 두 사람은 다미의 집에서 밥을 먹고 나서부터 다미가 먹고 싶어 하는 초코 아이스크림을 먹기 위해 유명 카페를 찾았다.

"그냥 아무 데나 가서 먹어도 된다니까."

"어떻게 아무 데나 가서 먹여? 내 와이프에, 내 새끼가 먹는 음식인데."

"내 새끼? 뭔가 억양이 이상해."

"왜? 틀린 말도 아니잖아."

그렇게 말하면서 웃음을 참지 못하는 것을 보니 시온 스스로도 그리 느낀 듯싶었다.

"얼른 먹어, 녹는다."

"응."

한 입 먹고, 한 입 떠서 시온에게 주었다. 입에서 진한 달콤함이 살살 녹아내려 행복감에 몸부림을 치던 다미의 귓전으로 창문을 톡톡 두드리는 소리가 들려왔다.

"어? 밖에 비 온다."

한두 방울씩 떨어지던 빗방울이 자신을 알아봐 준 것에 대해 답례라도 하듯 이내 굵게 쏟아져 내렸다.

"가을비네."

더는 비가 와도 심란하지 않았다. 곁에 시온이 있기 때문이었다. 비를 바라보고 있는 그를 흐뭇하게 응시하고 있던 다미의 뒤로 여자들의 수다가 들려왔다.

"헉. 밖에 비 오네! 비오는 날에 귀인을 만난다고 그랬는데!"

"누가?"

"이번에 본 점쟁이가."

"그런 걸 믿냐?"

여자들의 수다에 문득 다미가 그날을 떠올렸다.

"곁으로 아주 귀한 귀인이 와 있어. 이 귀인으로 하여금 너의 삼재가 그래도 어느 정도는 무사히 지나갈 수 있을 거야. 어쩌면 그 귀인이 오래오래 네 곁에 머물게 될지도 모르니."

"머물면 뭐가 좋은데요?"

"전체적으로 다 좋아져. 너의 운명이 빛을 바라게 될 거야."

창밖을 바라보고 있던 시온이 여전히 줄어들지 않는 아이스크림을 발견하고 말았다.

"왜 안 먹어? 다른 거 먹고 싶어?"

"아니."

"임신하면 뭐 엄청 먹고 싶어진다는데. 1초마다 달라지기도 한다니까, 그런 거 미안해하지 말고 무조건 말해."

"네가 내게 온 그 귀인인가 보다."

"응?"

"아니, 그냥. 내 운명이 환하게 빛나고 있는 것 같아서."

시온이 사 준 초코 아이스크림을 크게 한 입 떠먹었다.

여전히 진한 달콤함이 입안 가득 퍼져 나갔다.

"팔 안 아파? 내가 먹여 줄까?"

"으이고, 괜찮거든요!"

"먹여 줄게. 이리 줘 봐."

낯간지러웠지만 다미는 더 이상 그를 말리지 않았다.

먹기 좋게 아이스크림을 떠서 건네는 시온을 향해 다미가 입을 벌려 아이스크림을 냉큼 받아먹었다.

"그렇게 맛있어?"

"응, 맛있어. 송시온이 먹여 주니까 더 맛있는 것 같아."

밖에서 내리는 빗소리도 좋고,

잔잔하게 흘러나오는 클래식 음악도 좋고,

달콤한 아이스크림도 좋고…….

하지만 무엇보다도 좋은 것은, 송시온.

"정말? 집에 포장해 갈까?"

좋았다. 집에 포장해 갈까? 하고 묻는 송시온의 목소리가.

"아, 하루라도 빨리 결혼해서 같이 살고 싶다."

좋았다. 하루라도 빨리 결혼해서 같이 살고 싶다고 말하며 제 손을 어루만지는 송시온의 손길이.

송시온과 함께하는 이 시간이 좋고, 앞으로도 송시온과 함께할 시간들이 좋다.

내 곁에 언제나 이렇게 있어 주는 송시온이 좋다.

16화
못 다한 이야기

"우읍!"

입덧은 생각보다 심해 항상 입에 달고 살던 음식들을 먹지 못했고, 다미의 몸은 점점 야위어 갔다. 시온이 직접 입덧에 좋다는 음식을 만들어 먹여 보기도 했지만 그다지 큰 효과를 발휘하지는 못했다.

그러던 어느 날, 집에서 쉬고 있던 다미의 귓전으로 익숙한 목소리들이 들려왔다.

"당신이 직접 담근 거니까 직접 전해 줘요!"

"아, 글쎄! 그냥 당신이 전해 주라니까! 난 아직 새아가 보기가 좀……."

"언제까지 그렇게 맹꽁이처럼 답답하게 굴 거예요?"

"이 여자가 남편한테 맹꽁이라니?"

분명 시부모님이 될 시온의 어머니와 아버지의 목소리였다.

다미가 얼른 문을 열자 예상대로 두 분이 나란히 서 있었다. 아버님은 자신의 몸통만 한 커다란 유리병을 들고 서 계셨는데, 그 안에는 매실이 둥둥 떠다니고 있었다.

"어머님, 아버님!"

다미의 시선이 유리병으로 향하자 송 사장이 크게 움찔했다.

"매실을 설탕에 재운 거다! 하루에 한 잔씩 타 먹으면 입덧에 좋다고 하더구나!"

"감사합니다, 아버님. 잘 먹겠습니다."

받으려고 손을 뻗는 다미를 향해 송 사장은 고개를 내저었다.

"무거워! 내가 직접 놔주마. 어디에 두면 되냐?"

다미가 가리킨 자리에 유리병을 내려놓은 그는 여전히 자신을 흐뭇하게 바라보는 그녀의 눈길을 애써 피했다.

"어딜 가든 몸 조심하고, 좋은 생각만 하고."

"네, 아버님."

다미는 어색하게 인사를 하고 먼저 밖으로 나가는 송 사장을 향해 다시 한 번 감사의 인사를 전했다.

그런 남편을 못 말린다는 얼굴로 바라보던 김 여사가 다미를 다정하게 꼭 안아 주었다.

"네 시아버지되실 분이 부끄러움이 좀 많아. 착한 네가 이해해 주렴."

"항상 감사합니다. 정말 좋은 며느리가 될게요."

"지금도 충분히 좋은 며느리인데, 뭐! 그럼 푹 쉬고, 나오지 마라."

"조심히 가세요, 어머님."

두 사람을 끝까지 배웅하며 집으로 돌아온 다미가 정성껏 담은 매실 액을 퍼서 따뜻한 물과 섞어 마셨다.

신기하게도 입덧이 싹 사라진 기분이었다.

에필로그

"이겅 아니라궁, 할부지는 아무것도 몰라잉! 바붕!"

지유가 입이 쀼루퉁 튀어나와서는 할아버지가 들고 있는 장
난감을 손으로 툭 치는 모습을 보자마자 화가 난 다미가 번쩍
들어 올렸다.

"너 이럴 거면 사지 마. 자꾸 할아버지한테 버릇없이! 송지유,
혼나야 돼!"

엄마의 나무람에 금세 서러워져 버린 지유가 턱을 연신 실룩
거리며 훌쩍이기 시작하자 송 사장이 급하게 며느리를 말렸다.

"아니다. 우리 지유가 몇 번이고 말했는데, 이 할아버지가 못
알아들어서 그런 거지. 애 잘못 아니다!"

"아니에요. 아버님. 정말 요즘 따라 지유가 너무 버릇이 없어
졌어요. 너무 오냐오냐하시면 애 정서에도 안 좋아요."

다미의 똑 부러진 말에 송 사장은 아무 말도 하지 못하고 제

어미한테 끌려가는 지유를 안쓰럽게 바라보았다.

"그래도 오늘 애 생일인데……."

송 사장이 급하게 다미를 따라나섰다.

오늘은 지유의 네 번째 생일로 시온이 직접 장을 봐서 특별한 음식을 해 주기로 했다. 그 김에 송 사장도 마트에서 지유의 선물을 사 주려 나왔다.

그런데 지유를 어른스럽게 키우고 싶어 하는 다미에게 손자가 떼쓰는 모습을 들켜 버린 것이다.

"에고, 며늘아!"

장난감 코너를 나오자 이제 막 카트를 끌고 계산을 하러 가려던 시온과 김 여사가 다미를 발견하고는 알은체를 했다.

"어딜 그렇게 급하게 가?"

"아빠앙!"

지유가 다미의 품에서 발버둥을 치고 나와 냉큼 아빠의 품에 안겼다.

"우리 아들. 이렇게 기분 좋은 생일 날 왜 울어?"

"엄마가아! 엄마가아!"

지유가 눈을 옆으로 흘기면서 엄마인 다미를 가리켰다.

"어른한테 눈 흘기는 거 아니야! 시온아, 얼른 지유 내려놔. 애가 점점 더 버릇이 없어진다니까?"

요즘 지유는 눈에 띄게 버릇이 없어지고 있었다. 어제는 식사 도중에 식탁 위로 올라가려는 것을 보고 기겁을 했었다.

다미의 질책에 시온이 눈치를 보다가 결국 지유를 품에서 내려놓았다.

"아빠, 안앙! 안앙!"

땅으로 내려오자 다급해진 지유가 손을 뻗으며 방방 뛰었지만, 시온은 그런 아들의 시선을 외면해야 했다.

"송지유!"

다미가 자리에 쭈그려 앉아 지유의 몸을 돌린 뒤 눈높이를 맞췄다. 엄한 엄마의 모습에 지유가 놀라서는 몸을 잔뜩 웅크렸다.

"어른들한테 소리 지르는 거 아니야. 눈을 흘겨서도 안 돼. 그리고 장난감은 딱 한 개만 골라야 하는 거야."

지유가 훌쩍이며 고개를 끄덕였다.

"오늘 지유가 한 행동은 잘못된 행동이야. 앞으로는 절대 그러면 안 돼."

"잘못해떠여!"

금방 반성을 하는 지유를 보며 다미가 금세 마음이 약해졌다.

"다시는 이러지 않기로 엄마랑 약속해."

다미가 새끼손가락을 내밀자, 고사리 같은 지유의 통통한 새끼손가락이 어설프게 걸쳐졌다.

"아휴, 착하지. 내 아들, 이리 와. 엄마 안아 주세요."

"장난감은요?"

지유가 다미의 품에 안겨 여전히 울먹이는 목소리로 물었다.

"딱 하나만 사는 거야, 하나만."

"네."

"할아버지께 감사하다고 해야지."

"네엥."

씩씩하게 대답을 한 지유가 쪼르르 달려가 제게 내민 할아버지의 손을 잡았다.

"하부지, 감따합니다."

아직 받지도 않은 선물에 감사를 표하는 지유 때문에 뒤에서 지켜보고 있던 다미와 시온, 김 여사가 웃음을 터트렸다.

❊   ❊   ❊

시댁에서 지유의 생일 파티를 끝내고 집으로 돌아왔다.

쿨쿨, 무슨 꿈을 꾸기에 자면서까지 미소를 짓고 있는 귀여운 지유의 볼에 시온이 가볍게 입을 맞췄다.

"잘 자, 사랑하는 내 아들."

지유는 보통의 아이들과는 다르게 시온의 손길이 닿아야지만 잠을 자곤 했다. 그것에 대해 다미는 편하다고 하면서도 내심 서운해하는 눈치였다.

지나치게 아빠를 좋아하는 아들 때문인지 다미는 얼마 전부터 자꾸만 친구 같은 딸도 있었으면 좋겠다, 라는 말을 간간히 꺼내곤 했다.

시온은 다미의 소원을 오늘 들어주기로 결심했다.

완전히 잠든 지유를 확인하고 눕힌 뒤 방문을 닫고 나와 큰 방으로 향했다.

"설마 자?"

불까지 다 끄고 침대에 누워 있는 다미의 실루엣을 보며 시온이 크게 실망한 기색으로 물었다.

"응. 좀 피곤하네."

"안 돼."

시온이 다미의 곁에 누워서 그녀의 잠옷 안으로 손을 집어넣었다.

"으음, 하지 마."

말은 그렇게 해도 교태 섞인 목소리가 싫지만은 않다는 감정을 담고 있었다. 그녀의 잠옷 안으로 들어간 시온의 커다란 손이 그녀의 가슴을 지분거렸다.

"아훗!"

그녀가 옅은 신음을 내뱉자 그의 아래가 뜨거워지는 기분이었다. 시온은 여전히 다미의 신음, 행동 하나에 반사적으로 반응을 보이는 제 몸이 신기했다.

벌써 그녀와 결혼을 해서 이렇게 같은 침대, 같은 이불을 쓴 것이 횟수로 5년 째였다.

결혼이라는 것은 생각보다 낭만적이지 못해서 싸우기도 많이 싸우고 힘든 순간도 있었지만 그래도 두 사람은 결혼을 한 것을 단 한순간도 후회해 본 적이 없었다.

시온은 다미를 사랑했으며, 여전히 사랑하고, 앞으로도 사랑할 예정이다.

"공다미."

다미의 귓가에 낮은 목소리로 속삭이자 그녀가 간지러운지 웃음을 참지 못하고 터트렸다.

"간지러워."

"사랑해."

뒤돌아 있던 다미가 몸을 앞으로 돌려 시온을 마주했다.

자신의 옷을 천천히 벗기고 있는 시온의 볼을 쓰다듬어 주던 다미가 천천히 그에게 다가가 입을 맞췄다.

"나도 사랑해, 송시온."

"그런 의미에서 우리 사랑의 증표를 하나 더 만들자."

옷을 다 벗긴 그가 그녀의 위로 올라와 상체를 수그려 하얗고 보드라운 목덜미의 입을 맞췄다.

"뭐?"

"지유도 매일 저렇게 장난감하고만 노는 게 안쓰러워 보여. 동생이 있으면 양보하는 것도 배우게 될 거야. 이번엔 여보가 친구처럼 지내고 싶다는 딸이 나올 수 있도록 내가 노력해 볼게."

언제나 느끼는 바지만 그와 보내는 침대 위에서의 밤은 황홀함, 그 자체였다.

짜릿함과 아찔함이 동반하는 그 시간을 보낼 생각을 하니 벌써부터 흥분이 되었다. 그런 다미의 시야로 그의 섹시하면서도 사랑스러운 얼굴이 들어찼다.

"내 옷 벗겨 줄 거야?"

결혼을 했음에도 여전히 탄력 있고 모양새 좋은 그의 몸을 다미가 손바닥으로 야릇하게 쓸었다.

"내 남편이 되어 줘서 고마워."

다미의 진심과 장난이 희석된 말에 시온이 흐뭇하게 웃었다.

"내 아내가 되어 줘서 감사합니다."

서로의 뜨거운 체온 속에서 두 사람은 오늘도 여전히 서로를 열렬히 사랑하고 있었다.

별다를 바 없이 함께할 내일을 향해, 잠도 잊은 채 뜨겁게 서로를 품었다.

—fin

작가 후기

안녕하세요, 이은교입니다.

지면으로는 벌써 여덟 번째 찾아뵙는 소설입니다. 그럼에도 불구하고 전 여전히 실력은 부족하고 더 노력을 해야겠다는 생각밖에는 들지 않습니다.

〈원수의 첫사랑〉은 같은 경우에는 제가 굉장히 즐겁고 가벼운 마음으로 썼던 기억이 납니다. 전작 소설들에 비해 연재 당시, 크게 인기를 끌지는 못했지만 그럼에도 독자님들과 함께 소통을 나누며 너무나 행복한 마음으로, 제가 정말 '로맨스'를 쓰고 있구나, 하는 기분으로 썼습니다. 연재 중단도 한 번도 하지 않은 유일한 소설이기도 합니다(뭔 자랑이라고)!

누구에게나 '첫사랑'은 있다고 생각합니다. 그리고 누구나 누군가의 '첫사랑'이 될 수도 있다고 생각합니다. 이름만 들어도 설레는 '첫사랑'을 최대한 달달하게 담아 넣은 소설이니만큼, 독자님들도 정말 달달하게 읽으셨다면 전 너무 행복할 것만 같습니다.

이 책을 봐 주시는 모든 독자님들과 이 책을 낼 수 있게 도와주신 봄 미디어 출판사, 그리고 저와 함께해 주신 귀여미 지우 편님♥ 너무 감사드립니다.^^

그리고 마지막으로, 언제나 제 소설을 가장 잘 읽어 주시고 저의 가장 큰 팬인 엄마에게 감사드리고, 가족들도 내가 늘 사랑하고 있다는 것을 명심해.

이제 2017년도 반이 지나가고 있습니다. 언제나 보람차고 만족스러운 하루하루를 보내셨으면 좋겠습니다!

그럼 전 조만간 다른 소설로 또, 찾아뵙도록 하겠습니다. 늘 건강하시고, 행복하세요!

—2017년 봄 타는 여자,

이은교 드림.